Lunas
— de —
Estambul

Lunas
—de—
Estambul

SOPHIE GOLDBERG

 Planeta

Diseño de portada: Genoveva Saavedra/aciditadiseño
Imagen de portada: ©Shutterstock/ Tolga TEZCAN (Mezquita), Olga Valeeva
(Granadas), Elenamiv (Nubes); Freeimages / Loompus (textura).

© 2015, Sophie Bejarano

© 2015, Editorial Planeta Mexicana, S.A. de C.V.
Bajo el sello editorial PLANETA M.R.
Avenida Presidente Masarik núm. 111, Piso 2
Colonia Polanco V Sección
Deleg. Miguel Hidalgo
C.P. 11560, México, D.F.
www.planetadelibros.com.mx

Primera edición: junio de 2015
Primera reimpresión: octubre de 2015
ISBN: 978-607-07-2780-1

Impreso en los talleres de Litográfica Ingramex, S.A. de C.V.
Centeno núm. 162-1, colonia Granjas Esmeralda, México, D.F
Impreso y hecho en México – *Printed and made in Mexico*

Para mi abuela Ventura,
mi madre Mery y mi hija Lisa,
mujeres valerosas a quienes admiro.

Para mis primeros dos nietos,
y para todos los que sigan,
con incondicional amor
y con la esperanza de dejar en ustedes
recuerdos extraordinarios.

A los hombres de mi vida,
mi esposo Moisés,
mis hijos Alejandro y Arturo,
mi padre Alberto.

A los migrantes de todas las fronteras,
hacia todos los destinos.

Emprenderemos viaje, con el secreto dolor de que no habrá regreso a ninguno de los sitios en que fuimos felices.
MARIO PAYERAS, *Kilimanjaro*

El viaje no termina jamás. Sólo los viajeros terminan. Y también ellos pueden subsistir en memoria, en recuerdo, en narración. El objetivo de un viaje es sólo el inicio de otro viaje.
JOSÉ SARAMAGO, *Viaje a Portugal*

Se cumplen treinta y cuatro años desde la muerte de mi abuela. Con una copa de Tempranillo en la mano, hago un brindis a su recuerdo. Tempranillo, la uva emblemática de España, me susurra como se expresa el vino, a través de sus notas de madera de barrica tostada y de su color pronunciado que evidencia las acotaciones del casis, la ciruela y la mora. Observo su tinte complejo y maduro poniendo la copa a contraluz. Maridaje perfecto con el pasado. Deliciosa fragancia a bosque húmedo y barrica añeja.

Vigorosas gotas se estrellan contra el enorme vitral al centro de la entrada. El hueco formado por el caracoleo de la escalera es uno de los rincones más entrañables de mi casa. Esa oquedad resguarda mis raíces. El baúl negro colma ese espacio. El baúl de mi abuela. Ella no fue un personaje histórico, no fue una Carlota ni una Juana de Arco, pero sí un personaje anónimo que abrió brechas, y que se suma a los cientos de inmigrantes que buscaron cobijo en otra tierra. Uno más de aquellos que han tenido como destino la vida errante; destino que, sin ella saberlo, marcó también el mío.

Un denso sopor se apodera del ambiente. El aire sopla con letargo. Decido abrir el baúl que ostenta el retrato de mi abuela luciendo un vaporoso vestido que se entalla un poco en la cadera. Intensidad en su mirada, orgullosa silueta. Cualquiera diría que se trata del relieve de un camafeo. Quito el retrato y la manta bordada, así como la figura de filigrana en plata de un típico zapato turco usado por las concubinas y odaliscas que vivían en el harén del sultán. Recuerdo exactamente el lugar en donde compré esta pieza. Era mi primer viaje a Estambul y todo me hacía recordar a mi abuela.

La espesa piel de las asas que flanquean el arcón se ha podrido y se desprende en pedazos al simple tacto. Me inclino y el cerrojo cede ante mí con sólo rozarlo. Lo abro lentamente. Siento la atmósfera de Turquía, la que en el primer viaje me conquistó. Antes de subir la tapa por completo, el olor de aquel mundo antiguo se escapa como polen en primavera. El forro de su interior está totalmente amarillento y sus flores se han deslavado. Los sombreros de plumas me coquetean para que me los pruebe. En el fondo, un bulto cobijado con una sábana. Lo abro poco a poco y develo un álbum de terciopelo rojo cuyas esquinas se desmoronan como polvo cansado.

En su juventud mi abuela no sabía leer ni escribir, así que sus recuerdos estaban hechos de fotografías y de recortes custodiados celosamente por un broche cubierto de pátina. En él encontré retratos de las hermanas de mi abuela y del pequeño Isaac. Una postal de la mezquita de Ortaköy, su favorita, con el puente del Bósforo a un costado, como velándole el sueño. Pasé las acartonadas páginas admirando los rostros que ahí se albergaban desde hacía décadas. De pronto, descubrí la imagen de mi abuela casi niña, la misma que le mandó a Lázaro en esa primera carta que decidió su porvenir. Ojos castaños, seductores, enigmáticos. Casi noventa años de distancia entre nosotras. Pareciera no haber espacio entre su tiempo y el mío. Sin embargo, las fotografías de épocas pasadas me remontan a los días de mi niñez, a aquellas noches cuando me quedaba a dormir en su casa y me hacía cómplice de sus remembranzas, a tal grado que ya no distingo si mis recuerdos son evocaciones de los suyos.

Extraigo el espejo, el de plata repujada y mango de madera, donde mi abuela debe haberse contemplado tantas veces. Miro en ese reflejo mis propias facciones. Su biografía se revela confundiéndose con mis rasgos. Este objeto debe de haber halagado su coquetería en la juventud. A una moda le sucedieron otras, a un acontecimiento se le sumaron muchos más. Y el níquel biselado fue testigo ferviente de todo aquello.

Mi abuela, seguramente, hizo cómplice a este espejo de introspecciones punzantes y de confesiones tímidas. Diálogos intrépidos, reencuentros, agonías, lutos, empañaron su estampa. Este espejo fue sin duda el intérprete de sus cambios y de sus pasiones, de ambigüedades y de signos incomprensibles. De sus ansias, de sus metamorfosis. Este espejo acuñó y alentó siempre sus devaneos de vanidad.

Objetos, retratos, pasajes de mi herencia: raíces judías, raíces sefardíes, raíces turcas. Diáspora. Exilio. Un linaje nuevo en otra tierra. Búsqueda de arraigos. Minoría ansiosa de nuevas expectativas. Una generación que propició en su descendencia una identidad genuina en suelo mexicano. Sin embargo, Estambul permanece como presencia viva. Estambul con su misticismo y su belleza. Estambul caótica y serena, desmedidamente oriental y a la vez tan europea, inmoderadamente occidental para ser asiática. Los ramales de familia que ahí siempre habitaron nos siguen provocando añoranza.

Allá, la noche es un telón de terciopelo plúmbago que se abre cuando la luna se viste plena y observa al sol vertiendo su cobre líquido sobre el horizonte. Allá, las tardes son de *kehribar*, de ámbar. Y los imperios y las pisadas y las sombras y los cantos son de ámbar. Y el vapor y la humedad y el amanecer bizantino emergen de las aguas del Egeo, y son de ámbar. El alba va lamiendo el cielo otomano con minaretes de oro; cúpulas de bronce se levantan intrépidas en reverencia; contagian a las nubes con mil tonos malaquita, coral, topacio y lapislázuli. La vida despierta con plegarias, con los rastros que han dejado los siglos. Los mares guardan confidencias que el mito espolvoreó en ellos. El Mediterráneo recibe como dardos iridiscencias en fuga que atraviesan el fondo turquesa, hasta clavarse en la arena. Allá mi corazón de incienso y amuletos vibra con aromas de especias que colman el ambiente. Aquí, respiro el efluvio de recuerdos que flotan sobre las aguas del Bósforo. Aquí, remembranzas de mi abuela, memoria inagotable. Aquí, mis lágrimas son de ámbar.

Primera parte

El desarraigo

I

Olas mansas acariciaban la quilla del vapor *Lafayette* acercándolo suavemente a tierra como si fueran los brazos apacibles, pero resueltos, de la madre que pone a su bebé en la cuna. El vaivén era suave, prudente; la entrada del navío cansado en las tibias aguas mexicanas era acogida por el viento que parecía bendecir el arribo de algunas de las almas desorientadas que, con ojos impacientes, escudriñaban la nueva tierra.

Apoyada en el barandal de la cubierta superior, la joven Ventura divisaba a lo lejos el puerto que le daba la bienvenida. Se notaba desde entonces, por la manera en que sus brazos robustos se apoyaban con firmeza en el pasamano, que más adelante afianzaría con fuerza la rienda de la nueva vida que le esperaba. Aunque la travesía fue larga, no estaba segura de querer llegar. La decisión de hacer ese crucial viaje no había sido suya en realidad; después de todo, ¿quién cuestionaba los veredictos de los padres? Lo que hubiera querido era ver su futuro como en un libro al que se le pasan las páginas apresuradamente para conocer el desenlace. La incertidumbre se le dibujaba en los ojos color arena y se apoderaba de su boca delgada que aprisionaba nerviosamente un dulce de anís.

Veintiséis días atrás se despidió de su querido Mediterráneo, el de sus abuelos, aquel en donde dejó a sus padres y hermanos para cruzar el Atlántico y conocer a quien por carta había pedido su mano en matrimonio. El bolsillo izquierdo de su abrigo añejo resguardaba las hojas de papel de reducido espesor y arrugas profundas por la cantidad de veces que habían sido leídas, y que, dibujadas con caracolas de letras negras, marcaban la razón de su trayectoria. En realidad, el sol de mediodía de ese indeleble domingo hacía innecesario portar el abrigo heredado con el que tantas veces vio a su madre resguardándose de los helados inviernos de Estambul. Sin embargo, Ventura no se podía desprender de las costuras que las manos maternas reforzaron con paciencia días antes de la despedida. Con un movimiento pausado, sus dedos recogieron el agua que salpicaba el mar a su mejilla blanquecina, la llevó a sus labios, la saboreó cerrando los ojos y sus párpados se abultaron con remembranzas del hogar al que ella sin quererlo renunció. Aunque las gotas saladas le recordaron las aguas del mar de Mármara, a la orilla del cual pasó la mayoría de los domingos de su infancia, el son de la marimba que sonaba a lo lejos le anunciaba que era demasiado tarde para imaginar que jugueteaba con Regina, su hermana preferida, al borde de las aguas que la vieron crecer.

Desde que era pequeña, su madre había decidido que, al ser la más atractiva de sus tres hijas, jamás permitiría que se casara con un turco. Las leyes en cuanto a incorporarse al ejército eran lapidarias. Separaban a los hombres de sus familias durante cinco años para hacer su entrenamiento, y después eran llamados para servir por siete años en intervalos regulares. Las mujeres pasaban la mayor parte de su matrimonio criando solas a sus hijos y carteándose con sus maridos. No, no… para ella había otros planes, planes de una mejor vida y no la que el barrio de Kassimpaça, rodeado de mezquitas, podía ofrecerle.

Con sus cabellos acaramelados y su piel color espuma, Ventura caminó recta, dejando ver su pecho bien formado. Atravesaba la calle Menzil, una callejuela angosta y empedrada como eran infinidad de calles típicas de los barrios conocidos únicamente por los moradores de Estambul, o por el viajero que recorre a pie los contornos tradicionales. No tardó mucho en llegar a la casa de la señora Victoria Carrillo de Abuaf, en donde cuidaba a los dos pequeños de ocho y seis años. Pasaba con ellos la tarde, les narraba historias y repetían canciones en ladino o *djudezmo* hablado por los judíos sefardíes provenientes de España. Como para todos los judíos españoles, transmitir el ladino era la forma de preservar su origen en Turquía. Este era su trabajo desde hacía varios meses, ya que los ingresos de su padre eran tan limitados que sus hermanos en edad escolar no tendrían acceso a aprender a leer y a escribir si ella, la mayor, no ayudaba ganando unas liras extra. Pero no le pesaba, se había encariñado mucho con la familia, y se notaba que ellos también sentían lo mismo por su persona. En varias ocasiones, la invitaron a sentarse a su mesa para compartir un delicioso *garato* de pescado con pan, o una rebanada de *baklava* cubierta de miel de azahar.

Fue en una de esas cenas, entre bocado y bocado, y mojando el pan en el aceite de oliva que ahogaba el *garato* y balanceaba lo agrio del limón con el que había sido sazonado unos momentos antes, cuando la señora Victoria habló de su hermano gemelo: Lázaro. Ellos eran los mayores de los hijos de doña Zimbul y don Heskiel Carrillo. Lázaro hacía honor al nombre de su abuelo que, como todos los judíos de ascendencia española, portaban nombres de la época en que habitaron tierras ibéricas y los heredaban de abuelos a nietos, generación tras generación. Antes de que los Reyes Católicos los desterraran en 1492, bajo amenaza de que la Santa Inquisición los procesaría, torturaría y quemaría vivos en caso de no querer convertirse al catolicismo, los judíos de Andalucía, Granada, Córdoba y algunas ciudades más, habían tenido una influencia definitiva en el arte, la economía y el desarrollo cultural e intelectual de España a través de ocho siglos; dieron lugar a la Edad de Oro, incluso llegaron a ocupar importantes cargos públicos o fueron consejeros de la Corona. La familia Carrillo había pertenecido a una de las *aljamas* o comunidades que mantenían unida a la población judía y que interactuaban en un ambiente de paz con moros y con cristianos. Así que el nombre de Lázaro, que no tiene nada que ver con el Lázaro de uno de los milagros de Jesús, llevaba implícita la carga de las historias, herencias y raíces que la memoria de abuelos habían establecido como una cadena que ahora esperaba un nuevo eslabón para continuar teniendo un sentido.

Entre sus pertenencias y nostalgias, los Carrillo, en Estambul, guardaban una caja de madera apolillada por el tiempo. A través de la tapa de vidrio nebuloso y opaco, la antigua llave de su casa en Toledo asoma casi sepultada por el salitre que caducó en su fecha, pero que no olvida. Por generaciones se había hablado de que en aquella morada vivieron cartógrafos, poetas y grandes maestros de la lengua hebrea, todos ellos de apellido Carrillo, ascendientes de Lázaro y Victoria, quienes repetidamente escucharon la crónica que refería que sus antepasados se llevaron al exilio la llave del hogar, el cual dejaron con puertas cerradas; y con ella viajó también la desgarradora añoranza que durante mucho tiempo sintieron por su querida Sefarad o Hispanya. Por fortuna, el sultán Bayazid II abrió las puertas del Imperio otomano a los judíos españoles expulsados, viendo que así enriquecería su imperio, y de esa manera la familia Carrillo llegó a Turquía para establecerse en Estambul, el nuevo techo que los cobijaría.

Siglos después de que sus antepasados se instalaran en aquella ciudad que se deslizaba al borde del mar de Mármara, Lázaro intuía que se acercaba el inevitable momento de sufrir de nuevo un exilio en la familia, y que sus huellas quedaran como sombras que se acurrucan en la tierra sin tocarla. Hacía años que transitaba en su instinto la posibilidad de buscar fortuna en América, puesto que en Turquía, después de la Primera Guerra Mundial, las potencias europeas vencedoras se imponían a lo que quedaba del disuelto Imperio otomano.

Para los judíos que vivían en la tierra de los sultanes, 1923 marcó una fuerte exaltación árabe y varias medidas tomadas por el gobierno —como expulsar a los hombres de negocios no musulmanes de las asociaciones de comercio— les hicieron sentir que esto era el indicio de que germinaría la discriminación contra un grupo minoritario cuya principal actividad económica era el comercio. La naturaleza, el instinto y la historia de persecución del pueblo judío a través de los siglos vive en la esencia de la condición mosaica, y para Lázaro, como para muchos otros, la idea de emigrar latía en una corazonada constante. Habría que andar nuevas tierras y adivinar sus pasos en un mapa incógnito. Llenar las valijas de fe, de tradiciones y de su lengua ladina era lo que había de hacerse para conservar aquello que lo acompañaría a lo ancho de los indescifrables mares.

Las cartas que Lázaro recibía de su amigo Rafi, quien había emigrado a Estados Unidos, hablaban de México, el país que seductoramente había atraído a jóvenes extranjeros para que trabajaran en su amplia extensión, ocupada por escasos catorce millones de habitantes. Álvaro Obregón, presidente de México en ese entonces, había hecho una invitación pública para que los extranjeros interesados en trabajar y establecerse en el país gozaran de garantías y facilidades a su llegada. Rafi le mandó desde Nueva York a Lázaro una copia de la carta que se publicó en el periódico, donde resaltaba: «México gustoso dará hospitalidad a grupos que deseen venir a formar colonias dentro del territorio, pues considéralos factor importante de laboriosidad, ofreciéndoles [...] todas aquellas ventajas compatibles con las leyes de la República». Lázaro había leído una y otra vez esa carta, la conocía con los párpados abiertos o cerrados, y sabía que las leyes mexicanas exigían documentos y cien dólares en efectivo por lo menos para demostrar, antes de bajar del barco, que los inmigrantes tenían con qué subsistir y comenzar su nueva vida, y que no acabarían siendo mantenidos por el gobierno.

La señora Victoria coincidía con la idea de su hermano geme-lo Lázaro de que México podía ser la plataforma para llegar más tarde a Estados Unidos y reunirse con su viejo amigo Rafi. Comenzaron los preparativos para la migración. La parte más difícil había sido la de conseguir los cien dólares y, aun sin ellos, Lázaro se dio a la aventura del viaje. Sabía que sus brazos fuer-tes eran la visa al sueño de una «tierra prometida» en América, rebasando el filo del desarraigo.

Ventura escuchaba siempre con atención lo que le contaba la señora Victoria mientras bebía el *ayran* preparado con yogur y agua. Cada trago de esta tradicional bebida le ayudaba a que el carnoso pescado bajara por su garganta. Imaginaba que, así como había que macerar durante horas el pescado en sal para lograr el cocimiento del *garato* que saboreaba en ese instante, la idea de partir había tenido que sazonarse en la mente de Láza-ro por varios años.

✤ Garato

Un pescado sierra de 2 kilos
Sal, la necesaria

El pescado en lomo, con piel y sin espinas, se lava muy bien y se deja escurrir. Se seca perfectamente. Se acomoda en un refractario tapizado de sal y se espolvorea con otra capa no muy gruesa de sal. Se tapa con plástico y se guarda en el refrigerador durante dos días. A los dos días se le escurre el líquido que haya soltado y se voltea. Al tercer día se le limpia la sal que haya sobrado, se vuelve a escurrir el agua que soltó y se envuelve en tres capas de plástico para meterlo al congelador durante un rato. En ese momento, ya está listo para comer. Se corta congelado y se acomoda en rebanadas en un platón. Se adorna con gajos delgados de cebolla de cambray y un chorrito de aceite de oliva. Al servirse, se le ponen unas gotas de limón. Se acompaña con pan calientito.

❖ Baklava

750 Gramos de pasta de filo
1 Taza de margarina derretida
500 Gramos de nueces o pistaches molidos
PARA LA MIEL
2 Tazas de agua
3 Tazas de azúcar
El jugo de ½ limón
Unas gotas de agua de azahar (opcional)

Se precalienta el horno a 200 grados. Se untan con la margarina el fondo y los costados de un refractario rectangular. Se ponen 4 hojas de la pasta filo, barnizando cada una con margarina derretida. Se agregan la nueces o pistaches, cubriendo toda la superficie. Se ponen otras 4 hojas de filo, barnizando con margarina cada una y terminando con este barniz sobre la última hoja. Se corta en rombos llegando al fondo y se hornea durante 45 minutos o hasta que quede doradito. Mientras tanto, se hierve el azúcar en 2 tazas de agua con el jugo de limón, revolviendo constantemente. Se deja hervir con la lumbre bajita hasta que espese. Ya tibia la miel, se vierte poco a poco sobre la *baklava*, que se ha dejado enfriar 10 minutos, para que la absorba. Se sirve en rombos individuales y para adornar se espolvorea con un poco de la nuez o el pistache molido.

♣ Ayran

½ Litro de yogur

Sal al gusto

2 Tazas de agua

Batir el yogur y la sal con un tenedor. Poco a poco, agregar 2 tazas de agua muy fría hasta tener un líquido espeso. Beber casi helado. Es refrescante en un día de verano turco.

II

Ventura ayudaba a recoger los platos de cerámica blanca con flores azules como gesto de agradecimiento por la invitación a cenar. Mientras tanto, el esposo de Victoria prendía en el fuego de la estufa el pedazo de carbón que daría vida al narguile cargado de tabaco de rosas y menta. En unos instantes, sobre la sala se instaló una penumbra formada con el humo de la pipa de agua que olía a pétalos y que cosquilleaba ligeramente en la garganta.

La conversación entre las dos mujeres continuó en la cocina. Victoria relataba la travesía de su hermano gemelo a México, como si ella misma hubiese estado ahí. Le contó que el barco se llamaba... se llamaba... qué más da cómo se llamaba, había olvidado el nombre; era carguero en los bajos y el pasaje se ubicaba en la parte superior, en una sección de camarotes modestos que se codeaban entre sí. Le platicó que los primeros dos días Lázaro se mareó tanto que no salió del suyo. Finalmente, para el tercer día se dirigió hambriento al comedor pero no alcanzó a sentarse siquiera cuando le indicaron que tendría que esperar a que los pasajeros del primer turno terminaran de comer; a él le correspondía el segundo turno. No se veían varones ni mujeres menores de veintiún años viajando solos, estos debían venir en familia. Lázaro se sentía abatido; a sus treinta y seis años, miraba con cierta envidia a las parejas y familias que viajaban juntas hacia un nuevo porvenir. Gente de diferentes países atendía la invitación de México esperando encontrar libertad y oportunidades, y así el puerto de Galveston al que la mayoría de los viajeros pretendía llegar fue reemplazado por el de Veracruz. Lázaro hizo amistad con un correligionario que venía de Salónica. Los treinta y dos días, que en ocasiones parecían no terminar, dieron oportunidad para intercambiar historias de familia. Lázaro le platicó con nostalgia que la víspera de partir de Estambul fue al *hammam* a darse un baño a la usanza turca con el fin de acicalarse para el viaje. Primero había entrado al cuarto tibio calentado con un flujo de aire ardiente que ayuda a respirar con libertad pasando por los laberintos del pulmón y también del espíritu. Ahí se reencontró con gente que, como él, usaba el baño turco como punto de reunión para socializar, para llevar a cabo los rituales propios y, como aspecto no menos importante, la higiene. Luego pasó al cuarto caliente donde lo tallaron y frotaron hasta dejar a su alrededor pequeñas virutas de piel. Después de un lavado completo de cuerpo con agua fría se sintió listo para el viaje. Con pesadumbre se preguntaba, al ver su imagen en el gran espejo ahumado por el vapor que exhalaban las paredes, si en América también existiría el *hammam*.

Victoria continuó relatándole a Ventura lo que su hermano Lázaro le había escrito en su primera carta ya con timbre y sello de América. Que no dormía por el pendiente de que no lo dejaran establecerse en México, ya que no había podido conseguir los cien dólares. Que, al vislumbrar por fin las costas mexicanas, sufría imaginando que se iría de regreso en ese mismo barco. También contaba que los pasajeros comenzaron a descender y leyó a lo lejos el cartel que rezaba: «Favor de preparar documentos y cien dólares como mínimo antes de llegar con el oficial.» Vio con horror cómo le negaron la entrada a un joven menor de veintiún años que no venía con sus padres, y cómo a una familia completa le decían:

—No pueden bajar, sus visas vencieron hace dos días. ¡De regreso a Europa!

Decidió retrasar su turno cediendo el lugar a una pareja mayor que le agradeció con una sonrisa. Por unos instantes se quedó a solas con sus inconfesables miedos. La fila avanzaba, faltaban sólo unas cuantas personas antes de Lázaro para presentar sus documentos. A una señora no la dejaron bajar porque al revisarla se dieron cuenta de que padecía tracoma, una enfermedad de los ojos que se presentaba con frecuencia en viajeros que provenían del Medio Oriente. Las náuseas de Lázaro le llegaban a la garganta junto con el nerviosismo, que era mayor en cuanto una persona más era revisada. Uno de los primeros en bajar había sido Abraham Mitrani, el griego, quien descendió del vapor mostrando sus cien dólares a las autoridades. Gracias a la amistad que surgió entre ellos y para fortuna de Lázaro, Abraham volvió a subir, ya con sus papeles sellados por migración y so pretexto de haber olvidado un bulto a bordo, le prestó a escondidas sus cien dólares a Lázaro. A medida que se acercaba al oficial de migración, tuvo un sobrecogimiento al imaginar que el barco desaparecía, se desvanecía a sus espaldas. Estaba a punto de descender la larga escalinata hacia un nuevo mundo, con ganas, con miedo, con grandes expectativas.

—Fue así como mi hermano pudo poner pie en México —comentó la señora Victoria, a quien Lázaro había relatado en aquella extensa carta su azarosa llegada.

Las lluvias tropicales de fines de junio rociaban el ambiente cálido del puerto de Veracruz. Parecía que ese anhelado arribo estaba siendo bautizado por el propio cielo. La humedad lo llevaba a aflojarse el corbatín que hacía malabares colgando del cuello de su camisa. Cruzó la calle para cubrirse de la leve llovizna bajo el dosel de una construcción de cantera cuyo portón de pino estaba entreabierto. Aguardó unos minutos, parecía que poco a poco la lluvia se iba cansando mientras él observaba con atención lo que sucedía en el puesto de comida instalado justo a unos pasos de donde él se resguardaba. Lo primero que vio fue gente comiendo en los puestos de la calle. Estas personas portaban grandes sombreros de palma y alpargatas sostenidas en el empeine por algunas tiras de piel áspera —después de varios meses en México pudo pronunciar su nombre: *hua-ra-ches*—. Fragantes guisados, así como un aroma delicioso que no supo identificar, lo acarrearon hasta el anafre fogoso que despidía una brisa de olor a otro mundo. Nunca había visto una tortilla de maíz, estas eran muy distintas a las grandes *lafas* hechas con harina de trigo que si se abren por la mitad forman un bolso, el cual se rellena con ensalada o con *kebab* de cordero asado. No entendía cómo la gente en México podía saborear de un solo bocado lo que más tarde aprendió a disfrutar: el taco.

Caminó hacia el tianguis frente al muelle, atraído por el colorido de exóticas frutas desconocidas como el chicozapote y la guanábana. Los techos improvisados de manta cruda de los puestos cobijaban verduras inexploradas como el nopal y los cabuches. Ollas de barro, comales, cazuelas y cántaros acomodados en el piso parecían escoltar los pasos del recién llegado que caminaba entre guajolotes y gallinas. Canastos tejidos se sentaban sobre la cabeza de las indígenas que ofrecían cuitlacoche y flor de calabaza, y la curiosidad, acompañada de sorpresa, lo llevó a acercarse a la mujer que le mostraba los canastos con verdura. No hablaba lo que a él le habían dicho que se habla en México, el español, el cual se suponía que iba a entender por hablar ladino, que aunque tiene muchas palabras hebreas, su base es el español. Esta mujer de enaguas bordadas con grecas de punto de cruz le hablaba en *tutunaku*, la lengua de los totonacas, y le regaló una sonrisa mansa. Él le preguntó si eso que ella vendía era comestible, pero jamás comprendió la respuesta.

Se dirigió hacia la estación del tren cargando su valija; las auras de sombra oscura rodeaban sus ojos fatigados. Mientras llegaba el momento de abordar el ferrocarril *El Mexicano* para habitarlo durante las doce horas que le tomaría llegar a la Ciudad de

México, se dejó caer en una silla tejida de bejuco que se encontraba desocupada. Alegres notas de jarana y arpa bailaban en el aire. Se aflojó el botón superior de la camisa en tanto un aguador le ofrecía una especie de agua blanquecina en un pocillo de peltre azul. Se bebió de un trago la horchata sin importarle no saber qué era aquello que por fin refrescaría su boca arenosa. De pronto, un hombre de corta estatura y bigote a lo Emiliano Zapata le hizo un ademán para que lo siguiera: comenzaba ya el abordaje del tren. Al subir al vagón que le correspondía, colocó su equipaje cuidadosamente en la rejilla superior. Acarició el terciopelo verde de los sillones, el cual dejaba ver que eran muchos los que habían posado ahí sus nuevos anhelos. El deteriorado sistema ferroviario había sufrido de abandono durante el periodo de la Revolución y se notaba: incluso el hombre que revisaba los billetes de pasaje parecía haber sido abofeteado por el descuido. Las ventanas destilaban sudor en gotas y, al ver a través de ellas, los manglares se desfiguraban y las ramas tendían a extraviarse.

Durante kilómetros lo acompañaron los sembradíos de café que cambiaron su horizonte por el de la vainilla, mudando el paisaje sus atuendos para vestirse de hoja de plátano. El camino de hierro de Veracruz a la capital invadía la naturaleza, que escogió sus mejores dones para ponerlos en esas praderas. Lázaro observó interesado en las llanuras algunas haciendas que se asomaban discretamente y se abrían camino entre la maleza. Abandonadas por sus terratenientes o atacadas por los insurrectos durante la Revolución, muchas de ellas habían representado el orgullo azucarero del México porfirista. Las paredes parecían despellejar su tono pajizo y los cascos desmantelados de ingenios, que algún día olieron a dulce, formaban parte de un entorno de fecundidad casi irreal. Una tras otra mostraban techos desplomados, puertas de madera resquebrajadas y sin manijas, dejando apenas un hueco por donde se escapaban las sombras de los revolucionarios que por ahí desfilaron unos cuantos años atrás. Lázaro se resistía al irremediable agotamiento. Iba grabando esas latitudes verdiperennes en su memoria. El tren pasó por las estaciones de Huamantla, Apizaco y Soltepec. La única que Lázaro pudo pronunciar fue la de Paso del Macho, donde salieron unas indígenas a vender sus mercancías a los viajeros. Ahí compró un mango que se saboreó con todo y cáscara.

Al llegar a la capital, se encontró con gente de su misma procedencia y de otras regiones del extinto Imperio otomano, como Bulgaria y Grecia, con quienes coincidió en su arribo. Unos a otros se apoyaban y se daban consejos. Los unía la necesidad de compartir, de conversar sobre las mismas carencias y comentar sus posibilidades. La necesidad de pertenencia parecía tener voluntad propia; era como si ese gremio intercambiara códigos secretos, los códigos de una minoría con deseos de congregarse y hablar de sus añoranzas. Le recomendaron a quién dirigirse, y muy pronto se encontró ya en las calles coloniales del centro de la ciudad, vendiendo cortes de casimir inglés, calcetines y bonetería que daba la impresión de traer engarzada a los brazos que le servían de muestrario. Corbatas, listones, olanes y botones serpenteaban entre sí. Se dice que los inmigrantes judíos trajeron a México el concepto hasta entonces desconocido del *pago en abonos*. Así, Lázaro vendía sus mercancías de puerta en puerta, y dando facilidades para pagar cada quincena una parte del adeudo.

Después de pasar unas lunas en la tierra de Coyolxauhqui, Lázaro se enamoró de la gente, de la comida, y del ansia de progreso que se respiraba en el ambiente posrevolucionario. Escuchó con admiración y también con temor los nombres de Zapata, Villa y Carranza por primera vez. Además, la recién impuesta Ley de Cuota Migratoria de Estados Unidos, aprobada en 1921, establecía que ningún país podía enviar anualmente a ese país más del tres por ciento del conjunto de sus propios nacionales. Así, se hizo casi imposible la emigración. Muy pronto Lázaro se olvidó de mudarse al Norte, aunque en su mente no dejaban de resonar los grandes éxodos de su pueblo, desde la salida de Egipto siglos atrás, hasta haber sido expulsados de Palestina y España, además de las persecuciones en Polonia y Rusia.

Rentó un cuarto en una vecindad de La Merced en el centro de la ciudad, como muchos de sus paisanos. La escalera hacia el segundo piso estaba escoltada en ambos lados por columnas de cemento, que parecían haberse retorcido en un esfuerzo de sobrevivencia al soportar el peso de la escasez. Semejaban ser viñas rancias privadas de ambrosía. La primera vez, Lázaro subió los peldaños angostos de aquella escalera con incertidumbre. Se tomó del barandal de hierro de donde brotaban crujidos de óxido, provocándole algo de inseguridad. La casera abrió la puerta del lugar que sería desde entonces su morada. Le entregó la llave y lo dejó a solas, no sin antes cobrar un mes de renta por adelantado. Un manto de polvo espeso y aterciopelado reposaba sobre el dúo de vigas macizas que cargaban el techo que le dio la bienvenida. Compró un colchón de segunda mano y una parrilla que acomodó contra la pared desnuda y un poco húmeda de la vivienda. Estos inmuebles eran habitados por la trémula luz que se filtraba entre los portones dando un tono blanquecino a las sombras de los inmigrantes de distintos orígenes: rusos, búlgaros, griegos, turcos y polacos, que ahí pretendían hacer hogar. Normalmente Lázaro comía en los puestos que colocaban afuera de su vivienda las señoras judías que ya llevaban un tiempo en México. Sacaban una pequeña mesa con comida tradicional y, a través de los sabores, los inmigrantes se sentían cerca de sus familias y lloraban su procedencia perdida en las calles de Jesús María y República de El Salvador. Ese viernes escribió una línea en una servilleta mientras comía. De su madre había aprendido que cocina es cariño; imposibilitado por la nostalgia, no esperó a estar en su vivienda para redactarla. Esa sería la carta que cambiaría su destino solitario: «*Me manka una spoza, una buena musher de muestra tierra*». La servilleta dentro de un sobre iba dirigida a su hermana Victoria.

Se hizo de amistades que lo invitaban a pasar la mayoría de las fiestas judías con ellos. Sin embargo, le hacía falta una mujer, alguien que lo aguardara en casa y le cocinara los platillos de Turquía que tanto añoraba. Alguien que lo despidiera en la puerta por las mañanas y lo recibiera al regresar cansado de un largo día de labores. Cuando Victoria leyó el mensaje confesado en el papel, no lo pensó dos veces, Ventura era la mujer ideal para su hermano; ella era joven, guapa y con una madre dispuesta a dejarla ir lejos con tal de proporcionarle una mejor oportunidad de vida. Estaba decidido. Hablaría con la mamá de Ventura cuanto antes y le ofrecería un esposo para su hija. Así, lo que comenzó siendo un asunto de sobrevivencia, se fue convirtiendo en uno de permanencia.

✤ Shish kebab

1 Kilo de cordero (espalda o muslo sin grasa)

1 Cucharada de aceite de oliva

1 Cebolla mediana

2 Cucharaditas de sal

3 Jitomates pequeños

2 Pimientos

1 Cucharada de tomillo

Se corta la carne en cubitos de 2 a 3 centímetros. Se agrega el aceite de oliva, sal y el jugo de cebolla que se ha hecho previamente. (Se rebana la cebolla a lo largo, se agrega sal y se deja reposar durante 10 minutos. Luego se frota y exprime en la mano para extraer el jugo.) Se deja marinando la carne en el escabeche de 1 a 2 horas. Se pica la carne en cubos y se ensarta en brochetas, alternando con trozos de jitomate y pimiento dejando ½ centímetro entre cada uno. Se asan las brochetas a la parrilla con sal y tomillo. Se sirve enseguida.

III

La mamá de Ventura daba a la comida una importancia sentimental respecto al pasado, a la vida cotidiana y a la familia. Basada en las viandas que los judíos llevaron consigo cuando salieron de España, sus platillos habían ya integrado aportes de la cocina turca. Ella musitaba:

—*Mijor pan i kezo kon amor, ke geyna kon dolor.*

Y efectivamente, servía a su familia una cena simple de queso, ejotes salpimentados y pan, pero aderezada con gran afecto. En aquella casa sencilla se cocinaba con el alma. Se frotaban las masas con las manos, que danzaban coreografías antiguas para preparar pasteles de filo con relleno de verduras o queso, *bureks* y *boyos.*

La comida era música y poesía de sabores. Estos eran misterio y magia ligados a las festividades y ocasiones especiales que se descubrían en sus efluvios, y los aromas que nacían en la cocina de la familia Eskenazi hacían saber que era un día especial. Iba a ser una cena muy rica, mas no de ricos; eso sí, sólo se cocinaba con aceite de aceitunas verdes recién cosechadas, que se hacía en casa, lo que propiciaba que al menos por momentos se olvidara la angustiosa situación económica que padecían.

En una olla de cobre compartirían su destino frutas y especias. Se condensarían los principios sabios, pero no anticuados, de la búsqueda de una mejor vida, pero sobre todo se trataría de endulzar la inevitable despedida con pistaches, chabacanos, mazapán de almendras y dulce de rosas. Incorporados a cada platillo, estaban siempre presentes los siglos de tradición, cultura y superstición sefardí. Cocinar como lo hacía doña Sara no era solamente una forma de alimentar el cuerpo, sino de dar amor. Ventura había vivido todo esto y lo había aprendido. Guisar era como tocar un instrumento y lo hacía junto a su madre, quien sentenciaba: «*El ke hereda no muere*». Doña Sara se cubría la cabeza con un pañuelo para que su cabello no absorbiera los olores de la cocina. Desde el día anterior, un torbellino de pequeñas manos ya había separado la cáscara y las pequeñísimas piedras del arroz. Este rito se repetía invariablemente cuando las niñas Regina y Rebeca querían ayudar a su mamá en la cocina. Al ser esta una ocasión especial, le agregarían almendras y piñones para hacer un *arroziko de boda*. Y así transcurrió la tarde antes de que llegara su futuro consuegro, el señor Heskiel Carrillo, acompañado de su hermano para pedir en matrimonio a Ventura y serenar la soledad que durante cuatro otoños había vivido Lázaro en México: «*Musher de buena ventura ke sea i para bueno ke engrandezca, ke sus pyezes corran siempre para bueno*». Mientras la señora Sara acomodaba cuidadosamente los flecos que colgaban de la manta verde con medallones dorados encima de la mesa, meditaba el significado de ese antiguo refrán judeo-oriental que repetía en voz baja con nerviosismo. Bueno, el nombre de su hija traía ya implícita la intrepidez y la valentía para buscar felicidad y bonanza.

Apenas llegaron los *musafires*, los invitados, fueron recibidos como tradicionalmente se hace: con café turco y dulce de *vyshna*. Hecho a base de azúcar y cerezas negras, se acompaña con una pequeña cuchara para tomar el dulce y un vaso de agua muy fría para quitar el empalago instantáneo. A continuación, dejaron sus cucharillas metidas en el vaso ya sin agua; esta era la señal de que estaban listos para hablar.

En la reunión se trataron varios aspectos del arreglo: desde la dote hasta las cartas y fotografías que habrían de enviarse los novios durante unos meses con el fin de irse conociendo. Este tiempo serviría también para hacer todos los arreglos legales y migratorios necesarios para el traslado de la novia a América. En cuanto a la dote, en realidad no había mucho que argumentar. La situación de la familia Eskenazi no era un rumor, sino una circunstancia bien sabida y los Carrillo no pensaban apesadumbrar el momento con preguntas respecto a lo que la familia de la novia podía ofrecer. Lo que sí adelantó el tío de Ventura es que desde cumplidos los siete años de la joven, un baúl oscuro con remaches de latón dorado delineando sus márgenes, poco a poco se había ido colmando con sábanas espléndidamente bordadas a mano por doña Sara. Conforme la niña fue creciendo, su madre le enseñó a calar con delicadeza los manteles de un algodón de medio pelo, los cuales, después de haber sido ataviados con elegancia utilizando hilos que daban la impresión de ser de plata y galones que se entretejían para rematar los cantos de los níveos lienzos, semejaban provenir de los más finos hilados egipcios.

Cada año el grueso cerrojo metálico del arca se abría sin queja para recibir una toalla más, una carpeta de pasalistón de seda o una simple servilleta. Ahora que Ventura haría uso de lo que sus manos y las de su madre habían transformado en un ajuar digno que llenaría un armario y que al menos le evitaría al novio ese gasto, el baúl que contenía todo esto la acompañaría en su éxodo como guardaequipaje y albergaría posteriores evocaciones y hasta sus secretos saturados de olor a naftalina.

—*Lo ke mosotros le podemos asegurar es ke mi hisho es un mancebo de buena famiya. No es el mas hermozo, pero por ariento tene el korason mas engrandecido, otro igual no se va a topar. Le gusta laborar. Ampezo de ambasho pero agora le va bien, i tene grande pazensia, ma kudiara mucho de Ventura en el trokamiento de vida ke va*

*a tener. Lo ke kero dizir es ke kale ponerse de akodro en la data ke
la hanum estará pronta para el viaje.*

Ventura escuchaba desde la cocina con la puerta entreabierta cómo su tío Abraham, el hermano de su mamá, llevaba la
negociación del matrimonio con el tío de Lázaro. Se acostum-
bra que los padres estén básicamente de oyentes y no partici-
pen en el convenio para no deteriorar la relación entre ellos en
caso de que existan desavenencias. Su papá, don Moshón, se
aclaraba la garganta continuamente para dejar escapar en raras
intervenciones un susurro que le celaba las palabras. Sus hermanas, Regina y Rebeca, le tapaban la boca al pequeño Isaac
para que no soltara ni un ruido y así poder seguir escondidos
debajo de la escalera junto a la sala. Estaban emocionados de
recibir visitas, pero en realidad tenían poca edad para entender
a qué se debía la ocasión y quiénes eran esas personas a las que
nunca habían visto antes. Doña Sara, metida en la cocina con
su hija, sonreía con nerviosismo mientras le tomaba las manos
a Ventura y le susurraba:

—*Si viene el byen, para byen ke sea i mis bendisyones ke te alkansen.*

Esa costumbre de arreglar los matrimonios puede parecer-
nos poco sensata, pero antiguamente se daba de manera regular
—hoy en día ese uso se ha ido diluyendo—; no en vano había
mujeres que se dedicaban a indagar quiénes podrían formar
una buena pareja basándose en las características de cada uno,
pero sobre todo, se guiaban por la férrea intuición.

Ventura vislumbró a través del vitral de la cocina el atardecer pleno de nubes aborregadas que se habían matizado de
color rosa. El sol todavía no se ocultaba del todo, y ya la luna en
constantes coqueteos parecía robarle su último reflejo. ¿Era
este un presagio de lo que hallaría en su vida futura? Pensaba en
ello cuando escuchó a su padre llamándolas con una gentileza
casi dolorosa. Estaba contento de haber asegurado la posibilidad de un futuro mejor para Ventura, sin embargo, sabía que
dejarla ir sería someter su amor de padre al sacrificio de tenerla

lejos. Antes de entrar a la sala, su madre la abrazó eufóricamente. La avenencia había terminado y las dos partes parecían estar satisfechas. A partir de ese momento, Ventura estaba comprometida sin haber visto al novio jamás. Al día siguiente, se reunirían en una cena ofrecida por los Eskenazi para conocer al resto de los familiares de Lázaro.

Las berenjenas habían sido desflemadas con horas de anticipación. Su piel color uva se llenaba de ámpulas huecas abultadas con el calor de la lumbre. Lentamente iban anunciando que estaban suaves y listas para ser despojadas de la pulpa y con ella hacer un cremoso puré que no escondía el ligero sabor del ajo. Acompañada de leves chubascos de aceite de olivo y yogur, la mezcla iba forjando su espesura al tiempo que la esencia de lo ahumado se realzaba como el toque que la definiría. Rápidamente doña Sara comenzó a sacar los *mezés* o entradas tradicionales que son el amplio preludio de la comida. Servidos en platos pequeños, los vivos contrastes llenaban de color la modesta pero orgullosa mesa.

Pipirushkas de pimiento morrón, que habían dormitado confortablemente en aceite y vinagre durante veinticuatro horas, darían ese dejo de picardía y seducción provocando que se paladeara siempre un poco más. *Hummus,* preparado como un blanquecino paté de garbanzo sazonado generosamente con ajo, había sido por mucho tiempo el manjar con el que se engañaba don Moshón, quien no tenía acceso a la delicia de una pasta de sésamo. Ensalada de habas que resaltaba los aromas del comino, *trushí* de coliflor en escabeche, y *djadjik* de pepinos con eneldo fresco y yogur casero decoraban la mesa como flores de tonos primaverales.

El propósito de ofrecer estas sabrosas entradas no era colmar el estómago de los importantes invitados de esa noche, sino halagar su paladar y que se enlazaran los *mezés* en una especie de maridaje con el *raki*, bebida nacional parecida al anís. Los judíos en Turquía no comían champiñones por ser considerados alimento de sacerdotes católicos; sin embargo, el resto de las verduras jugaban un papel muy importante en la cocina sefardí y eran tratadas como de primera clase en fritadas de espinaca y calabaza, dando a la carne molida el servicio de rellenar jitomates, papas y hasta cebollas ahuecadas. Sabores y costumbres tejían un entramado en cada familia, y a su vez, como en un juego de espejos, se habían seguido repitiendo por generaciones perpetuando su identidad.

Los primeros en llegar fueron Victoria y su marido, quienes se sentían elementales en la celebración por ser los que revelaron la existencia de Ventura como el antídoto a la soledad de su hermano. No tardó en tocar a la angosta puerta doña Zimbul, custodiada no sólo por su marido, sino por una cascada de cabello escarlata que le acariciaba el talle. Se notaba un tanto ansiosa desde su arribo y mientras abrazaba con un poco de frialdad a su futura nuera, miraba inquisitivamente y en silencio a su marido, pues él ya había conocido a Ventura el día anterior. Jack con su esposa Rebeca, Samuel y Sara, la señorita Mazaltó, así como Luisa, que estaba casada con Jack Levy, imitaron a su mamá felicitando a la novia y presentándose como sus futuros cuñados. Ella sentía cómo la analizaban puntillosamente, como si se les hubiera extraviado algo entre sus cabellos sostenidos en chongo por un prendedor que de manera talentosa lo aderezaba. Ojeadas indagadoras iban y venían, se creía profanada por destellos de desaprobación; no obstante, todos ellos admitían sin remedio, y las mujeres con envidia, que la joven estaba dotada de hermosura. Después de charlar un rato y de haberse tomado su cucharita de *shurup*, doña Sara exhortó a sus invitados a pasar a la mesa que parecía haber sido rociada de manjares por manos invisibles.

La plática se dio entre los hermanos de Lázaro, que daban la impresión de estar un poco más relajados, y los padres de Ventura. Doña Zimbul, sin miramientos, colocaba con los ojos una soga en el cuello de su futura nuera; y es que la idea de que la muchacha tuviera poca educación y no supiera leer y escribir fue algo que de entrada entorpeció esa relación. En su mente, la señora siempre había imaginado "algo mejor" para Lázaro y un inconfesable celo hacía imposible que la futura suegra viera con un poco más de objetividad a la joven. No la aceptó aunque fuera la compañera que su hijo tanto añoraba y la mujer que le tendría siempre un buen plato caliente en la mesa, en especial porque había aprendido a preparar aquellas delicias que se gestaban en la cocina de la señora Sara todos los días. Esto hizo que, más adelante, la oportunidad de una buena relación política se deteriorase como una papa que empieza a arremangar su tez para luego secarse hasta la médula.

Lo único que había ido relajando la tensión en esa mesa era el aire que se llenaba de música, hasta que se escuchó la aguja rozando una y otra vez el final del disco de *Kantikas i romansas en judeo-espanyol*. «*Avre tu puerta serada*» era una *kantika* especial que por generaciones había sido tarareada, cantada y hasta silbada por la familia Eskenazi. Alguna vez doña Sara le había platicado a Ventura que la cultura musical dominante en España en el siglo XV era la *romansa*. Las romanzas eran *kantikas* que contaban historias de valentía, de guerras y de temas cotidianos. El pueblo tomó temas de amor, de celos, y cualquier tipo de relación sentimental. La lengua en todas estas *kantikas* siempre fue el judeoespañol. Cientos de ellas son originales pero anónimas, hubo muchas inspiradas en melodías populares y escritas con palabras judeoespañolas. El estribillo era cantado por todos, salvo por la señora Zimbul que seguía debatiendo en su mente si Ventura se merecía a su hijo Lázaro.

Avre tu puerta serada
ke en tu balkon luz no hay.
El amor a ti te vela,
partemos mi flor,

partemos de aki.
Yo demandi de la tu hermozura
komo te la dyo el Dio.
La hermozura tuya es pura,
la merezco solo yo.

En ese momento, doña Sara sirvió la *agristada,* que en la boca de los comensales fue un manjar, pero en la de Ventura se asentaron los sabores del pescado con huevo y limón que en conjunto ofrecen un platillo suculento, y por separado gestaban el vaticinio del paladar que tendría el trato que más adelante le daría su suegra.

Komer dulce para hablar kon dulzura era la filosofía que la novia había heredado de su madre, así que ayudó a levantar los platos ya vacíos para después servir el postre y huir del movimiento de cabeza con el que acompañaba Zimbul algunos de sus comentarios. Charolas de *baklava* formada por ocho capas de pasta tan fina que se quiebra con el solo roce del antojo al mirarla, y siete de pistaches que reposan en baños de mantequilla derretida y miel, hacían presencia pretendiendo fraccionar la escarcha que se había ido acuñando en el ambiente. Cuando la puerta de la cocina se abrió una vez más, se dejó sentir el aromático y humeante café turco que fue dejando durante horas una estela de intensa fragancia a su paso. Pequeñas tazas de porcelana con grecas que suben y bajan, cada una en su plato a juego, albergaban también un cuadrito de fino *lokum*: el cómodo *rahat lokum*, especie de goma cortada en cubitos, lleva ese nombre justo por tener el tamaño ideal para degustarlo en un solo bocado.

Por años, la señora Sara los había elaborado con agua de rosas, melaza y almidón rellenándolos con pistaches para, al final, rebozarlos con azúcar en polvo y evitar que se pegaran entre sí, manteniendo la quietud de su forma. El pistache, así como el pétalo de rosa o la almendra, constituyen el corazón de esta piel acitronada que palpita de frescura en el paladar deseoso de un dulce complaciente. En esta ocasión, se degustó el contenido de la elegante caja con sello de una de las más finas dulcerías, que los invitados habían obsequiado a sus anfitriones. La tienda de Ali Muhiddin Haci Bekir, situada en la calle Hamidiye Caddesi, número 83, quedaba a dos cuadras de Yeni Cami, la nueva mezquita en ese entonces. En realidad esa zona de Eminönü les quedaba bastante lejos, pero no lo suficiente como para no querer impresionar a los nuevos consuegros con una caja de *lokum* comprada específicamente en esa tienda. Esta era la más famosa en Estambul, y cómo no iba a serlo si pertenecía a la familia de Haci Bekir, que fuera el confitero de la corte imperial a fines del siglo XVIII, cuando por petición del sultán, quien se rompió un diente comiendo caramelos duros, exigió la creación de un dulce suave. Haci Bekir creó estos caramelos que desde entonces han estremecido y nunca hastiado los paladares turcos.

La espuma del café flotaba al ras del borde de la taza esperando ser sorbida como obertura de los dos cortos tragos que terminarían con su contenido. En su espeso sedimento normalmente las mujeres leen el destino anunciando viajes, casamientos y aventuras; en este caso no era necesario examinar el fondo en la taza de la joven novia para saber que todo esto habitaría su futuro.

—*Bendiças manos* —alabaron los nuevos familiares refiriéndose a doña Sara, la cocinera de la deliciosa cena que habían gozado.

Esa noche, la suerte de Ventura quedó sellada. Ella miró a intervalos a su madre y a su futura familia. Finalmente, sonrió como lo hacen los niños a los que se les promete una recompensa, sin estar del todo segura de cuál sería la suya propia.

✤ Bureks

½ Kilo de harina cernida
1 Taza de agua tibia
1 Taza de aceite
Sal al gusto
RELLENO
3 Papas grandes cocidas y machacadas con el tenedor
2 Huevos batidos
Pimienta negra molida al gusto
½ Taza de queso gouda
½ Taza de queso parmesano
½ Taza de queso *kashkaval* o manchego
2 Cucharadas de mantequilla derretida

Se junta la harina con el agua y el aceite y se forma la masa que se deja reposar 15 minutos. Después se forman bolitas de masa que se aplanan con el rodillo sobre la mesa enharinada y se cortan círculos con la ayuda del filo de un vaso. Los quesos se revuelven con la papa y la mantequilla y se rellenan los círculos formando el *burek* como una empanada. Para cerrarlo, se presiona con los dientes del tenedor en todo el rededor. Se barnizan con huevo y se les espolvorea queso rallado o ajonjolí. En una charola engrasada, se meten al horno a 180 grados de 20 a 25 minutos o hasta que queden doraditas. También se pueden rellenar de berenjena asada y sudada previamente. Se muele y se revuelve con los mismos quesos.

✤ Boyos

½ Kilo de harina
½ Cucharita de sal
300 ml de agua
Aceite, el necesario
½ Kilo de acelga picada muy pequeñita
¼ Queso parmesano rallado

Se hace la masa una noche antes y se deja reposar. Un día después, se amasa durante 5 minutos y se hacen bolitas que se dejan nadando en aceite toda la noche. Al día siguiente se les escurre el aceite y se devuelve a la botella. Se mezcla la acelga picada, cruda, con el queso parmesano. Se espolvorean con un poco de harina, pimienta y sal. Se aplanan las bolitas de masa con el rodillo sobre la mesa enharinada y se rellenan con acelga. Se ponen las bolitas ya rellenas en un recipiente. Se espolvorean con queso encima y se hornean hasta que queden doraditas.

✤ Dulce de vyshna

1 Kilo de cerezas negras maduras
1 Kilo de azúcar

A las cerezas maduras se les quitan los rabos y huesos. Una vez limpias se ponen en un recipiente alternando una capa de cerezas con una de azúcar, empezando y acabando con azúcar. Se dejan en el recipiente un día entero. Se ponen en la lumbre alta durante media hora moviendo constantemente para que no se peguen. Se dejan enfriar, se ponen en tarros de vidrio y se tapan. El dulce estará listo para comerse al día siguiente.

✤ Pipirushkas

4 Pimientos rojos
2 Tazas de aceite
Un chorro de vinagre
3 Cucharadas de consomé de pollo en polvo

Se asan los pimientos en la lumbre hasta haberse ennegrecido. Se meten en una bolsa de plástico un buen rato para que suden y después se pelan. Se lavan y se cortan en tiras delgadas. En un vitrolero se pone el aceite, el vinagre y el consomé con las tiras de pimiento. Se dejan encurtir 2 o 3 días moviéndolos diariamente.

✤ Trushí

2 Coliflores lavadas y picadas
6 Nabos pelados y rebanados en rodajas de 5 cm de grosor
1 Col blanca picada en cuadros medianos
2 Betabeles picados en cubos
1 Cabeza de ajo partida por la mitad y sin pelar
2 Chiles serranos enteros

2 Tallos de apio picados en cubos

10 pimientas gordas enteras

½ manojo de hierbas de olor

2 Litros de agua

2 Litros de vinagre de manzana o de caña

1 Cucharadita de azúcar

½ Taza de sal

En un recipiente de vidrio se acomodan la coliflor, los nabos, la col, el betabel, los ajos, los chiles, el apio, las pimientas y las hierbas de olor alternadamente. Aparte, se mezclan el vinagre, el agua, el azúcar y la sal. La mezcla se vierte en el recipiente que tiene las verduras hasta llenarlo. Se tapa con una bolsa de plástico y se deja reposar a temperatura ambiente durante 3 días o hasta que el líquido se haya pintado de rojo. En ese momento se refrigera. Se usa para acompañar cualquier platillo.

✤ Djadjik

500 Gramos de yogur

2 Pepinos medianos

1 Cucharadita de sal

2 o 3 Ramitas de eneldo

1 Cucharadita de menta seca

1 Diente de ajo triturado

2 Cucharadas de aceite de oliva

Se pelan los pepinos y se pican en cubos pequeños. Se les pone sal y se apartan. Se bate el yogur con un tenedor y poco a poco se le agrega una taza de agua. Se le incorporan los pepinos picados y el ajo triturado. Se vierte un poco de aceite de oliva y por último se agregan la menta seca y el eneldo picado.

✤ Yogur casero

1 Litro de leche fresca

1 Bote pequeño de yogur natural

Se calienta la leche a fuego lento y justo antes de que rompa a hervir se retira del fuego. Se deja enfriar. Una vez tibia se vierte en un contenedor de plástico o vidrio, pero no metálico, se le agrega el yogur y se mueve con movimientos circulares hasta que quede incorporado. Se tapa con un paño grueso. Se deja reposar a temperatura ambiente hasta el día siguiente, removiendo de vez en cuando. Para entonces debe haber cuajado. Se almacena en contenedores pequeños para consumirse individualmente y se mete en el refrigerador.

*Notas: es preferible consumirlo esa misma semana; es importante reservar un vasito de este yogur para hacer con él la siguiente tanda.

✤ Agristada

1 Taza de agua
2 Cucharaditas de consomé de pollo en polvo
3 Huevos batidos
1½ Cucharadas de harina cernida o fécula de maíz
El jugo de 3 limones
1 Cucharadita de sal
1 Cucharadita de azúcar
1 Cucharadita de pimienta

En una taza de agua se disuelve el consomé de pollo a fuego lento. Se deja enfriar. Se baten los huevos enteros con la batidora y se incorpora la harina o fécula de maíz y media taza de agua. Esta mezcla se añade al caldo ya frío y se pone todo junto a fuego bajo nuevamente. Sin dejar de mover con un cucharón de madera, se agrega el jugo de los 3 limones poco a poco, así como la sal, azúcar y pimienta. Se cuece a fuego lento durante 6 o 7 minutos, moviendo constantemente. Se vacía en un platón extendido y se deja enfriar. Se puede servir con tortitas de poro, de pollo o de carne molida.

✤ Pescado con huevo y limón

2 Cucharadas de aceite
2 Cucharadas de perejil picado
1 Cucharada de cebolla picada
1¾ Tazas de agua
½ Taza de jugo de limón
Una pizca de azúcar
½ Kilo de filete de pescado

Sal y pimienta al gusto

2 Huevos revueltos

En el aceite caliente se acitrona la cebolla y se marchita el perejil. Se agrega el agua, el jugo de limón, la sal, la pimienta y el azúcar. Al soltar el hervor se agrega el pescado y se deja hervir durante 15 minutos. Se retira del fuego. A los huevos revueltos se les agrega poco a poco 6 cucharadas del caldo del guisado sin dejar de batir para que el calor no cuaje el huevo. Se agrega la mezcla de huevo al guisado y se deja reposar unos minutos. Se come al momento y no se debe recalentar.

✤ Lokum

En esta receta antigua se hierve azúcar y fécula de maíz en agua durante 1 a 2 horas hasta que espese. Se puede agregar un sinfín de frutos secos como almendras, pistaches, avellanas y hasta pétalos de rosa. Se vierte en bandejas especiales de madera poco profundas, salpicadas de fécula en la base y encima. Se deja reposar de 24 a 48 horas. Cuando se enfría y tiene una consistencia flexible, se quita la fécula cepillándola. Se le rocía azúcar glas y se corta en pequeños cubos.

✤ Masa filo

250 Gramos de harina

2 Huevos

1 Cucharadita de sal

1 Cucharadita de aceite de oliva

200 Gramos de fécula de trigo

⅕ Taza de agua

Se cierne la harina y se pone en cúmulo en la mesa de trabajo. Se hace un hueco en el centro y ahí se agregan los huevos, la sal y ⅕ de taza de agua. Se mezcla bien y se amasa durante 15 minutos. Se cubre con un trapo húmedo y se deja reposar durante ½ hora. Se unta la masa con el aceite de oliva y se amasa de nuevo durante 15 minutos. Se divide en 8 pedazos iguales y se rocía cada uno con la fécula. Con un rodillo de madera, se estiran para hacer discos de 15 centímetros de diámetro. Se rocían de nuevo con fécula y se colocan todos juntos, uno encima del otro. Se dejan reposar de 15 a 20 minutos. Se estiran de nuevo, todos juntos, para hacer un disco grande. Se separan las hojas de masa, se rocían con fécula, y con un *oklava* (rodillo largo de aproximadamente 80 centímetros y tan delgado como el dedo, indispensable en la cocina turca) se estira la masa hasta obtener el espesor de una hoja de papel, que quede casi transparente. Se apilan todas las hojas, una encima de la otra. Estas hojas finas de masa son la base de empanadas y pastelillos.

IV

Desde sollozantes puertas desvencijadas, los mercaderes asomaban ofreciendo pendientes y alhajas para el mal de ojo. Usados en pulseras, dijes, collares, o simplemente colgando de un listón azul, los *oshos* contrarrestan los malos deseos de la gente enemiga y actúan como símbolos protectores. La superstición dice que deben neutralizarse los malos augurios de las personas negativas. La mamá de Ventura no dudó en comprar varios de estos amuletos para ponerle uno prendido del vestido, otro en una cadena de plata y uno más colgando de un brazalete, todo él constituido de *oshikos* más pequeños.

De antemano habían ido a ver a la *kurshunyia*, una especie de curandera dedicada específicamente a hacer limpias, quien le haría a la joven ese ritual antes de partir. Mucha gente recurría a estas costumbres para quitarse la *sar*, la tristeza, o para alejar las malas influencias, o simplemente para sentirse protegida de enfermedades, accidentes o daños deseados por otras personas, y así, cada año la *kurshunyia* era llamada a la casa. En este caso, era un acto para mandar a la novia libre de cualquier mal de ojo y tener la tranquilidad de que las buenas energías la acompañarían en su largo viaje; después de todo, no faltaría quien le tuviera envidia por la oportunidad que significaba su futuro matrimonio en México, y los elogios muy específicos y persistentes daban mala espina. La curandera, una arcaica mujer doblada casi en dos por la espalda, había tomado una cuchara llena de plomo que derritió sobre la lumbre y la pasó por la cabeza y el corazón de Ventura mientras sostenía en la otra mano un tramo de tela arrancado de una de las prendas más usadas por la joven casadera. Deslizó un huevo crudo por su aura, por brazos y piernas, pecho y espalda, y sobre todo por la mente y el espíritu lozano que se sentía salvaguardado al ver cómo el huevo formaba una especie de ojo al romperlo y dejarlo caer en una olla de peltre con agua hirviendo y sal.

—*Akí kedo el mal, i ke se vaiga al dip de la mar* —y por unos segundos, la vieja sanadora de almas permaneció con los ojos cerrados ante el vapor ardiente de la inocua poción.

Renovó el sortilegio untando con alumbre el cuerpo de la muchacha. Finalmente tomó la mano suave y dócil de la novia. Ventura le mostró la diestra que, humedecida por el sudor, reflejaba el nerviosismo que sentía. En ese momento había tomado conciencia de que su partida tenía tintes de realidad y de que este ritual se estaba llevando a cabo a causa de su cercana despedida. La curandera observó con detenimiento las líneas estampadas en su palma y le dijo:

—*Eskrito esta sobre la palma, lo ke debe de yevar la alma.*

En efecto, parecía estar marcado el camino que habría de andar, de tal manera que no sabía si ella estaba escogiendo su destino, o si era el destino el que la elegía a ella. Lo que para la curandera no se diluía era la certeza de que la suerte de la pareja ya se había decidido en el cielo.

Más allá de los familiares que advertían con alegría y esperanza el futuro de Ventura, con toda seguridad también estaba quien, con una doble intención medio oculta, le hiciera la pregunta a Sara sobre hacerle una limpia:

—*¿Ya aprekantatesh a tu ishica?*

Y así el proverbio de que «*Akel se yama allegre i kontente, el ke tyene plazer d'el prospero del d'enfrente*», no por fuerza aplicaba a todos los que sabían sobre el casamiento de Ventura. Algunas personas con máscaras de circunstancia le hacían ver que dejaría el clima mediterráneo de veranos cálidos e inviernos lluviosos por el de la total incertidumbre, que iba desde el hecho de no saber en qué parte del mapa quedaba México, hasta insinuar que el barco pudiese quedar hundido en las profundidades marinas.

Iba a dejar Turquía, la que alberga a Izmir o Esmirna, considerada por muchos la tierra natal de Homero, la perla del Egeo, la que vio clavar los maderos del caballo colosal. Iba a dejar la vieja Constantinopla que por miles de años fue el escenario de distintas soberanías. Iba a dejar Turquía, la tierra con olor a comino. Iba a dejar Turquía y su cielo sostenido por minaretes dorados. Ventura consideraba que Turquía era el museo al aire libre más grande del Viejo Mundo. Ahora iría a conocer el Nuevo Mundo, y se encontraría con otra civilización, con un pueblo afectuoso y hospitalario que nunca vacilaría en albergarla y que la marcaría como un sello lacrado en pergamino. Jamás dejaría de extrañar el Monte Ararat que sería reemplazado por el Iztaccíhuatl; o bien, Pamukkale, que significa castillo de algodón, el lugar en que la familia Esquenazi de vez en cuando iba a vacacionar; eso, si su economía mostraba alguna esplendidez. Este lugar era la antigua ciudad de Hierápolis que dejó como vestigio baños romanos, y su necrópolis de dimensiones extraordinarias. Pero Ventura no acudía ahí, ella iba a las fuentes termales que habían sido creadas por capas calcáreas tomando formas indefinibles, donde las piscinas a distintos niveles acentuaban un milagro visual de aguas que continuamente lavan sus terrazas erigidas por la acumulación de cal. Los pies de Ventura, como los de Sara y los de las pequeñas Rebeca y Regina, caminaron descalzos en esas aguas; más adelante, solamente los de Ventura caminarían en lo más parecido a esos ríos minerales: Ixtapan de la Sal.

Al comprar, era imprescindible entrar en el juego del regateo. Para los turcos es una manera de establecer una relación entre el cliente y el vendedor. Es casi una filosofía de vida en donde la prisa no cabe. Para iniciar la conversación, doña Sara emitió un saludo cordial sellado con una sonrisa. Preguntó por la salud de la familia, el negocio y, por último, indagó el precio de lo que había llamado su atención. La cantidad era elevada. Mientras madre e hija debatían el monto, el dueño de la tienda las invitaba a sentarse ofreciéndoles un *elma chai*. Este es un té de manzana preparado tradicionalmente en una tetera de latón poco voluminosa con un asa delgada pero resistente. La boca, como si fuera una pequeña trompa de elefante, deja escapar el té hirviente reposado en la abultada redondez del cuerpo de la vasija, plena de motivos que parecen tatuajes con diseños al modo de las telas turcas. Si acaso la diminuta tapa chocara con cualquier parte de la tetera, al igual que en una copa de cristal de bohemia, el sonido continuaría reverberando algunos instantes. El *elma chai* se sirve en vasitos de vidrio, a veces de colores o transparentes, que tienen una franja de tres rayas doradas, una gruesa y dos delgadas, las cuales circundan la parte más angosta del recipiente como abrazando la cintura de una mujer bien formada, e invitan a beber el contenido. El vaso descansa en un plato también de latón que lo recibe en un círculo concéntrico del tamaño exacto donde se posa y reposa el té que en unos minutos habrá de beberse para no perder su calor. La cuchara, cuyo mango ostenta una rosa, es tan minúscula que escasamente puede albergar tres gotas, porque su única función es la de mover el agua hirviente de la infusión. Los vasitos se colocan en una charola que repite los motivos grabados y al centro ostenta la firma sintetizada del sultán. Sus tres brazos ascendentes, como si fueran cordones trenzados, culminan en una especie de campana que resume la triada de extremidades y se corona con un círculo a manera de asa para transportar el juego de té. Con un tronar de dedos del vendedor, apareció de inmediato un chiquillo que manejaba la charola llena de vasitos de vidrio como si no tuviera miedo de que se le rompieran. Metiendo tres dedos en el aro, la columpiaba de un lado al otro hasta casi darle una vuelta completa en el aire. No se derramaba ni una gota. Mientras sorbían su ardiente *chai*, la señora Sara ofreció menos de la mitad del precio inicial; sabía que, a partir de ahí, cualquier importe que consiguiera sería un costo más razonable.

—*Ventura, ishika mía, no kero que te manke el osho en América. Me inyierva penzar que allá no tengash muestras kosas para el buen mazal*[1] *i algo que te proteja del osho pezgado.*

Doña Sara tenía razón, en México sería difícil para su hija conseguir específicamente algunos de esos amuletos para la buena fortuna y protegerse del mal de ojo, y se repetía infinidad de veces: «*Osho malo, avla mala, ayin ara ke no mos toke*». Deseaba que el mal de ojo, las palabras que dañan y la mirada envidiosa no alcanzaran a su hija. Ventura trataba de disimular su nerviosismo, sin embargo, sus dedos alterados la delataban cuando enredaba en estos su cabello. Jalaba consistentemente un mechón que había perdido su grosor en esos últimos días en que el calendario dejaba a un lado su vanidad para envejecer con cada semana que, en el sentir de Ventura, pasaba con inquietante rapidez. Su madre conocía perfectamente los hábitos que la joven repetía cada vez que era presa del temor, pero le tranquilizaba saber que estaría cuidada por ese talismán y por su propia autosugestión. Se acostumbraba que si el ojo se rompía, tenía que ser sustituido de inmediato. Eso sería un poco

1 Suerte.

más difícil estando la recién casada lejos de casa, pero descubriría en el mercado de Sonora o de los Brujos, como mucha gente lo llama, supersticiones, rituales y otros fetiches que por generaciones los mexicanos han tenido para conferirles la capacidad de atraer la buena suerte y la protección.

De pequeña había escuchado la historia una y otra vez: en épocas del Imperio otomano, una de las batallas contra otro pueblo vecino estaba prácticamente ganada. Con inusitada confianza, los soldados se acomodaron bajo la sombra de los árboles para descansar un poco. Cayó la noche y el enemigo que los acechaba vio la oportunidad de sorprenderlos. Cuando estaban a punto de ser atacados, un búho con su recio ulular los despertó de pronto. Los otomanos reaccionaron justo a tiempo ganándole al adversario y aceptando que si no hubiera sido por el ave noctámbula que sirvió de soplón, seguramente los hubieran matado mientras dormían. Desde entonces se le atribuyeron a dicha especie poderes extraordinarios contra el mal de ojo. Así, usar un amuleto, de preferencia azul, hace alusión al estado del búho que siempre está despierto y alerta contra el enemigo. Esta es una leyenda que la señora Sara relataba a sus hijos imitando el ulular del ave, y los mantenía casi sin parpadear escuchando la historia, *uuh… uuh*. En realidad, su origen se remonta a las primeras migraciones del norte de Europa. Los turcos creían que las personas de ojos azules producían el *nazar boncuk* o mal de ojo. Para prevenirlo, desde entonces se cuelgan un *oshiko* color cobalto; de esta manera, las miradas se cruzan y no cobra efecto el mal agüero. Las supersticiones formaban parte de la vida en la familia de Ventura, como en muchas otras de la región. Surgieron de antiguas creencias de los pueblos de Anatolia, los cuales dicen que los sentimientos negativos del hombre, principalmente la envidia, se muestran a través del iris.

—*Aide isha, ya sta, ande vayas que te kudie sempre este osho.*

Con las manos temblorosas de emoción, doña Sara puso una cadenita alrededor del cuello de Ventura. Le tomó unos cuantos segundos abrocharla, ya que no atinaba a meter la pequeña argolla en el seguro. Al frente, destacaba el ojo azul de varias capas de cristal esmaltado con una montadura en plata. Depositar su suerte en este objeto le generaría a la joven una actitud de confianza, se sentiría segura y protegida, sobre todo porque dicho ritual provenía de su madre, en el cual se habla de los ángeles.

—*Este otro es para tu mueva kaza. Para ke durmas trankila i te proteja de las osheadas. Este lo debes poner serka de la entrada donde se vea. Kuatro cantonadas ay en la kaza. Kuatro mallahim ke los akompanyen, i los guadren de ira, de sanya i de mala muerte.*

Ventura fue aquietando la intensidad de sus emociones, llenando su corazón con los buenos deseos de su madre. También la señora Sara estaba más tranquila, después de todo lo primero en su lista de pendientes era comprar tan importante fetiche para su hija.

Entre puestos y mercancías, Ventura y su madre cruzaron por las jorobas de las callejuelas del rumbo de Eminönü para llegar al Bazar de las Especias: el Bazar Egipcio. Diferentes pimientas en grano, frutos secos, esponjas de mar y panales de miel de un delicioso color ámbar custodiarían sus pasos. En su trayectoria observaban a hombres, jóvenes y viejos, sentados en cajas de madera jugando *shesh besh*, el pasatiempo oficial de los turcos, un juego de fichas parecido al *backgammon*, y bebiendo el refrescante *raki*. Los techos de teja roja albergaban la vid entrelazada que se tendía desde las ventanas para trepar a lo alto de los balcones proveyendo de sombra y fruta a sus inquilinos. De las terrazas tramadas con enredaderas colgaban las tradicionales alfombras: los *kilims* de lana y los *shirvan* eran desempolvados por las señoras —las esposas de los que pasaban el tiempo en torneos de *shesh besh*— quienes, pegándoles con un palo, sacudían meses de costumbres que datan de siglos. Luego descansaban de tan fatigosa tarea con una buena taza de café turco *sade* —sin azúcar— acompañado de un vaso de agua para limpiar la boca del espeso y amargo asiento.

V

Una bruma condensada caía sobre la ciudad turca. El calor y el ambiente húmedo habían sacado a la gente de sus casas para sentarse en la acera a esperar una brisa que nunca llegaría. El empedrado de las calles había sido estriado por los senderos metálicos del tranvía de la línea T1 Zeytinburnu-Kabataş, el tranvía nostálgico, como muchos le llamaban, ya que pasaba por la Mezquita Azul, la Basílica de Santa Sofía, el Gran Bazar y, por último, el Bazar de las Especias o Bazar Egipcio. Los inicios de este último se remontan a 1663 y su nombre remite al momento en que Estambul marcaba el final de la ruta de la seda y era el centro de distribución de toda Europa. A unos pasos del puente Gálata, Ventura y su madre se sentaron en una banca para descansar de su caminata; desde ahí observaron a la gente que bajaba del tranvía y escogía por cuál de las seis diferentes entradas introducirse a ese mundo en el que se respiraba una mezcla de comino, orégano y clavo. Doña Sara sabía con precisión a qué puerta dirigirse: la puerta tres era la que la llevaba directo a los puestos en donde por lo general hacía sus compras. El carmín de la páprika en pequeños montículos perfectamente enfilados contrastaba con las colinas de curry color mostaza. La pimienta negra coqueteaba entre los dientes de ajo secos. Las pepitas de girasol y las hojas de menta se asomaban en medio de los troncos de jengibre y las ramas de eneldo.

Las dos mujeres se hundían en ese aroma y en una sincronía de pensamiento como sólo la pueden tener madre e hija. Se vislumbraban rodeadas de los azulejos color crema de la cocina que es como un pequeño templo, su *kal* íntimo en donde celebraban día con día el ritual de preparar los alimentos. Si bien no eran muy apegadas a su judeidad y a visitar la sinagoga cada *Shabat*, sí eran muy cercanas a las tradiciones y para ellas preparar los platillos ancestrales tenía la seriedad de un encuentro divino.

Mercaderes de turbante y pies descalzos les ofrecían, vociferando, probar cualquiera de las delicias que tenían en venta. Efusivos, charlatanes, políglotas y bromistas son algunos de los adjetivos que pueden utilizarse para describir a los vendedores que jaloneaban del brazo a Ventura para llamar su atención, pero siempre se encontraban con un manotazo de doña Sara que de inmediato reaccionaba a la impertinencia. Estaba acostumbrada; después de todo, acudía al laberíntico Bazar Egipcio con cierta frecuencia. Finalmente, compraban unos gramos de dientes de ajo secos, que más tarde la señora Sara metería en bolsitas de fino hilo, tejidas a gancho con sus propias manos, de color añil, semejante al del amuleto ojiazul que consiguieron para la casa:

—¡*Ashos i klavos! Ya me staba olvidando, unos ashikos te tejeré también para kuando estés preñada. Yo ke sé si mos veremos pronto.*

Esta expresión de ajos y clavos, de gran trascendencia entre los sefardíes, equivale a decir que ojalá no suceda algo malo.

Durante unos minutos, Ventura se había sentido un poco más relajada entre los osados y seductores aromas del mercado; sin embargo, esa frase de su madre sembró una vez más en ella una enorme incertidumbre, y su futuro se convirtió en un precipicio en el que tuvo que arrojar la ingenua despreocupación propia de su edad sin conseguir ver el fondo. Así cayó Ventura en la cuenta de que era probable que no viera a su familia en muchos años. Su situación económica no les permitiría hacer un viaje a México para visitarla, y ella... ella ni conocía a su futuro marido como para saber si en algún momento la dejaría volver a Estambul.

Al percatarse Sara del intermitente parpadeo de su hija, le puso la mano en la espalda y con tres silenciosas palmaditas le dio a entender que, aunque no estuviera con ella en esos momentos únicos e inolvidables, siempre estaría presente. Compraron la henna que utilizarían la noche del jueves previo a la partida de Ventura en la ceremonia de la novia. Tradicionalmente esta añeja ceremonia se hace el jueves antes de la boda, que se celebra en domingo. En esta celebración, se pintan las uñas con henna y luego se mezcla con agua y se le mojan los pies a la novia para que sea muy fértil. Con panderos se canta y se baila, atando a sus caderas velos enfilados con monedillas al son de: «*Ella es alta komo el pino, alelumbra mas kel oro fino*».

Otra tradición muy importante es el baño de la novia, el cual consiste en que la joven se sumerja siete veces en la *tevilá*, una especie de tina llena de agua de lluvia. Esta ceremonia es una purificación no sólo del cuerpo sino del alma y le abre las puertas del cielo a la futura esposa para que pida por los necesitados y enfermos. Las consuegras le parten una rosca de pan con almendras blancas en la cabeza a la joven casadera en señal de buena suerte. En nuestros días ya sólo pervive este rito que llena de emoción y de buenos augurios, y que al llevarse a cabo uno o dos días antes de la boda, toca la sensibilidad de las mujeres de la familia que, de por sí, están con las emociones manando como hierba silvestre en época de aguaceros. Una bolsa de pasitas amarillas o sultanas remató las compras. En el patio exterior del Bazar Egipcio se respiraba una atmósfera puramente oriental que por mucho tiempo Ventura se atrevería a extrañar cada vez que se encontrara en el mercado de La Merced, en donde se sentiría tan fuera de lugar como si fuera una berenjena rodeada de ciruelas.

De regreso a casa pasaron por el mercado de pescado. Se dirigieron al puesto de siempre. El letrero leía: *Balıkçi Sultan*, que significa el «rey del pescado». Este hombre al que se refería el rótulo poseía una mirada insistente que provocaba en las clientas el deseo de comprar más de lo que en realidad tenían planeado. Su trato amable al atender le había valido la fidelidad de doña Sara, quien llevaba años visitándolo una vez a la semana para llevar a casa lo que su mercader le señalara como lo más fresco de la temporada. Las enormes charolas redondas exhibían las delicias de la península, la cual, al encontrarse bañada por tres aguas diferentes en sus costas, ofrecía una enorme variedad de pescados de la zona. El mar de Mármara, el mar Mediterráneo y el mar Negro confluyen en las tierras de Estambul, como si asistieran a una ceremonia, como si se tratara de uno de los ejes del mundo. En premeditado embudo, forman un solo cauce que se dirige al estrecho del Bósforo, separando la parte europea de la asiática de la ciudad de Estambul y acercándose como si quisieran tocarse los labios. Justo en el punto en donde entra el mar de Mármara en dicho estrecho, se forma una península en cuya punta descansa la vieja Estambul. El Cuerno de Oro, santuario en forma de punzón y puerto natural, desemboca en el mar de Mármara y divide la parte europea de la ciudad, como si fuera una amante indecisa, entre la ciudad vieja y la zona de Gálata. Según la leyenda, el nombre de Cuerno de Oro se debe a la cantidad de objetos de valor que los bizantinos sumergieron en sus aguas y a las tierras fértiles que rodean la belleza de su forma. Ventura respondería a lo largo de su vida que ella era de Mármara.

Los rótulos del mercado muestran los precios de langostas, diversos caviares, cangrejos vivos y apetecibles ostras. Todos estos pasaron desapercibidos para Sara y Ventura, quienes con toda intención volvieron la mirada hacia el hielo picado que daba sustento a lo que sus liras podían comprar: *orfoz*, *kalkan* y *alabalik* entre otros; los mariscos que ignoraron aliñaban solamente las mesas de los ricos. Con una mirada llena de complicidad, las dos mujeres sonrieron acercándose al brazo fuerte y velludo que degollaba el *palamut*. Sara aprovechó para instruir a su hija en cómo seleccionar un buen pescado y asegurarse de su frescura, y aunque comprar en este puesto garantizaba precisamente eso, ella ignoraba en qué lugar Ventura acabaría haciendo sus compras:

—*No te debe de goler mui fuerte, i fijate bien en la klaridad de los oshos i las brankias ke sten koloradas.*

Con un solo golpe de su enorme cuchillo, el rey del pescado le desprendió la cola y procedió a descamarlo mientras Ventura observaba el mandil salpicado de diversidad marina que le cubría la barriga.

El delicioso *firinda palamut* que Sara iba a cocinar para la cena de esa noche era el preferido de Ventura: bonito al horno con cebolla, jitomate, pimiento verde y aceite de oliva. Ella tendría que recordar por mucho tiempo ese sazón especial que le ponía su madre antes de volverlo a paladear alguna vez. Dos kilos de *fener* fileteado y un *lüfer* completo remataron las compras del día junto con las imprescindibles anchoas. Cabe mencionar que toda la gente del Mar Negro come anchoas, ya sea en panes o en arroz, en sopas, inclusive como postre.

El pescado es cura de melancolía, es protección contra el mal y promesa de fertilidad.

—*No te olvides de kosinarle un buen pishkado a tu marido* —recomendó doña Sara a su hija, siguiendo la tradición de que el pescado debe ser la primera comida en un nuevo hogar para espantar los malos espíritus.

Con un gesto de complacencia prosiguió:

—*Esta semana vo guizarte lo ke te plaze, no sabemos si en América tenen estos pishkados que tenemos mosotros. Vo invitar i a los vizinos de enfrente de la kaleshika para ke se dispidan de ti antes de partir, la kara en el lodo si no se enteran de las muevas noticias. Ellos te keren muncho.*

Rebosantes de verdor, las bolsas de mercado dejaban aso-
mar alcachofas, espinacas y ejotes, mezclándose con el color
púrpura de las berenjenas. En casa de los Esquenazi, estas tenían un lugar especial. Doña Sara las sabía preparar en más
de cuarenta formas diferentes, y todas ellas espléndidas. Fritas,
rellenas, horneadas, asadas o en jitomate, las berenjenas no eran
un accesorio sino un platillo relevante.

Sara y Ventura se sentían ya fatigadas. El sudor les lamía el
cuello, sus brazos agotados todavía tenían que cargar las atestadas bolsas y sus labios resecos clamaban por encontrar a un
aguador. Campanilleos incesantes sonaron anunciando a uno
de estos personajes de chaleco rojo con bordados amarillos y
una especie de babero a la cintura delineado con pequeñas bor-
las que se mueven al ritmo de sus pasos. Él les ofreció un vaso
de agua de su charola de metal, que cargaba sobre el pecho y era
sostenida por una correa que le cruzaba por el cuello.

—*Ya sto shasheada, vamonos a kaza* —dijo doña Sara, aunque no se sentía mareada, sino que ya no le quedaban fuerzas
para seguir caminando.

Se dirigieron a la parada del tranvía y, en cuanto se sentaron, las emociones de los últimos días, entrelazadas con el
cansancio, les hicieron sentir el camino a casa como una larga
sentencia. Habían cumplido con el itinerario y, cuando por fin
llegaron, Ventura observó a su madre en la cocina, sin duda
el sitio favorito del hogar. Los murmullos del mercado todavía zumbaban en sus oídos como abejas en enjambre. Suspiró
profundamente al contemplar con detenimiento el vapor que
despedían las alcachofas al hervir. Los genuinos aromas de diferentes guisos brotaban de las cacerolas y se confundían en un
linaje envolvente que ella deseaba conservar impregnado en su
ropa, en su piel y en su memoria. Regina, su hermana de escasos cuatro años, le abrazó cándidamente las piernas, que era el
sitio hasta donde sus brazos alcanzaban. Ese gesto, como una
premonición, vaticinó la nostalgia que con certeza sentirían

todas ellas más adelante. Las dos intentaron evadir las lágrimas sin ningún éxito mientras Sara les decía:

—*Ke vivan i sengrandezkan tan feliz como los pishkados en las aguas freskas.*

✤ Firinda palamut

4 Filetes de bonito

2 Cebollas

El jugo de un limón

Hojas de laurel

Sal

Pimienta negra

Aceite de oliva

Se cortan las cebollas en gajos y se ponen como base en una charola para hornear. Se colocan los filetes de bonito sobre la cebolla y se espolvorean con pimienta negra molida y sal. Se agrega el aceite de oliva y el limón; las hojas de laurel se colocan encima. Se mete al hono precalentado durante 30 minutos.

VI

El Palacio Postal de la Ciudad de México fue el cordón umbilical entre los judíos establecidos en estas nuevas tierras y sus lugares de origen. Receptor de millones de cartas de amor, de buenas nuevas, o de anhelos incumplidos, el edificio de la esquina de Tacuba y San Juan de Letrán (hoy Eje Central) había sido visitado por Lázaro todos los días durante las últimas dos semanas. Su antesala fue fallida en aquellos corredores de mármol y herrería de bronce sobre los que volvían sus pasos ante la negativa de que hubiese correspondencia a su nombre.

Era un viernes fresco, poco común para la época del año; abril daba normalmente la bienvenida a temperaturas que escalaban con entusiasmo sobre las calles, las cuales se iban ensanchando mientras más se alejaban del centro. Lázaro entró al edificio de correos a través de las puertas metálicas sostenidas por una marquesina de hierro forjado y la fachada de cantera. Por unos instantes se quedó admirando la espléndida escalera doble del vestíbulo principal y el vitral emplomado de casi cien metros cuadrados; no se había detenido a verlo con todo detalle en sus visitas anteriores, ya que como un ciego que se guía por sus propios pasos, iba directamente a las ventanillas para preguntar si algo había llegado para él. El torneado del bronce de esta especie de taquillas le llamaba mucho la atención y le hacía sentir la elegante soberbia del lugar cada vez que sus ilusiones se convertían en una polvareda que se dispersaba con el gesto descortés que puede producir un *no*.

Se acercó al mostrador de siempre para inquirir acerca de su correspondencia. Una señora de mediana edad y de cabello oscuro pero clara sonrisa lo miró a través de sus anteojos de grueso armazón diciéndole convencida:

—Señor, creo que finalmente llegó el sobre que esperaba.

Lázaro se sentía como el ebrio que no distingue entre la realidad y sus deseos, había ansiado escuchar estas palabras tantas veces que ahora no estaba seguro de estar oyendo bien. Era como si los escombros de las insistentes decepciones anteriores se le hubiesen apilado en la cabeza y no le permitieran comprender que esta vez sí había una carta para él. Mostrando un gesto de complacencia, la señora de cabello azabache le entregó la esperada misiva con una actitud ceremoniosa y un guiño. Lázaro se dio la vuelta sin poder dar un paso más, hasta que el ademán del hombre que seguía en la larga hilera lo hizo reaccionar. Sonrió para sus adentros y el trayecto a pie que normalmente le tomaba veinte minutos se prolongó casi el doble. Caminó despacio haciendo dilatadas pausas. Veía con nuevos ojos las maravillosas construcciones coloniales frente a las que había pasado innumerables veces, en calles como Madero, Cinco de Mayo y tantas otras que desembocan en el Zócalo, hasta que algún transeúnte con prisa lo empujaba en su andar y Lázaro se apartaba de un salto como despertando de un ensueño. Finalmente y sin saber cómo, se encontró frente a la puerta de la vecindad. Subió la escalera, cuyos peldaños retumbaban con la impaciencia de sus agitados pasos. Como si alguien lo estuviera persiguiendo, entró a su habitación, cerró la puerta y echó llave.

Los timbres alineados en la esquina del sobre amarillento exhibían el sello turco tantas veces visto en la correspondencia con su familia, pero en esta ocasión, el nerviosismo por descubrir la imagen que dormitaba dentro lo hacía sentir como si fuera la primera vez que recibía una carta. Se sentó en la orilla de la cama y desgarró la cubierta que de inmediato dejó escapar un aliento a gardenias. Intrigado llevó el contenido hacia su pecho, cerró los ojos: por fin conocería a su futura esposa. Tomó una bocanada de aire un tanto presagiante, y luego, al abrirlos, como quien abre la ventana para que fluya la luz, la miró. La grácil anatomía de *su* Ventura se expandía. Su mirada joven parecía estar en una ensoñación perenne. Era una imagen de feminidad muda, una belleza simple enmarcada por cabellos ondulados. Posaba apoyando la mano izquierda contra el respaldo de una silla. Un collar de perlas le mordía suavemente el cuello para descender en una segunda vuelta hasta el pecho firme y bien formado. La manga larga de su blusa no revelaba los brazos, pero la mano derecha asomaba recargándose serena en los pliegues de la falda que le cubrían las rodillas. Con tintes de resguardo que lucían sugerentes, la correa del zapato le abrazaba el tobillo. En segundo plano, casi borrosa, se apreciaba una maceta decorativa que interfería con el rostro de su Venus. Lázaro hincó los codos sobre la mesa que le servía de escritorio y de comedor para escudriñar la fotografía. Al pie de la imagen se podía sentir el relieve de las palabras: «*Foto S. Süreyya, İstanbul*»; al dorso, la firma de Ventura se mostraba solitaria, ya que su nombre era lo único que sabía escribir. Buscó con la vista palabras que no encontró, acomodó con delicadeza el retrato en el buró junto a su cama. Esa noche se fue a dormir con buenos augurios y los matices de su futuro le parecieron mejores.

Por la ranura del buzón en la calle Menzil número 10 se asomaba una caligrafía antigua y desconocida en un sobre de color marfil. Doña Sara salía todas las tardes al portón exterior de su casa para verificar que hubiese llegado correspondencia de América; habían pasado semanas sin recibir nada. Ventura ya había visto algunas fotografías de Lázaro en casa de su hermana Victoria cuando iba a cuidar a los niños, pero estas llevaban varios años en la mesita de la sala y mostraban a un adolescente; Ventura sabía que ahora ya era un hombre de treinta y tantos años.

La emoción que sintió Sara aquella tarde al ver el medio cuerpo del sobre exhibiéndose en la incisión de la pared la hizo querer abrir la carta ella misma. Afortunadamente, recapacitó por un momento y pensó que era su hija quien debía hacerlo. Entró gritando a la casa como si algo grave le hubiese sucedido. Sus alaridos reunieron en unos segundos a don Moshón y a sus tres hijas, quienes asustados corrieron al pasillo de la entrada. El pequeño Isaac lloraba de manera desconsolada, pues los gritos de su madre le espantaron el profundo sueño en el que estaba. Sara tomó del brazo a Ventura y la jaló hacia ella en silencio. Puso en sus manos el sobre color marfil. La novia levantó las cejas al ver por primera vez ese trazo de tinta que con el paso del tiempo reconocería, aunque no comprendiese el mensaje que estaba encerrado en las letras hasta que alguien se las leyera.

La expectación de todos fue mayor cuando Ventura dudó un segundo antes de abrir el sobre y dijo:

—*Kale ke me pasee un poko.*

A lo que su madre contestó:

—*No, no ishika, arepoza los guesos i no te inyierves.*

Ventura pensaba: «*Alas no tengo, bolar me kero*», y la insistencia de doña Sara sólo consiguió que la joven tomara el chal que descansaba en una silla y saliera casi corriendo. Al llegar a la esquina, trató de domar sus zancadillas y tomó una cadencia menos apresurada. Respiraba jadeando sin poder contener el ansia. Sus pies la llevaron sin preguntar hacia su lugar favorito, el barrio de Ortaköy, con su singular aroma a pescado e inciensos. Caminó por la calle Büyükdere y dio vuelta en Ismet Inönü hasta llegar a la plaza de la mezquita de Ortaköy atravesando una callejuela que proviene de uno de los agudos minaretes de aquel antiguo recinto. Sin recordar exactamente cómo llegó ahí, con el estómago encogido y el sobre que llevaba su nombre todavía cerrado entre las manos, se sentó en la banca que había ocupado muchas veces antes.

La magia de ese lugar a orillas del Bósforo le había despertado ideales y ambiciones desde que era niña y se había convertido en su confesonario al aire libre. Cada vez que estaba contenta o triste, melancólica o despreocupada, acudía a ese puerto en donde la luz que se refleja en el agua crea un efecto sanador. Desde su asiento admiraba la mezquita. En esa orilla occidental del río, se encuentran asimismo una iglesia ortodoxa y la sinagoga Etz Ahayim. El ambiente pueblerino de Ortaköy y sus góndolas en el embarcadero hacían que Ventura eligiera estar siempre ahí. La mezcla étnica de turcos, armenios, griegos y judíos ha hecho que para muchos este sea un punto de encuentro. El encanto de las estrechas callejuelas toma vida en la plaza central Iskele Meydani que Ventura tanto disfrutaba. La imperturbable serenidad con la cual la mezquita de piedra blanca y grandes ventanales se yergue en esa orilla majestuosa era la envidia de Ventura en esos momentos en que su respiración acelerada parecía un remolino.

Parvadas de palomas planeaban alrededor de los altos alminares que escoltan la cúpula central. Algunas de ellas se posaban a los pies de Ventura haciéndola abandonar su desvarío. Con un manotazo al aire provocó que las decenas de aves se impulsaran y retomaran el vuelo. Enseguida, con sutil inocencia, se colocaron alrededor de un anciano que regaba migajas en el piso esperando que ellas se le acercaran.

Ventura miró el sobre y titubeó un momento antes de despegar cuidadosamente los remates triangulares que lo mantenían cerrado. Estaba nerviosa, alzó la vista y la escabulló en el horizonte asiático. Se sentía como inmersa en un sueño, le costaba trabajo pensar. Sabía que debía resolver el enigma, pero tenía miedo de desilusionarse al ver aquel rostro. El ligero viento balanceaba su cabello que se había desacomodado por la velocidad de sus pasos. Por fin se llenó de valor y abrió la carta cuyo gramaje de hoja de cebolla dejaba ver en su transparencia la escritura por los dos lados. Extrajo la cuartilla doblada a lo largo, la miró tratando de penetrar en lo que aquella espesura de sílabas ocultaba. Sabía que no iba a serle posible comprender esa tinta adormecida hasta que alguien más lo hiciera. Decidió resolver el conflicto doblando la carta con los mismos pliegues que tenía marcados. La guardó de nuevo en el sobre y sacó la fotografía de Lázaro en blanco y negro. La examinó con detalle y, poco a poco, su expresión de incertidumbre se tornó en llanto. Del cartoncillo emergió una imagen joven con visos de madurez. Elegantemente ataviado con traje y corbata de moño, sostenía un maletín de cuero bajo el brazo. Lázaro se había fotografiado en la calle de Puente San Francisco número 16, donde se encontraba el estudio Daguerre, uno de los más populares de la época. Su mirada reflexiva y sensata inspiró confianza en Ventura, y sus manos daban la impresión de tener la solidez de un hombre seguro. De mediana altura y con raya de lado en el pelo, sin duda era el hombre que hacía sentir a Ventura con un brazo extendido en Turquía y el otro ya en México. Probablemente el trance de seguir en Estambul, pero con el pensamiento en América, era el lapso más difícil.

Retomó el camino a casa y cada uno de los pasos por su querida plaza de Ortaköy le murmuraba un adiós, ya que aquella mezquita y el puerto permanecerían en el pasado. Comenzaba a llover y algunas gotas se quedaron enredadas en sus cabellos. Se volvió con añoranza y, al contrario de la sentencia que Lot le hiciera a su mujer de no mirar hacia atrás, Ventura pensaba que obligatoriamente había que tornar la vista para aferrarse al lugar amado y poder regresar un día a él. Esta idea sobreviviría en nuestra familia hasta el día de hoy en que, a mi vez, he enseñado a mis hijos a conservar tan añeja y preciada costumbre.

VII

Y bien, la decisión de cruzar el océano para llenarse los ojos de otro horizonte reafirmó la certeza que Sara había tenido siempre de que su hija no se casara con un turco. Ahora se tendrían que tomar acciones prácticas, no fuera a ser que alguien le encontrara otra mujer a Lázaro. Sara tenía un carácter un tanto aprensivo y le preocupaba que el compromiso se viniera abajo; no en vano existía aquel refrán: «*Del plato a la boka se kaye el bokado*», y siendo todos ellos tan supersticiosos le inquietaba el proverbio, además de que habían oído por ahí que Lázaro había visitado varias veces en México a una señorita de nombre Magoy, y que había salido con ella a pasear a Chapultepec.

Es cierto que todo sucedió muy rápido. Lázaro quedó encantado con la fotografía de Ventura, independientemente de que le urgía una pareja y de que llenaba los días con trabajo y visitando a las amistades que poco a poco había ido forjando. De igual manera, su familia estaría más tranquila al saber que Ventura lo complementaría. Había sido delicado urdir todo este andamiaje para hacer que dos vidas se entrelazaran, pero la parte práctica era más difícil que la emocional, ya que se necesitaba hacer trámites bastante complejos. La hermana de Lázaro, Victoria se sentía muy complacida de que sus gestiones amorosas hacia la pareja habían funcionado, quizás ayudada por alguno de sus amuletos. Por otro lado, doña Sara se sentía cómplice de todo este tejido invisible.

Lo primero que debía hacerse era ir con el rabino de la comunidad y pedirle que redactara el certificado oficial en donde constaba que Ventura estaba libre de compromiso marital y que pertenecía a la comunidad judía de Estambul. Madre e hija fueron a las oficinas del rabino Bejarano ubicadas en el mismo templo, tras haber concertado una cita con él. Iban un poco nerviosas y a la vez emocionadas de comunicarle el motivo de su entrevista. En realidad, eran pocas las ocasiones en que una mujer trataba asuntos directamente con el guía espiritual de la comunidad, a menos de que su matrimonio estuviera en problemas o hubiera algún asunto que requiriera conciliación. Los hombres, en cambio, desde la edad de doce años iban una vez por semana a las lecciones de Torá que él impartía para prepararlos durante un año hasta hacer su *Bar Mitzvá*, lo que marca haber alcanzado la mayoría de edad religiosa cuando celebran su decimotercer cumpleaños según el calendario hebreo. Era también un maestro experto en la ley institucional judía o *Halajá*; era quien conducía el servicio religioso y hablaba elocuentemente los viernes en la noche. Algunas de estas actividades eran parte de las funciones de un rabino, pero además, en este caso, aquel hombre tenía años de estudios no sólo judaicos, sino también psicológicos y de conducta. Sabía hebreo, ladino, turco y un poco de arameo, así como francés, hablado por la mayor parte de los judíos en Turquía, pues asistían a l'Alliance Française Israélite. Estaba especializado en el degüello de animales para hacer la carne *kosher*. El rabino debe sacrificar la res con la ayuda de un cuchillo bien afilado para disminuir su sufrimiento y evitar que las toxinas se adhieran a la carne. La palabra *kosher*, de origen hebreo, significa «apto» o «adecuado» y describe todos los alimentos apropiados para consumirse de acuerdo con lo establecido en la Torá (los primeros cinco libros del Antiguo Testamento).

Además, era casado, condición ineludible para poder ejercer funciones en la sinagoga.

El rabino Bejarano recibió a las dos mujeres con una gran sonrisa, aunque intrigado ante la urgencia que habían expresado por verlo. Quizá a causa de sus vestimentas negras enmarcadas por una larga barba grisácea, su imagen podía intimidar un poco, pero de hecho poseía una gran personalidad que inspiraba respeto y, sobre todo, confianza. Tenía el ceño tan marcado que daba la impresión de pasar varias horas intranquilo, aunque más bien las ocupaba estudiando la Torá, en la que se distinguen la revelación y enseñanza divinas del pueblo de Israel. Sara le confió el motivo de su visita.

—*En buena hora hanum* —reaccionó él diciendo mientras se dirigía a Ventura, quien lo miraba con ojos turbios por la nostalgia que ya empezaba a sentir desde ese instante, a lo que el rabino añadió—: *No devemos olvidarmos ke el amor te sta asperando, este viene después del matrimonio i traye la felicidad.*

Él se sentó, tomó una hoja de papel y redactó el documento que rezaba lo siguiente:

GRAN RABINATO DE TURQUÍA
PERA-CONSTANTINOPLA
3 de mayo de 1927
No-437
El que suscribe, Locum-Tenens del Gran Rabinato de Turquía, certifica que la señorita VENTURA ESKENAZI, hija legítima de Moshón, cuya foto aparece en la parte superior, está libre de compromiso matrimonial.

En testimonio de lo cual se extiende el presente certificado para los fines que el interesado juzgue convenientes.

Constantinopla, 3 de mayo de 1927
LE LOCUM-TENENS
H. Bejarano

En la parte media superior, la fotografía ovalada, como si fuera para certificado escolar, lleva un sello redondo de color lavanda claro donde se observan unas letras ilegibles en hebreo con la fecha del calendario judío: 5689. En tonos de sepia, la imagen permite apreciar la tez blanca y una boca bien delineada. Su gesto, casi frunciendo el ceño, manifiesta incertidumbre e inquietud por lo que vendría. Trae puesta una blusa de botones al frente y un saco de solapa ancha y corte sobrio que la hace ver mayor. Parece querer mostrar su seriedad y compromiso con el futuro. Su cabello está tan bien peinado que si alguien la viera a la distancia pensaría que trae puesto un pequeño sombrero. Tal vez inconscientemente, esa perfección que demostraba en su peinado quisiera volcarla en los trámites para que no le pusieran un solo obstáculo en sus gestiones. La firma *H. Bejarano*, en letra manuscrita con tinta china está plasmada sobre el timbre rectangular color morado que en el centro porta la insignia de la bandera turca: la luna en cuarto creciente acompañada de una estrella. Es emocionante ver un documento de hace ochenta y siete años que parece haber sido firmado recientemente, como si del tintero brotaran letras cuya frescura puede percibirse todavía hoy. Así como perdura la indeleble tinta, del mismo modo se fijarían los recuerdos de esas despedidas en la memoria de Ventura.

—*Ishika mía, no sabes kuánto mos vas a mankar, kerida* —dijo el rabino al entregarle el certificado— *pero lo ke el Dyo kere, esto es.*

A lo que Ventura respondió:

—*I usted a mí rabino. Kale ke me de una bendición para ke tenga buen kamino.*

—*Ya lo kreyo ke si, preziada.*

Ella cerró los ojos y se inclinó. El rabino posó sus dos manos sobre la cabeza de la joven, pero sin tocarla, y con una voz cargada de infinita ternura le dijo:

—*Sea tu voluntad Dyo muestro i de muestros padres ke dirijas los pasos de Ventura hacia su destino de vida, alegría i paz. Los malajim[2] i el Todopoderoso que te akompanyien. Amén.*

Ventura quería abrazar a su rabino, él la había visto crecer, era el hombre sabio que tenía siempre la respuesta a cualquier duda. Sentía respeto y admiración hacia él por su autoridad moral; era su dirección espiritual y lo estimaba mucho, y aunque la familia Eskenazi no asistía todos los viernes al templo, a diferencia de muchas otras familias que eran más religiosas y que no faltaban al rezo de *Shabat*, Ventura iba con cierta regularidad y esto la había acercado al rabino. Su mirar siempre despejado y tranquilizador, esas manos blancas que se entrelazaban con parsimonia sobre el diafragma, y la voz profunda y apacible, todo ello era un sedante que aquietaba el nerviosismo que en los últimos días se le había acumulado a la joven. Sentía un enorme cariño por él, pero puesto que los hombres religiosos no pueden tocar sino solamente a su esposa y a sus hijas, Ventura se quedó con una lágrima en los ojos y las ganas de estrecharlo en sus brazos. No cabe duda de que ciertas costumbres se han conservado por generaciones; por ejemplo, como parte de la conducta de pudor y recato, es tradicional que las mujeres judías que están casadas usen el cabello recogido para que no esté a la vista de los ajenos a su familia próxima, ya que es considerado un elemento sensual; por ello, deben portar una pañoleta que les cubra la cabeza y sólo pueden quitársela en su casa o frente a su marido. Tal es lo apropiado, de acuerdo con la *Halajá* o normativa del judaísmo.

Este momento se sumaría a los muchos en que la despedida se tornaba cada vez más difícil. Uno a uno, esos emotivos instantes contribuían al desarraigo, al inicio del peregrinaje. Eran como un soplo de incertidumbre, de duda y, a la vez, marcaban las expectativas que poco a poco se habían ido concibiendo frente a ese sueño entre penumbras de posibilidades desmedidas, y a la fecha no muy claras. Pareciera que los judíos trajésemos en la sangre el ir siempre a otro lugar. En el caso de Ventura, más que esa añeja consigna, se trataba de un desplazamiento voluntario de quien busca su destino.

El certificado que redactó el rabino tenía fecha de 1927. Solamente cuatro años antes, Turquía había comenzado a escribir su historia en la modernidad, la cual se inició con el establecimiento de la República el 29 de octubre de 1923, con Mustafa Kemal (Atatürk) como su primer presidente. Un año más tarde, Lázaro se había ido a México, por lo que no le tocó ver los cambios radicales que estaban occidentalizando a Turquía, la cual dejaba atrás la época otomana. Ventura vivía con asombro el hecho de que Kemal consideraba al fez, típico sombrero otomano, como un símbolo del feudalismo y ordenó su prohibición. Se promovía el uso de vestimentas y sombreros de estilo europeo. A las mujeres musulmanas se les instó a que utilizaran indumentarias occidentales y se incorporaran al mercado de trabajo. Se empezaba a reemplazar la grafía árabe por un alfabeto latino modificado, más fácil de aprender, y todos los turcos entre seis y cuarenta años fueron obligados a regresar a la escuela para aprender el nuevo alfabeto. Los judíos lo usaban desde siempre, ya que hablaban y escribían en ladino, no en árabe como la mayoría de la población. Era un momento de cambios fundamentales de los que Ventura hablaría con Lázaro poniéndolo al corriente de todo aquello que se había empezado a gestar cuando él se fue, pero que ya no vivió de lleno como ella. La adopción del calendario cristiano en lugar del musulmán y del domingo como el día festivo semanal en lugar del viernes, así como el derecho de las mujeres a votar, fueron reformas que se dieron algunos años después de que Ventura dejara Turquía, y de las cuales ella y Lázaro se enteraron con alegría a través de cartas que la familia les enviaba dejándoles conocer la incipiente revolución social y económica que se vivía

Las tías habían contribuido para la boda tejiendo a gancho carpetas para los novios, y es que el ajuar de una novia, por más sencillo que fuera, constaba de ropa de cama, camisones de noche, toallas y algunos objetos de plata. Se habían puesto a bordar sábanas con las iniciales de los novios, o sea, *V* y *L*, en puntada llamada relleno para que duraran impecables por años. Las fundas para cabezales estaban listas desde hacía semanas, en cuanto se conoció la noticia del casamiento. El *ashugar* de la novia sería austero, un ajuar hecho con mucho cariño y con los deseos sinceros de que Ventura fuera feliz. Los finos y diminutos calados de los manteles estuvieron dirigidos por la *tante* Fortuné, que tenía un gusto impecable además de gran habilidad y talento para coser. Ella era una tía, como las hay en todas las familias, a la que todos quieren, la que sabe lo que le pasa a cada quien, además de ser entusiasta y de buen carácter. Ella siempre decía que «*Una mano lava la otra, i las dos lavan la kara*», haciendo hincapié en la importancia de la solidaridad y la ayuda entre unos y otros.

Estiraron los dobladillos de algunas faldas que habían pertenecido a Sara y que ahora crecían como sus ideales para alcanzar el tamaño de Ventura. Bordaron flores sobre sus camisones de noche para que su vida estuviera llena de alegría. Esta tía, cuya personalidad era querendona y un poco escandalosa, había propuesto que cada miembro de la familia cercana le regalara a la novia alguna charola para las fiestas judías, candelabros para *Shabat* y una jarrita para hacer el *chai* de manzana. El regalo más preciado había venido de Sara, su madre: un peine de marfil que a su vez ella recibió cuando se casó con don Moshón.

Celebraron el ajuar con *mogados*, los dulces en forma de rombo hechos en casa a base de mazapán de almendra, tradicionales en los festejos de novia, y echándole peladillas blancas o almendras blanqueadas a los camisones y a los manteles en señal de buena suerte y dulzura en la vida: «*Mesas de fiestas ke tengas siempre*», le decían a Ventura las mujeres de la familia mientras regaban los dulces en las carpetas y camisas de dormir hiladas a mano en color marfil.

—*Ken buen mazal tyene, nunka lo piedre. Ke vayas con salud hishica* —le dijo la tía al entregarle las telas que perdieron su sencillez al rematarse con festones bordados en hilillos de oro. Por último, una de sus primas le entregó una bolsa de terciopelo azul marino que guardaba un espejo de plata trabajada con grecas que parecían moverse sobre el preciado metal. El mango oscuro de madera contrastaba con el brillo metálico. Ventura lo tomó y se miró en él; el rostro de su madre se reflejó como en segundo plano, al tiempo que le susurraba:

—*Dinguno no puede fuyir de su destino.*

✤ Almendras blanqueadas

½ Kilo de almendras
Agua, la necesaria

Se cubren las almendras con agua hirviendo y se dejan reposar 3 minutos en ella. Se les escurre el agua y se toman, una por una, entre los dedos, frotándolas hasta quitarles la piel. Se secan con una toalla de papel y se extienden en una charola de hornear en una sola capa. Se meten al horno durante 10 minutos.

VIII

Puesto que en Estambul no había consulado mexicano, Ventura y su madre debían viajar a Francia en donde obtendrían los papeles de visado necesarios para la emigración. Estaban en casa ultimando los detalles de su partida. Ansiosas, revisaban que no faltaran los amuletos ni las servilletas bordadas a mano, ni tampoco lo más importante: las fotografías de la familia con las cuales serenaría los momentos en que la nostalgia se le fuera macerando en el alma. Caminaban casi en círculos con cierta compulsión verificando una y otra vez que no fueran a dejar algo de lo que desde hacía días estaba en la fila esperando su turno.

—¿*Está todo presto?* —preguntó Sara a su marido.

El señor Moshón, que arrimaba con dificultad a la puerta el enorme baúl con jaladeras de cuero, contestó:

—*Si musher, todo presto.*

A lo que ella agregó:

—*Sano kestes preziado.*

Don Moshón se pasó la mano por la frente y se alisó los cabellos. No sabía exactamente a qué atribuirle el nerviosismo que sentía, si a la impaciencia con que doña Sara lo había estado presionando, o a la pesadumbre que se le agazapaba en el pecho al tener que despedirse de su hija.

—*De tanto ke me has hecho kargar, shasheado ya me tenesh.*

Sara intervino de nuevo, pero esta vez ya sus mejillas habían enrojecido y una gota de sudor viajaba lentamente cuesta abajo desde la sien. Agitó las manos al aire con desesperación y replicó:

—*¡No me inyierves más de lo ke sto, ya me dio shushulera. No-chada la ke tuve, me alevanti kada dos horas kon los inyiervos de ke mos deshe el tren, i tú durmiste komo pasha!*[3]

Don Moshón alzó los brazos en un gesto de rendición y dijo:

—*¡Kayades!, ke ya viene Ventura.*

Sus hermanas le ayudaban a bajar algunos bultos ligeros. Los párpados de Rebeca estaban hinchados. Isaac, el pequeño, traía el sombrero de fieltro marrón sosteniéndolo con cuidado. Una lágrima huérfana traicionó a Regina a pesar de las amenazas previas de su madre, pero cómo no iban a llorar si se marchaba la mayor, la compañera, la confidente, y con ella, se iba la infancia de las hermanas Eskenazi. En un tono ahogado por tratar de contener el lamento, Ventura acarició a sus dos hermanas en tanto les decía:

—*Pokas palavras, muncho sintir.*

La joven se abrazó a su padre; no estaba segura de si esta sería la última vez que lo vería. Se quedó muda. Sus ojos inquietos sólo reposaron al encontrarse con los de don Moshón. Por primera vez surgía de él una mirada opaca, era una mirada contenida, presa de la emoción, y al mismo tiempo reflejaba la urgencia de que su hija se fuera para poder desahogarse. Ventura pegó la frente a los labios de su padre, quien con manos temblorosas le sostuvo la cara como deseando tatuarle aquel beso. Apenas entre susurros, y con el temor de que lo delatara el llanto, don Moshón le dijo:

—*Kaminos de leche i miel isha.*

Su voz sonó como si fuera la de alguien más, a él mismo le sorprendió no reconocerla. Ella le entregó un sobre con la

---

3 Título honorífico en el Imperio otomano.

fotografía de cuando era niña, de alrededor de siete años. Con la ayuda de una buena amiga pudo escribirle atrás: *«Sempre sere tu isha»*. Lo besó en la mejilla, su padre guardó ese sobre en el bolsillo izquierdo de la camisa y ahí lo conservaría por siempre, como quien carga un rezo. El pobre hombre no tuvo el valor de sostenerle la mirada y se dio vuelta. Segundos después, la puerta se cerró tras su hija y en ese momento no pudo contenerse más. Intuía que jamás volvería a verla. Y así fue. Su llanto era idéntico al de un niño desconsolado.

Sara y Ventura se dirigieron a la estación de tren. Desde el vehículo que las transportaba, la joven veía a lo lejos al grupo de fieles que circulaban alrededor de los grifos de agua en el estanque de mármol cerca de la mezquita, y que se lavaban los pies. Con un ansia férrea, observó los minaretes más atentamente que nunca, las cúpulas, los burkas cubriendo cabezas y rostros de las mujeres, y los numerosos pies desnudos. Por primera vez, disfrutó el ambiente de serenidad y el arrullo de los cánticos y rezos que se desprendían de los altavoces en lo alto de los recintos musulmanes. Los había oído toda su vida, las cinco veces diarias en que los devotos rezaban; sin embargo, sabía que esta era probablemente la última ocasión en que los escucharía, y aunque religiosamente esos rezos le eran ajenos, en singular paradoja los iba a extrañar. La calma, como si fuera una cuna en cuarto menguante, la mecía en una atmósfera tan familiar que por un momento deseó no tener que partir. En su mente fundía todas las diferencias del entorno: una sola visión. Dedicó ese último recorrido a contemplar, y anheló que todas esas imágenes que penetraban por sus ojos castaños no se desvanecieran con el resplandor de lo que veía en su nuevo y desconocido paisaje. Contuvo la respiración por un instante. Sus rasgos se llenaron de infancia.

El camino a Marsella fue de sombras. La pesadumbre le nublaba la vista. Ventura miraba por la ventana con lágrimas temblorosas en sus pestañas color de trigo. El infatigable monólogo de Sara se empalmaba con el monótono ritmo de las ruedas sobre los rieles; y en Ventura, sólo el silencio. En realidad, no estaba prestando atención a nada de lo que decía su madre; como muestra de resignación, le tomó la mano sin volver el rostro, únicamente deseaba sentir ese tacto pálido pero protector donde siempre había encontrado seguridad. Sara se enterneció al sentir con cuánta fuerza Ventura la sostenía, entonces acarició la cabeza de su hija, haciendo que se recargara en su regazo como cuando era pequeña.

—*Mamá, kantame esa kantika komo kuando era de cinco anyios i no me kería endurmir.*

Sara la abrazó y meciéndola rítmicamente comenzó a cantar con dulzura:

Avre este abajour bijou,
avre la tu ventana.
Por ver tu cara morena
al Dyo daré mi alma.

Por la tu puerta yo pasí,
yo la topí cerrada.
La llavedura yo bezí
komo bezar tu cara.

Si tu de mi t'olvidaras
tu hermozura piedras.
Dingún niño t'endeñara
en los mis brazos mueras.

Le besó la frente y le dijo:
—*Amor es de la madre, lo demas es ayre.*

No había tiempo que perder. El Consulado Mexicano número 86 en Marsella tardaría varios días en expedir la visa además de la tarjeta de identificación, la cual advertía que esos documentos no eran suficientes para ser admitido en México; asimismo, era necesario que los inmigrantes se sujetaran al examen de las autoridades de Migración y Sanidad, las que otorgarían el permiso definitivo de entrada. Durante el camino, Sara había estado aleccionando a su hija respecto de las respuestas que debía dar, pero lo más importante era que tenía que mentir acerca de su edad. Ventura tenía apenas diecinueve años. Los varones podían viajar a cualquier edad, pero en el caso de las mujeres, sólo con veintiún años podían hacerlo sin estar acompañadas de algún familiar adulto.

La joven había delineado cuidadosamente su boca con un lápiz de labios *rouge foncé*, un tono bastante atrevido que sólo usaría si tuviera más edad. Peinó sus rizos en oleadas que recorrían su frente y le ocultaban las orejas para terminar atados en un chongo a la altura de la nuca. Definitivamente el estilo la hacía lucir mayor. Sara insistió en repetir varias veces las respuestas para que Ventura, presa de los nervios, no se confundiera:

—*Eskuchame ishica, kuando te van a demandar la dat de nacimento, tu vas a dizir mil novecentos cinco, así para ahora ya tenes ventidos anyos, ¿tamam?*

Una vez más, como siempre que estaba alterada, Ventura se entrelazó un mechón de cabello entre los dedos. Su madre le pedía que no lo hiciera para que la gente no se diera cuenta de que estaba inquieta, pero en realidad, en esos momentos, esta era una compulsión inevitable.

—*Sto inyiervada mamá, yo no se mentir* —dijo Ventura.

Sara, haciendo un esfuerzo por ser enérgica, y para que su hija no le contagiara el nerviosismo, le respondió con la voz un poco cortante, casi como haciéndole una reprimenda:

—*Kuálo, no mos keda otro remedio, i si no dices esto ya no te deshan subir al barco.*

No había de qué preocuparse, en realidad Ventura se veía de veintidós años, o hasta más; la madurez que reflejaba y su compostura la hacían parecer mayor. La fila iba avanzando lentamente. Las dos mujeres, paradas sobre las puntas de sus pies, trataban de ver entre la inmensidad de cabezas, sombreros y melenas mal peinadas, cuánta gente faltaba para que les llegara su turno de pasar con el oficial. Ventura sentía que, en cada paso que avanzaba, se iba ganando el derecho a que le dieran la visa, solamente por haber aguantado el abochornante calor estival de aquella dependencia en la que llevaban más de tres horas de pie. El sol parecía estrellarse contra los vidrios disparando flechas de luz que atravesaban el ambiente fatigado por la espera. Por fin, llegó la hora. Faltaba una persona delante de Ventura. Ella tendría que pasar sola, aunque doña Sara fingió no darse cuenta de que solamente el solicitante podía acceder a la oficina. Un francés hosco, que vestía uniforme, levantó la mano en señal reprobatoria cuando le pidió a la madre que le mostrara sus papeles. Sara no se atrevió a desafiarlo y clavó su mirada en la espalda de Ventura hasta que se cerró la puerta.

—¿Estado civil? —preguntó con voz seca el hombre de bigote sin siquiera levantar la vista.

—Soltera —respondió la joven con una entonación que apenas se alcanzó a escuchar. El oficial la miró para indicarle que hablara más fuerte, pero al verla se limitó a decir, en un tono imprevistamente suavizado:

—¿Lugar de nacimiento?

—Erdek, Turquía.

—¿Año en que nació? —inquirió el francés sin desaprovechar la oportunidad para echarle un vistazo de reojo.

Por un momento, Ventura creyó que iba a tartamudear. Gotas de sudor le corrían por en medio de los senos y sentía una vena que le latía en la sien.

M... il novecientos cin... co.

Con las mejillas sonrojadas, Ventura cerró los ojos; esperaba alguna reacción denegatoria de aquel hombre que más bien se encontraba distraído admirando la belleza de la futura emigrante cuando selló los papeles. Ella emitió un suspiro en señal de descanso. La prueba había sido superada.

—¿Nacionalidad actual?, ¿idiomas que habla?, ¿religión? —etcétera, etcétera, pero ya nada importaba, la pregunta más trascendental estaba hecha y ella había contestado correctamente.

Después de pagar doscientos sesenta francos y nerviosa ante lo que para ella fue un terrible interrogatorio, Ventura se reunió con su madre, quien aguardaba impaciente en aquella sala de espera temiendo que las cosas no hubieran salido como las planeó. Su alivio al ver a su hija sonriendo en señal de triunfo se hizo notar en el fuerte abrazo con el que la compensó. Tomadas del brazo decidieron caminar hacia el Vieux Port, el puerto desde donde se pueden observar los suntuosos acantilados blancos que parecen desmoronarse sobre el mar, ese mar que en unos cuantos días se llevaría a Ventura para siempre. Pasaron por calles que albergaban lujosas residencias y palacetes que reflejaban la riqueza de sus propietarios, algunos de ellos, protegidos de las miradas de los curiosos. Admiraron los detalles decorativos de las elegantes fachadas en pequeñas tiendas que despedían costosos aromas. Vitrinas mostrando sombreros con moños de organza perfectamente almidonados y coloridas flores de seda atraparon su mirada que con discreción se detuvo en los ornamentos de aquellos inalcanzables accesorios.

Llegaron a la avenida Canebière, tapizada de pequeños bazares, restaurantes y tiendas. Se detuvieron un momento frente al llamativo aparador que mostraba torsos de maniquíes enfilados uno tras otro, ataviados con corsés de tira bordada de algodón. Las ataduras cruzadas de encaje bajo los senos hacían que la mirada se posara de inmediato en ellos dándoles magnificencia y realce. Sara llevaba el dinero contado. Sabía que, de cruzar aquella vitrina, no podría resistir la tentación de comprarle a su hija una de esas prendas indispensables para ceñir la cintura, aunque la llevaran a la asfixia, y seducir sin remedio a Lázaro. Las rígidas varillas pegadas a los costados estilizaban la figura de aquellas efigies de madera que, de haberles puesto un liguero, se asemejarían a las bailarinas de cancán. Era en vano resistirse a poseer un corsé en el guardarropa de la novia. Las dos mujeres entraron a la tienda sabiendo que no saldrían con las manos vacías. Los diseños hechos a mano en satén tenían a Ventura conquistada, y el dependiente le explicó que estas prendas se hacían a la medida, que eran únicas y se la tendrían lista unos días después. Los detalles sensuales agradaban y asustaban a la joven, quien volvió la vista de manera suplicante hacia su madre. Sara abrió su cartera y pagó la mitad de la prenda íntima. Después de este arrebato, no les quedó más que sentarse en el café Le Dôme a tomar un *pastis*, la típica bebida de Marsella hecha a base de anís, y la cual les recordó su propio *raki*. Con mesas sobre la banqueta, el lugar las invitaba a relajarse y ver pasar gente. Las mujeres más elegantes se paseaban por las avenidas en esos primeros días soleados del mes de junio. Aquello era como ver un desfile de modas de alta costura en plena calle. Lo reciente, lo novedoso se dejaba lucir en los cuerpos impecables de las damas de sociedad. Sombreros y peinados de cabellos que como olas se acomodaban sobre los costados de caras polveadas de fino rubor. Zapatos de traba al tobillo habían sustituido los botines de agujetas entrelazadas sobre el empeine y la espinilla, y bolsos de materiales y diseños finísimos coronaban el *allure* europeo de las francesas. Sara y Ventura pasaron largo rato observando el ir y venir de los marselleses, algunos de ellos con un *croissant* en la mano.

Pasaban las tardes aguardando. La visa estaría lista en unos días y, mientras tanto, madre e hija fueron albergadas por una familia cuyos miembros, a través de la agencia judía, se ofrecieron como voluntarios, como hacían muchas otras personas, para recibir a sus correligionarios. Daban un paseo diario por el parque Longchamp; esto parecía haberse convertido en un ritual que por un una parte apaciguaba el nerviosismo que provocaba la espera, y por otra, las hizo estar más unidas que nunca. Habían encontrado un lugarcito en donde servían café turco. Aquella pequeña taza podía encerrar horas de palabras, y también de silencios, hasta que una brecha rosada se abría en el cielo señalando el crepúsculo. Comían lo suficiente para aguantar el hambre del día, ya que parte del dinero lo habían gastado en el deseado corsé, y otra, debían celarla con el fin de que Sara tuviera suficiente para el regreso, ya sola, a Estambul.

Se deslizaron los días hasta que todo estuvo listo para la partida. Recogieron en el consulado la cartera de piel azabache que contenía la anhelada visa y se sentaron en una banca del parque. La luz del sol era tan intensa que bañaba de color ámbar las siluetas que paseaban sin tomarse de la mano por las veredas flanqueadas de alhelíes. Había que acudir al muelle a las nueve de la mañana. La impaciencia y el nerviosismo adelantaron a las dos mujeres que habían despertado con el alba. El movimiento en el puerto estaba a cargo de la tripulación del barco, el cual llevaba ya cuatro días anclado y con todo dispuesto para zarpar. Los marineros alistaban los amarres que más tarde serían levantados y la carga era colocada en vagones de madera que después se columpiaban sostenidos por enormes poleas que los depositaban en el navío. El bullicio y su propia antelación confundieron un poco a Ventura, quien de por sí había reemplazado las palabras por suspiros. Observaba cómo valijas y baúles eran subidos por jóvenes musculosos que desfilaban por la escalinata ascendiendo sobre el vapor. Entregaron el equipaje, salvo la caja de sombreros que Ventura conservó en una mano junto con su bolso. En la otra, llevaba el boleto para el viaje y la última fotografía sepia que le había enviado Lázaro. En esta, se veía al hombre bien trajeado en una cómoda silla, con una mano tocaba su frente y la otra sostenía, a su vez, la fotografía de Ventura con su vestido de corte imperio. Al reverso, en letra larga y elegante se apreciaba:

Miro tu fotografía mientras no te pueda mirar a ti.
Te espero ansioso.
Lázaro

El rígido baúl, de herrajes y cerradura de latón con agarraderas de piel, había sido llenado por doña Sara, quien acomodó cuidadosamente los vestidos, el corsé y la ropa interior de su hija. El ajuar de cama y mantelería bordada iba perfectamente doblado en el fondo, el cual se separaba de la parte superior por un compartimiento a manera de cajón forrado con tela de flores que caía en los soportes laterales. A través del tiempo, el baúl pasaría a ser no una simple valija sino el narrador de toda una vida del otro lado del mar.

—¡Todos a bordo! —fue la orden que aceleró los corazones. Había llegado el momento de decir adiós. Ventura abrazó a su madre cerrando los ojos, queriendo sentir su olor y su presencia. Sara sabía que era el momento de que su hija levara el ancla al igual que lo haría el buque. Hora de encarar los embates del océano, así como su propia marejada. Para ambas, el recuerdo de la despedida no se borraría ni con los años de bienestar que le sobrevendrían. Iba a ser, sin duda, uno de los momentos más difíciles del trayecto. Las doce en punto era la hora de zarpar y, como marcando el inicio de una puesta en escena, el vapor anunció con cinco toquidos largos y dos cortos su partida. Comenzaba la obra en la que Ventura sería la protagonista, donde representaría el papel de su vida. En cuanto subió a bordo, la joven corrió a cubierta para desde ahí ver la única cara familiar entre todas las demás que se advertían borrosas y sin facciones. Sólo existía la de su madre, quien agitaba con insistencia un pañuelo azul. El vapor comenzó a abandonar el puerto de

Marsella y, como en cámara lenta, la imagen de su madre se fue alejando y saliéndose de foco. Ventura no parpadeó ni un instante. Como un retrato que lentamente se desdibujó, la fisonomía de Sara se fue reduciendo hasta convertirse en un pequeño punto azul que desapareció segundos después. La joven novia respiró con resignación sin apartar la mirada, sintió como si la sal del ambiente le penetrara hasta los pulmones. Abrazó los remiendos de su abrigo buscando arraigo, pero el viento olía a renuncia.

Segunda parte

La nueva tierra

I

La ciudad de Veracruz se iba dibujando en el horizonte con más claridad. La mayoría de los pasajeros salieron a cubierta. Muchos de ellos sufrieron los estragos del mareo. Una bandera en verde, blanco y rojo parecía estar saludando a los que pronto se integrarían al mosaico de culturas que habita esta extensa nación. Como en un efecto cinematográfico, contrario al que vivió Ventura cuando se alejó de Marsella, ahora parecía que era la tierra la que se iba acercando como en cámara lenta, tendiendo sus brazos que se empalmaban haciendo eco con las palabras del presidente Plutarco Elías Calles cuando decía: «¡Bienvenidos los brazos que quieran trabajar! México es un país bastante rico para hacer felices a todos. Tengan la seguridad de que aquí encontrarán toda clase de afectos y atenciones».

Los pasajeros, ávidos por alojarse en esta tierra, se arremolinaron cerca de la salida del navío. La costa se iba viendo más nítidamente y Ventura hacía un apunte en su memoria de aquella inolvidable tarde.

En el trayecto hubo días en que la bruma sobrecogió al Atlántico, nubes turbias opacaron el azul del agua y la sombrearon de gris impidiendo que Ventura percibiera el horizonte, así como tampoco veía su futuro. Con los ojos clavados en aquel manto de espeso vapor, imaginaba que este era producido por las exhalaciones del mar. Sentía el navegar del barco abriéndose paso en aquellas anchuras y se preguntaba a cuántas personas no habrían llevado ya esas aguas a citas de amor, algunas fortuitas, otras, como la suya, pronosticadas. Esos eran los días en que encallaba los ojos en las columnas de humo provocadas por las turbinas de vapor que, al igual que la estela de espuma en el agua, eran rastros que se iban borrando instantes después de haberse creado y le hacían sentir cada vez más la lejanía de su amada Estambul. En esas jornadas húmedas creía que faltaba una eternidad para llegar a su destino, y las sobrellevaba viendo su imagen en el espejo de plata y mango de madera, aquel regalo de familia que, lejos de revelar su vanidad, más bien la ayudaba a recordar su propio rostro, a reconocer sus orígenes, su individualidad, su esencia. Entablaba diálogos con ella misma provocados por la brisa solitaria. Era como si, al dejar de verse en el espejo, dejara de vivir. Hasta el final de su existencia sería como un amuleto, su talismán inseparable, y lo usaría, quizá, también para validarse. Estando en cubierta, unas gotas de agua, que serían el presagio de tardes lluviosas, se enredaban en su cabello y la hacían recluirse en su camarote. Ante la imposibilidad de leer, como hacían algunos pasajeros que acompañaban las horas con un libro o repasando las cartas de familiares que esperaban su arribo, Ventura se dedicó a descifrar el paisaje y a escribir con imágenes en su mente la infinitud del océano. Disfrutó también de noches claras en que la luna desplegó su huella de luz en el agua como premonición de días soleados y llenos de esperanza. Al susurro de las olas se unió el murmullo de las diferentes lenguas de los pasajeros, entre ellas, la de Ventura. Los atardeceres color granate parecían fundirse con la fuerza de aquel espíritu joven, para quien sólo existía una constante: la inmensidad.

Los veintiséis días de viaje quedaron atrás junto con las cuatro mil novecientas millas náuticas que se esfumaron como si nunca hubieran transcurrido. Por fin, Ventura había llegado a México. Le daban palpitaciones. Una vez más, enredó su mechón de cabello entre los dedos mientras tragaba saliva con dificultad. Se sabía extranjera cumpliendo una misión incierta. La misión de enamorarse del hombre que la había mandado traer. Amarlo sería como bordar un mantel con pequeñas y delicadas puntadas. Trataría de que no hubiese diferencia entre el derecho y el revés, de que fuera un deshilado impecable; sin fruncir una sola esquina, hilvanaría su amor como un fino encaje, siguiendo los consejos de su madre, sin imperfecciones; pero para hilar sobre un lienzo liso, sin diseño, vacío, ¿por dónde empezar? En su caso, enamorarse era una consigna, una decisión. Se sobresaltó al pensar si su prometido, a quien no había visto nunca, vendría a recibirla. El nerviosismo la hizo dudar; de hecho, este era un mal momento para dejarse hundir por la incertidumbre pero no podía evitarlo: tenía miedo. La inminente llegada le había provocado una mezcla de emociones que la llevaron a cuestionarse qué estaba haciendo ahí. Su madre le había dicho:

—*Este es un meshor partido para ti, no los murzás ke te stan rondando i mos azen kreyer ke te van a dar una buena vida, ¡ya sta bueno!, piensan ke les vo kreyer. El mazal te sta asperando en México.*

«Espero que mi madre tenga razón», pensó Ventura mientras observaba las embarcaciones de pesca en la proximidad del puerto en donde el barco había soltado anclas, como ella lo habría de hacer también.

Se distraía con las imágenes de un mundo nuevo que a los diecinueve años sobrepasaba su capacidad de asombro. Algunas imágenes de aquel acontecimiento permanecerían en su mente; los hombres de piel apiñonada que vestían calzoncillos de manta blanca a manera de taparrabos eran enigmáticos para el ajeno, pero evidentes para el lugareño. Con los años, ella se adaptaría a la nueva cultura, mas nunca se sentiría lugareña.

En la ya no tan lejana orilla, se distinguían hombres y mujeres esperando que el barco terminara con las maniobras para poder desembarcar a los pasajeros. La pregunta le volvía a surgir: ¿vendría a recogerla Lázaro? La dosis de espíritu aventurero se convirtió en un ligero ataque de pánico que le provocaba una náusea que le colmaba la garganta.

«Si no viene, no sé qué haré, no conozco a nadie aquí. No sabría a dónde ir», pensó Ventura mientras corría tapándose la boca con su pañuelo. Se ocultó bajo la escalerilla que separaba a los pasajeros de primera clase de los demás. Sin poder contenerse, vomitó el desayuno junto con una buena parte de sus miedos. Lloraba sin hacer ruido para no llamar la atención de algunos de sus compañeros de viaje, que a lo largo de la travesía se convirtieron en «hermanos de barco». Finalmente tomó una profunda bocanada de aire fresco. Sacó su polvera y se miró en el espejo que le exhibió el cansancio acumulado en sus ojeras. Trató de disimularlas con un poco de maquillaje y se perfiló la boca generosamente con el *rouge foncé*. Hasta el día de su muerte, sería este coqueteo con el lápiz labial uno de sus distintivos.

Permaneció bajo la escalerilla unos minutos, incapaz de dirigirse hacia la rampa de salida. Miraba la fotografía de Lázaro queriendo grabar en su mente aquellas facciones desconocidas; era como si tuviera miedo de no reconocerlo. Pero, ¿y si era él quien no la reconocía? Gobernada por sus pensamientos y dudas, salió de su escondite y comenzó a buscar con ansias ese rostro entre la gente. Era inútil. Parecía que todos los hombres mostraban el mismo semblante, estaba tan nerviosa y confundida que no distinguía facciones ni colores de cabello; las fisonomías se habían disminuido hasta ser efigies imprecisas. Dio unos cuantos pasos sin querer alejarse mucho de aquel rincón en el que había sentido resguardo. ¿Y si su futuro marido hubiera tenido algún percance en el camino? Ella estaba consciente de que eran varias horas de trayecto desde México hasta Veracruz. ¿Y si había perdido el tren? ¿Y si se había arrepentido de haberla mandado traer? Y si, y si... Un empujón la tomó por sorpresa sacándola de sus dudas y haciendo que apretara el barandal del navío para no ser arrastrada por la gente que con urgencia quería estar cerca de la salida. Sabía que era imposible bajar a menos que Lázaro subiera por ella. Se recargó en el pasamanos que la sostuvo durante las tardes en que sólo veía el mar, aquellas en que sublimaba la fotografía de aquel hombre y se decía a sí misma: «Ojalá me guste su aroma, y su tacto, y sus brazos, y su piel». Ojalá, ojalá, de todos modos no tenía opción; más le valía enamorarse que vivir un miserable arrepentimiento.

De pronto sintió una mirada sobre su espalda. Tardó unos segundos antes de volverse. Alzó la vista y vio a un joven francés, quien durante el trayecto había tratado de sacarle conversación en varias ocasiones sin conseguir más que unos cuantos monosílabos. A Ventura le había vuelto la náusea. Las preguntas de aquel hombre alimentaban las dudas que ella ya tenía.

—¿Está usted segura de que vendrán por usted? —le dijo el joven—. ¿Se da cuenta de que si no llega la persona a la que espera, deberá partir de regreso a Marsella?

La insinuante mirada con la que le recorría el torso cada vez que le hablaba la hizo sentir sumamente incómoda. Se alejó tanto como pudo, escurriéndose entre la gente. No sabía qué hacer primero: cuidar sus pertenencias para que no fueran arrolladas por el tumulto (el intenso murmullo y la prisa de los pasajeros la aturdían; entre los rostros, no dejaba de buscar al que debería reconocer); o huir del francés que la acosaba. Ventura sostenía en su puño la carta en donde Lázaro pidió su mano formalmente. La apretaba con fuerza como si del papel quisiera exprimir seguridad. Se encontraba por fin en aquella tierra lejana de la que había oído historias y leyendas que pronto comprobaría. En un brote de añoranza, extrañó a los suyos más que nunca. Llevaba también el retrato color sepia que se había tomado la familia antes de su partida. Sus padres, sus dos hermanas, Regina y Rebeca, y su hermano Isaac, el más pequeño, le sonreían. Después de veintiséis días de viaje, estaba a punto de tener tierra firme bajo sus pies, y las piernas le temblaban. El paisaje cambiaría para siempre. Por fin, el *Lafayette* ancló en el puerto.

Dos oficiales se subieron al barco ataviados con uniforme verde olivo. Ella puso una mirada mansa ante quienes hacían la supervisión. Algunos de sus compañeros de viaje, de diversas nacionalidades, empezaron a descender para encontrarse con abrazos y bienvenidas sentimentales. Ventura mostró sus papeles. El oficial la miró y volvió a ver el pasaporte. Enseguida le hicieron una rápida exploración médica. Le pidieron que abriera la boca y también examinaron sus ojos asegurándose de que no hubiera indicios de tracoma. Le preguntaron si tenía alguna erupción. De haber sido así, le hubieran hecho un examen más minucioso para cerciorarse de que no fuera una enfermedad contagiosa. Ella entregó el certificado de buena salud que le extendió su médico en Turquía. Tragó saliva y sintió un gran alivio al haber pasado el filtro preliminar. El primer oficial pasó los papeles al siguiente. Este los analizó con rapidez. Los volvió a doblar y extendió la mano para regresárselos a Ventura.

—Disculpe señorita, usted es soltera y parece menor de veintiún años, por ley no puede bajar del navío sin un familiar. Nos veremos obligados a mandarla de regreso.

Ventura bajó la cabeza meneándola de un lado a otro en signo de negación. Le explicó al oficial que su prometido seguramente se encontraba entre la gente y esperaría a que él llegara.

—*Desheme star aki por favor. Le vo dizir, es ke yo no conozco a Lázaro, yo vengo a casarme.*

La combinación del calor y la turbación por lo que acababa de escuchar la hacían sudar sin control. Estaba a punto de llorar cuando sintió que alguien la tomaba del brazo. Creyó que era el oficial que la retendría para impedirle bajar. Cuando volvió el rostro suplicante, observó el traje gris de quien solamente había visto en fotografía.

—¿Ventura? —preguntó el hombre.

Un tono rojizo entintó la casi desfigurada expresión de Ventura. De pronto empezó a recuperar confianza, color y aire. Él se acercó con dos pasos cortos hacia ella y la saludó. La joven se tardó medio minuto en responder. El vapor que se respiraba en el ambiente se tradujo en gotas de sudor en la nariz recién polveada.

El verano de 1927 había visto una de las peores temporadas de lluvia en las costas de Veracruz.

Lázaro le tomó la mano y se la besó.

—*Buirum, kerida* —le dio la bienvenida, asombrado por su belleza, que definitivamente rebasaba lo que la fotografía le había revelado. Tan sólo acercarse a ella, le trajo el aroma a dátiles de su tierra. Se llenó de melancolía y dicha a la vez mientras le decía:

—*Yo so Lázaro, tu prometido. Sabalí de ti, debes haberte asustado kuando no me topatesh.*

Ventura no podía ni hablar. Todavía escuchaba las amenazadoras palabras del oficial que había dudado de su palabra, pero ahora quedaba confirmado lo que la inmigrante había expresado.

—*Senyor, yo so el responsable de la manzevika.*

—¡Ah!, si es así, pasen por aquí y fórmense atrás de esa pareja, en cuanto termine el juez con ellos acérquense para que los case.

Ella se encontraba confundida y cansada. Se fijó poco en el novio, solamente notó que su rostro se veía un poco más adulto y menos angulado que en las imágenes que su cuñada Victoria le había mostrado. Tomó con fuerza entre sus dedos el *oshiko* azul que su madre le había puesto alrededor del cuello. Esperaba sacar de ahí fuerza, entereza y, por supuesto, buena suerte.

Ventura Eskenazi y Lázaro Carrillo se casaron aquella cálida tarde en el barco. Nadie estuvo allí para relatar que la novia llevaba un vestido color marfil que se confundía con su piel.

Nadie para tomar una fotografía que quedara como reminiscencia de que esa sería la primicia de una vida que echaría raíces definitivas en el Nuevo Mundo. Nadie para felicitar a la pareja o darles un abrazo con deseos de que pasaran una larga vida juntos. Nadie. Nadie los acompañó, sólo cientos de inmigrantes a su alrededor.

El ambiente olía a café, a mango y a piña. El impetuoso bullicio del puerto hacía que Ventura no se sintiera tan lejos de su tierra, específicamente recordaba el ruido del mercado egipcio. Al igual que en Estambul, las calles estaban colmadas de vendedores que trataban de llamar la atención con gritos y consignas. Por los corredores adoquinados del malecón desfilaban burgueses y catrines ataviados con pañuelo y reloj de bolsillo, elegantes damas que portaban guantes cortos y sombrero. Los mismos márgenes invitaban a mendigos, indígenas y marchantes de todo tipo. La música vagabunda se mezclaba con el tañido de las campanas de la iglesia. Ventura estaba tan agotada que sentía haber cruzado el Atlántico remando. Años más tarde les contaría a sus hijos, y a mí, Sophie, su nieta:

—Nací el día que bajé del barco en Veracruz.

Y es que descubrió el mundo en ese mismo instante.

Caminaron hacia los portales. Ahí se sentaron un par de horas para que Ventura descansara y se llevara algo de comer a la boca, algo con el sabor y la sazón de su suelo adoptivo. La comida mexicana le gustó desde el principio. Su paladar se acostumbraría al epazote, y sobre todo descubrió que podría comer *karpus* y *ananás* todo el año y no solamente un par de meses como en Turquía; este hallazgo puso una sonrisa en su boca mientras se deleitaba con la jugosa sandía. Sentados en las sillas tejidas de bejuco del restaurante, ella alternaba su mirada entre el hombre con el que se había casado, y a quien apenas conocía, y la gente que pasaba a su lado. Le impresionaron los sencillos campesinos que cargaban su cosecha en canastos, así como las mujeres con los pies sucios y descalzos, con ojos como capulines y trenzas color carbón, que cocinaban en braseros.

Ese día tomaron el tren que los llevó a su nuevo hogar en la Ciudad de México. Desde la pequeña ventana del vagón, Ventura observaba a la gente que, parada en los andenes, se despedía con ojos llorosos. Su corazón no pudo contenerse, recargó la frente en el vidrio y lloró también; su propio adiós estaba todavía muy fresco. Recordó cómo, la última noche en casa, su mamá y sus hermanas le pasaron una charola de pescados por la cabeza: *palamida* y *levrek*. Esta costumbre sirve para que la novia tenga muchos hijos y, ya que no sabían si en México se estilaba hacer esto, habían preferido no correr el riesgo de dejarla sin la tradición referente a la fertilidad, no fuera a ser que por ello no procreara. Podía oler todavía en su recuerdo el agua de rosas que sutilmente le salpicaron, siguiendo la usanza de las bodas en su sinagoga. Después de un par de minutos, el silbato de la locomotora la arrastró de nuevo a su presente. Las vías del tren rechinaban acallando el ámbar de las lunas de Estambul.

II

Una línea de claridad bajo la puerta prolongó su brillo durante más tiempo del que Lázaro hubiese deseado. Ventura llevaba ya un largo rato encerrada en el baño del apartamento de Puente de Alvarado, número 17, al que desde ese momento llamaría hogar. Semanas antes de que su novia llegara a México, Lázaro había echado un ojo al edificio que en una de las ventanas exhibía un cartelón alardeando la inmediata disponibilidad de un apartamento. Para entonces, sus bolsillos, ya no tan vacíos, le daban la esperanza de alcanzar la suma que se pedía de alquiler mensual. Su libreta se había llenado de nombres y direcciones, así como de montos a pagar en abonos: señora Martínez, Uruguay, número 123, vestido rojo, ocho pesos, abonó un peso, 4 de julio de 1927. El indicio de que ya podría darse el lujo de rentar en ese sitio era que Lázaro había contratado a un muchachito que le cargaba la mercancía, mientras él tocaba a las puertas de las decenas de calles que recorría a diario, elegantemente vestido de traje y con su libreta en mano. Quería un lugar más confortable para su esposa, no aquel cuarto que ocupaba en la vecindad de La Merced. Afortunadamente, cuando ella llegó, todo estaba listo para recibirla en aquel tibio domicilio.

Ventura se miraba en el espejo y lo que veía era el resquemor de su alma. Sabía que sus rasgos de inocencia estaban a punto de difuminarse. En esos instantes, sintió el desamparo que experimenta una niña huérfana, y lloró. Trató de contener las lágrimas para no arruinar el aspecto exquisito de su maquillaje. Los polvos de arroz le habían dejado una tez mate, nívea, impecable. Se debatía en la tentación de descubrir lo que aprendería su cuerpo al ser acariciado por su desconocido esposo, quien le llevaba diecisiete años de experiencia. Respiró profundamente y apretó el sedoso listón de la túnica que cubría su escote. Tiró de la perilla que atoraba la puerta; esta cedió con un ligero quejido y ella la empujó abriendo tan sólo unos centímetros, lo suficiente para pasar rozando todo su cuerpo con el canto de madera mal barnizado. Titubeó a medida que cerraba de nuevo la puerta tras ella, y la incertidumbre estuvo a punto de jugarle una mala pasada orillándola a regresar una vez más al baño. Esto no sucedió porque la tenue luz esculpió el contorno de su cuerpo bajo los delgados velos de color blanco que la cubrían y que se le figuraba eran el escudo de su virginidad. Su inseparable baúl había resguardado las prendas y la ropa de cama que con sumo cuidado su madre acomodó en él. Las sábanas de algodón habían sido dispuestas hasta arriba del equipaje, ya que Sara sabía que en cuanto su hija llegara a México haría uso de ellas. Vestía por primera vez el camisón de seda que durante meses habían bordado los desvelos de quien más la quería.

El tiempo se había agotado. Lázaro la tomó de los brazos con dulzura acercándola hacia él, ella se movió obediente y le cedió las manos que él llevó hasta sus labios para besarlas. Después fue guiando sus dedos con paciencia sobre los hombros torneados por la valentía de aquella joven, a quien se le acumulaban años de bravura en cada paso que daba. Ella sintió un escalofrío que la hizo estremecer sin poder disimular que a duras penas se sostenía en pie. Lázaro la rescató tomándola por la cintura y guiándola hasta el borde de la cama, donde la ayudó a sentarse. Poco a poco y con una delicadeza como la del rocío matinal sobre la hierba, Lázaro soltó el apretado nudo del listón que le protegía el escote, descubriendo un lunar en el pecho izquierdo, marca de familia. Ventura se recostó, insegura en cada uno de sus movimientos. El farol de la calle de Puente de Alvarado parpadeaba iluminando el cortinaje casi translúcido de la ventana. Crecía el deseo de Lázaro por besarla, se hacía hasta doloroso, y esperaba que ella no se apartara cuando él le tocara los labios, y la barbilla, y bajara por su cuello. Una mezcla de miedo y placer, de pudor y alegría iba tejiendo un ovillo de emociones en aquel lecho. Se inclinó sobre ella, sintió la tersura de su piel y le acarició los labios. Ventura se dejó besar y abrazar, y el cuerpo paciente de Lázaro supo esperar a que ella se adaptara a él entrelazándose en una intimidad que poco a poco entibió las sábanas bordadas con los vistosos hilos de Estambul. Aquel fulgor que tenuemente iluminaba las cortinas se posó sobre la seda que yacía en el piso y se fundió con ella.

Ventura se dirigió al baño. Arrastró la puerta tras ella con suavidad, y sus pupilas ahora ajenas al destello de la lamparilla hicieron un esfuerzo por mantenerse abiertas. Lázaro vio la línea de luz reaparecer bajo la puerta sin poder disimular su inquietud porque ella volviera. Segundos después, se escuchó el correr del agua. La oyó llorar al otro lado de la pared y cuando ella salió, vio sus ojos enrojecidos e intercambiaron miradas. Ventura se abrazó al hombre que le ofreció sus brazos para cobijarla. Los largos meses de soledad que había pasado Lázaro lo habían hecho deseoso de proteger la fragilidad de Ventura en esos momentos. Él acercó sus labios para decirle al oído:

—*Nochada buena i bienvenida a mi vida, a muestra vida enjuntos.*

Le dedicó a su esposa un roce de cariño apagando la luz y dejándola en la penumbra con los ojos abiertos, siguiendo el parpadeo del farol. Finalmente ella se quedó dormida con la cabeza recargada en el pecho de su marido y disfrutando de una sensación de resguardo que nunca antes había sentido.

Ventura esperaba los amaneceres sentada en la cama observando cómo el titilar de la luminaria se iba diluyendo al ser absorbido por el albor de la mañana. Las emociones de las cosas nuevas que experimentaba cada día la despertaban con una sensación de avidez y deseaba saber escribir para mandar por carta sus impresiones. Contemplaba en silencio el rostro apacible de Lázaro y se sentía afortunada; el hombre que dormía junto a ella era cariñoso, paciente y le demostraba en cada oportunidad su gratitud por haber aceptado venir desde Estambul a reunirse con él. Le tomó unos días acostumbrarse a los diferentes ruidos del departamento que, como cualquier casa, posee su propio idioma en el crujir de la madera o en las pisadas de los vecinos. El sistema circulatorio del agua era compartido en el inmueble; se escuchaba al propietario colindante dándose un baño, o a la señora del departamento de arriba lavando los trastes. El número 17 era un modesto edificio. Del centro del vestíbulo principal con luces mortecinas partía una estrecha escalera que caracoleaba por cada uno de los seis pisos. La azotea albergaba una telaraña de mecates con ropa tendida al sol y tres tinacos un tanto herrumbrosos. Desde ahí arriba podían observarse los tejados de aquella ciudad creciente.

La casa de Lázaro y Ventura tenía dos habitaciones: una más amplia que la otra. En la grande, Lázaro había adecuado una cómoda con cajonera sobre la que ahora se posaba el perfumero de bombilla y la polvera de Ventura. Un armario que hasta entonces había permanecido desnudo, pero que en lo sucesivo vestiría los atavíos de la joven esposa y los protegería con sus dos grandes puertas de madera finamente tallada. Las patas del mueble eran pequeñas, casi imperceptibles, aunque cargaban en sus jorobas como espaldas, a aquel gigante de oscuro roble. Lázaro lo había colocado ahí para cubrir las grietas que reptaban por la pared mal pintada. Justo enfrente se encontraba la cama que desde el arribo de Ventura se veía siempre tendida con pulcritud. Una de las carpetas tejidas a gancho que salieron del baúl turco cubrió la mesita de noche. La pequeña sala constaba de una estantería sin libros hasta ese momento, y una mesa baja acomodada frente al sofá de dos plazas desde donde podía verse el racimo de ajos contenidos en una bolsita hilada color cobalto colocado en el quicio de la puerta de entrada; aquel importante fetiche que Sara había tejido para la casa de su hija haría que Ventura no borrara de su memoria la suya de Estambul, y mucho menos sus costumbres. El ventanal de aquella pieza podía abrirse hacia la estrecha terraza que parecía una jungla de macetones heredados por los últimos inquilinos. Ventura aprendió a tener esa ventana cerrada, ya que lejos de ventilar, en realidad el aire arrastraba el olor a comida frita y aceite requemado de los puestos de la calle.

La pequeña cocina de azulejos amarillos se convertiría en su lugar predilecto. Ahí fue comprobando que las tardes en que durante años acompañó a su madre entre vapor de ollas, le habían heredado la sazón que con el tiempo la distinguiría como una gran cocinera. Una mesa cuadrada con cubierta de formaica verdosa era la pieza central de aquel santuario. Al sentarse los recién casados uno frente a otro, servía para compartir el queso blanco, el pan, las aceitunas y el jitomate recién partido, característico desayuno mediterráneo. Cuando Lázaro se iba a trabajar, aquella mesa se llenaba de ingredientes con los que Ventura recreaba los sabores de su tierra y se los ofrecía a su esposo como un regalo a su llegada cada noche. La harina, y todo lo que con ella puede hacerse, como panes, borrecas rellenas, roscas y masas para repostería, es casi sagrada para los turcos. Es un pecado tirar pan o desperdiciarlo, y si se cayera al piso sin querer, hay que recogerlo y besarlo para volver a comerlo.

La harina significa fertilidad. Durante aquellas cenas, descubrió en su marido a un gran conversador, y se acostumbró a ver su reflejo en esas pupilas mientras lo escuchaba con atención. El sol entibiaba el nuevo hogar casi toda la mañana y esto apaciguaba en ella la soledad que venía con el eco producido por el vacío de la casa cuando Lázaro partía; era como si su existencia en este lugar dependiera de que él pronunciara su nombre. Sabía que no contaba con nadie, sólo con su esposo, y por un tiempo tendría que serle suficiente. Una mezcla de nostalgia y emoción parecía espolvorearse durante la preparación de la pasta.

El baúl, recargado contra la pared en el pequeño espacio, daba la bienvenida a la vez que servía de cofre de blancos. En más de una ocasión, entró Lázaro para encontrarse a Ventura de espaldas, sentada en el suelo al pie del arca abierta. Él se detenía en el umbral a observar a su esposa. Cuando se percataba de su presencia, Ventura se volvía sonriéndole y llevándose al rostro alguna de las telas que ahí se guardaban. Las olfateaba en largos suspiros y perdía la noción del tiempo hasta que Lázaro se arrodillaba junto a ella y delicadamente tomaba sus manos para ayudarla a levantarse. Él entendía que en el baúl se almacenaban aromas, usanzas, querencias, recuerdos, y hasta las facciones de los seres amados que, ante el desgaste de la distancia, podrían ir esfumándose en la memoria. No le costaba trabajo imaginar el paisaje que ella contemplaba con los ojos cerrados, el de los minaretes reflejándose en las aguas del Bósforo al atardecer, el mismo que a él también le hacía falta. Ventura había vivido siempre rodeada de ciertos objetos, y ahora que no los tenía, los extrañaba y, por momentos, los hallaba imprescindibles. Con el paso de los días, fue «apoderándose» de su casa y fue haciendo suyas las cosas nuevas, los aromas, algunos sabores, y el pulso de México.

Le tomó muchos días atreverse a salir sola a la calle. Lázaro le había presentado a la portera para que contestara sus preguntas y dudas cuando él no estuviera, pero aun así, Ventura no sentía la confianza de hacerlo, al menos en un principio, cuando nadie la conocía. Le costaba trabajo caminar por rumbos desconocidos, pues aunque Lázaro ya la había guiado por esas mismas aceras, el hacerlo a solas le provocaba inseguridad. Cuando por fin empezó a salir, fue para dirigirse al mercado de La Merced y comprar todo lo necesario para su entretenimiento culinario. Se detenía en cada esquina y se daba cuenta de que este era su nuevo mundo, que debía explorarlo a pesar de sentir un poco de cobardía. Las calles de su querido Estambul vivían sólo en su imaginación, no bajo sus pies como antaño.

Amanecía el mes de julio. Era sábado. Lázaro invitó a su esposa a recorrer algunas de las calles que trazarían el plano de las rutas que a menudo ella recorrería. Calles como Jesús María, Colombia, Justo Sierra, Brasil y otras más albergarían los pasos de Ventura. Llegaron al parque de Loreto. Aquí se reunían muchos de los inmigrantes y comentaban acerca de las cartas provenientes de sus familias, intercambiaban sus impresiones y saboreaban cierto gusto provinciano que se apreciaba en aquel parque y que muchos de ellos conocían por ser vendedores ambulantes en ciudades cercanas al Distrito Federal. No había barreras; compartían el idioma ladino con sus correligionarios sefarditas. En general, la gente se volvía a verlos intrigada un poco por su acento. La pareja se sentó en una banca frente a la magna fuente construida por Manuel Tolsá, convertida en el eje alrededor del cual hombres y mujeres tomados de la mano recorrían aquel húmedo contorno una y otra vez.

Los primeros días transcurrieron tratando de borrar los años de costumbres de soltero de Lázaro, que fueron sustituyéndose sutilmente por el orden, la disminución del silencio y las comidas calientes. Las prendas almidonadas, los libros bien enfilados y las fotografías dentro de un álbum hacían evidente la presencia de una mujer. Lázaro se acostumbró a la compañía de su esposa desde el principio. Ventura, por su parte, debía aprender desde cómo moverse por el centro de su nueva ciudad hasta cómo no apartar los ojos cuando Lázaro la miraba. Hay que recordar que debían primero conocerse, para luego enamorarse, y en este proceso un tanto inverso y paradójico, comenzó a haber una complicidad entre ellos; era como reflejarse en el espejo del otro entretejiendo una conciliación y un sincretismo que se develaría en la desnudez del cuerpo y del alma.

III

Los primeros meses en México se deslizaban en un estado constante de observación. Ventura descubría minuto a minuto, en cada detalle, al hombre con quien se había casado. Lázaro era un individuo de rutinas, de costumbres. Un café turco inauguraba la jornada y, después, con un dejo de complacencia, se acercaba el plato ya dispuesto del desayuno que su esposa había preparado desde el amanecer para darle gusto: huevos revueltos a la turca con jitomate y queso fuerte, aceitunas negras, hueva de lisa o como se dice en ladino: *abudarajo*, y unas rosquitas de anís.

Por fin en esa casa se respiraban los aromas familiares tan queridos, y un suspiro de satisfacción que invariablemente Lázaro dejaba escapar al despedirse albergaba el mensaje mudo que ella sabía leer: «Gracias por hacer de mi casa un hogar.» Todo lo que él necesitaba para calmar las añoranzas provocadas por vivir en el exilio lo había ido encontrando en su esposa turca, quien compensaba todas aquellas nostalgias que por momentos, antes de que ella llegara, lo habían hecho sentirse incompleto. Le quedaba más claro que nunca: debía anclarse en México y seguir luchando por la supervivencia. Lázaro había llegado con la idea de conquistar esta tierra. Creía haberse imbuido en la vida de la ciudad capital, sin embargo era esta la que con sutileza había ido internándose en la vida de Lázaro, conquistándolo generosa y pacientemente, a tal grado que México y Estambul con frecuencia formaban una sola imagen en su mente, como aquellos atardeceres que enmarcaban la piedra de las construcciones antiguas del corazón de ambas ciudades.

Ventura analizaba no sólo los movimientos y expresiones de Lázaro, sino también su forma de ser, de tratarla, de hablarle y de tocarla. Aquel hombre de andar discreto tenía una mirada de amparo que le ofrecía la seguridad que ella necesitaba, sobre todo en ese principio en que todo le era ajeno. Ese atisbo la iba conquistando poco a poco al sentirse contemplada y querida. Se acostumbró a verlo mordisquear su lápiz mientras revisaba el libro de cuentas, y a tener la prudencia de guardar silencio si lo veía frotarse la barbilla incisivamente, como señal de inquietud o de estar inmerso en sus pensamientos. Él aprendió también a demostrarle con un pícaro parpadeo que quería seducirla. Sonreía para sus adentros observándola, en silencio, tratando de no romper el instante mágico en que desde la cocina Ventura parecía entablar una conversación propia con el tintineo de platos y cubiertos. Asumido su papel de esposa, hizo de lo cotidiano un placer para ambos. Concilió con sazones y efluvios las nostalgias que los dos padecían y se entregó con autenticidad a su matrimonio, determinada a explorar ese nuevo rumbo y a salir victoriosa. Lentamente se fue adueñando del departamento, de sus nuevas pertenencias, y en especial del corazón de su marido, quien por momentos parecía no creer en la suerte de que ella estuviera allí.

Esto kazada kon un ombre alto, robusto i de grande valor. Sano kesté, es muy bueno conmigo i me respekta. Devesh de saber ke poko en poko e tomado muncho plazer de irlo konosiendo asi

komo de toparme kon otras personas de Estambol i de Gresya,
djudyos sefaradim kon ken ya somos amigos muevos.

Ventura le pidió a una vecina del edificio con la que hizo amistad, por ser también sefardí, que escribiera esto en una de las primeras cartas que envió a su familia. Muy pronto se encariñó con Lázaro, aunque no era lo mismo que estar enamorada. No había sentido ese flechazo del que había hablado tantas veces con sus hermanas en Estambul, aquellas noches cuando con las luces apagadas y los ojos abiertos las pequeñas cuchicheaban en secreto bajo las cobijas. Pero los valores y cualidades que, sin tratarlo, había intuido en él desde su primer encuentro en el barco, con el paso del tiempo se iban confirmando. Lázaro nunca dejaba con la mano vacía a los indigentes que se les acercaban en la calle a pedir una limosna. Demostraba gran solidaridad con inmigrantes que, como él, llegaban esperando que alguien les ayudara a iniciar su vida en México; no sólo los orientaba y les ofrecía consejos, sino que les hacía pequeños préstamos que jamás cobró. Esos gestos de nobleza iban conquistando a Ventura. Lázaro era generoso, hasta donde sus posibilidades lo permitían.

Él la miraba con unos ojos que delataban su enorme alegría por tenerla, y sus ademanes eran mezcla de caricias y señales de afecto que fueron reforzando, en la relación íntima conyugal, la unión de sus almas. En cuanto a Lázaro, nada le daba más placer que esperarla al pie de la puerta con un ramo de flores los domingos para salir a pasear. Era todo un agasajo el sabor de la piña que a ella tanto le complacía y, como primer punto, iban a tomar un jugo de tan preciada fruta para los turcos. Recorrieron una y otra vez los lugares emblemáticos del centro de la ciudad como el teatro de Bellas Artes, la Plaza de la Constitución y la Casa de los Azulejos.

En una ocasión, Lázaro dijo que le tenía una sorpresa, que preparara un canasto con algunas viandas. Ella lo llenó con *bureks* de queso y berenjena, un poco de melón y *yaprakes* que preparó desde un día antes.

Para este acontecimiento, Ventura, emocionada, embelleció sus ojos con sombras mate que enmarcaron su mirada llena de fuerza. Perfiló a lápiz sus cejas delgadas respetando su línea natural, logrando ese aspecto «a la Garbo», tan en boga en la época. Sus labios finos y pequeños, pintados en su interior con aquel rojo profundo, eran el punto focal de un maquillaje perfecto. El sorpresivo paseo se llevó a cabo en un lugar que Ventura jamás pudo pronunciar, pero del que quedó maravillada: Xochimilco.

Los canales que serpentean por aquel valle al sureste del centro de la ciudad cautivaron a la recién casada, quien admiraba con asombro las trajineras coronadas con copetes de media luna portadores de nombres hechos con decenas de flores. Rosas, claveles, alhelíes y margaritas daban vida a María, Juana y Lupita, algunos de los motes que lucían flotando en las aguas color aceituna y desde donde, al atardecer, se podía observar a la Mujer Dormida. Canciones de mariachi, mercados de plantas, viveros de hortalizas, siluetas de garzas descansando posadas en las ramas de los árboles que custodiaban la orilla del agua, y los miles de lirios acuáticos invitaron a Ventura y a Lázaro a regresar con cierta frecuencia, así como a muchos de los inmigrantes que hicieron de un domingo en la «sementera de las flores», su paseo favorito. A lo lejos, chinampas como tableros simétricos de cultivos sembrados con la antigua técnica de los aztecas asomaban como un tapiz de impactante verdor. El epazote y el huitlacoche sorprendieron el gusto de la extranjera, quien debió probarlos varias veces para descifrar su inigualable sabor. Cómo deseaba Ventura poder compartir estas nuevas experiencias con su familia. Momentos nostálgicos la llevaban a clavar sus ojos en los trazos de efímeras estelas; las manos rudas del mexicano deslizaban un tronco que hacía surcos en el agua para poder mover la trajinera desde el embarcadero. Alguna vez describiría Xochimilco como: «el lugar de los ríos con cunas de flores». En paseos como este, las galanterías y los piropos se daban en ese noviazgo que vivía la pareja después del matrimonio. Ella lo pensaba como una tarta que alguien hubiera desmoldado antes de solidificarse. Lázaro y Ventura se iban conociendo apenas, y ya esperaban a su primer hijo.

Acerca de su nuevo país, y en especial de su nueva ciudad, Ventura no estaba muy informada y las escasas referencias que tenía se reducían a historias y leyendas que había escuchado pasar de boca en boca entre los familiares de algunos osados que habían emprendido el viaje desde Turquía. Le habían contado acerca de los llantos nocturnos de una mujer que parecía flotar sobre la espesa neblina; que andaba sin rumbo por cualquier dirección de la ciudad, o las riberas de los ríos, gritando «¡Ay, mis hijos!»; que el fulgor de la luna llena permitía ver esta manifestación fantasmal con un velo en el rostro. Hubo quien relató a Ventura que esa misteriosa mujer era el alma de la Malinche, que seguía penando por haber traicionado a los mexicanos durante la Conquista. Otra versión que viajaría hasta Estambul fue que esa mujer enviudó, que adoraba a su marido y al perderlo enloqueció y ahogó a sus hijos, que después ella murió de tristeza pero regresó del más allá para penar su crimen.

Una tarde, semanas antes de su viaje a México, Ventura acudió a la casa de una vecina, doña Rayka, quien había recibido carta de su hijo que vivía en la ciudad de Guadalajara. Ansiosa por escuchar lo que él relataba a su madre, se sentó atenta a la lectura de aquellas líneas, pero en cuanto oyó que se hablaba de la leyenda del Jinete sin Cabeza optó por despedirse y salir de ahí. Sabía que se trataba de mitos transmitidos por tradición oral, sin embargo, prefería no sugestionarse con historias que francamente le daban miedo, no fuera a ser que se arrepintiera de irse a vivir a México. Se retiró a admirar las imágenes de paisajes que Lázaro le había enviado en postales durante su cortejo por correspondencia: el Castillo de Chapultepec, el Paseo de la Reforma y el propio Xochimilco, sitios que fue visitando paulatinamente del brazo de su esposo. Atónita, observaba todo con una mezcla de sorpresa y fascinación, al tiempo que labraba su cotidianidad a la medida. Se sentía afortunada y, por primera vez desde que dejó Estambul, tuvo la certeza de que, en un crisol de tradiciones tan antiguas como disímiles, podría construir su propia leyenda.

♣ Huevos a la turca

4 Huevos
½ Diente de ajo
2 Jitomates licuados
¼ Cebolla
¼ Taza de agua
150 Gramos de queso feta cortado en cubitos
150 Gramos de queso *kashkaval* o manchego fuerte rallado
2 Cucharaditas de aceite

Se licua el jitomate con la cebolla, el ajo y el agua. Se fríe en aceite y se deja sazonar durante 10 minutos. Se agregan los huevos y la mitad de los quesos y se tapan, dejando cocer al gusto. Al final se cubren con el resto del queso y se acompañan con pan caliente.

♣ Abudarajo

Manos completas de hueva de lisa con piel
Sal
Tabla de madera

Se lavan muy bien las manos de hueva de lisa, tratando de quitar la colita sin que se rompa la piel ya que se deshace la hueva. Se colocan sobre una tabla de madera y se sala por los dos lados. Se deja reposar durante 3 días volteando ocasionalmente para que suelte todo el jugo, el cual se escurre. El cuarto día se pone sobre una rejilla para que acabe de secarse parejo por los dos lados. Se deja ahí 6 días; para entonces ya estará lista para comerse como botana rebanada en porciones delgadas y acompañada de pan.

❖ Rosquitas de anís

1 Kilo de harina

9 Huevos

2 Tazas de azúcar

2 Tazas de aceite de maíz

8 Cucharadas de licor de anís

4 Cucharadas de polvo para hornear

1 Taza de ajonjolí limpio

En la batidora se mezcla la harina, 8 de los huevos, el aceite, el azúcar, el licor de anís y el polvo para hornear. Cuando ya no gire el aspa de la batidora, se sigue amasando a mano en una mesa enharinada hasta formar una masa tersa. Se trabaja rápidamente, ya que se puede secar mientras se hacen las roscas. Por la misma razón, se envuelve en un trapo húmedo una vez concluido el amasado. Se forman palitos largos de 1 centímetro de grosor y se trenzan en forma de rosca. Se barnizan con huevo batido y se espolvorean con ajonjolí. Se acomodan en una charola engrasada con aceite y se hornean a 180 grados durante 20 minutos o hasta que se doren. Se despegan inmediatamente de la charola. Ideales para acompañar un café turco.

❖ Bureks de queso y berenjena

1 Kilo de harina cernida

4 Barritas de mantequilla con sal, de 90 gramos cada una

½ Taza de aceite

1 Cucharadita de sal

Leche al tiempo, la necesaria

1 Huevo

Se mezcla la harina, la sal y la mantequilla blanda. Se agrega el aceite y al final la leche, hasta que quede una masa suave. Se amasa y se deja reposar 15 minutos. Se hacen bolitas de masa, se extiende cada una con el rodillo de madera. Se cortan círculos.

RELLENO

½ Taza de queso gouda

½ Taza de queso parmesano

½ Taza de queso manchego o chihuahua

2 Cucharadas de mantequilla derretida

2 Tazas de berenjena asada y picada muy finito

Los quesos se revuelven con la berenjena, previamente sudada en una bolsa de plástico para quitarle lo amargo, y la mantequilla y se rellenan los círculos formando las *bureks* o empanadas. Para cerrarlas, se presionan con los dientes del tenedor en todo el borde. Se barnizan con huevo y se espolvorean con un poco de queso parmesano o ajonjolí. Se meten al horno a 180 grados en charolas y se dejan hasta que estén doradas.

♣ Yaprakes

3 Kilos de hojas de acelga

2 Tazas de arroz remojado en agua caliente por 15 minutos

Aceite, el necesario

16 Limones

1½ Cebollas picadas finamente

1 Manojo de perejil grande

2 Tazas de agua

2 Cucharadas de consomé de pollo en polvo

Se lavan las hojas de acelga y se ponen a cocer durante 5 minutos. Se fríe el arroz en mucho aceite y hasta que dore se agrega la cebolla, el perejil picado, el jugo de 8 limones, el consomé y las 2 tazas de agua. Se deja hervir hasta que se cueza y se consuma el agua. Se revuelve de vez en cuando. Se toma cada hoja de acelga, se le corta la nervadura central y se juntan las dos partes. Se rellenan con arroz y se van enrollando como tacos bien apretados, metiendo las orillas en cada vuelta. Se acomodan en el contorno de una olla, apretados en capas y muy juntitos. Se agrega el jugo de los otros 8 limones, un chorrito de aceite y un poco de consomé. Se pone un plato encima para que no se muevan y se tapan. Se cuecen a lumbre baja hasta que se consuma el jugo. Se sirven fríos.

Nota: se puede preparar el arroz con guindillas, piñones y pasitas. En este caso no se agrega el limón de los otros 8 limones.

IV

Nubes sombrías invadieron el cielo cuando Ventura despertó intranquila de una siesta inevitable. El médico le había ordenado cuidarse mucho, reposar cada vez que sintiera que su cuerpo se lo pedía y alimentarse sanamente. Semanas atrás se había dado cuenta de que estaba embarazada por el inusual cansancio que sentía, además de los consabidos vómitos matinales. Se recostó en el sofá de la pequeña sala al abrigo de un par de mantas. Cerró los ojos pensando en la carta que había enviado a su familia en la que narraba, a través de la caligrafía de su vecina, cómo habían transcurrido sus primeros meses en México. Poco a poco y sin darse cuenta, bajo la calidez de las frazadas que ella misma había tejido a gancho, se fue quedando dormida. Todavía sobresaltada por las sensaciones del sueño, miró el reloj de mesa junto a ella; eran casi las dos de la tarde, aunque el color del sombreado cielo de mediados de septiembre indicaba una hora mucho más avanzada.

Se incorporó, tomó varios minutos para analizar lo que había soñado. Segmentos de aquellas imágenes del inconsciente se revelaban sin coherencia de forma muy vívida en su mente. Sentía una especie de bochorno, el sudor le corría por el cuello y la nuca. Posó el dorso de la mano sobre la frente para comprobar si no tenía fiebre. Estaba un tanto confundida, así que decidió sentarse un momento. Se veía corriendo por los callejones angostos y familiares de su barrio de Kassimpaça, en Estambul. Iba siguiendo el serpenteo misterioso de las calles. No sabía con exactitud si en su sueño era noche o día; de lo que estaba segura era de verse vistiendo un rebozo color rosa candente sobre cabeza y hombros. Lo que impedía que se le confundiera con una mujer mexicana era que calzaba unas babuchas turcas que asomaban por debajo del dobladillo de su vestido a ras del piso. Esas zapatillas planas y abiertas por el talón estaban hechas de cuero y terciopelo rojo bordadas con resplandecientes lentejuelas. Muy puntiagudas en el frente, eran típicas del mundo musulmán de Turquía, donde los judíos eran un grupo minoritario. Estos también las calzaban porque era una costumbre muy arraigada, además por ser muy cómodas.

Creía estar corriendo hacia su casa de cuando era niña. Al acercarse, se dibujaron como en un espejismo las figuras de sus hermanas Regina y Rebeca, y las de sus padres, con Isaac en brazos. Como sumergido en un banco de neblina, percibía el ventanal abierto de su recámara. Las cortinas se balanceaban al son del viento, y su cabello al aire seguía ese mismo compás. Parecía que una película de vaho cubriera la imagen de su familia al pie de la entrada, ondeando sus manos a la hora de la despedida. Recordó también que ella se acercaba para abrazarlos, y con cierta perturbación veía que sus pasos se quedaban en el mismo lugar; era como si todo su cuerpo tuviera una sobrecarga que le impidiera recorrer esa única vereda que conducía a su casa. Cerró los ojos. No estaba segura en ese momento de si estas eran reminiscencias de su sueño, o su deseo de estar cerca de la familia, o si se trataba simplemente de la fragilidad manifiesta ahora que esperaba a su primer hijo. Los síntomas de la añoranza eran muy claros, los concebía desde las entrañas, su estado de sofoco cambió repentinamente; ahora tenía el frío clavado en los huesos y experimentó la melancolía como grieta húmeda en el pecho. Empezó a caminar en círculos alrededor de la mesa; tuvo la certeza de que, si no cambiaba de estado de ánimo, seguramente sus lágrimas la delatarían frente a Lázaro, así que la mejor decisión antes de que él regresara sería ir al lugar que la acercaba a su tierra: al mercado de La Merced.

Caminó dos o tres calles tratando de quitarse esa sensación de pesadumbre que el sueño le dejó en el pecho. Después, Ventura tomó el tranvía, el cual poco a poco había comenzado a utilizar con más aplomo. Al llegar al mercado, se abrió paso entre una muchedumbre en perpetuo movimiento, exactamente igual que en el mercado de su querido Estambul. Se sumergió en aquel mundo de ligeros empujones celándose el vientre. Gritos de marchantes que advertían tener cuidado ante el paso de guacales cargados de mercancía fresca la transportaban a ese barullo tan familiar. Era tal el parecido del mercado de La Merced con el suyo, que ciertos pasillos un tanto oscuros la hacían pensar que en cualquier momento se podría topar con algún conocido.

En aquel bullicio, se dio cuenta de que podía entender ciertas palabras en español gracias al parecido que este tiene con el ladino o judeoespañol que ella hablaba. Se acercó a un puesto de frutas a preguntar el nombre de una en especial que le llamaba la atención y que nunca había visto, la señaló y el marchante le indicó:

—Esto es chicozapote —y siguió señalando las frutas diciendo—: este es mango, papaya y durazno.

—¿Durazno? —repitió con asombro Ventura.

—Sí, durazno señora, qué ¿nunca los había divisado antes?

—Sí, sí —contestó ella riendo respetuosamente y pensando que en ladino lo que significaba *dur asno* era en español «detente, burro».

Su espontánea carcajada empezó a relajar aquel sentimiento que le había dejado el pecho oprimido al despertar de su siesta; ahora estaba segura: había sido una pesadilla. Se dirigió a los puestos en los que encontró lo necesario para cocinar una *pachá* con huevo y vinagre, una pierna de res, el platillo favorito de Lázaro, acompañado de berenjenas al horno y arroz a la mantequilla; todo esto adaptado a ingredientes mexicanos que sustituirían algunos que solamente encontraba en Turquía.

La simple idea de llegar a cocinar algo especial la haría llenar el hueco de añoranza que la succionaba al pensar en su familia. Haría una deliciosa cena uniendo las dos gastronomías en un sincretismo que conciliaría lo oriental con lo mexicano. Satisfecha de regresar a casa con el canasto lleno y con haberse dado a entender, comenzó a preparar el delicioso platillo y desde que encendió la estufa se tranquilizó, aunque no dejó de preguntarse si sus padres habrían recibido ya la carta enviada días atrás.

Doña Sara caminaba por las calles después de haber hecho sus compras en el enigmático mercado egipcio, en donde se impregnó del olor a las esencias perfumadas del ambiente. Los cruces de caminos y callejuelas resplandecían ante la humedad que abandonó sobre los empedrados la lluvia del amanecer. Pasó por la reja monumental que como muralla protegía el palacio invernal Dolmabahçe. Desde la verja, admiró los magníficos jardines inspirados en el paisajismo europeo. Las fuentes adornadas con estatuas y sus arbustos podados artísticamente recibían la leve llovizna que Sara no percibía por estar abstraída en sus pensamientos. Con un paso meditabundo suspiraba por su hija Ventura, a quien no se había podido quitar de la mente desde hacía días. Recordó cuando fueron juntas de compras a ese mismo mercado de las especias y, con un movimiento lento que delataba infinita dulzura, tomó entre sus dedos una cadena que pendía de su cuello con un *oshiko*, hizo una pausa y se dijo a sí misma: *«Siguramente mi Ventura traye su oshiko ke le regali kon ella, si supiera kuanto me manka».*

El espacio exterior en Estambul avivó en Sara los recuerdos, los sitios por los que transitaron juntas parecía que le hablaban. Dominaba el ruido, los murmullos y sobre todo los rezos cantados desde la mezquita de Ortaköy, la favorita de su hija, la cual erige sus alminares como cientos de ellas que hay en Estambul. Sara sabía convivir con todo esto, se fundía con el paisaje tan habitual, pero le encendía la duda de si su hija estaría entendiéndose con su nuevo entorno, y en especial con su marido. En el camino se encontró con la tía Fortuné. Sara fingía interés en sus comentarios, pero muy pronto la tía se dio cuenta de que algo rondaba por la cabeza de esta mujer, que pretendía que nadie leyera su pensamiento; sin embargo, su postura tensa delataba preocupación. Sara se despidió abruptamente dejando a Fortuné con la palabra en la boca.

Caminó delante de las fachadas tapizadas de hiedra que cubría grietas y cicatrices, testimonios del paso del tiempo. Los callejones empinados y estrechos se preservaron, llenos de historias que hablan de despedidas, de encuentros, de llanto, de albricias, parecían misteriosos pasillos. Esa mujer los conocía hasta con los ojos cerrados, después de todo, había vivido en ese barrio, el de Kassimpaça, desde que se casó con don Moshón. Dio vuelta en Menzil, la calle que fue testigo de la despedida de Ventura, que sin saberlo Sara, era recorrida por el pensamiento de su hija una y otra vez. Conforme Sara iba avanzando, reconoció a su marido parado al pie de la puerta de su domicilio. Dejó caer su bolsa, temía que él la estuviera esperando con alguna mala noticia. Sin embargo, se trataba exactamente de lo contrario. Don Moshón había recibido aquella mañana una carta con timbre de México y ansiaba darle la noticia a su esposa. El sobre permanecía cerrado esperando su llegada, y en cuanto Sara lo vio, lo tomó de la mano de su esposo jaloneándolo con prisa hacia la casa de su vecina. Tocaron con persistencia a la puerta hasta que les dolieron los nudillos; por fin la señora Rayka abrió y la pareja de los Eskenazi entró antes de ser invitada a pasar agitando la carta por los aires.

—*Abolti a la kaza y topi en la puerta a Moshon asperandome kon una letra, siguro ke es de Ventura. Te rogo de ampesar a leyerla, aide no kero pedrer un minuto mas*—le dijo Sara a su vecina, quien les hacía el favor de leer y escribir por ellos la correspondencia.

La señora Rayka abrió el sobre con delicadeza, desdobló el papel y comenzó la lectura bajo la insistente mirada de sus vecinos. La luz entraba apenas entre sombras, formando cortinajes en las paredes. La vecina se levantó para acercarse a la ventana y ver más claramente mientras sus invitados se frotaban las manos con nerviosismo. Poco a poco, los amorosos padres se fueron tranquilizando al escuchar a su hija relatando, en aquella carta, justo lo que querían oír: que Lázaro era un buen hombre, que la trataba bien y que ya conocía a otros correligionarios con quienes estaba haciendo amistad. Los sentimientos encontrados de Sara durante esos meses se mitigaban al saber que su hija estaba viviendo lo que siempre anheló para ella, y es que el remordimiento de haberla orillado a irse, apostando por un mejor destino que el de permanecer en Turquía, no le daba tregua. La incógnita se iría disipando conforme avanzaba la lectura de la carta, pero sólo parcialmente. Nunca le quedó claro si el verdadero deseo de Ventura fue irse, pero siendo la hija mayor, ella se adjudicó el compromiso de acatar los deseos de sus padres y de preservar la fama de intrépida con la que había crecido. Algunos enigmas se aclaraban y la conciencia de Moshón y de Sara parecían estar tranquilas. Salieron de ahí agradecidos, a pesar de que nunca se acostumbrarían al vacío que les dejó su hija. Con una mezcla de nostalgia y alegría que los llevó hasta las lágrimas, caminaron hacia su puerta. Sara iba abrazada de su marido. Tenía la mirada perdida, la humedad del ambiente le recordó el momento en que la tripulación soltó amarras y lentamente el *Lafayette* se fue alejando del muelle francés.

La imagen vívida de Ventura serpenteando entre la gente hacia la popa, mientras ella agitaba el pañuelo azul desde la costa de Marsella, era vaho, era niebla, era sombra.

♣ Pachá con huevo y vinagre

1 Pierna de res o de cordero

3 Dientes de ajo enteros pelados

2 Zanahorias medianas

6 Papas

2 Cebollas

2 Hojas de laurel

2 Cucharaditas de tomillo

Sal y pimienta al gusto

3 Huevos

Vinagre

Se pone en una olla la pierna de res o cordero con agua, las zanahorias cortadas en trozos, las papas en cuadros grandes, las cebollas en gajos, el tomillo, el laurel y 3 dientes de ajo enteros. Se tapa y se deja cocer de 2 a 3 horas. Se saca la pierna, se le quita el hueso y se corta la carne en trozos. Se vuelve a meter al caldo y, a fuego lento, se van incorporando poco a poco los huevos batidos para que se cuezan en el caldo formando hilillos de huevo. Al final, se agrega un chorro de vinagre al gusto. Se sirve muy caliente y se acompaña de arroz.

♣ Berenjenas al horno

6 Berenjenas

6 Jitomates rebanados

2 Cebollas

Caldo de pollo

Aceite

Se cortan las berenjenas en rebanadas de un dedo de grosor y se ponen en un recipiente con agua y sal durante una hora. Se escurre el agua, se enjuagan las berenjenas y se secan. Se pone a calentar el aceite y se fríen las berenjenas hasta que se ablanden pero sin que se doren. Se les escurre el aceite y se acomoda una capa en un refractario, después una capa de jitomate y una capa de cebolla rebanada muy delgada; así, capa por capa, hasta terminar. Se hace un caldo bien sazonado y se bañan las berenjenas con él. Se hornea a 150 grados durante 2 horas o hasta que se consuma el caldo.

✤ Arroz a la mantequilla

2 Tazas de arroz
3 Tazas de agua caliente
¼ Cebolla picada
2 Cucharaditas de sal
200 Gramos de mantequilla
¾ Taza de almendras peladas y rebanadas

Se remoja el arroz y se escurre. En una olla se fríen el arroz y la cebolla en la mitad de la mantequilla hasta que esta quede transparente. Se agrega el agua caliente y la sal y se deja cocer a fuego lento hasta que el líquido se consuma. En la otra mitad de la mantequilla se fríen las almendras. Se sirve el arroz caliente y se baña con la mantequilla y las almendras.

V

Los periódicos de noviembre de 1927 amanecieron anunciando la apertura de la carretera que uniría el puerto de Acapulco con la Ciudad de México. Esta era parte de un plan que trataba de integrar el territorio nacional para lograr una mejor distribución de productos y para facilitar las tareas comerciales. Lo mismo se había hecho ya entre la capital de México y Puebla, Pachuca y Monterrey. Era una época de esfuerzos de consolidación y reformas, como también una de las más fructíferas. Ventura se sentía inmersa en su lugar de permanencia. Lo que iba descubriendo la sedujo. Nuevos matices, fragancias y sabores alertaron sus sentidos con asombro. Puestos de exóticas y apetitosas frutas tropicales, como el mamey y la guanábana, le despertaban el ímpetu de aprender a escribir, y así, con su propia letra, relatar lo que con avidez sus ojos iban descubriendo. Muestras de hilados, cuero y madera incitaron en ella un encanto por las artesanías. La cerámica y los utensilios de cobre le recordaban también la variedad artística turca que habla, como la mexicana, de tradiciones sumamente arraigadas. En los dos casos, se trataba de objetos elaborados con motivos históricos que simplemente le parecían hermosos.

Otro gran hallazgo al que Ventura se hizo adicta fue el pan. Su variedad para distintas ocasiones, como el pan de muerto o

la rosca de reyes, no le llamaban tanto la atención como los bizcochos que compraba con cierta regularidad: espejos, garibal-
dis, cocoles, cemitas, duques, conchas y chilindrinas llenarían
paneras en su mesa, junto con los bolillos que embadurnaba
con nata recién hecha y azúcar. Mientras paladeaba estas delicias, escuchaba música de tríos como el Garnica Ascencio que
removía en ella la nostalgia por los intérpretes que escuchaba en Estambul. *Presentimiento*, *Nunca* y *Júrame*, que hablaban
de la entrega incondicional de la pareja, eran de sus canciones
favoritas; otras se debatían entre dos amores, o revelaban insi-
nuantes propuestas, o se lamentaban por relaciones imposibles;
todas ellas formarían un repertorio de música que se escuchaba
en casa de los Carrillo alternando con los ritmos orientales de
la música turca. Agustín Lara sería más adelante, como para
mucha gente, de sus compositores predilectos, y a través de sus
canciones en la voz de Tito Guízar, Ventura aprendería a pronunciar mejor el español. Así se pasaba tardes tarareando canciones como *Orgullo*:

Entre tus labios jugará la sonrisa
cuando te diga lo que yo te quiero,
cuando pueda decirte que me muero.

Fue aprendiendo algunas de las ricas tradiciones mexicanas
como llevar serenata o festejar con comida y flores de cem-
pasúchil el día de muertos, pero ver las manos cobrizas de las
mujeres palmeando la masa de maíz mientras hacían tortillas
sería una imagen esculpida en su memoria para siempre. Estaba fascinada con los trazos del bosquejo que ella hacía de
su recién estrenado territorio, y su intención era incorporarse
cuanto antes al desafío de ser extranjera en esta tierra. Cada
travesía, cada paso por las calles, cada contacto con la gente le daba la oportunidad de comprender e ir haciendo suyo
este país y su cultura.

El carácter del mexicano, expresivo y alegre, le recordaba a su propio pueblo. Los regateos le eran familiares y los entendía como una manera de relacionarse con los mercaderes, quienes, de la misma forma que en su tierra, eran zalameros y embaucadores. El contacto con las personas no le costó trabajo; después de todo, hablar ladino fue el pasaporte para entenderse con los allegados de su nueva realidad, aunque por su acento y algunas palabras graciosas, era fácil adivinar que Ventura tenía escasos meses de haber llegado al país.

Contemplaba con atención para no perderse ninguna de las novedades que la esperaban cada vez que salía; trataba de asimilarse al majestuoso entorno. Las construcciones coloniales con sus arcadas sitiando los patios y la suntuosidad de los edificios, como el Palacio Postal, le llamaban mucho la atención, ya que contrastaban con el paisaje que ella conocía en estilo bizantino de cúpulas y alminares. Tuvo que aguzar el sentido de la orientación un poco por fuerza. Buscaba referentes y se fijaba muy bien por qué calle entraba y por cuál salía en sus recorridos. Le sorprendió mucho saber que debajo de los adoquines que cubrían el suelo por el que caminaba casi todos los días en el centro, se encontraban vestigios indígenas. Las calles de Jesús María, Venustiano Carranza, Moneda, Capuchinas y pasaje Yucatán, entre otras, se habían ido convirtiendo en su territorio, donde todo sucedía, donde encontraba la posibilidad del intercambio con esta nueva veta del mundo. Esas calles que sus antepasados jamás habían pisado, pero que sus descendientes caminarían más tarde como su propio suelo.

La ciudad estaba viva, llena de colores y de ruido. Los mercados del centro y La Merced se convertían en resonancias del crucigrama de tenderetes del Gran Bazar. Collares y joyas exhibidos como cascadas de oro, además de tés, inciensos, alfombras y ámbar habían sido sustituidos por plata, petates, canastos, chiles, utensilios de barro y comales. La danza del vientre por el danzón, el velo por el rebozo, y el fez por el sombrero de charro. El folclor combinado con un ambiente de desorden la hacían sentirse en casa. El zapote con jugo de naranja se convertiría en su postre preferido desde la primera vez que lo probó. Conservas de pétalos de rosa cederían su lugar a mermeladas de guayaba y mango, y las rosquitas de pan rociadas con ajonjolí que ella misma hacía siguiendo la receta que tantas veces vio en la cocina de su mamá compartían la mesa con las tortillas recién hechas. Lázaro adoraba el aroma que impregnaba la casa cada vez que su Ventura prendía el horno, y sus talentos culinarios empezaban a manifestársele en la figura.

Al igual que su patria, este era un país de castas, de pobreza y de contraste, a lo que Ventura no era indiferente; los pordioseros pidiendo limosna en las calles le rompían el corazón y los niños envueltos en harapos la estremecían. A veces cerraba los ojos y el bullicio la transportaba al Cuerno de Oro, el puerto adonde iba a pasear los domingos para gozar el sol de los veranos estambulitas en los que el aire parecía arder, y a donde llegaban los ecos de cánticos nasales provenientes de las mezquitas. Ahora, se estaba acostumbrando a las campanadas de la catedral. Alguna vez tomó con Lázaro el tranvía para ir a San Ángel, y fue como cruzar la frontera hacia otro estado, ya que esta zona, al igual que la de Tlalpan y muchas otras en el sur, quedaba prácticamente fuera de la ciudad. Lo mismo sucedía con la gente que salía del Zócalo para ir a Tacubaya; mostraban la planilla de la semana, boleta que les daba derecho a hacer uso del transporte, y se despedían desde la ventana del vagón como si se fueran de viaje.

La institución que con el nombre de La Fraternidad congregaba a la comunidad judía sefardí de México desde 1924 organizaba reuniones y actividades sociales, así como culturales, lo cual hacía que los recién inmigrados se rodearan de gente que estaba en su misma situación y que no se sintieran solos. Lázaro acudía a muchas de estas reuniones, y fue ahí donde hizo amistades y su negocio ramificó. La Fraternidad organizó un té danzante que tendría lugar un par de semanas después; por ello, Ventura necesitaría un atuendo adecuado para la ocasión. Visitaron El Palacio de Hierro, un almacén a la altura de los ubicados en el bulevar Haussmann en París. Ventura estaba maravillada con aquel edificio de cinco pisos finamente decorado y con aspecto de palacete. De pronto, sintió una atracción irresistible por la elegancia y la exquisitez de las prendas importadas que veía exhibidas ahí; no obstante, su prudencia y sensatez le impedían hacer demasiado notorio su deseo de poseer alguno de los costosos modelos. Distinguidas damas paseaban por los corredores del establecimiento luciendo collares de perlas alrededor de sus cuellos largos y elegantes. Lázaro le pidió ayuda a la encargada del departamento de vestidos, quien indicó a Ventura pasar a los vestidores para que se probara algunos de los atuendos de talle bajo, lo más nuevo y distintivo de la época. Unas medias de rayón color beige fueron el complemento ideal para el vestido que eligió Ventura y que revelaba, por primera vez, un poco más de sus piernas. Cuando se vio al espejo, le pareció ver un asomo de distinción que nunca había notado, aunque también advirtió que su perfil empezaba a perder aquella inocencia juvenil con la que había llegado a América. Salió de los probadores luciendo uno de los elegantes diseños y Lázaro la miró como si no la hubiera visto nunca antes, su belleza lo volvió a asombrar. Considerándose ya hombre de recursos, se dio el gusto de comprarle a su esposa casi todo lo que se había probado.

En la primera reunión, Ventura causó revuelo. Callada y sumisa entró a la sala donde se habían reunido quienes estudiaban su proceder en cada movimiento. Su belleza dejó sin habla a la mayoría. El ámbar proveniente de las lámparas de pie puntualizaba los destellos color oro del cabello ligeramente ondulado de Ventura. Se sentó junto a Lázaro y, sin poder levantar la mirada, aprisionó entre sus dedos un rizo que se le vino a la cara y lo pasó detrás de su oreja con un gesto sensual.

El vestido nuevo de organza en tono champaña tenía el cuello bordado con pequeñas flores y un listón acentuaba sus caderas. De su bolso de mano sacó un pañuelo con sus iniciales caladas en un monograma y rodeado de encaje. Lo llevaba discretamente a su nariz mientras, nerviosa, trataba de responder cada una de las constantes preguntas de algunos de los invitados. Un miedo secreto de no pertenecer a este mundo nuevo, el cual todavía no le era comprensible del todo, hacía que, a pesar de las atenciones de su marido, ella se sintiera incómoda. Ventura hacía un gran esfuerzo por adaptarse y agradar mientras se desperdigaban comentarios acerca de su personalidad. El aroma a gardenias que dejaba en el aire al pasar era criticado por las damas y disfrutado por los caballeros.

—*Ande topatesh una hermozura como esta* —le preguntaban los conocidos a Lázaro.

—*Me la trusho la bodre de la mar* —contestaba gozoso.

Antes de que llegara Ventura a México, Lázaro pensaba con frecuencia en el mar. El Egeo, el de Mármara, el Mediterráneo; y en las crestas de las olas veía el rostro de Ventura, imperturbable, el de la única mujer a la que amaría. Deseaba escuchar su voz. Imaginaba que sería una delicia oír de sus labios delgados las palabras que alguien más escribía por ella en sus cartas. Su voz tendría que ser dulce, musical, y corresponder a la delicadeza de sus facciones. Aquel rostro jamás sería alterado por los años. Aquel rostro quedaría plasmado en la arenilla de su memoria.

VI

Era una noche nublada. No se veían ni la luna ni las estrellas desde la ventana abierta por la que observaba Lázaro. Sus ojos clavados en el cielo no habían notado la cerrazón de las tinieblas, ya que, abstraído, dirigía la mirada a las alturas en silenciosos rezos. Ventura había comenzado su trabajo de parto hacía varias horas. La puerta de la recámara se abría y se cerraba para dejar entrar paños, tinajas de agua hirviendo, sábanas y mantas. La ayudante de la partera, quien había llegado a la casa de los Carrillo desde que se presentaron los primeros dolores, era una mujer de baja estatura y rápido andar que pasaba apresuradamente frente a Lázaro dejándole saber que todo iba muy bien, pero que el proceso tomaría un buen tiempo porque la paciente era primeriza. La asistencia al nacimiento del primer hijo de la pareja estaba en manos de una experimentada partera sin estudios de medicina, pero que había prestado sus servicios a varias mujeres de la comunidad mostrando sus aptitudes. La tranquilidad que infundía a las parturientas durante esas horas de padecimientos y malestares era la recomendación que la había hecho famosa.

Pasaban las horas y Lázaro estaba desesperado escuchando desde la sala los lamentos y gemidos de su esposa. La puerta cerrada. Nadie le informaba lo que estaba sucediendo y él ya no podía soportar un grito más de Ventura, así que decidió tocar suavemente con los nudillos pero no obtuvo respuesta. Se disponía a llamar de nuevo cuando se abrió la puerta. La ayudante salió con la celeridad con la que una ráfaga de viento barre la hojarasca. Se encaminó por el corredor que conducía a la cocina y en su prisa dejó entreabierta la puerta. Lázaro dio dos pasos temblorosos, se asomó como si mirara por una grieta, y vio cómo Ventura gesticulaba su dolor al tiempo que le gritaba:

—¡Vete, por favor vete de aquí!

Su voz sonó más agresiva de lo que hubiera deseado, pero la cabeza del bebé comenzaba a rasgarla. Un frenesí de muecas, seguido de un grito que más bien parecía un aullido profundo, fue el preámbulo del amanecer y del alumbramiento.

—¡De prisa, Manuela, trae agua, ya viene la criatura! —gritó la partera a su discípula.

Lázaro se quedó inmóvil, conteniendo la respiración. Se dio media vuelta para salir de la recámara. Tras dos largos pujidos de Ventura, el primer llanto agudo y delgado de su hijo recién nacido lo sacudió. Las sábanas níveas y bien planchadas que habían entrado a la habitación del alumbramiento, salían ahora revueltas y manchadas de sangre, pero al menos ya no se escuchaban los gritos de Ventura que habían tenido el estómago de Lázaro encogido en un apretado nudo. Pasaron unos minutos y la partera abrió la puerta en toda su amplitud. Portando una enorme sonrisa anunció:

—Es usted padre de un varoncito.

Con una expresión de asombro y felicidad, Lázaro regresó junto a su esposa, quien ya tenía al bebé en su regazo y parecía una escultura del mismo Donatello; su serenidad en la forma en que veía al recién nacido, la manera tan natural con que lo sostenía en brazos, la hacían parecer tallada en una piedra noble. Ventura y Lázaro se miraron con una complicidad húmeda. Ella besó en la frente al primogénito reconociendo su genética y pidiendo a D-os que lo guardara de todo mal. Él lo veía con cierta incredulidad pensando: «Mi hijo es perfecto».

Aquel 12 de agosto de 1928 marcó el inicio de lo que se iría conformando como la familia Carrillo. Acerca del nombre que llevaría el niño, no había duda, se llamaría Heskiel, Ezequiel en español, en honor al papá de Lázaro, siguiendo la tradición sefardí. A los ocho días de su nacimiento, Heskiel o Hasky, como lo llamaría cariñosamente su mamá, vivió el primer gran evento de su vida judía: el *Brit Milá*, o ceremonia de circuncisión, que recuerda el pacto que hiciera Abraham con D-os. Ventura ya tenía listo el cojín en el cual se colocaría a su bebé. Lo había decorado con un pasalistón de tira bordada de algodón que Lázaro compró a uno de sus correligionarios, vendedor ambulante de productos de mercería importados. Es sabido que los padrinos normalmente son los familiares de los padres del bebé, quienes lo cargan sobre el almohadón. Por esta razón, tanto Ventura como Lázaro sintieron la falta de los miembros de sus familias, a quienes hubieran conferido ese honor. Una pareja joven sin hijos, amigos de Lázaro, fueron los padrinos y deseaban que esta distinción les trajera la suerte de concebir ellos también.

Como era lógico, Ventura estaba ansiosa antes de la ceremonia. Había amamantado a Hasky en la madrugada y ya de mañana el bebé estaba hambriento nuevamente, pero no podría darle de comer sino hasta concluida la pequeña intervención. El *mohel*, judío observante entrenado para la realización del procedimiento y leyes de la circuncisión, tenía todo listo y hacia las ocho de la mañana el pequeño departamento de los Carrillo fue recibiendo a los íntimos amigos invitados. Ventura, como es la costumbre, se quedó en su habitación preparándose para recibir al bebé después de la ceremonia y sosegar su llanto. Escuchó el quejido agudo y semiahogado de su hijo al que un chupón humedecido en vino consolaba. Acto seguido, la voz profunda de la bendición que le otorgaba formalmente el nombre judío:

—D-os nuestro y de nuestros padres, preserva la vida de este niño, para felicidad de sus padres y que su nombre sea llamado en Israel.

Los presentes replicaron:

—Amén.

A la par, bebían de la copa de vino. El homenajeado fue devuelto a su madre. Este rito milenario, por demás emotivo, evocaba en Ventura el deseo de que su hijo tuviera una vida de buenas acciones. Deseaba para él un futuro de pertenencia, de identidad, de tradición y de una existencia digna.

Después de que se sirvió un ligero desayuno turco y *dulzurias* tradicionales, los catorce invitados se marcharon. Hasky por fin dormía luego de que Ventura lo arrullara cantándole una de las *kantikas* deliciosas que por su sencillez, entre la voz y los silencios, dieron a la familia la paz que necesitaba.

> *Durme, durme, kerido ijiko,*
> *durme sin ansia i dolor,*
> *serra tus lindos ojikos,*
> *durme, durme kon savor.*
> *De la kuna saliras,*
> *a la skola tu entraras,*
> *i ay, mi kerido ijiko,*
> *a meldar t'ambezaras.*
> *De la skola saliras.*
> *novia ermoza tomaras,*
> *i entonses, kerido ijiko,*
> *criaturas tu tendras.*

Lázaro y Ventura se sentaron alrededor de la mesita de la cocina. Había vuelto la calma y no cambiarían por nada ese instante. Permanecieron ahí. Lázaro frente a su taza de café turco. Vacía. Nada sobraba, solamente esa sensación de nostalgia en Ventura. Esa que la oprimía y que, tan arraigada, daba la impresión de no querer mudarse de su pecho. Trataba de convencerse de que si no pensaba en su pasado, este dejaría de existir; sin embargo, no podía evitar acordarse de su familia. Sacó del baúl la bolsita de terciopelo, de tejido azul a gancho, que guardaba los ajos secos, la misma que le dio Sara:

—*¡Ashos i klavos! Unos ashikos te tejeré también para kuando stés preñada. Yo ke sé si mos veremos pronto.*

Recordó las bendiciones que le dio su madre. Prendió el amuleto al velo de tul que cubría el canasto donde dormía su primogénito. Se le formaron unas ligeras arrugas en la frente mientras acariciaba la cabeza del bebé. Procuró que sus lágrimas pasaran inadvertidas, pero no existía pócima ni antídoto alguno para sanar la herida del migrante.

VII

Ventura se hizo la dormida mientras su marido se acababa de arreglar para salir a las calles, como todas las jornadas, a vender sus productos. Lázaro pensaba que ella aún dormía; el bebé se despertó varias veces en el transcurso de la noche y creía que por fin Ventura lograría descansar profundamente, en tanto el pequeño Hasky lo hiciera también. En realidad, lo que menos tenía Ventura era sueño. Había tenido la primera fricción con su esposo y la inquietud le negaba el sosiego. No era su deseo seguir discutiendo con él. Debía aclarar sus pensamientos porque sabía que el tema iniciado la noche anterior no tendría fin, o más bien, muy en el fondo de su corazón, intuyó que el desenlace no sería el que ella hubiera deseado. Fue un día diferente: era la primera vez que él mismo se preparaba el desayuno. Se escucharon los platos caer sobre el fregadero de la cocina. Ventura seguía fingiendo, aunque con un ojo entreabierto vio a su marido, con traje elegante, desaparecer tras la puerta que se cerró de golpe, dejando su elegancia en el aire.

Todo comenzó la mañana anterior cuando Ventura recogió el traje de Lázaro para plancharlo. Como hacía siempre, revisó las bolsas exteriores del saco, de las que rescató un par de notas que guardó en el cajón de la mesita de noche, en caso de que su marido las pudiera necesitar. Al meter la mano en el bolsillo interior, se encontró con un sobre. El sol entraba por la ventana entibiando su espalda. Permaneció ahí, de pie, disfrutando el calor matinal y frotando el papel entre sus dedos. Un arranque de curiosidad la hizo abrirlo para ver si reconocía la letra. Varios pliegos doblados a lo largo y escritos sobre fino papel albanene exhibían diferentes fechas. Los números era lo único que sabía descifrar. Ingenuamente pensó que se trataba de alguna sorpresa que Lázaro planeaba darle, puesto que no le había comentado nada acerca de las misivas. Quizá porque sus circunstancias no le daban acceso a leer aquella grafía desconocida, sus ansias por devorar las palabras, y su inevitable naturaleza curiosa, la hicieron ir a buscar a la vecina para que leyera las cartas al tiempo que ella cuidaba el sueño de su bebé. Una breve y fulgurante ilusión llenó los ojos de la joven esposa antes de que la voz de su vecina pronunciara los mensajes contenidos en los manuscritos. El momentáneo suspenso desapareció. La señora Rachel recalcaba cada palabra acentuando todas las sílabas:

—*Á-rré-sí-ví-mós á lá tá-dré…*

Istambul, octubre 19 de 1927

Arresivimos a la tadre tu lettra del mez pasado i tomimos plazer al leer ke te encuentras saludozo. Mos escribes ke stas kon la idea de mandarmos a tomar i llevarmos a todos a América i vivir kon ustedes, ma el Dyo ke mos ayude porque se necesita mutchas paras para esto. De todas formas se mos allegra el alma porque tenemos un ijo tan bueno ke pensa en su familla.

Agora tu tienes ke ver el bebe que viene y profitar de las paras de tu lavoro para el, además no se como es esto de la visa i si estan dandolas.

Tienes de todos saludes. Nos mankas muntcho ijo.
Tu madre ke te beza de vero corason,
Zimbul

En cuanto doña Rachel terminó de leer, los ojos castaños de Ventura se enturbiaron, y sin decir ni una palabra, extendió la mano para darle la siguiente carta. Con un ademán, le indicó a la vecina que leyera. Esta no sabía qué decir para calmar a la joven que insistía perturbada. Por un instante, la lectora se sintió imprudente. Comenzó a dar evasivas para no continuar. Reflexionó unos segundos formando arrugas en su frente y se dio cuenta de que era imposible disuadir a Ventura. Las campanas de mediodía se oyeron repicar. Como si la iglesia cercana anunciara los desconciertos que le esperaban en el resto de las cartas.

Istambul, fevrero 22 de 1928

Tomimos vuestras letras i mos desplazio mutcho oir ke no stas bueno por entero. Viajar tanto te sta tomando la salud. Te regraciamos muy muntcho caro Lazaro por preocuparte por mosotros. Estamos orozos de penzar que pronto podamos estar contigo en Mexico i arrogamos ke el Dyo mos contente muestros dezeos, Amen.

Saludes de tus ermanos i de tu padre i de mi.
Tu kerida mama,
Zimbul

Ventura no pudo disimular su sorpresa. Se dio cuenta, por las fechas de las cartas, que desde su embarazo se estaba gestando también la idea de que su familia política se estableciera en México. Se sintió traicionada. La solidez que había comenzado a abrigar en su matrimonio se le vino abajo esa tarde. Se petrificaron sus lágrimas por la corrosiva indignación. Lázaro no había tenido la confianza de platicar con ella lo que planeaba hacer. Ni siquiera cuando supo que iba a venir a México, sin conocer a su prometido, cuando la rodeaban muchas otras circunstancias de inseguridad, sintió semejante turbulencia de ideas; por un lado, sintió culpa al pensar que podría haber cometido algún error que provocara que Lázaro le ocultara cosas, y se atormentaba preguntándose si habría algo más que ella ignorara. Se debatía deliberando en qué podía haber fallado para que su esposo hubiera adoptado esa actitud. La decepción hacía presa de ella al recapacitar sobre su comportamiento: Ventura había sido transparente con él, le dedicaba todos sus días, sus sonrisas, sus pensamientos. Sus miedos no eran infundados. Era un hecho. La familia de Lázaro venía a vivir con ellos. La joven esposa sabía que esto le traería muchos problemas con su marido. Apenas se conocían ellos como para compartir su intimidad, su casa y su mesa con la familia política, y de lo poco que había conocido a la mamá de Lázaro en Turquía, se había percatado muy pronto de que era una mujer de carácter fuerte y poca tolerancia.

El entrecejo fruncido de la señora Zimbul se había quedado en la memoria de Ventura como una imagen que la asustaba. Era una mujer dominante, incisiva, incluso déspota, y había dejado muy claro la noche en que se formalizó el compromiso de los novios en casa de los Carrillo, que su futura nuera no le simpatizaba. De manera imperceptible Zimbul la ignoraba, como aquella precisa ocasión en que, al acomedirse a ofrecer las *dulzurias*, miró de reojo a Ventura y pasó de largo, pero lo había hecho tan astutamente que nadie más que Ventura se dio cuenta. Lázaro había sido siempre el centro de la familia, el pilar y el precursor en la aventura de buscar mejor fortuna en América; además, el hecho de vivir juntos, en comunidad, apoyándose unos a otros, era una imagen que él absorbió desde la infancia y, como en la mayoría de los judíos, se había arraigado tanto en su ser, que sería difícil hacerlo cambiar de opinión. De hecho, ella no estaba en contra de que su familia política gozara de las oportunidades que

México ofrecía, pero sabía que, al compartir la misma casa, se corría el riesgo de derrumbar ese acoplamiento y unidad que apenas empezaban a disfrutar ellos como pareja. Lo único que pudo decir Ventura para sus adentros adelantando lo que sería su vida con los nuevos moradores fue: «*Guay de mí*».

Istambul, mayo 29 de 1928

Caro Lazariko, ya arresivimos el telegrapho, lo tomimos al empesijo de mes. Mosotros aki mos topamos todos buenos i agora preparando todo para la partida. En el viaje tanto longo a Vera Crus en el vapor, keremos saber si es muntcho cayiente y si ay diferencia del tiempo de Vera Crus a Mexico, aunque mos dishes ke solamente estaremos ke un dia. Estamos preparados para frio i la calor i si ay i luvia. Mos topamos un poko sikilados i orozos también. Mos dishes ke lavoras muntchos diyas del mes merkando en otros estados, espero ke le vamos azer companiya a Ventura i al bebe ke viene. Aynara ke no le apode.
Ya kieremos verte.

Vos kedo saludando i abrasando.
Tu mama,
Zimbul

En cuanto la señora Rachel terminó de leer esta última carta, Hasky comenzó a llorar. Ventura se levantó de golpe y, secándose las lágrimas con el dorso de la mano, se dirigió hacia su bebé. Esta misiva le había abierto una profunda brecha emocional. Se consideraba desplazada por aquella familia que todavía no había llegado pero que ya le hacía sentir cierta rivalidad; era como si él y su mamá estuvieran tramando una intriga, como si un intruso estuviera penetrando en su intimidad. Qué inoportuna era la decisión de Lázaro, los aires de independencia y libertad que dominaban el espíritu de Ventura no le permitían concebir que su marido pudiera vivir con ese apego al matriarcado que observó desde niño. Mientras amamantaba al pequeño, Ventura pensaba en lo inocente que había sido al encontrar las cartas. Por un instante había llegado a imaginar que aquellos mensajes tenían que ver con que Lázaro planeara llevarla a ver a su familia en algún momento. Incluso se emocionó con la sola idea de que él pudiera sorprenderla con un regalo así. Su ingenuidad se había transformado en furia, incluso le pasó por la cabeza la idea de tomar el barco de regreso a Estambul, pero sólo de imaginar la cara de sus padres al verla regresar con un hijo y sin Lázaro la contuvo; además no eran épocas para ser madre sola, más bien le hubieran reprochado no acatar las decisiones de su marido. Aun siendo su hija, no hubieran entendido que Ventura no era una mujer sumisa, que se había adelantado a su tiempo, que combatía la falta de estudios a golpe de idealismo. Para los esquemas de Ventura, esto significaba una traición.

Para entonces, la vecina se había ido sin despedirse, Ventura estaba ahogada en sus pensamientos y no se percató de la ausencia de doña Rachel. Atormentada por no saber cómo confrontaría a su marido, dejó llorar al bebé sin escucharlo realmente hasta que un grito agudo penetró sus oídos. Lo tomó en sus brazos para calmarlo, le cambió los pañales de manta de cielo como por instinto, sin estar consciente de lo que hacía. Pensaba en que no quería que Lázaro descubriera su fragilidad; de hecho, iba a poner como pretexto haber pasado la tarde cocinando con cebollas, y diría que por eso tenía los ojos hinchados. Pero al mismo tiempo comprendía que debía mostrar a su marido que se desgarraba por dentro, que descubrir esos secretos había sido para ella como si Lázaro la hubiera arrojado a un abismo e ignorara su existencia. No sabía cómo iba a abordarlo y mordisqueaba sus labios con nerviosismo mientras el bebé conciliaba el sueño en su pecho después de haber llorado tanto. Ventura tenía aspecto de no haber dormido en días. Escuchó la llave que entraba en la cerradura y le palpitó más rápido el corazón.

La puerta se abrió y su estómago reaccionó con un espasmo. Por su parte, Lázaro se había quedado inquieto. Al llegar a casa intuyó que algo no andaba bien; normalmente Ventura se acercaba a su encuentro en cuanto él ponía un pie adentro, pero en esta ocasión se levantó más bien sobresaltada. Lázaro miró a su esposa con un aire crítico. Anteriormente, para ella la similitud entre sus pensamientos y los de él le brindaba seguridad; ahora, las cosas habían cambiado, se había roto la armonía. En su pecho se albergaba una especie de lodo emocional, lodo espeso, lodo impenetrable, ese que crea insomnio, y se adhiere, y se embarra, y ensucia. Se miraron. Erguidos los dos en el pasillo, uno frente a otro con los brazos colgando y sin saber dónde colocarlos, sintieron el cosquilleo del nerviosismo avanzar por el esternón.

Lázaro observó las cartas atrapadas en el puño derecho de Ventura. Inseguro respecto a cómo iniciar el diálogo, temía encontrarse con una válvula a presión que no quería destapar. En esos momentos, hasta el viento tenía frío dentro de la estancia. Por su parte, Ventura había llorado mucho y sus ojos en sequía lanzaron con lástima o, más bien, con decepción, una mirada. Movida por un impulso, y por haber sentido cada hora, cada minuto, cada segundo de ese día que su marido albergaba una faceta casi clandestina, decidió tomar la iniciativa. El aire que se colaba por las bisagras de los ventanales parecía rugir; eso mismo deseaba hacer ella, pero el llanto había dejado tras de sí un espacio vacío en su garganta, de la que apenas salió un murmullo con tono de reniego. De qué manera le podía decir que no le parecía buena idea que su familia viviera con ellos.

—*¿En ke momento pensabas dizirme o consultarme acerca de la vinida de tu famia?* —lanzó Ventura como preámbulo.

En realidad esa pregunta no tendría réplica. Momentos de suspenso y hasta de temor transcurrieron con una lentitud doliente. Por un instante se arrepintió de haber iniciado así la plática y quiso deglutir sus palabras. Demasiado tarde, el altercado había comenzado.

—*Kreyo ke no tengo ke consultarte, i no había topado el momento para dizirte, además todavía no sé si se pueda traerlos, kale ver si podemos sacarles las visas, asi ke no me tomes el meoio kon esto* —respondió Lázaro en forma tajante como reacción de defensa.

Ella trató de suavizar la situación explicándole su temor a ya no ser una unidad, a que se abriera una brecha intangible, irremediable, entre los dos. Le habló de cómo se había sentido desplazada, engañada, poco digna de su confianza, y que en realidad no estaba en contra de que vinieran siempre y cuando vivieran cerca, en el mismo barrio si así lo deseaba, pero no con ellos. Le dijo también que debido a sus viajes, sería ella quien tendría que tolerar con disimulo si llegaban a entrometerse en su vida y hasta en la educación de su hijo. Ventura recordó haberle comentado una noche a su madre, mientras esta le cepillaba el cabello con paciente dulzura, su percepción respecto de que su suegra no la querría. Se lo hizo saber a Lázaro en ese momento. Le habló de su deseo de agradar a su familia política las pocas veces que se vieron en Estambul. El eco de sus sollozos rompió la tensión que había ido creciendo. De pronto, el silencio. No se escuchaba sino la lluvia golpeando los vidrios. Lázaro se conmovió ante el estremecimiento con que lloraba Ventura, ella iba a agregar algo pero él levantó la mano y la posó sobre su boca silenciándola. Ventura no podía disimular la angustia y se sintió vulnerable pensando en el desdén que la acechaba y del que pronto sería objeto.

Besos y caricias sirvieron como reconciliación a la querella. Por un tiempo, no se volvió a hablar del asunto. Mientras, el resultado del reencuentro se reflejó en el vientre de Ventura que crecía estriando la delicada blancura de su piel con el pasar de los meses. Sin embargo, la sombra de aquella premonición crecía, como una zarpa que tarde o temprano habría de alcanzarla.

VIII

Mexico, agosto 3 de 1928

Kerida famia mia:
  En Vera-Crus hace una calor terrible, ma no estaran ke un día, i a Mexico aze un tiempo tanto bueno. No ay ni frio ni kalor lo solo ke ay es ke en verano aze kada día un poko de luvia. Invierno es muntcho mas kayiente ke en Istambol i no kaye ni una gota. Yo me topo muntcho contento del tyempo de kuando esto en Mexico.
  La vida de aki es vivir entre famia, komo mos plaze, mismo los ombres azen la vida lo mas en kasa porke el salir costa muntcho. Ademas nochada de Shabat vamos a komer ande algun amigo o ellos vienen a la kasa i Ventura prepara komida muestra, borrekitas, keftes de prasa, garato i tishpishti.
  Ya todo sta pronto. Mos veremos aki i esto me tene mui orozo. Tengo todo pronto para su arrivo. Estaré en la skala de los vapores asperandolos.

Lázaro

La señora Zimbul repasó una vez más la carta que llegó aquella tarde. El repartidor había deslizado el alargado sobre bajo la puerta, casi a los pies de la mamá de Lázaro que parecía ver desfilar el tiempo acechando el arribo de las misivas con timbre mexicano. Iba dirigida a ella, a la matriarca, a la que tomaba las decisiones, a la que respetaban y también temían de manera un tanto secreta, pero compartida, todos los miembros de la familia Carrillo. La cuartilla reflejaba en sus arrugas la cantidad de veces que había sido desplegada y vuelta a doblar, tan profundas como el ceño fruncido de Zimbul que ni las alegrías lograban deshacer. El señor Heskiel, por su parte, se encontraba nervioso, a pesar de su deseo de reunirse con su hijo; para él estaba siendo más difícil desapegarse de sus raíces. Su familia había vivido en Turquía por generaciones y sabía que partir era para siempre; algo muy dentro le murmuraba que nunca volvería a aquel sitio desbordante de vitalidad, a aquellas imágenes cotidianas que de pronto añoró incluso sin haberse ido aún. No pudo evitar la reflexión sobre las permanencias y los desarraigos, sobre los vínculos y su sutileza. Para él, esa visa que recibieron para entrar a México borraba su trayectoria personal en cada uno de los datos migratorios ahí contenidos. Lo único que hacía que la sucesión de sus ancestros continuara teniendo presencia en aquellas tierras era que su hija Victoria, la gemela de Lázaro, no se iría a México con el resto de la familia. Su esposo tenía un buen trabajo y no había estado dispuesto a arriesgar su próximo ascenso por un futuro aparentemente prometedor, pero en realidad incierto.

Turquía había salido victoriosa de la guerra con Grecia apenas seis años atrás y, aunque se sentían algunas hostilidades en la región, el esposo de Victoria quería que su país entrara en la modernidad con Mustafa Kemal, llamado Atatürk, quien como presidente prometía introducir un nuevo código civil inspirado en el suizo; este sería un cambio importante en la nación musulmana. Se establecía Ankara como capital y el domingo como día de descanso obligatorio, además de adoptar el calendario gregoriano, que sustituía al árabe. Sería una época de grandes cambios y Victoria nunca pudo persuadir a su esposo de irse con los demás miembros de la familia a México; después de todo, lo que se conocía era la resaca de la Revolución Mexicana de la que contaban historias de «bárbaros» como Pancho Villa.

Por su lado, Mazaltó, la hija preferida de Heskiel y Zimbul, se debatía tratando de decidir qué llevar a su viaje. El fallo era importante, ya que se percataba de que todo aquello que dejara atrás no volvería a formar parte de su vida. Objetos, prendas de uso local como sus babuchas, cartas de las amigas queridas, ¿necesitaría algo de esto en México? Llenar el baúl frente a ella se había convertido en un desafío y sabía que no le quedaba mucho tiempo para tomar decisiones; lo que no sospechaba siquiera en esos momentos era que iba a conocer al amor de su vida, el licenciado Luis Varela, con quien más tarde se casaría. El distinguido notario pondría en una encrucijada a la familia, y con el tiempo alejaría a su esposa de sus padres y hermanos, para quienes sería difícil aceptar el choque de religiones al que se enfrentarían. Por su parte, Mazaltó cargaría con sus costumbres y tradiciones, las cuales trataría de incorporar poco a poco a la familia católica que formaría con Luis, como replicando lo aprendido en su antigua tierra. Quién hubiera podido decirle a la joven, en el momento en que cerraba su baúl, que el futuro le convidaría un poco de dicha, haciendo honor a su nombre que significa «buena fortuna», dándole dos hijos, Luis y Moisés, y unos años más tarde, como ironía, la hundiría en el peor de los pesares. Luis, un joven bien parecido, moriría en un accidente automovilístico camino a Cuernavaca cuando viajara con dos amigos. Sólo él perecería instantáneamente al golpearse la sien contra unas rocas. Moisés crecería para ser un magnífico cardiólogo; no obstante, jamás podría aliviar las resonancias de congoja que escuchara en el pecho de su madre bajo el estetoscopio.

Jack, el benjamín de la familia, había dejado los engorrosos preparativos en manos de su esposa Rebeca; después de todo, había crecido observando que su padre delegaba esas cosas, y muchas más, a su madre Zimbul, y así evadía confrontaciones inútiles. Siempre de punta en blanco, Jack llenaría un grueso expediente en México en cuestión de faldas y escotes ajenos. Él y Rebeca nunca tendrían hijos.

Por su parte Luisa, hermana de Jack, de Lázaro y de Mazaltó, estaba lista desde antes de que llegara la carta de México confirmando que todo estaba arreglado para instalarse al otro lado del océano. Emocionada e inquieta, la excitación de tal suceso en su vida le había quitado el sueño, tiempo que dedicó a alistar sus pertenencias y las de su esposo Jack Levy, un dedicado relojero que continuaría con su oficio desde que llegaran a América. Cuando por fin Luisa subiera al vapor, vencida por el cansancio de todas esas noches de poco dormir, hibernaría dos días completos en su camarote. Isidoro y Regina Levy, sus hijos, ya nacerían en tierras mexicanas. Así pues, aquel árbol de raíces estambulitas y sefardíes seguiría dando brotes en otro suelo.

Para Samuel, el hijo mayor, como para su esposa Sara, dejar Estambul se había convertido en la esperanza de abandonar, entre otras cosas, los dolorosos recuerdos de una pérdida sin alivio. Ni la distancia, ni los mares, ni otra tierra podrían darles consuelo después de la devastadora tuberculosis que mató a su hijo. Por desgracia, Roberto, el otro hijo, nunca encontró su lugar en la familia, quizá por la pesadez de la ausencia de su hermano muerto que se adhirió de por vida como ventosa en sus espaldas.

La impaciencia de la mayoría de los Carrillo se notaba en el ir y venir nervioso que iba dejando cáscaras de pepitas en el muelle de Marsella: restos de *pépins de citrouille*, usanza tan mediterránea. Por fin se escuchó el deseado *abordez s'il vous plaît*. La señora Zimbul aceleró el paso mientras jaloneaba a su esposo para que fueran de los primeros en subir al enorme trasatlántico. Heskiel se encontraba más bien sumido en una

melancolía crónica desde hacía varias semanas. Su mirar errante se refugiaba en el vacío; por momentos, al cerrar los ojos volvían las imágenes del pasado. En cambio Zimbul, así como sus
hijas Mazaltó y Luisa, sonreían pensando en que pronto verían
todos los lugares descritos a detalle por Lázaro en sus cartas;
la sola idea las seducía, pero no más que poder estar con quien
tanto admiraban y quien les hacía mucha falta. Como una ex-
cepción, los pómulos de Zimbul parecían rebosar de alegría.
Sin embargo, todo fue como un chispazo, pues un halo cetri-
no ensombreció su sonrisa cuando cierta imagen apareció de
golpe, sí, era la imagen de Victoria, la gemela de Lázaro, y esa
imagen le recordaba que su hija querida se quedaría ahí, en Estambul, al igual que sus nietos. Jamás volvería a verlos.

Fueron varias noches las que padecieron el bamboleo que se
produce ante la fiereza de las olas bajo la tempestad. El barco
se abría paso en la negrura marina, en la negrura voraz, en la
negrura salada, en la negrura furiosa que llenó de miedo a los
pasajeros, quienes no cerraron los ojos ni un instante durante
jornadas enteras. El señor Heskiel tenía un mal presentimiento,
cosa que se reflejó en su semblante agotado y ausente. Miraba sin
ver, era como si la tormenta oscilara frente a él en un movimiento
pendular; sin ninguna reacción, él seguía viviendo con el mismo
pasmo con que impulsaba su cuerpo cansado pensando negativamente que jamás llegarían a México. Por fortuna, la tormenta se
fue diluyendo en aquellas mismas aguas atlánticas y, veinte días
después, la familia se encontraba en las costas de Veracruz, entre
algunos indígenas apenas cubiertos con calzoncillos de manta,
escudriñando la multitud en busca de Lázaro.

Era el año de 1928; la era institucional en México germinaba. El
caudillaje había terminado y Emilio Portes Gil tomaba la presidencia provisional después del abatimiento a tiros de Álva-

ro Obregón. México exhibía su alma indígena en las esquinas. La bondad habitaba en el fondo de los ojos de las vendedoras de naranjas, en su tez morena y en los cerros y montañas que acinturan la Ciudad de México. Los recién llegados disfrutaban de los paseos dominicales con su hijo Lázaro, la nuera Ventura y su queridísimo nieto Hasky. Chapultepec fue uno de tantos lugares donde Lázaro llevó a su familia. Guacales exhibiendo cántaros con aguas frescas hechas de frutas exóticas llamaron su atención. El aroma a guayaba, a mango y a chía, las jícaras, el tañido de las campanas, vendedores pregonando, jaulas con pájaros que adivinan la suerte, cabezas cubiertas de coloridos rebozos siguiendo una procesión, y el olor de la tortilla recién hecha colmaron sus sentidos, tanto o más que los sabores y efluvios de su querida Estambul. Se les figuraba que de un momento a otro se les aparecería aquel personaje de pantaloncillos bombachos tintineando sus campanillas para ofrecer un vaso de agua, o el mercader al que era necesario regatear durante varios minutos antes de llegar a un arreglo de compraventa. ¿Tal vez les hacía falta Estambul? ¿Tal vez aquellos mercados de especias los fueron preparando para reconocerse en los de México? ¿Tal vez una nueva ciudad reemplazaba a otra? ¿Tal vez en todas las culturas sopla el mismo viento y se escuchan las mismas voces?

El departamento de la calle de Chihuahua, número 1, esquina con calzada de la Piedad, albergó en sus dos pisos, e incluso en su azotea, a gran parte de los Carrillo. Al menos Ventura logró convencer a su esposo de que sus padres vivieran en el mismo edificio, mas no bajo el mismo techo. Habían encontrado este inmueble con dos apartamentos espejo que eran mucho más amplios de lo que parecían desde el exterior. Lázaro se había asociado para entonces con los señores Grossman en una fábrica de abrigos, y sus ingresos le permitían dejar atrás los días de carencias. A Ventura le renació, en cuanto vio llegar a Zimbul, aquella premonición de que la vida al lado de su suegra no sería nada fácil. Esa mujer de ojos grandes no suavizaba su expresión áspera ni cuando sonreía, y así fue como se sintió aquel primer encuentro entre ellas. Ventura, educada a respetar ciegamente a sus mayores, ofreció una sonrisa que se heló en su rostro; mientras tanto, empequeñecida observaba la forma un poco violenta con que Zimbul movía las manos para enfatizar su decir. A pesar de su fuerte y desafiante personalidad, el momento cumbre se dio cuando conoció a su nieto Hasky, a quien miró con una dulzura difícil de creer en una persona con su temperamento. Por fin, se relajó el ambiente.

La familia de Lázaro, como parvada de palomas, se adaptó muy pronto a su nuevo entorno. Este les ofrecía numerosas ventajas: un lugar donde anidar, abundancia de alimento y resguardo. Tales condiciones propiciaron que la familia siguiera aumentando. Con el tiempo, uno de los inconvenientes más palpables fue el ruido que se generaba cuando todos se reunían. Mientras los troncos recios luchaban por arraigar sus raíces en el nuevo suelo, las semillas frescas crecerían como aquellos ahuehuetes que tanto sorprendieron a Ventura en Xochimilco, con el ímpetu férreo de sus ancestros.

♣ Keftes de prasa

1 Kilo de poro
1 Cucharada copeteada de pan molido
2 Huevos batidos
Sal al gusto
Harina
Aceite para freír

Se cuece y muele el poro previamente lavado. Se exprime con las manos y se mezclan los huevos batidos con el pan molido. Se salpimenta y se forman las tortitas o *keftes* con las manos mojadas. Se untan de huevo, se revuelcan en harina y se fríen en aceite.

♣ Tishpishti de almendra

300 Gramos de almendras peladas y molidas

4 Tazas de harina

1 Taza de pan molido

4 Huevos

1½ Tazas de azúcar

1½ Tazas de aceite

2 Cáscaras de naranja rallada

2 Cucharaditas de polvo para hornear

PARA LA MIEL

1 Taza de agua

2 Tazas de azúcar

El jugo de un limón

Se mezclan todos los ingredientes y esa pasta se vierte en un refractario rectangular. Se corta en rombos y se pone una almendra en el centro de cada uno. Se hornea a 150 grados durante una hora y se baña con la miel cuando todavía está caliente. Para la miel, se pone a hervir el agua con el azúcar a fuego medio hasta que haga hebra, se agrega el limón y se deja hervir 5 minutos más. Se sirve cada rombo individualmente.

IX

La ensoñación visitaba con frecuencia los párpados de Ventura. En ella, imágenes de su infancia en Estambul con la familia se repetían con una extraña luminosidad. Muy a menudo pensaba en su padre. Se había privado de su abrazo desde hacía mucho tiempo y quizá era lo que más extrañaba: aquella sensación protectora que sólo los brazos de un padre pueden ofrecer, sentirse una niña ante la mirada guardiana de quien más nos quiere; eso, eso es lo que más extrañaba. Constantemente imaginaba volver, y se despertaba con ese deseo, y con un dejo de sabor dulceamargo que le llenaba la boca al verse en su recámara como cada mañana. La noche inmóvil era el espacio único en que aparecían imágenes del reencuentro con sus padres, cuando conocieran a su hijo Hasky, y así se dormía prolongándolas en sus sueños. Sobres con fotografías cruzaban el Atlántico en vaivenes. Kilómetros de distancia se interponían. Ventura estaba consciente de que aquella visa a México no era garantía de felicidad, ella tenía que procurársela a pesar de la gélida nostalgia.

Para Lázaro, la silueta de Ventura embarazada era igual de bella o más aún que la del día cuando la vio por primera vez en el barco. Ella recibía decenas de consejos y recomendaciones de sus cuñadas y de su suegra, aunque no los solicitara, y Lázaro observaba la manera en que su esposa intentaba poner atención:

—*No komas pimyenta; tomate un biskochiko para los enguyos; encubrete la tripa kon una manta si komes karpuz, es fruta yelada i caye pezgado.*

Ventura trataba de seguir las consignas al tiempo que administraba su paciencia a cuentagotas. Había descubierto que al casarse con Lázaro se había casado con toda la familia. Era observada, y muchas veces también juzgada, por doña Zimbul. Como si el tono rojizo de la cabellera que le cubría la cintura se filtrara a las pupilas fulminando a quien no siguiera sus órdenes. Infortunadamente, Ventura recibiría muchas de esas miradas a través del tiempo, así como ademanes irritados, ya que sólo con su suegra era rebelde en virtud de que sufría desdenes de su parte por ser poco letrada.

Una onda de cabello jugueteaba alrededor del rostro de Ventura mientras se inclinaba para cambiar el pañal de su hijo. De pronto, escuchó que la puerta de su apartamento se cerraba de golpe. Sorprendida fue a ver quién era. Vio a Lázaro. Su aspecto lúgubre anunciaba malas noticias. Aquella tarde de octubre de 1928, don Heskiel falleció mientras tomaba la siesta. Tranquilo y sin querer perturbar a nadie, su pulso se detuvo en el sillón que cuidó su sueño cada tarde. Lázaro estaba abatido, pero su postura tensa revelaba decisión; los demás estaban peor que él. El entierro se llevó a cabo en el panteón de la calzada México-Tacuba, sin importar su procedencia, es decir, ahí se sepultaba a los judíos que llegaron de los Balcanes, así como de Europa y de los países árabes. Todo estaba a cargo de la Alianza Monte Sinaí. El predio donde se encontraba el panteón había sido otorgado al señor Samuel Granat, dueño del Salón Rojo. En ese lugar, Francisco I. Madero había pronunciado discursos de campaña, utilizándolo como auditorio. Debido a la amistad que lo unía a Granat, y en agradecimiento por su apoyo, Madero le permitió hacerse de un terreno para ubicar el cementerio judío. Fue así como este sitio vino a concentrar los rituales de los inmigrantes, quienes comenzaban a sepultar a su gente ya en México, dejando atrás el desarraigo y perpetuando su residencia en este país. A Ventura, por estar embarazada, no se le permitió acudir al entierro; entre nosotros los sefardíes es una prohibición, ya que la mujer encinta es muy sensible en su estado y es fácilmente impresionable. Mientras tanto, ella se encargó de cubrir todos los espejos en el apartamento de sus suegros, como señala nuestra costumbre, para evitar que se refleje la tristeza de la familia. Acomodó las roscas saladas que comerían los deudos al regresar; en una pequeña bandeja puso aceitunas negras, queso y *güevos jaminados* que preparó hirviéndolos en agua con café turco, los cuales solemos comer ya en casa después de la ceremonia fúnebre para recordar con su redondez el ciclo vital.

La tradición del *Meldado,* que consiste en estar siete días sentados al ras del piso, comenzaría en cuanto la familia llegara del cementerio, ya con las vestiduras rasgadas simbolizando su dolor. Mazaltó, Luisa, Lázaro, Samuel y Jack, así como la señora Zimbul, los familiares directos, «se sentaron en siete». Ventura atendía, junto con sus concuñas Rebeca y Sara, a las amistades que pasaban a ofrecer sus condolencias y a acompañar a la familia para brindarles consuelo. A la salida, los asistentes tomarían el tradicional puñado de pasitas negras, costumbre sefardí tan arraigada, y que conservamos hasta nuestros días. Importada de Turquía, esta usanza aconseja que debe comerse algo para hacer la oración; puesto que en la tierra turca las pasitas son muy fáciles de conseguir, se acostumbró tenerlas a la mano en estos trances. Luto. Todos de negro. Los hijos del señor Heskiel sin afeitar durante esos días, sin cortarse el cabello, sin realizar ninguna actividad que generara placer. Llevaron a cabo los rezos del *Kadish,* la plegaria para la redención del alma del difunto, por la mañana y por la tarde, en compañía de familiares y amigos, quienes aminoraban, aunque fuera por momentos, el dolor de la pérdida.

Lázaro le relató a Ventura que la hojarasca se arremolinaba sobre las lápidas sombrías, que caminó en aquel laberinto de mármoles y estrellas de David bajo un cielo teñido de gris. Que doña Zimbul se lamentaba en voz alta y no dejaba de llorar. Que todo esto lo había puesto a meditar seriamente acerca del sentido de su existencia. Que al pensar en la muerte, veía con más claridad su vida y la fortuna de estar formando una familia a su lado. Ella lamentó en sus entrañas no haber podido acompañarlo en aquel suceso, y no haberse despedido de su suegro; después de todo, en verdad lo apreciaba. Él fue el único de los Carrillo que la hizo sentir bienvenida de inmediato a la familia. Aunque le costó trabajo adaptarse a México, al menos tuvo la dicha de ver al nieto que llevaba su nombre, al pequeño Heskiel. Ese niño era el primer Carrillo que nació en México, y daría los parabienes a una nueva trayectoria familiar; un par de meses después, el otro Heskiel, el abuelo, sería el primero en tener una tumba en esta tierra sin descubrir el nuevo sentido de su vida. Un mismo nombre. Errancia y arraigo. Uno nacería aquí, el otro moriría aquí. Aquel legado permanece.

X

La mañana del 1 de octubre de 1929 comenzó como cualquier otra. Ventura preparaba el desayuno de su esposo mientras Hasky, de catorce meses de edad, reclamaba atención desde su cuna. Era un día cristalino, la clase de amanecer con el que a cualquiera le gusta despertar. Siempre sorprende el engranaje de un día, aparentemente igual a los demás, pero que transforma la vida. Lázaro hablaba de los clientes a los que pensaba visitar esa jornada: el señor Arditi, el señor Benbassat, y algunos otros con quienes tenía cita en el centro. En realidad, le sería imposible acudir a sus encuentros.

Ya en el noveno mes de embarazo, y puesto que los postres son símbolo de hospitalidad y se reservan para los acontecimientos especiales en las familias judías, Ventura cocinaba a diario alguna *dulzuria* para ofrecerla a las personas que la visitarían después de dar a luz. Las confituras de cáscara de naranja y dulce de membrillo estaban listas en sus frascos para servirse en cucharitas al lado de un vaso de agua helada.

La elaboración de los dulces en la cocina sefardí requiere del permanente cuidado cerca de la olla para vigilar «el punto», por lo que Lázaro leía el periódico a solas al tiempo que saboreaba los huevos a la turca que su esposa le había preparado. El aroma de las frutas que comparecían aquella mañana para brindar un delicioso almíbar inundaba no sólo su apartamento, sino que se deslizaba por debajo de las puertas de las viviendas de los vecinos. Ventura colocó un poco del caldillo entre sus dedos índice y pulgar, previamente mojados, abriéndolos y cerrándolos para constatar que se formara una especie de hilo de caramelo. En ese momento el almíbar dorado quedó a punto.

Ventura se disponía a acompañar a su esposo cuando sintió un intenso dolor en el abdomen que la dobló en dos. La esencia de agua de azahar y pétalos de rosa, de pistaches y cáscaras frutales le entraba por el aliento en cada jadeo. Las piernas se le arquearon perdiendo fuerza. Tomó una bocanada de aire y la dejó escapar en un agudo y largo gemido. Lázaro escuchó el lamento acompañado de un golpe y de un salto llegó a la cocina. Se arrodilló junto a Ventura, le sostuvo la cabeza con una mano y con la otra le acarició el rostro pálido. Tomada de su brazo, llegó hasta la recámara. Hasky lloraba al haber visto pasar a sus padres frente a él sin que lo sacaran de la cuna.

—*Vo ande mi madre, agora vuelvo*—exclamó Lázaro al tiempo que cargaba a su hijo en los brazos. Ventura lo miró resignada.

Las horas pasaron y Lázaro, en compañía de toda la familia, vio entrar y salir de su recámara a la comadrona, quien le informaba cada par de horas sobre el estado de su esposa. A las mujeres se les permitió entrar esporádicamente para darle ánimos, ya fuera con una palabra o con una caricia en la cabeza, a la joven Ventura, quien veía avanzar las manecillas sin que concluyeran los dolores. Mientras tanto, se escuchaban las voces de la señora Zimbul, de Luisa y de Mazaltó sin interrupción, ya fuera hablando con Lázaro o distrayendo al pequeño Hasky. Por fin, a las siete cuarenta de aquella noche de octubre, la pareja vio nacer a su segundo hijo, teniendo como marco una luna mexicana que parecía refulgir más que nunca en el cielo apizarrado, semejando aquellas lunas color ámbar de Estambul.

La lejanía de los seres queridos es más punzante en momentos cruciales. Cuánto deseaba Ventura que alguien de su familia hubiera sido testigo de este alumbramiento. El recién nacido se llamaría como el padre de Ventura, Moshón, Moisés en español. A los ocho días de haber nacido, le harían la circuncisión y en esa misma ceremonia se le pondría su nombre. Acurrucado en el cuerpo tibio de su madre, el llanto del neonato se aprisionaba en la garganta inmadura mientras Lázaro trataba de adivinar el color indefinido de sus ojos. Ella lo besaba una y otra vez con el frenesí de quien piensa en los suyos, en el pasado, en todo lo que había sucedido desde que dejó Turquía; pensaba en las auroras y en los amaneceres que tantas veces disfrutó con su padre en las islas Príncipe.

En dichas islas, Ventura pasó los últimos veranos de su infancia. Sobre el mar de Mármara, a unos veinte kilómetros al sureste de la parte antigua de la ciudad y de la entrada meridional del Bósforo, estas nueve islas y dos pequeños islotes eran el lugar de retiro y exilio de sacerdotes, nobles y príncipes de la época bizantina. Ahora las visitan los estambulitas y numerosos turistas que suben montados en burro hasta la colina donde hay un viejo monasterio. Desde el pequeño transbordador que Ventura abordaba con su familia en el embarcadero de Eminönü en la entrada del Cuerno de Oro hasta Büyükada, o la isla grande (la más visitada por los sefardíes), se divisaba Kiz Kulesi, la Torre de la Doncella, que se encuentra a una distancia muy corta de las orillas del lado asiático de la ciudad. Don Moshón le platicaba la leyenda de esa torre en cada travesía; ella jamás se cansaba de escucharla. En tiempos remotos, una princesa fue encerrada ahí por su padre con el fin de evadir la profecía que la destinaba a morir a causa de la mordedura de una serpiente. El padre quiso protegerla y la resguardó en la Torre de la Doncella. Por desgracia, al final de la historia, la princesa muere en virtud de la mordedura del reptil, que se internó en la torre escondido en un cesto de uvas. Invariablemente, al concluir el relato, Ventura le preguntaba a su padre si él hubiera hecho lo mismo por ella, y siempre contestó:

—No mi princesa, porque yo no habría permitido que nadie más te llevara el canasto de uvas, sólo yo.

Los paseos alrededor de la isla en bicicleta o en calesas, por ser los únicos medios de transporte, eran la diversión diaria de Ventura y sus hermanos Rebeca, Regina e Isaac. Disfrutar del aire puro bañándose en las playas bajo el sol de verano unía a la familia Eskenazi, al igual que la hora de la comida, cuando disfrutaban el pescado en alguno de los varios restaurantes enclavados a la orilla del mar. Actualmente los paseos son una gran atracción; sin embargo, son tantas las calesas y tantos los caballos, que el aire aromado a boñigas y futura composta parece que se impregna en la ropa y en la piel. Lázaro y Ventura sustituyeron aquellas islas por los veranos en Cuautla y Cuernavaca.

Entre nosotros los judíos, el nombre expresa la expectativa del padre y de la madre sobre el hijo. Los deseos inconscientes de Ventura eran indudablemente que su hijo Moisés tuviera un destino singular. Moisés: su significado, «el extraído de las aguas», no sólo la llenaba de orgullo por ser el patronímico de su padre, sino que la hacía sentir su compañía y sus bendiciones muy de cerca. El nombre cobra importancia por la persona de quien se hereda, a la cual hay que honrar con él y nunca defraudar, y se perpetúa con la persona aún después de muerta. Aunque Lázaro no conoció a su suegro, aceptó con beneplácito que su hijo se llamara como él, ya que don Moshón era una persona digna, buena y con una enorme conciencia acerca de la importancia de la familia y las tradiciones. Llegó el octavo día después del nacimiento del bebé y este fue circuncidado al tiempo que se le nombró Moisés. Moisés Carrillo Eskenazi. De esta manera, Ventura y Lázaro cumplían con el precepto de honrar a sus padres. Según la Cábala, cuando un niño nace, D-os pone en boca de los progenitores el apelativo que está intrínsecamente ligado al alma del recién nacido. Cada letra tiene una fuerza divina única; la vida del alma, mientras está en el cuerpo de la persona, llega a través de las letras hebreas que conforman su nombre. La familia, siendo tan supersticiosa como la mayoría de los sefardíes, no hablaba del tema antes del nacimiento, aunque todos sabían que, de ser un niño, se llamaría Moisés; si hubiese sido una niña, nuevamente el honor lo tendría Lázaro y su hija se hubiera llamado Zimbul.

Reminiscencias de los lugares que muchos de los inmigrantes habían abandonado y que no querían olvidar se encontraban en el Zócalo capitalino. Este lugar se había convertido en el testigo de la confluencia de quienes gozaban al escuchar a los vendedores, merolicos, cilindreros, sólo para remontarse a aquellos días en que sus lugares de origen ofrecían el mismo bullicio. Fragmentos de dichos y expresiones asomaban constantemente en la boca de Ventura, quien los llevaba en la memoria antes que en la escritura, porque los había escuchado generación tras generación. *«Meshor un güevo oy, ke una geyna amanyana»*, que equivale a «Más vale pájaro en mano que un ciento volando», o bien: *«Los pipinos se alevantaron a aharvar a los guartelanos»*, que es como decir «Ahora los patos le tiran a las escopetas». Estos proverbios se escuchaban cada vez más en las calles del centro de la ciudad, ya que el número de inmigrantes sefarditas que venían a establecerse en México se incrementaba hacia finales de los años veinte. Ciento cincuenta aboneros, setenta y cinco sastres, doce distribuidores de artículos de ferretería, diez joyeros y cinco peluqueros se unían a la diversidad de las ocupaciones en que los judíos incursionaban.

Las cigarras cantaban mientras Ventura ofrecía el pecho a su bebé cada noche. Sus clamores, por momentos penetrantes y agudos, le recordaban los veranos en las islas Princesa, y en este canto que pregonaban, reproducían el de las cigarras turcas. Y ahí revivía su amor por Estambul, pero también se evidenciaba el amor por la tierra que vio nacer a sus hijos. Hábitos y costumbres de aquí y de allá. Sincretismo de mar y de tierra. Efluvios lejanos de comino, de azafrán y de jengibre eran los que Ventura añoraba de una Turquía entreverada en las calles del Zócalo y La Merced. Preparaba el estofado de pierna de cordero cuyo aroma se fundía con el cilantro, el chile serrano y el tomate que encontraron cabida en ese deseo de conservar las raíces de un pueblo. La osadía de probar hierbas nuevas y apropiarse de especias del recientemente adoptado suelo cobró un original sabor en sus dedos y se convirtió en una herencia culinaria sazonada de magia. La piel de esta familia, cada vez más mexicana, acariciaba la piel de Estambul metafóricamente a través del oleaje del Atlántico, y de su esencia a través de los atardeceres que simulaban la sombra de minaretes y mezquitas en el horizonte.

✤ Dulce de membrillo

1 Kilo de membrillo
2 Tazas de azúcar
½ Taza de agua
Azúcar glas, la necesaria

Se lavan bien los membrillos y se cortan en 4 quitándoles el centro. Se ponen en una olla cubiertos con agua y se cuecen a fuego medio hasta que la fruta se ablande. Se sacan y se deshacen con un tenedor; se agrega el azúcar y ½ taza de agua. Se ponen a cocer nuevamente a fuego lento hasta que se forme un almíbar espeso. Se extiende una capa de 3 centímetros de grosor en una charola galletera. Se deja enfriar y se corta en cuadros o rombos que se espolvorean con azúcar glas y se guardan en latas bien cerradas.

✤ Confitura de cáscara de naranja

5 Naranjas
Azúcar, la necesaria

Se lavan las naranjas y se pelan cortando la cáscara en tiras de 1 centímetro de ancho. Estas tiras se ponen en un cazo con agua y se dejan hervir unos 5 minutos. Se desecha esa agua y se vuelven a hervir en agua fresca dos veces más para quitarles lo amargo. Se agrega la misma cantidad de azúcar y agua que de cáscara de naranja (el mismo peso) y se dejan en la lumbre muy bajita para que se vayan confitando hasta que se evapore el agua. Se pasan las cáscaras a una rejilla para que se enfríen, sin tocarlas, ya que el caramelo que se hizo con el azúcar puede quemar. Al cabo de un rato se revuelcan en azúcar granulada y se guardan en frascos de vidrio bien tapados para que se conserven.

XI

Las calles del centro de la ciudad parecían hacerse más estrechas a cada paso. La ansiedad de Jusuf crecía conforme se acercaba a la tienda de casimires de don Nissim. Poco antes de llegar, se dio la media vuelta. Aceleró la marcha tomando su sombrero entre las manos restregándolo con angustia y se detuvo abruptamente. Dejó caer los hombros en un suspiro y se tapó los ojos llorosos tratando de tranquilizarse. Retomó la calle de Correo Mayor para dar vuelta en Uruguay, a media cuadra podía distinguir el Pasaje Yucatán; ahí se localizaba el sitio al que se dirigía con una resignación que iba dejando su reflejo en los charcos de lluvia de la noche anterior. Entró al negocio de don Nissim Eliakim al que había acudido tantas veces; sin embargo, en esta ocasión era distinto, ignoraba cuál sería la respuesta a lo que temerosamente venía a proponerle. Después de recuperar el aliento, se acercó con cautela, como lo hacen los venados, quizá no queriendo que fuera ya su turno.

—*¡Don Jusuf, benditchos los oshos! Hace ya un tyempo ke no lo vide por akí. ¿Ya tornó de su viaje de lavoro? I espero ke kon muncho buen mazal.*

—*Si don Nissim, torní hace ya unos diyas, ma no podia vinir a verlo. Estuve... estuve penzando i...*

El semblante de Jusuf lo delataba. Las lágrimas se le agolpaban y sus manos nerviosas no dejaban descansar el sombrero gris.

—*Azentese akí.*

Rápidamente un empleado le acercó una silla.

—*¿Se sente mal? ¿Ande fue a topar una enfermidad? Kale ke le traigan un chai por modo ke se le azente el estómago.*

Dejó caer la cabeza, entrelazó los dedos y tomó una bocanada de aire. No sabía si presagiar un terrible desenlace, o pensar que su propuesta sería bien recibida.

—*Ahh... no sto topando las palabras para dizirle esto.*

—*Jusuf, ampeze ya. ¡Me sta tomando la cabeza!*

—*He tenido muncho tyempo para penzar, i me rendì kuenta de ke no puedo pagarle las devdas ke tengo kon usted, así ke por modo de pago le vengo a propozar ke...*

Se hizo un pasmoso silencio en la habitación. Jusuf aprovechó este momento para anestesiar sus emociones y así poder continuar. Don Nissim reprimió como pudo su impaciencia. Jusuf estaba inyectándole un incómodo nerviosismo. Lo tomó suavemente por los hombros y con ojos calcinantes le dijo:

—*Ya me sta inyiervando. ¡Kualo se paso!*

—*Le kero propozar...*

La saliva pasó con dificultad por la garganta de Jusuf, y trató de recuperar el aliento antes de musitar:

—*Le propozo ke se kede kon mi ishika Janeta.*

A don Nissim lo atravesaron sentimientos entretejidos de alegría y de dolor. No estaba seguro de haber escuchado bien o de haber entendido la propuesta. ¿Jusuf estaba ofreciendo venderle a su hija Janeta, dársela a cambio de borrar las cuentas pendientes? ¿Pagarle la deuda que ascendía a sabe D-os cuánto? Los cientos de metros de casimir que por lo regular le daba a Jusuf para vender en las calles y en las ciudades cercanas, como lo había hecho con muchos otros inmigrantes, seguían inscribiéndose en el libro de deudas. Don Nissim lo ayudaba desde hacía años, pero no recibía los pagos quincenales por sus productos; sin embargo, nunca tuvo el corazón para volverle la espalda a alguien a quien la congoja iba consumiendo poco a poco. Lo veía siempre tan abrumado y triste que prefería no aumentar sus preocupaciones; estaba seguro de que en cuanto Jusuf pudiera, le pagaría. Se conocieron cuando Jusuf llegó de Francia con su esposa unos años después de la Primera Guerra Mundial; un amigo le había dicho que buscara a Nissim de Turquía, que él le iba a brindar apoyo.

Habladurías y suposiciones insinuaban que la esposa de Jusuf había sido internada en un hospital psiquiátrico poco después de que Janeta naciera, y digo la esposa de Jusuf porque se ignora su nombre; es como si nunca hubiera existido, jamás nadie de la familia pudo averiguar quién era esa mujer. Si fue verdad que estuvo internada, el único lugar en que pudo estarlo en aquel entonces sería el hospital de La Castañeda, y podemos imaginar las condiciones insalubres, el hacinamiento, además de la insensibilidad de numerosas familias que abandonaban ahí a sus parientes, enclaustrando en aquel sitio su costal de preocupaciones. Los electrochoques, los episodios de impulsos incontrolables, la humedad, el hedor… los piojos. Las raciones de comida deben haber sido muy escasas y la falta de elementos básicos como camas o ropa eran, con toda seguridad, una constante después de 1920, en virtud de que el movimiento revolucionario provocó muchas carencias entre la gente, al grado de que había personas que, con tal de recibir alimentos, se hacían pasar por dementes. Por esa sobrepoblación, el hospital no contaba con el mobiliario idóneo ni le alcanzaban los recursos asignados. ¿En aquella legendaria Castañeda hubo de confinar Jusuf a la madre de la pequeña Janeta? Siempre será un enigma.

También, a manera de leyenda, toda la familia ha hablado de la vida de esa mujer; se cuenta que una maraña en su cabeza la dominaba, y era más fuerte que ella por momentos. Los olvidos, la pesantez, el despertar sobresaltada a mitad de la noche gritando con genuina desesperación: todo esto indicaba algún tipo de esquizofrenia. Perdida la mirada en horizonte imaginario sin distinguir la realidad. Días y madrugadas acompasaban el balanceo incesante de su cuerpo. Ausencias constantes. Mutismo. Petrificadas palabras. Se mordía incesantemente el dedo índice hasta hacerlo sangrar. Como si se tratara de piel magra, ignorando sus limitaciones, volvía a morderse una y otra vez extinguiendo la ansiedad. Escuchaba murmullos, se volvía a todos lados buscando aquella voz, le respondía al vacío, al aire. El abismo. La mente a la deriva. A su esposo no le quedó más remedio que internarla muy a su pesar.

En cuanto a Janeta, cada vez que su papá se iba a viajar tratando de vender mercancías prestadas, la niña se quedaba con don Nissim y su esposa Joya, quienes gustosos ofrecían su ayuda. Durante años, la pareja había tratado de tener familia. Se rumoraba que era «culpa» de él, el hecho de no poder concebir. Después, la señora Joya se enfermó del corazón, así que los múltiples médicos que la trataron a través de los años le aconsejaron no embarazarse. La tristeza había sido causa de suspiros y lamentos entre ellos. Se llevaban amargas decepciones siempre que iban a visitar a un nuevo doctor. Por eso, concentraban todo su cariño en Janeta. Una niña que, si no estaba con ellos cuando su padre se ausentaba, se quedaba amarrada a un poste en el patio de la vieja vecindad. En una ocasión, la mordida de un perro que la merodeó fue inevitable y aquella herida en el brazo marcó su destino con una cicatriz que le recordó siempre su afligida infancia. En cambio, los días que la pequeña pasaba al lado de la pareja fluían como un sueño del que despertaban todos cuando Jusuf regresaba por ella; era como un oasis en su vida cotidiana. La última vez, Jusuf había tenido que arrancar, entre sollozos y pataletas, los brazos de Janeta del cuello de don Nissim. Prácticamente hubo que arrastrar a la niña para llevársela de regreso a casa. Esta era la elocuente señal de lo que la pequeña sentía. Fue entonces cuando Jusuf se dio cuenta de que la solución a sus problemas y deudas estaba en ese abrazo.

Durante noches enteras Jusuf había pensado en cómo haría para decírselo a don Nissim sin que pareciera que estaba comerciando con su hija. Su escaso reposo nocturno había dejado una huella oscura bajo sus ojos. El momento había llegado, y en realidad, se lo dijera como fuese, las frases ya desgastadas de tanto haberlas repasado en la mente sonarían como lo que eran: le estaba vendiendo a su pequeña. Don Nissim no salía de su asombro. Casi como si fuera a perder el sentido, cerró los ojos tambaleándose un poco. Se apoyó en la silla de Jusuf de donde este se levantó de inmediato para que él pudiera sentarse y tomara un hondo respiro. Al principio Nissim pensó que no lo había escuchado bien. Clavó su mirada en Jusuf con el mismo filo de las palabras que acababan de encajarse en su pecho. Como en la imagen de un espejo, los ojos de ambos parecían fundirse y con un gesto de desconcierto inenarrable le dijo:

—*No puedo kreyer lo ke mis oyidos stan eskuchando. ¿Está usted siguro de lo ke sta diziendo?*

—*Kréyame don Nissim, he penzado muncho acerca de esto, ¡ya se me tomó la cabeza de tanto penseryozo ke sto, ya me metí i a yorar de tanto penzar kualo azer!*

Una inevitable encrucijada moral se presentaba ante él, y no sabía qué hacer. Por un lado, D-os le estaba enviando la oportunidad de ser padre y darle a Janeta la vida familiar y el amor que cualquier niño merece. Las palabras de Jusuf habían penetrado en su alma abriendo, como chispazo, una brecha de amor. Por otro lado, aceptar aquella oferta le hacía sentir indignación contra Jusuf; a pesar de conocer las circunstancias de su vida, Nissim no podía comprender que un padre se pudiera deshacer de su hija en compensación por sus aprietos económicos. Sin embargo, sentía plenitud al pensar que él y su esposa Joya llenarían su vida con esa presencia infantil; todo cobraría un mayor significado, todo tendría una mayor valía. En un segundo, lo cotidiano se trastornaba; la perspectiva de los espacios de su propia casa que albergaba la tristeza de una supuesta infertilidad se llenaría de castas sonrisas, de la ingenuidad de una niña que reemplazaría aquella frustración un tanto secreta, ya que él sí podía tener hijos, pero había decidido decir que por su culpa la pareja no tenía familia. La enfermedad cardiaca de Joya era la razón real de que no concibieran, el riesgo para ella era demasiado alto.

Nissim se levantó lentamente y dio unos cuantos pasos hacia la ventana de la trastienda. Ahí se quedó viendo a la calle, a los cientos de personas que caminaban con prisa. Él debía pensar con calma en la oferta, más bien, en la oportunidad que se le presentaba. En segundos, las imágenes de la calle se hicieron difusas, aparecían como en segundo plano, y él, con la mirada clavada en el cristal, se debatía entre ignorar lo que acababa de oír o resguardar a aquella niña para siempre. No le cabía duda de que el asunto era perverso y de pronto sintió vergüenza al haber considerado aceptarlo. Por otra parte, cambiaría los andrajos que normalmente vestía la niña por abrigos de verdad que acallaran su frío y su falta de amor. Quería leerle su primer cuento, darle un beso antes de ir a dormir y otro en cuanto se despertara. Sentía también una culpabilidad infundada taladrándole la mente y el espíritu, pero no podía negarse; esta decisión sería determinante para todos, se reescribiría su destino, sería un cambio radical. Y Janeta vería una nueva luz. Bajo el resplandor glotón del mediodía, Nissim aceptó el trato. Ese instante rubricó todos los momentos de su vida.

—*Manyana a la tadre le dejo a Janeta, nos veremos en su caza, ¿le parece bien?*

—*Los staremos asperando mi musher i yo* —contestó don Nissim sin siquiera voltear a ver al señor Jusuf. Era como si lo despreciara por atreverse a ofrecerle a su hija como saldo de cuentas pendientes. Qué hombre hace eso, se preguntaba sin encontrar respuesta válida, qué hombre de bien se atreve siquiera a pensarlo. Pero por otra parte, reconocía el sacrificio de un padre que, con tal de dar a su hija una mejor vida, renunciaba a ella.

Jusuf salió de la tienda de casimires. Parecía que el brillo de la tarde le dorara el cabello. Sus ojos se incrustaban en el asfalto de las calles corcovadas y retorcidas del centro de la ciudad. Le urgía salir de ese laberinto. Sentía que varias pupilas a sus espaldas adivinaban sus pensamientos. Se sentía observado por don Nissim, aun estando a cuadras enteras de distancia de esa tienda de lanas, tafetanes y fieltros que durante años le había dado de comer. A cada paso, sentía nacer una joroba de pesar.

Nissim llegaría a casa esa noche y le daría la noticia a Joya. Al día siguiente, Janeta supo que se quedaría mucho más tiempo con don Nissim, tejiendo alegrías, escribiendo su propia historia y conociendo Turquía a través de relatos cotidianos. Con el tiempo supo que el abrazo de Nissim era el de un padre. Una cancioncilla sefardí, «*Mi niña durme, mi niña durme, ke kosikas va a dizir kuando despierte*», resonaría todas las noches en su oído. Y los sabores de Estambul, que poco había degustado, fueron asilándose en su paladar.

XII

Los hermanos Assael habían sido fundadores, entre otras personas, de las primeras organizaciones judías en México, como la Sociedad Emanuel creada en 1905 y, aproximadamente siete años más tarde, la Sociedad de Beneficencia Monte Sinaí. Llegaron a América desde fines del siglo XIX y eran propietarios de La Duquesa, en la calle de Madero, a la que anunciaban como «la única casa en México especializada en joyería fina antigua y en tapetes orientales»; conocían prácticamente a todos los judíos sefarditas en la ciudad. En una ocasión en que Lázaro había visitado su tienda para hacerle un regalo de aniversario a Ventura, se quedó platicando con uno de los dos hermanos. Ico Assael era un hombre sumamente culto que además contaba las historias de las instituciones judías con tal vehemencia y detalles que lograba la atención absoluta de cualquiera que lo estuviera escuchando. Aquella tarde de viernes en La Duquesa, mientras una empleada envolvía cuidadosamente los aretes para Ventura, le nació a Lázaro hacerle una invitación espontánea a don Ico para la cena de *Shabat* en su casa, y él aceptó con gusto.

La velada transcurría entre anécdotas deliciosamente relatadas por el señor Assael y platillos suculentos orquestados en las

170

bendichas manos de Ventura. A pesar de no ser muy observantes de la religión, la pareja, como la mayoría de los sefarditas, era tradicionalista y se encendían las velas blancas de *Shabat* antes de la puesta del sol para darle la bienvenida al día de descanso.

—*Baruj Atá Amonay, Elohenu Melej Ha Olam.*

«Bendito eres, oh Señor, D-os nuestro, Rey del universo» fue la bendición que recitó Ventura, correspondiente al encendido de las luminarias, pasando sus manos por encima de la flama en un movimiento circular y con los ojos cerrados. Lázaro bendijo el vino y le dio los parabienes a su invitado. Inmediatamente después, ambos bendijeron también a sus hijos colocando las manos encima de la cabeza de cada niño: primeramente sobre la de Hasky, que empezaba a dar ya algunos pasos, y después sobre la de Moisés. Ventura hacía la *jalá*, el pan trenzado que se come todos los viernes. Harina, huevos, aceite, azúcar y levadura se mezclaban amorosamente para luego dejarlos reposar y que solos esponjaran hasta duplicar su tamaño. Los dedos, juguetones, en una coreografía que cruzaba una tercera parte de la masa hacia el centro, y luego otra, y otra más, acariciando en cada encuentro la textura suave y delicada hasta acabar de entretejer. El toque final: barniz de huevo y una abundante salpicada de ajonjolí. Desde temprano, se habían quitado del arroz las cascarillas y las piedritas, ahora ya se podía percibir su cocción y el calor del horno derramando sus aromas.

Lázaro trajo flores blancas, como todos los viernes, para la mesa festiva cubierta con el mantel bordado que le regaló Sara a su hija Ventura en el *ashugar*. En ciertas ocasiones se reunían las mujeres de la familia a cocinar para *Shabat*. La señora Zimbul platicaba a Luisa, Mazaltó y Ventura alguna anécdota de Turquía:

—*El fijón kon patatas grandes se djuntava i todo se mitía a la oya, unos pedazikos de karne mezclaban i el prove kieftikas de pan seko fazía. Ansí se consolaban tripas, sintiéndosen yenas i kayentikas.*

Ico Assael no dejó de alabar el pescado con salsa de ciruelas y las berenjenas fritas. Las especias y condimentos tenían un papel protagónico en todos los platillos. Azafrán, eneldo, comino, cúrcuma y *bahrat* o pimienta turca, que es una mezcla de pimienta de jamaica con canela y nuez moscada, entraban por su olfato como un homenaje al suelo que dejó atrás. Y Estambul siempre presente.

A los Carrillo ya les había tocado asistir a fiestas judías en la primera sinagoga que hubo en la Ciudad de México, en la calle de Justo Sierra número 83, la cual celebraba los servicios para todos los inmigrantes judíos sin importar su procedencia. Había sido construida después de que, en 1917, Venustiano Carranza firmara la autorización para erigir una casa de culto judío. Ese lugar era el punto de encuentro de la que empezaba a establecerse como la comunidad judeo-mexicana; ahí se llevaban a cabo los rezos de las fiestas mayores, los *Bar Mitzvás* y las bodas. Las bancas de madera, con una estrella de David grabada en el respaldo miraban todas hacia el centro, hacia el *Ejal*, el arca sagrada donde reposan los rollos de la Torá, aquellos rollos sacros que contienen la enseñanza divina para nosotros, el pueblo de Israel. Una lámpara de aceite de plata representa la luz eterna. Judíos polacos, sirios, turcos, rusos y griegos, así como unos cuantos búlgaros, formaban una comunidad de alrededor de diez mil personas, y la Alianza Monte Sinaí era el organismo que la agrupaba y constituía. Durante esa cena, el señor Assael les contó cómo a principios del siglo XX los pequeños grupos de inmigrantes judíos se reunían en casas privadas para celebrar las festividades hebreas; hacían comités para ayudar a los recién llegados y organizaron posteriormente los servicios religiosos del año nuevo judío en un salón proporcionado por la Logia Masónica. A falta todavía de un rabino, entre los hombres que concurrían estaban los más conocedores de los ritos y los más ortodoxos, eran ellos quienes dirigían los rezos.

Lázaro invitó a Ico a tomar el café turco en la sala mientras la anfitriona lo preparaba. El interés en la plática hizo que Ventura se tardara el menor tiempo posible en la cocina; quería seguir escuchando todo aquello que la había antecedido en sus pasos por el centro y el Zócalo, por las calles empedradas que sus correligionarios, como ella, habían adoptado para ser el corazón de su comunidad. Ico Assael les relató que fue en esas mismas plazas, por las que ahora paseaban dominicalmente, en las que siglos atrás los judíos eran quemados a manos de la Inquisición española. Ahora esas calles los albergaban, a ellos, los inmigrantes, y así se iban convirtiendo en el núcleo comercial de una comunidad creciente. Una casa en la calle de Tacuba número 15 serviría de club social, gimnasio, sala de eventos y centro comunitario. Los jóvenes organizaban bailes el 15 de septiembre tratando de mexicanizarse. En las calles de Colombia número 16 se organizó la primera escuela judía, Bet Sefer Ibrí. La calle de Madero era la que Ventura disfrutaba más, al recorrerla admirando los aparadores con las últimas modas europeas y saludando a sus paisanos conocidos, dueños de esos establecimientos. Por un instante, el señor Assael se quedó pensativo mirando a Lázaro; unos segundos después, retomó la conversación diciéndole que tenía un gran amigo turco, Nissim Eliakim, y les preguntó si los Carrillo lo conocían. Ellos respondieron negativamente.

—*Kale ke vos presente kon Nissim, sto siguro ke van a tener una grande amistad.*

Lázaro había escuchado hablar de don Nissim, ya que justamente ese año de 1929 los sefarditas planeaban separarse de la Sociedad de Beneficencia Alianza Monte Sinaí y hacer su propia comunidad, sólo para ellos, pero sin un rompimiento con la que ya existía. El señor Eliakim, junto con algunos paisanos más como Isaac Capón y Víctor Babani, afines a la causa, trabajaban arduamente ayudando a los inmigrantes, pero también tratando de formar una congregación del todo sefardí que ayudara a fortalecer su identidad, sus usos y costumbres, sus rituales, su esencia propia.

Ico Assael planeó el encuentro entre Lázaro y Nissim. Este se llevó a cabo en el conocido café del mercado El Volador, que albergaba el barullo de los comercios y la cadencia de los pasos acelerados que urgidos acudían a las reuniones de vendedores ambulantes, buhoneros y proveedores. Hoy, ese legendario mercado y aquel café no existen más; en su lugar se erige el edificio de la Suprema Corte de Justicia que en sus concavidades pareciera oler a fruta, zacate, bizcochos, queso, semillas, verdura, flores, aves vivas y muertas, pescado fresco, petates y hierbas. Esas reuniones se caracterizaban por la lectura de las misivas que los familiares habían enviado a sus parientes en México; las cartas provenían de Grecia, Bulgaria, Turquía y Marruecos. A su vez, los ya residentes escribían correspondencia relatando las mil y una peripecias por las que iban pasando, y que soñaban con estar narrándoles al oído a sus seres amados. No faltaba, por supuesto, la lectura de la taza de café, antigua tradición entre los turcos y otros pueblos del Oriente Próximo. Interpretaban su destino dibujado en las representaciones un tanto caprichosas de los espesos sedimentos que reposaban en el fondo de la taza; curiosamente, por lo general se veían buenas nuevas porque las noticias malas las engullía quien estuviera a cargo de la lectura. En esas tertulias, resonaban entre los inmigrantes los recuerdos de paseos por el concurrido barrio de Pera, donde regalaban al bebedor creyente y supersticioso una leída por cada taza de la estimulante cafeína. Los collares, amuletos y pendientes de quienes en Estambul adivinaban la fortuna habían sido suplantados por los rebozos de las mujeres que atendían sus puestos entre pregones y regateos. Y aquel café se encontraba en la médula fecunda del mercado. Un sabor pueblerino se paladeaba dentro del establecimiento y el costumbrismo mexicano se iba fijando poco a poco en los sentidos y en las almas expatriadas que leían la taza para adivinar su porvenir.

Se reconocía de inmediato a la gente que llevaba un tiempo viviendo en México, los ya curtidos por la búsqueda de oportunidades en este país. Ellos fumaban de manera apacible un cigarrillo, se les advertía más confianza y seguridad. Parecería que hubiesen llegado hacía cien años; sonrientes, se identificaban saludando a todo el que entraba, los rostros eran en su mayoría conocidos. En cambio, los recién desembarcados lucían temerosos e inseguros. Aún olían a mar, a sal, a oleaje, y no eran capaces de reprimir ese aspecto de asombro y confusión que vagabundeaba en sus pupilas. Estos pobres novatos no se atrevían a cruzar la puerta sino hasta que alguien los invitaba a pasar. Normalmente, los comerciantes que ahí se reunían sacaban algunas sillas a la banqueta adoquinada para admirar las construcciones coloniales mientras intercambiaban puntos de vista sobre las noticias recibidas en las últimas cartas evocando sus nostalgias. Pero aquella tarde todo México escurría; una llovizna inconstante, por momentos densa, por momentos leve, sorprendió a los transeúntes. Cuando Lázaro vio al señor Nissim Eliakim desde la entrada del café, se dio cuenta de que ya había tenido la oportunidad de estar en algunas reuniones a las que Nissim también había asistido y lo había visto sin saber que era aquel hombre del que tanta gente hablaba. Para muchos inmigrantes, el exilio había sido forzoso, una vida errabunda los caracterizaba. Los recuerdos del pasado los dominaban aún y cruzarse con hombres como don Nissim ofrecía una existencia digna con una clara guía hacia al futuro. Por esta razón, tantos paisanos lo buscaban.

Lázaro se acercó a la mesa, se presentó retirándose respetuosamente de la cabeza el sombrero café con cintilla negra. Don Nissim se puso de pie para estrecharle la mano y lo invitó a sentarse. Ico Assael también se encontraba ahí, saludó a Lázaro y lo introdujo formalmente con el resto de los caballeros que fumaban sin tregua unos habanos. La conversación siguió diversas veredas, se tocaron temas de negocios, así como religiosos y comunitarios. Nissim y Lázaro parecían concordar en casi todo. Muy pronto sintieron que surgía de forma espontánea una amistad que, sin imaginarlo siquiera, marcaría profundamente sus vidas. Esa amistad sería como la confluencia de dos ríos, profunda, caudalosa. Reunión de dos cursos de vida en el mismo cauce pero al final con distinta desembocadura. Los Carrillo y los Eliakim se encontrarían intrínsecamente vinculados en un afecto impetuoso y entrañable, generando enigmas en el fondo de una taza de café sin vaticinio.

♣ Jala

¾ Taza de azúcar

3 Sobres de levadura

2 Kilos de harina

4 Cucharaditas de sal

4 Huevos

1 Taza de aceite

1 Yema batida para barnizar

Ajonjolí

1½ Tazas de agua tibia

1½ Tazas de agua al tiempo

Se mezcla el azúcar, el aceite, la sal, los huevos y el agua tibia. Aparte, se revuelven los tres sobres de levadura en el agua al tiempo y se incorpora a lo anterior. Se va agregando la harina, cerniéndola poco a poco. Se amasa sobre una superficie enharinada hasta obtener una masa homogénea, 2 minutos aproximadamente. Se coloca en un recipiente y se cubre con un trapo durante una hora, para que esponje la masa. Se vuelve a amasar y se divide en dos partes, estas dos a su vez, en dos más. Se forman rollitos largos con cada parte sobre una mesa enharinada y con las manos también enharinadas para que no se pegue. Con los cuatro rollitos se va formando una trenza. Se coloca sobre una charola de hornear y se cubre nuevamente para que esponje. Se barniza con yema de huevo batida y se salpica de ajonjolí. Se hornea la trenza en el horno precalentado durante 50 minutos o hasta que esté doradita.

XIII

Don Nissim y su esposa Joya habitaban en la calle Doctor García Diego, hoy colonia Doctores, cuando se llevaron a Janeta a vivir con ellos. La construcción de dos pisos comunicaba la planta baja, donde se encontraba una panadería que daba al exterior, con el segundo piso a través de la escalera serpenteante con un barandal estilo *art déco* tan de moda en aquellos años veinte y con detalles geométricos. El apartamento de los Eliakim era amplio, o probablemente lo parecía más por sus paredes pintadas en un tono acremado que daba la sensación de libertad. La sala, luciendo un mobiliario en terciopelo verde olivo, servía de vestíbulo hacia las dos recámaras del fondo. La pieza principal tenía una ventana con barrotes de hierro forjado que repetían el diseño de la baranda. La segunda había sido hasta entonces la bodega de tapetes y alfombras con los que el señor Nissim distinguía a sus clientes especiales. Al llegar Janeta, dicha mercancía se sustituyó por una cama individual con cabecera acojinada y dos pequeños burós. Las paredes, en rosa pálido, parecían darle la bienvenida a la pequeña, quien, al entrar por primera vez a su habitación, tuvo que reprimir los deseos de saltar sobre aquel colchón mullido. La gaveta del buró izquierdo estaba siempre abierta. Janeta la había llenado de algodón y, sobre este, dormitaba una muñeca con rostro de porcelana, el primer regalo que le hicieron los Eliakim. Aquel momento permanecería por siempre en la memoria de la niña.

Janeta asistía a la escuela y, al regresar a casa, subía a zancadas al apartamento con la finalidad de ver a la señora Joya, quien le daba dinero para comprar, en el local de la primera planta, el pan recién horneado. Vivían entre el aroma ascendente de bizcochos y bolillos de la panadería, y la cotidianeidad de la vida en familia: todo era una realidad. La relación entre «padre e hija» era muy especial: Nissim veía en ella lo que nadie más podía adivinar. Presentía cuando estaba triste o contenta, y la premiaba con los brazos extendidos para que corriera al encuentro de su abrazo cada noche cuando él llegaba a casa. Recibía los cuidados que Jusuf, su padre biológico, no le había podido dar. A su vez, la niña lo conocía tan bien que, cuando él fruncía los labios moviendo de lado a lado el bigote, ella descifraba si tenía hambre, si había sido una buena jornada en la tienda, o si estaba cansado. Llegar a casa y encontrarse con sus «dos mujeres» borraba de inmediato cualquier problema o disgusto de trabajo.

Joya también quería mucho a Janeta, pero su posibilidad de atenderla y cuidarla dependía de que su corazón cansado se lo permitiera. Así, había épocas en que los tres se sentaban juntos a la mesa y charlaban largas horas; otras, en que la fatiga, la sudoración y la dificultad para respirar le impedían a Joya salir de la cama durante varios días. Las palpitaciones o una infección respiratoria se presentaban con frecuencia. Lo que Joya hacía para pasar aquellas malas épocas era tejer a gancho de manera que una colcha de flores, sobrepuestas en una cuadrícula multicolor, se agrandaba cada vez que ella permanecía en reposo. Esa colcha finalmente decoró la cama de Janeta. Los ojos de aquella niña revelaban fulgor. La cotidianidad de los Eliakim y de Janeta no era como antes. Los detalles entre ellos despuntaban como brotes de flores tras la sequía. Sin embargo, Joya ignoraba entonces que su enfermedad, unos cuantos años después, la apartaría de Nissim y de Janeta.

Edirne, también llamada Adrianópolis, 1892. Esa ciudad, de tamaño medio, situada al noroeste de Turquía y muy cerca de las fronteras con Grecia y Bulgaria, había sido el hogar de miles de familias judías desde su expulsión de España. Ahí nació Nissim. El caudal del río Tundzha atraviesa la ciudad, y él, Nissim, cuyo nombre significa «milagro», pasaba muchas tardes en la ribera leyendo novelas, ensayos y poemas de Namik Kemal, célebre escritor turco influenciado por el pensamiento europeo. Nissim, hijo único de Abraham Eliakim y Behora Virginie Djibre, siempre añoró tener un hermano. Adolescente aún, quedó huérfano, pero afortunadamente los miembros de la familia Mitrani, entrañables amigos de sus padres, decidieron hacerse cargo de él. El señor Mitrani lo educó en la rectitud y el trabajo, tal como lo hubiera hecho don Abraham. Los Mitrani tenían dos hijos: Moisés, quien ya había emigrado a México escabulléndose, como muchos, de enrolarse en la rudeza del ejército turco; y Joya, una jovencita hermosa, pero siempre débil y enfermiza.

El tiempo que Nissim y Joya pasaban juntos lo indujo a soñar, en madrugadas con efluvios de durazno, que un incidente lo hacía tocar la mano de aquella muchacha, quien desde un principio le había dado la bienvenida familiar ofreciéndole una enorme sonrisa. Cuando tenía este sueño, despertaba con el deseo de rozar sus dedos, pero la duda acerca de cómo reaccionaría ella lo detuvo durante meses. Por fin, una tarde cuando caminaban las aristas del Tundzha se atrevió y Joya respondió acariciando cariñosamente la mejilla de Nissim. Ahí descubrieron un amor correspondido. Los jóvenes conservaron por un tiempo su amor en secreto. Un año más tarde, se casaron y no habían transcurrido ni unos cuantos meses cuando los papás de Joya, junto con la pareja, decidieron desplazarse a México y alcanzar a Moisés, quien ya para entonces tenía un pequeño negocio de casimires y tapetes turcos en las calles de Correo Mayor. Veracruz, la emblemática puerta de entrada de la inmigración, los recibió con los brazos abiertos a mediados de 1923. Su viaje había sido muy parecido al que realizara Lázaro un par de años después, y cuando se conocieron, en aquel café del Volador en el centro de la Ciudad de los Palacios, evocaron su travesía, el mar, y los interminables ocasos en cubierta fumando un cigarrillo que sabía a incógnita y a temor. Esa primera reunión gestaría una hermandad perenne. Compartirían sueños, ideas, emociones. Compartirían futuro. En esos momentos lo ignoraban, pero las circunstancias entretejerían sus vidas contundentemente. Compartirían algo más.

Cuando llegaron los Eliakim y los Mitrani a México, Nissim se asoció con su ahora cuñado Moisés, en la tienda de Correo Mayor. Su espíritu disciplinado y los deseos de hacer crecer el negocio en aquellos buenos años que ofrecían oportunidad a quien supiera tomarla, fueron la perfecta combinación de éxito en una economía que repuntaba tras la extinta Revolución Mexicana. Las importaciones crecían y, muy pronto, Nissim reunió el dinero suficiente para independizarse y abrir su propio local en la calle de Tabaqueros. Su próspera situación económica le permitió ayudar a muchos correligionarios que, como él, habían llegado con sueños, con fe, y con los bolsillos casi vacíos. Su historia familiar lo hacía estar muy sensible a las condiciones de los nuevos inmigrantes. Su generosidad se manifestaba en los rostros de quienes arribaban ya con la encomienda de buscarlo para pedirle apoyo. Dio alojamiento a mucha gente, además de esmerarse por conseguir trabajo a decenas de hombres que le quedarían eternamente agradecidos.

Nissim Eliakim… Un nombre que suena lejano, pero cuya filantropía se hace presente aún ahora que han pasado décadas. Se manifiesta el orgullo que me colma cada vez que digo que soy nieta de Nissim Eliakim, y que hombres y mujeres de edad me dicen: «gracias a tu abuelo está mi familia en esta bendita tierra, debes sentirte muy honrada de llevar su apellido». Definitivamente, sin haberlo conocido siquiera, así es, como se comprobará al terminar este relato y mis palabras permanezcan como un testimonio vivo de su huella en México. Pero todavía en esta historia queda mucho que contar, solamente sepa usted, lector, que los méritos y las acciones de Nissim lo distinguieron al igual que a muchos otros judíos.

La mala salud de Joya era como una tormenta en las costas; no anunciaba su llegada ni su partida. Las buenas temporadas eran fugaces, pasajeras. Eran sólo lapsos breves. Las visitas a los especialistas se tornaban repetitivas cada vez que surgía la esperanza en algún remedio nuevo. Médicos y más médicos, casi todos de aspecto muy cuidado, de barba perfectamente aliñada y cabello engomado, de zapatos lustrosos, de pantalones lisos y lentes redondos. Los habían consultado a todos, pero ninguno les daba la certeza de una cura definitiva.

—*Ya vijitamos muntchos medikos, dinguno a podido facer nada, ama me disheron ke usted face milagros* —diría Nissim en cada encuentro nuevo con el doctor de moda.

—En realidad, no puedo hacer prodigios, pero si me cuentan qué es lo que los trae aquí, trataré de ayudarlos —respondió el último cardiólogo al que acudieron.

Después de explorar a Joya y revisar los diferentes estudios con los que contaban, el doctor se quedó callado. Nissim recordó lo que decía su suegra: *«La kayades es de espantar»*. Aquel silencio contenía más mensajes que cualquier oración falsa. Nissim abandonó el consultorio llevando del brazo a su esposa. La cabeza baja y su mirada clavada en cada paso de sus zapatos recién boleados, le decía a Joya que no hiciera caso de ese charlatán, que irían a ver a otro especialista, que no se preocupara y que llegando a casa le serviría un té y platicarían para que la tarde pasara desapercibida. De hecho, Nissim era un hombre que suplicaba a D-os en silencio, pidiéndole un milagro aunque en el fondo, sabía que era imposible de consumar: «*A Dyo santo i alavado!*» Y Estambul tan lejos.

XIV

Año de 1933. La amistad entre los Carrillo y los Eliakim se había estrechado rápidamente. Celebraban las festividades judías todos juntos. Ventura visitaba regularmente a Joya; ya para entonces, Nissim y Lázaro se habían asociado en una tienda de importación de alfombras, tapetes turcos y cortes de lana y algodón. Ellos se reunían habitualmente en un café de las calles de Colombia y planeaban nuevos negocios, platicaban de la familia y leían los periódicos escritos en ladino que recibían de Turquía cada cierto tiempo, los cuales compartían con paisanos congregados ahí. También eran de su interés los titulares del *Tiempo de México* que anunciaba, en aquel momento, una dualidad de poderes entre el presidente Abelardo Rodríguez y el general Calles. Los inmigrantes estaban muy al pendiente de las noticias, ya que deseaban el progreso del país, el cual obviamente hacía que sus oportunidades de ascenso y bonanza se vieran incrementadas.

Nissim le confió a Lázaro que Jusuf, el padre biológico de Janeta, había amenazado con quitarle a la niña, que se había arrepentido de habérsela dado, y en cada ocasión en que esto sucedía, Nissim acababa dándole una fuerte suma de dinero para que Jusuf no llevara a cabo sus intimidaciones. Tan sólo pensar que lo separaran de Janeta, a quien adoraba, le producía un calcinante vacío en el estómago, además de una gran indignación. Fue Lázaro quien le recomendó a Nissim terminar de una vez por todas con las provocaciones de Jusuf y le aconsejó adoptar legalmente a la niña. Nissim no estaba seguro de que las amenazas de Jusuf se fueran a consumar, pero no quería averiguarlo; saber si en realidad cumpliría con ellas quedó como una incógnita, ya que la siguiente ocasión en que Jusuf lo fue a visitar, Nissim le hizo saber que le daría el triple de lo que pedía, pero esa sería la última vez que se verían. Nissim lo encaminó hacia la salida con una determinación que se reflejaba en la fuerza con la que lo tomaba del brazo. Se acercó y le susurró casi al oído:

—Yo mismo llevaré la pluma para que firmes los papeles de adopción.

Nissim sentía una rabia que le mordisqueaba las entrañas; Jusuf dio unos cuantos pasos más y se detuvo un segundo sin volverse siquiera, pero seguía sintiendo la presencia de Nissim cerca de la nuca.

Tan pronto como Jusuf dobló la esquina, Nissim tomó su sombrero y salió de inmediato hacia el despacho de su abogado para iniciar el trámite de adopción. Por primera vez, sentía que nada le faltaba, y si la felicidad puede definirse como el no desear nada, pues entonces este regocijo excepcional transfiguró las preocupaciones, las carencias, la orfandad, los rechazos, las lágrimas, las angustias, las frustraciones, el desarraigo. De golpe, el amor que lo invadía diluyó incluso el sufrimiento por la enfermedad de Joya. Ya tenía legalmente a su propia hija. El tintineo de las letras rozándose entre sí formando el nombre le acariciaba los oídos: Janeta Eliakim Mitrani.

Mientras que Joya y Nissim lucharon para adoptar a su hija, Lázaro y Ventura concebían con facilidad; sin embargo, los embarazos de Ventura se veían afectados por su intrépido carácter. En una ocasión se subió a descolgar las cortinas de la sala para lavarlas y se cayó de la escalera, lo que le hizo perder al bebé.

Un año después, Lázaro llegó a su casa y la encontró tirada en el baño, y es que era tal su afán de pulcritud que enceraba hasta las losetas; el resbalón la dejó inmóvil, pálida y sumida en un charco de sangre. Lázaro salió corriendo para buscar al médico, quien lo primero que hizo fue tomarle la presión a Ventura. Entre los dos la levantaron cuidadosamente y la llevaron a su cama. Un examen de pupilas y abdomen, aunado a la característica sarta de preguntas, concluyó con una mirada esquiva que anunciaba la pérdida del bebé.

La fiesta de *Rosh Hashaná,* nuestro año nuevo judío, lo festejaban cada *anyada* con una gran cena las dos familias: los Carrillo y los Eliakim. A Ventura le encantaba el mes hebreo de *Tishrei,* mes en que D-os creó el mundo, que concuerda siempre con el mes de septiembre u octubre y en el que se celebra esta importante fiesta. Aquella noche lluviosa de 1933, o bien, 5694 en el calendario judío, como lo marca la tradición, había que vestirse con ropas nuevas que tanto Ventura, Lázaro y los niños, como Joya y Nissim, estrenaban como símbolo de renovación. Janeta, Hasky y Moisés, aunque a su corta edad confundían las fechas, habían adivinado qué festividad se avecinaba debido a los alimentos que desde días antes se habían comenzado a preparar. El aroma de los guisos hablaba de recibir el «porvenir» del año nuevo con esa especie de suflé, la *tapada* de calabaza o la de berenjena; y no podía faltar el poro en los *keftes de prasa,* las alcachofas y el pescado con jitomate, perejil y limón.

Ventura había dispuesto la mesa con especial empeño para recibir a sus invitados. El mantel que le había bordado la tía Fortuné (el que se empacó en aquel baúl que cruzó el Atlántico) acariciaba la madera de encino cuando la anfitriona corría sus manos sobre él para deshacer alguna arruga necia. Las puntas coquetas colgaban en cada esquina casi rozando el piso.

Los platos con delicadas flores rosas guardaban una distancia idéntica entre cada uno, al igual que los vasos con su filo dorado sin un solo vestigio de opacidad. Las servilletas en forma de abanico dentro de las copas y los cubiertos de plata reflejaban las horas que Ventura invirtió para obtener su mejor lustre.

Los símbolos de *Roshaná*, como pronunciamos los sefardíes, jugaban un papel muy importante en la mesa. La manzana con miel, la preferida de los niños, le daba colorido además de significar el deseo de que el año venidero fuera bueno y dulce. Hasky no pudo evitar un manotazo de su mamá, quien lo pilló metiendo el dedo en la miel de abeja recién servida. Una fusión monocromática se obtenía con la manzana y la granada roja al centro del tablón, cuyo símbolo sería el anhelo de hacer tantos méritos en el año como granos tiene dicha fruta. A la derecha, la cabeza de pescado sobre la cual Lázaro, como anfitrión de aquella noche, recitaría:

—*Baruj Atá Amonay Elohenu ve Elohe abotenu sheniye lerosh velo lezanab.*[1]

Un platón con dátiles servía para ahuyentar al enemigo y reiterar el deseo de bonanza y salud. Ventura sustituyó platillos agrios y amargos por suculentas comidas que traerían dulzura, bendiciones y abundancia. Para coronar la mesa, una enorme *jalá* redonda de pan despedía su aroma a recién horneada. A diferencia de la *jalá* que se hacía cada viernes para *Shabat*, esta era redonda ya que representaba el ciclo del año y su continuidad. Durante la cena, las dos familias evocaban historias. Ventura contaba a su hijos lo siguiente:

—*Ayegando a los dyas de Roshaná kalía ver a Sara, su abuela, sakando tapetes, abashando i lavando kurtinas i tener todo aprontado para la fiesta. Kaminaba merkando las mueses, la almendra blanka i el membriyo para kortarlo en rombos. Machakava las mueses para la baklava, los mostachudos i el kurabié. ¡Ainda tengo la*

---

1 Sea Tu voluntad, D-os nuestro y de nuestros padres, que seamos cabeza y no cola.

*golor i la sabor de akeyo, mosotros los chiktikos mos alevantavamos
metiendo mano i gostando de estas dulsurias! ¡La golor de los boios
perfumava las kalejas i el kuartier! La noche de Roshaná, komo oi,
endjuntos mos asentavamos papús, padres, ermanos, tyos i primos
diciendo: Anyada buena sin mankura de dinguno.·*

Los Eliakim y los Carrillo asistieron al Templo Metodista
de la Santísima Trinidad con su fachada de estilo gótico, ubicado en la calle de Gante número 5. La comunidad rentaba
este templo cada año para sus fiestas mayores, ya que la construcción de una sede sefardí estaba apenas en proceso. Este
templo no tiene iconografía, y los judíos hacían uso de él porque en nuestros templos las imágenes están prohibidas. Los
correligionarios llegaban desde temprano para el rezo del año
nuevo. El rabino Haribí Abraham Levy, el primero que tuvo
la comunidad, había llegado de Turquía, y Nissim llevaba una
relación muy estrecha con él; hombre de grandeza espiritual,
piadoso y excelente maestro de Torá. Vestido con su elegante
y festiva túnica blanca, el rabino estaba a punto de tocar el
shofar cuando llegaron Ventura y Lázaro, justo a tiempo para
que los niños lo escucharan. Sonido peculiar el del cuerno de
carnero. Instante solemne de absoluto silencio. Para Lázaro,
Ventura, Nissim y Joya, como adultos, era un momento de
profunda meditación, de autoanálisis, de hacer un balance
de sus actos y de arrepentirse por alguna mala acción. Todos
los judíos sabemos que es el día en el que D-os juzga a los
hombres y ocho días después, en *Yom Kipur*, sellará su destino inscribiéndolos en el libro de la vida o en el de la muerte.
Con los ojos cerrados y llenando sus pulmones de aire, Haribí
Abraham Levy tocó en el *shofar* la tonada tradicional ante el
respeto de la congregación. Por su parte, los niños Moisés y
Hasky trataban de imitar entre risas dicho sonido. Después,
el rezo continuó.

El año nuevo, lejos de ser el cambio del calendario que colgaba en la pared, era un momento solemne en que cada persona

ahí reunida examinaba a conciencia sus logros espirituales y se proponía rectificar cualquier aspecto que exigiera ser mejorado. Al término del rezo matutino, amigos y familiares se besaban augurándose mutuamente una *anyada buena y klara*. Ventura y Lázaro comerían esa tarde en la casa de la señora Zimbul con todos los Carrillo, pero antes de dirigirse hacia allá, pasaron a su casa para recoger el *tishpishti*, pastel de almendra con miel, que Ventura preparó; le gustaba llegar con las manos llenas siempre que eran invitados a alguna reunión, más aun si la organizaba su suegra, quien seguía sin reconocer en su nuera a la mujer que hacía feliz a Lázaro. Y así se deslizaba el año 5694 para dar paso al 5695, el equivalente a 1933 (el año viejo) y 1934 (el año nuevo). El s*hofar* con sus notas abriría las puertas del cielo para dirigir plegarias sinceras, sin protocolo: «Sea tu voluntad, Señor nuestro D-os, que Tú inaugures para nosotros un año bueno y dulce». Sobre la mesa, dos candelabros. El encendido de las velas en la víspera de *Rosh Hashaná* estaría acompañado de las palabras de Ventura: «*Baruj Atá Adonai, she ejeyanu, ve kimanu, ve iguianu la zman a zé*», agradecimiento a D-os por «darnos vida, sostenernos y permitirnos llegar a esta ocasión». Los sonidos de la bendición reverberarían gratitud. Y las velas blancas, largas, sencillas, se consumirían lentamente proyectando sombras de diversos contornos. Y Ventura, con la mirada fija en la flama reviviría por instantes su lejana infancia.

✤ Tapada de calabaza o berenjena

2 Kilos de calabaza

8 Huevos

¼ Kilo de queso parmesano rallado

½ Kilo de queso gouda rallado

¼ Kilo de queso manchego rallado

Pimienta

½ Taza de pan molido

Se lava y se ralla la calabaza. Se exprime con las manos hasta extraerle toda el agua. Se mezclan los demás ingredientes y al final se agrega la calabaza. Se vierte la mezcla en un refractario enharinado y se ponen unos trocitos pequeños de mantequilla hasta arriba. Se mete al horno a 180 grados hasta que se vea doradita.

*Nota: para la de berenjena, se ponen ya cortadas en cuadros en agua con sal durante una hora. Se escurre el agua y se muelen para agregarlas a la mezcla de quesos.

♣ Alcachofas a la turca

12 Corazones de alcachofa naturales

8 Limones

Un chorrito de aceite

1 Cucharada de consomé de pollo

Agua, la necesaria

2 Cucharadas copeteadas de azúcar

Se acomodan los corazones lavados en el fondo de la olla de presión. Se agregan todos los ingredientes empezando por el agua, que casi debe cubrirlos. Se cuecen durante 6 minutos después de que hayan dado el primer hervor.

♣ Pescado con perejil, jitomate y limón

6 Filetes de pescado de su elección

4 Jitomates

¼ Cebolla

1 Rama grande de perejil

4 Limones

Aceite, el necesario

Consomé de pollo en polvo

Pimienta

Se pone a freír el jitomate, la cebolla y el perejil, todo picado, y se agrega el jugo de los 4 limones. Se espolvorea un poco de consomé de pollo en polvo y pimienta molida para sazonar. Se pone a asar el pescado salpimentado y al final se cubren los filetes con la mezcla de jitomate.

XV

Janeta se convirtió poco a poco en la acomedida y cariñosa cuidadora, ayudante y enfermera de Joya. Con tan sólo once años, atendía a las amistades que visitaban puntualmente todas las tardes a la enferma.

—*Ishika miya, ofrecele una dulzuria a la sinyora Rakelito* —decía Joya desde su cama.

—*Novia ke te veya* —le deseaban las visitas a Janeta al tiempo que pasaba con charolas rebosantes de rosquitas de anís, las cuales no pueden faltar, así como con borrequitas de nuez o dulce de *pytagra*, hecho a base de pasta de chabacano.

Entre nosotros, los judíos sefarditas, es muy común que a la hija, o a la mayor de las hijas, se le reserve el honor de agasajar a los visitantes haciendo desfilar ante ellos bandejas de pastelería; nueces y semillas como pistaches, avellanas o almendras; dátiles y mazapanes; y, por supuesto, ofreciendo un café turco desde la entrada. Los invitados, a su vez, para corresponder a dicha atención le desean a la niña que crezca sana para llegar a la edad casadera y verla vestida de novia; de ahí la expresión: «*Novia ke te veya*».

Cómo recuerdo a mi abuela Ventura haciendo la *pytagra*. El olor a chabacano impregnaba el ambiente con el vapor de las ollas de peltre donde hervía la fruta. Yo siempre parada sobre un banquito para alcanzar a ver cómo se rellenaba sin codicia aquella pasta de chabacano molido, ávida por recibir el mazapán de almendra y el pistache picado. Un delantal lleno de arrugas que me cubría hasta los tobillos me hacía sentir experta en repostería turca. Todavía hoy viene a mi mente el recuerdo de la tarde en que cerré los ojos para dejar que aquella imagen de mi abuela guiando mis manos sobre la masa se grabara en mi alma; era así como quería recordarla para siempre. Me sabía afortunada. Habitualmente cocinábamos estos dulces tan elaborados para alguna ocasión festiva en la que habría visitas en su casa. Decenas de veces era yo quien pasaba las charolas de *dulzurias*. Me encantaba oír que me dijeran «*Novia ke te veya, Sofika*».

Me sentía especial, no sólo por hacer los honores a las visitas y vislumbrarme como futura novia, sino por escuchar el ladino en diferentes voces, aunque la de mi abuela era única, como también la de mi madre, sobre todo al relatarme mi cuento favorito, el de aquel sultán

… cuyo anillo cambió de color por la enfermedad que lo aquejaba. Sus lacayos habían enviado palomas a Oriente para solicitar la presencia de los curanderos del reino de Constantinopla. Existía la señal de que, si el anillo cambiaba de color a azul oscuro o negro, no habría cura alguna. Llegaron los doctores a palacio y se abocaron a tratar de sanar al sultán. Así transcurrieron tres días y sus rostros sólo reflejaban incertidumbre; sin causa aparente, la enfermedad seguía apoderándose de él. En suburbios y bazares se enteraron de su padecimiento. Una joven humilde de nombre Uskudar, quien de su madre había heredado algo de hechicera, pidió ver al sultán asegurando que ella lo curaría. Le permitieron verlo, pero el castigo en caso de fallar sería morir arrojada a las serpientes.

Y aquí es donde ella narraba mi parte predilecta; su voz tibia iba acuñando poco a poco el desenlace de la historia y yo, emocionada por saber qué iba a ocurrir, aunque ya había escuchado el cuento decenas de veces, hundía la cara en la funda recién almidonada del cojín que apretaba con fuerza, como si hacer esto provocase llegar apresuradamente al final. Pero no, ella seguía el relato, y con vocablos pausados y enigmáticos contaba:

> Uzkudar entró a la habitación y desde el ventanal se divisaban la gran Mezquita Azul y el harén. La bella muchacha sacó de su bolso una cajita hecha de hueso de camello. La luna iluminó su rostro en el momento en que sopló el polvo de estrellas contenido en la caja sobre el pecho del sultán, quien sanó de inmediato. La cura fue el amor, el brillo lunar y el polvo de los luceros. A su corazón lo había congelado el poder, pero el amor hizo que el color del anillo cambiara a un tono rojizo, como los largos cabellos de Uskudar.

Mi madre finalizaba la historia diciéndome que aquella cajita todavía se conservaba en un recoveco de la Süleymaniye, la Mezquita Imperial, y que siglo a siglo derretía el hielo de los corazones de los sultanes de Oriente. Entonces yo soñaba con ir a Estambul, ver aquella pequeña arca tallada en hueso de camello, y con suerte, percibir con mis ojos niños restos del polvo de estrellas. Lo que más me gustaba de ese cuento era la parte en que aquella noche de verano, cuando la joven entró a la habitación del sultán y abrió la ventana, aspiró «una suave brisa con aroma a especias y miel». Invariablemente, antes del cuento, mi mamá me platicaba lo que mi abuela Ventura, entre suspiros, le había contado a ella respecto a sus visitas al mercado de las especias y lo que había olido y sentido la última vez que fue a ese sitio con su madre antes de tomar el barco para venir a México.

Quién iba a decir que muchos años después iría yo a un mercado egipcio y aspiraría el aroma a especias y miel del que habla el cuento, y evocaría entre lágrimas las noches en que mi abuela y mi madre me contaban cuentos para dormir.

Cuentos turcos: cuentos de hadas, de genios, de magos, de dragones, de brujos, de princesas, de animales parlantes y de objetos mágicos. Cuentos sefardíes: historias simples sin elementos fantásticos; de mar y de estrellas; anécdotas cotidianas de vecinos y mercaderes, generalmente con una especie de moraleja al final, dicha en forma de refrán, como por ejemplo: «*Buen vizindado mas ke ermandado*», o «*No kale muntcho travar la kuedra, se rompe*». Los relatos sobreviven por medio de las abuelas, ya que por tradición oral nos transmitieron sus enseñanzas y sabiduría colectiva. Gracias a algunas de estas narraciones descubrí mi amor por las palabras en ladino:

Kaleja/calle, *ambezi*/aprendí, *meoio*/cerebro, *meldar*/leer, *esponshar*/pasar la esponja, *rekodro*/recuerdo, *¿kualo?*/¿qué?, *burako*/agujero, *aprontar*/alistar, *chapeyo*/sombrero, *chanta*/bolso, *buir*/hervir. De estas palabras, mis favoritas son: *kaleja*, porque me remite a las callejuelas de las juderías en España; *rekodro*, porque me gusta su sonido; *¿kualo?* me recuerda a mi abuela preguntando repetidamente cuando algo le parecía increíble; con *chanta*, todavía puedo ver la imagen de mi abuela que no soltaba su bolsa negra de correa corta colgando en su antebrazo; *buir*... al sólo pronunciarla siento el agua hirviendo. *Golor* me transporta al tocador de madera en donde reposaba una pieza emblemática para mí: el perfumero de diseño *art déco* de mi abuela Ventura, con aquel elixir de gardenias que invadía toda la habitación cada vez que ella apretaba su bombilla verde jade. Yo perseguía su aroma olfateando en el aire entre saltos y risas. Qué tardes las que pasé en su compañía. Qué discretas y armónicas palabras sefardíes las que me heredó. Una expresión inmersa en mi vocabulario es «*Soilema por mo de la bulema*», la uso cuando no quiero que se hable de algún tema frente a alguien más.

Y qué decir del disfraz de odalisca que me trajo mi abuela de su tierra en uno de sus viajes. Un corpiño bordado a mano con lentejuelas tornasoladas y canutillo rojo, una falda corta de gasa a la que le colgaban cientos de moneditas doradas que, provocadas por mi movimiento, reverberaban en metálico tintinear. La pieza que más me gustaba del disfraz, un velo transparente al que yo hacía ondear en el aire mientras agitaba las manos, y al final, posaba al ras de mis ojos que se tornaban sagaces y enigmáticos, copiando la expresión de la mujer retratada en el empaque del traje turco. La figura de la odalisca me intrigaba tan sólo por saber que vivía en el harén y que servía como sirvienta de las concubinas y esposas. Mi abuela me contaba que aquellas bellas bailarinas del vientre eran regalos al sultán, y pienso que esto me cautivaba sobremanera; «cómo podía ser una persona un regalo», me preguntaba un tanto confundida. Por otro lado, qué emocionante era imaginar que, si una odalisca poseía una belleza extraordinaria o talentos excepcionales en el baile o el canto, tenía la oportunidad de que el sultán se fijara en ella.

Cada año, en la fiesta de *Purim*, mientras me quedó el disfraz, y con lo mucho que me gustaba bailar, imaginaba que era la odalisca predilecta del sultán; tiempo después le heredé el traje a mi hermana. Yo llegaba a la escuela y todos mis compañeros llevaban antifaces, máscaras y coronas de la reina Esther, que como cuenta la historia era muy bella y había sido elegida por el rey de Persia como su nueva esposa; ella era judía pero todos lo ignoraban. Otro disfraz entre mis amigos era el de Mordejai, el tío de Esther quien había escuchado que Amán el Perverso, el primer ministro del rey, pensaba asesinar a todos los judíos del reino, así que le dijo a su sobrina que debía evitarlo. Esther habló con el rey Ajashverosh y este ordenó que Amán fuera colgado por intentar matar a los correligionarios de su reina y a ella misma por su religión. Por ese motivo, el día de Purim, en el colegio mis compañeros nunca elegían el disfraz de Amán, por ser el malvado, y muchos escogían el de Mordejai por ser el bueno. La maestra nos decía al llegar a la escuela:

—Hoy celebramos que todo puede convertirse en algo diferente, como la suerte que iban a correr los judíos en Persia, y que nada es exactamente lo que parece.

Comíamos los *oznei Amán*, los panes de forma triangular rellenos de semillas de amapola, dátiles o mermelada, que imitan la forma del sombrero que usaba Amán. Al llegar a casa, guardaba mi disfraz cuidadosamente, rogando en silencio que el año entrante me quedara todavía.

✤ Pytagra

½ Kilo de chabacano seco
4 Tazas de azúcar
Jugo de ½ limón

En un recipiente se colocan los chabacanos, se cubren con agua y se dejan remojando de 2 a 3 horas, después de las cuales se cuelan y se guarda media taza del líquido. Se muelen los chabacanos y se vierten en una olla junto con el azúcar, el agua del remojo y el limón. Se cuecen a fuego lento durante una hora, moviendo constantemente con pala de madera. Se pone la pasta en una charola delgada mojada y se deja enfriar. Se puede comer en tiras o usar como base para otros dulces.

XVI

Ventura visitaba a Joya por lo menos dos veces a la semana y cada vez que llegaba le decía a Janeta: eres una *nekochera*, una buena anfitriona, reconocimiento por el cual ella, toda una señorita de trece años ya, se sentía muy orgullosa y agradecida. La sociedad entre Lázaro y Nissim en la tienda de casimires acercó también a las esposas. Cuando Joya se sentía bien, salían juntas a tomar un café y *etchar lashon*, charlar; cuando su corazón la frenaba, las salidas eran reemplazadas por visitas. Nissim estaba muy agradecido con Ventura por su generosidad y las atenciones que mostraba con su esposa. Para Ventura, era en verdad un gusto hacerle compañía y ayudar a Janeta a recibir a familiares y amigos. Había ocasiones en que al entrar, Ventura abría las cortinas y las ventanas de la recámara para que saliera el aroma a debilidad y desesperanza. En ese momento, como un cardillo, la luz rebotaba en los recuadros de azulejo del corredor, haciendo desaparecer la densidad del ambiente; eso provocaba un ánimo distinto.

A Janeta se le alegraban las facciones cuando la señora Ventura venía acompañada de Hasky y de Moisés. Aunque eran casi cinco y seis años más pequeños que ella, a Janeta le encantaba que hubiera niños en su casa, donde normalmente se guardaba silencio absoluto para que la enferma pudiera descansar.

Hasky era el primero en romper con tanta solemnidad: hablaba fuerte, pedía una rosquita tras otra porque el sabor del anís le encantaba, y dejaba a su paso un camino de migajas sobre la madera; Moisés, por su parte, se sentaba obedientemente a esperar que su mamá saludara a la señora Joya.

—*Aide Joya, asentate un ratiko en el sillón ke ya devesh star cansada de la cama. Animate musher, alevantate.*

—*Ayudame Janeta* —le decía Ventura a la niña con voz imperativa.

—*Al asho no puedesh faser almendra, no tengo fuerzas hanum* —exclamaba Joya entre gemidos cada vez que sentía los brazos de Ventura bajo sus axilas tratando de levantarla.

Había tardes en que Ventura se quedaba a atender a las visitas y le decía a Janeta que se fuera al parque con Hasky y Moisés, y ella disfrutaba paseando con los niños e imaginando que eran sus hermanos menores. La rebeldía de Hasky ya asomaba desde aquel entonces. Un tanto irreverente, demasiado curioso, un verdadero diablillo, hacía que más de una vez por semana su mamá le pusiera la mano encima, sobre todo, porque no distinguía entre la diversión y el peligro; por esa razón, Ventura vivía un sobresalto tras otro, y casi se desvanecía por la falta de aire que le provocaba el susto, mientras que Hasky se carcajeaba. Invariablemente hacía enojar a Moisés, quien retenía las lágrimas para no darle el gusto a su hermano de verlo llorar frente a Janeta.

Unas canicas de colores albergadas perpetuamente en el bolsillo del pantalón corto de Hasky eran el entretenimiento entre los tres niños, y digo *niños* porque Janeta, a pesar de ser toda una señorita responsable y madura en su casa, se transformaba en una chiquilla juguetona y hasta un tanto traviesa como para compensar sus años huérfanos. Uno de sus momentos favoritos era cuando los tres se recostaban en el pasto, a veces húmedo y aromático, a observar la vastedad del cielo y a tratar de resolver el misterio de las formas que tomaban las nubes cuando el viento las iba arrastrando. Moisés le murmuraba a Janeta que se acercara más a él, le gustaba sentir el roce de su brazo y en ocasiones incluso se tomaban de la mano. El pequeño, de ojos color miel y cabello de un dorado suave, imaginaba que Janeta era su hermana y lo protegía de las diabluras que le hacía Hasky.

En aquella época, el proyecto de tener una escuela judía estaba ya entre los planes de los dirigentes de la cada vez más nutrida comunidad. Fue hasta el año de 1944 cuando el Colegio Hebreo Sefaradí Tarbut abrió sus puertas en las calles de Mayorazgo (calle que después cambiaría su nombre por el de Adolfo Prieto), número 133, dentro de una casa que antaño formó parte de un convento. Mientras esto se llevaba a cabo, algunos de los hijos de inmigrantes sefardíes acudían a las instalaciones del Club Unión y Progreso, donde se impartían clases de hebreo y tradición judía; sin embargo, las escuelas católicas eran, para muchos, la opción de una educación más formal. Janeta estudiaba en The Garside School, escuela en la que aprendió mecanografía y taquigrafía a la perfección, así como también el idioma inglés que hablaba con claridad.

Al llegar a casa los viernes, la joven ayudaba a poner la mesa de *Shabat*. Para los Eliakim, como para la mayoría de las familias judías en México, era muy importante reforzar los principios religiosos en la casa; celebrar sus festividades y preservar sus usanzas en un mundo en que representaban una minoría. A pesar de ir aprendiendo a amar las tradiciones del que ahora era «su país», como festejar el 15 de septiembre con una fiesta mexicana, o partir la piñata en los cumpleaños de los niños, el hecho de practicar sus costumbres milenarias era el cobijo que los unía y daba, aunque fuera un poco, un sentimiento de pertenencia, necesario para subsistir. Para las familias, el hecho de perpetuar sus usanzas era como acariciar un trozo de Turquía, de Grecia o de Marruecos en México. Era, además, eternizar la tradición oral que, de generación en generación y sin importar el país en que estuvieran, había sobrevivido a una persecución tras otra —desde la dominación del Imperio romano—; a hostilidades y expulsiones como la de España, la de Francia o la de Portugal; a la profanación de sinagogas y cementerios a lo largo de la historia; a masacres en Ucrania y Rusia.

Diáspora. Éxodo. Un exilio más. La famosa «solución final» se gestaba ya como un proyecto nazi para asesinar a los judíos en Europa. En México, sin duda se sabía poco de lo que estaba sucediendo los primeros años de la década de 1930 a los judíos europeos. Inmigrantes polacos, griegos, franceses, búlgaros, austriacos y de otros países dejaron de recibir correspondencia de sus familiares provenientes del otro lado del Atlántico. Un tiempo después sabrían de manera drástica que mucha de su gente había caído en las fauces de quienes creían ser una raza superior. El gobierno mexicano, durante la presidencia del general Lázaro Cárdenas, abrió las puertas del país a refugiados de la Guerra Civil Española; este acto mostró la hospitalidad del pueblo mexicano hacia exiliados de España. Sin embargo, al mismo tiempo se ejerció una disfrazada negativa a refugiados judíos, a quienes se les impedía desembarcar en Veracruz. A muchos de ellos se les exigía un sinnúmero de papeles, con el fin de rechazarlos, o bien se les decía que su profesión no era necesaria para el desarrollo de este país y que no tenían futuro. Cientos de personas tuvieron que regresar a Europa a los diferentes campos de exterminio. Poco a poco, a través de artículos en revistas y periódicos, la población mexicana comenzaría a enterarse de los horrores que Hitler estaría cincelando en la memoria del mundo. El daño nos devastaría, se impregnaría en nosotros por siempre. Muertos sin lápidas. Fosas comunes. Ni un solo nombre. Ni una sola estrella de David.

En 1936, se introdujeron en México leyes de cuotas de inmigración. Mantenían argumentos que aseguraban que los refugiados judíos llegaron para propagar el comunismo; esto se comentaba en algunos estratos de la sociedad mexicana, pero la realidad era que a la mayoría de la población no le importaba en gran medida el acontecer en otras partes del mundo. Por supuesto, a la comunidad judía radicada en México sí le afectaba, y mucho. Una forma de enterarse de los guetos, de las prohibiciones, y de otras medidas antisemitas cada vez más intolerantes, cada vez más excesivas y violentas, era a través de las diferentes embajadas mexicanas en Europa y de sus diplomáticos.

Nissim se encontraba cada vez más ocupado con sus crecientes negocios y, como muchos otros judíos en México, también hacía esfuerzos por ayudar tratando de gestionar visas para algunos correligionarios griegos y búlgaros. Les prestaba el dinero que el gobierno pedía a manera de fianza y trabajaba de la mano de un grupo de personas que, con el tiempo, se convertiría en el Comité Pro-Refugiados. En los cafés del centro de la ciudad, aquellos inmigrantes que llegaron en los años veinte como Lázaro, o la familia Mitrani, o los Benbassat, los Pappo y los Meschoulam se reunían para leer *El Extra*. En una de esas ocasiones, Nissim leyó en voz alta la declaración que el presidente Cárdenas había hecho acerca de la postura de México respecto a dar asilo a los refugiados: «México apoyará y defenderá sin distinción de nacionalidades a todos aquellos que tengan que buscar hogar por haber sufrido acciones bélicas injustificadas, persecuciones o invasión de sus respectivos países», pero la realidad que se vivía era muy distinta, ya que Nissim sabía de muchos correligionarios a quienes, a pesar de tener todos los papeles indispensables, no se les había permitido desembarcar.

En efecto, se admitía a los refugiados judíos en menor número; por cierto, se afirmaba que veintiún refugiados que venían en el barco *Orinoco* habían sido regresados a Europa. Nissim arrugó el periódico entre sus manos y lo lanzó furioso hacia el piso; no podía creer lo que ahí se decía y le pareció, al igual que a muchos otros, que la actitud del país era demasiado tibia. Y qué decir de cuando, años después, se supo con detalles la gravedad de la situación en Europa y del inverosímil genocidio. Para Lázaro y su familia, como para Nissim y los Mitrani, los parientes de Joya, y para los inmigrantes turcos en general, por fortuna existía la tranquilidad de que Alemania y Turquía mantenían estrechas relaciones desde finales del siglo XIX; de hecho, habían combatido en el mismo frente durante la Primera Guerra Mundial, así que podían estar tranquilos porque sabían que sus familiares y amigos en Estambul no corrían peligro ante los nazis; no así los inmigrantes de Grecia, quienes tiempo después se enteraron de que en Rodas todos los judíos habían sido deportados a campos de concentración y muy pocos retornaron a la isla.

La situación en Europa era un tema que las visitas comentaban en casa de Joya con gran preocupación. Algunos hablaban también de los brotes de antisemitismo en México, los cuales tenían, en realidad, un fondo económico. Para algunos, los comerciantes judíos representaban competencia, aunque existía también la idea de que la inmigración había impulsado la industria nacional. La mayoría de las mujeres que se reunían ahí varias veces a la semana para hacerle compañía a la enferma coincidían en que jamás habían sentido hostilidad alguna en su contra, y por ello le agradecían al pueblo de México. Por su parte, Ventura participaba poco en las charlas. Se dedicaba más bien a atender a los presentes. Las últimas veces se le notaba preocupada, y es que en cada visita de Ventura a Joya percibía el tono de su tez tornarse más cenizo. Día tras día, observaba que la fuerza de su amiga era cada vez más efímera. Joya estaba más delgada y la escasa luz que meses antes brillaba en sus ojos, se iba apagando. Una tarde, cuando Joya vio entrar a Ventura en su recámara, dejó escapar un gemido al tratar de enderezarse, y antes de que se acercara como siempre para convencerla de salir de la cama aunque fuera para sentarse unos minutos en el sofá, Joya se adelantó y le dijo:

—*Si supieras kuánto le pido a Dyo ke me ayude, kon lloros y lamentos le pido, desde ariento le suplico, pero ya son muntchos anyos y estó cansada. Sabalí Nissim, sigue bushcando nuevos doctores, ma dinguno mos dishe ke me puede mejorar. Lo bueno ke Janeta se va a kedar a kudiarlo y doy gracias por esto.*

La luz amarillenta proveniente de la mesa de noche le daba a sus vocablos un toque mortecino. Habían pasado semanas sin que Joya saliera de la casa. No sabía en realidad qué día de la semana era, ni le importaba; para ella, todos los días eran iguales, acostumbrada ya a vivir con un castrante dolor en el pecho. A oscuras en la cama, entre sudores fríos y jadeos, la presión sin brújula, el amargor sublingual, palpitaciones y desaliño, aroma a vetustez con treinta y tantos años apenas. Una atmósfera agonizante, un hálito trunco. Ventura se fue esa tarde con un profundo desconcierto. Sabía que Joya se estaba dando por vencida y no la culpaba. Pensó en ella al irse a dormir, también en la madrugada. Se la imaginó hecha un ovillo, la noche corroyéndola, arrancándole tiempo y bravura. Y Joya, en lo más sombrío de sus recuerdos, vislumbrándose bañada con la miel de los higos de Turquía.

XVII

Una tarde, Ventura caminaba a casa después de recoger a Moisés y a Hasky de la escuela; cada uno tomado de una mano, platicaban a su madre acerca de sus compañeros, con quién habían jugado durante el recreo, si se habían comido el refrigerio que ella preparó, y sobre todo, si había tarea. Faltaba media cuadra para llegar. Ventura levantó la vista y creyó reconocer a lo lejos a Lupita, quien le ayudaba en las faenas del hogar, de pie en el umbral de la puerta. De inmediato, una terrible corazonada se apoderó de su pecho. La expresión de la joven lo decía todo: una desgracia, una nefasta noticia al acecho. Ventura soltó a los niños y corrió hacia la puerta. Tomó a Lupita de los hombros zarandeándola y preguntándole qué había sucedido. Parecía que los instantes se dilataban, una eternidad de cinco o seis segundos pasó hasta que le dijo a Ventura que un doctor habló del sanatorio para avisar que su esposo, el señor Lázaro, llegó de emergencia desde Durango, ciudad donde se había ido hacía tres días para vender casimires. Una peritonitis lo tomó por sorpresa mientras visitaba a uno de sus más importantes clientes. Ventura le encargó a Lupita que cuidara a los niños y, sin entrar siquiera a su casa, corrió a la esquina para tomar un taxi.

Cuando Ventura llegó al sanatorio, el gris de los nubarrones penetró hasta su piel; parecería que la lobreguez del entorno tomaba cuerpo, como presagiando un luto. Una decena de personas se encontraba en la sala de espera. Algunas lloraban en silencio, otras dirigían sus ojos al techo rezando; algunas más se veían entre sí restregándose nerviosamente las manos. En cuanto Ventura entró reconoció algunos de los rostros inquietos. Su familia política ya estaba ahí. En una esquina se encontraba su cuñada Mazaltó, abrazada de su esposo; su expresión era la de un animal indefenso en una red. Luisa se acercó y su rostro, como si trajera una máscara, se pasmó. Ventura se sintió entre dos flamas; por un lado, ansiosa de saber el estado de su esposo, pero por otro, ciega ante una verdad que derrumbaría su vida.

—*Las kosas stan mal, no savemos si va a melezinar* —dijo Luisa al tiempo que Ventura se desplomó. Tragó saliva, su mirada se veía perdida.

Pasaron unos cuantos segundos y preguntó en qué habitación estaba Lázaro. Ansiosa, quería cerciorarse de que estuviera vivo. Al llegar a la puerta marcada con el ciento veinte se encontró con una enfermera que le prohibió pasar, explicándole que el doctor estaba revisando a su esposo. Diez minutos más tarde el médico salió y se topó con Ventura, cuyos dedos casi sangraban de tanto morderlos. Le explicó que había que operar de inmediato porque el apéndice se había reventado. No se le permitió verlo y esto la tenía sumamente afectada; qué tal si no sobrevivía a la operación, si ya no lo encontraba con vida; ya nunca sentiría el roce de su piel, sus ojos no la recorrerían más, sólo viviría su eco. Aturdida con estas ideas, perdió la noción del tiempo. Lázaro en el quirófano. Ventura salió a la calle, necesitaba fumarse un cigarrillo y mientras lo hacía, la hostigaba el miedo. Era la primera vez que sentía algo semejante. Ni cuando se separó de sus padres, ni cuando tomó el barco rumbo a México, ni cuando tuvo a sus hijos. Pero ahora tenía temor de enfrentar el porvenir. Se debatía en silencio.

«Qué voy a hacer si Lázaro me deja. Qué va a ser de mis hijos sin un padre. Sola. Yo sola en México.»

De golpe se quedó como ida. Sus ojos clavados en el humo del cigarrillo, los párpados inmóviles, ella petrificada. Las palabras que doña Zimbul, su suegra, le sentenció hacía tan sólo cuatro meses en su lecho de muerte, ahora tomaban el tinte de una profecía. La señora Zimbul, de cabellos rojos y mirada profunda, le susurró a Ventura:

—Si muero, me llevaré a mi hijo con tal de no dejártelo.

Temía que se tratara de una amenaza real.

Y Ventura se consternaba: ¿qué clase de madre puede preferir que su hijo muera con tal de no dejarlo únicamente para la esposa? A doña Zimbul nunca le pareció una decorosa nuera. Desde el día en que se pidió la mano de Ventura se engendró un celo incisivo. Lázaro fue siempre un conciliador entre Ventura y su madre. No quería conflicto entre las dos mujeres más importantes en su vida. Ventura siempre se esforzó por llevar una relación cordial y creyó lograrlo, así como creyó que su suegra ya la había aceptado; sin embargo, aquellas últimas palabras eran como una lápida. Ventura sólo le pedía a D-os que todo fuera un espejismo. Y de pronto, en su alucinación, se vislumbró en Estambul, en Santa Sofía, cuando tenía doce años. El sol del Mediterráneo se derramaba sobre los pequeños mosaicos que cubrían paredes y cúpulas, columnas y arcos. Aquel esplendor le creaba una sensación de irrealidad, como si fuera un espacio encantado. Nunca había apreciado tanto su tierra estambulita como lo hacía en ese instante de incertidumbre. También se dio cuenta de que en Turquía, a causa de la costumbre, ya no prestaba atención a los rezos provenientes de las mezquitas cinco veces al día; ahora, curiosamente, extrañaba escucharlos y hasta le hacían falta. Jamás había valorado lo suficiente el aroma a sal que se respira junto al Bósforo, ni había advertido el garbo de los pescadores que trabajaban desde sus pangas en la línea costera donde habitan huachinangos y pargos. Se dio cuenta de que nunca apreció bastante los mástiles de los barcos que entraban por el Mar Egeo. En ese momento, rescató su pasado y extrañó como exiliada el olor del mar.

Ventura no supo cuánto tiempo había pasado, pero varias colillas la escoltaban. Dejó caer la frente sobre sus manos entretejidas, le prometió a D-os que si salvaba a Lázaro, sería su centinela hasta que se recuperara. ¿Y si no fuera así, si su marido no sobrevivía a la peritonitis? En un segundo se planteó otra pregunta: «¿Y si me regresara a Estambul?» Era la primera vez, en los nueve años que tenía viviendo en México, que se atrevía a pensar en eso. Por vez primera sentía necesidad de consuelo, pero ¿de quién? Sus hijos chicos, sus padres lejos, su familia política sufriendo también. De golpe, recibió una suave caricia en el hombro y preguntó:

—Nissim, ¿ken te avisó ke trusheron a Lázaro aki, ya oiste kesta muy hazino?

Ventura conocía ya lo suficiente a Nissim para saber que era un buen hombre, un excelente amigo. Sintió, con su compañía, la fuerza de las columnas de su querida sinagoga Yanbol en Estambul, el apoyo del tronco de madera lisa y clara del ciclamor que a principios de la primavera se cubre de racimos de flores lilas que salen directamente de su corteza. Se supo comprendida, sabía que contaba con él. Sin embargo, Nissim tenía a su vez un dolor, algo que ni él mismo podía asimilar todavía: Joya también estaba en el quirófano. Su respiración espasmódica, los gestos de su rostro ignotos, las manos sueltas y esqueléticas, su espíritu casi extinto. La enfermedad le había devorado la voz; y el corazón, minado por la rabia y el temor de no sanar, toleraba apenas la inminencia de la muerte. Con un tono pausado Nissim le dijo:

—Unos minutikos duspues de ke partiste de la kasa arive yo. Me rendi cuenta de ke Joya no staba respirando bien. La tomi de la mano i ampesimos a caminar a su cama i me kisho dizir algo, ma no pudo, se desvaneció embasho.

—Kualo stas hablando Nissim, kale ke la vaya a ver —exclamó Ventura.

—*No la podemos ver, el kardyologo Ignacio Chávez la stá tra-tando de salvar* —le respondió Nissim convirtiéndose en un hilacho al tiempo que sacaba de su bolsillo un pañuelo húmedo.

Ventura lo abrazó. El nudo que cada uno sentía en su interior formó un nexo invisible. La enfermedad había entrado en sus vidas, en sus casas, y así como habían departido la *jalá*, el pan de viernes casi cada *Shabat*, ahora compartían el sufrimiento, ese que va tejiendo una telaraña en lo profundo y que invalida toda esperanza. Quebradiza la vida. En la mirada de ambos afloraba la pregunta: «¿Y qué va a ser de nosotros?» Silencio. Silencio.

El calor en la sala de espera era agobiante. Los gemidos de las personas trasminaban angustia. La noche inmóvil, para Ventura el tiempo parecía haber dejado de fluir esperando noticias de su esposo. Boca y garganta pastosas, sabor áspero. Finalmente, cinco horas después de que comenzara la operación, el doctor, con el tapabocas aún colgando en su cuello, les dio a Ventura y a los hermanos de Lázaro algunos detalles de la cirugía:

—Fue un procedimiento difícil, ya que el apéndice se reventó antes de que su esposo llegara al sanatorio. Está en la sala de recuperación y estamos haciendo lo posible por controlar la septicemia. Es un caso complicado, sólo nos queda esperar que los antibióticos surtan efecto.

Para Ventura, esas palabras fueron como un martillazo en el pecho; las sienes le punzaban; su razón, acribillada y por un instante perdió el equilibrio. Preguntó ansiosa si podría ver a Lázaro. Con una brizna de incertidumbre en el rostro, el doctor la tomó del brazo y la ayudó a sentarse; después, indicó a la enfermera que llevara a Ventura a la habitación en la unidad de terapia intensiva.

Antes de entrar a ver a Lázaro, Ventura respiró una grisácea pesadumbre, tenía miedo de cómo iba a encontrarlo. Cruzó lentamente el umbral y tuvo la sensación de haber entrado a un mausoleo: el ambiente gélido, la media luz entumecía sus pasos. Lázaro tendido en la cama, el cuerpo invadido por sondas, sueros y medicamentos. La piel lívida y marchita, la peritonitis le carcomió en unas horas el color trigo de sus mejillas ahora enjutas. Sus rasgos borrosos. Los párpados inermes. Ni un movimiento, ni un susurro, únicamente el sonido del respirador. Ventura se acercó, casi sin aire, se inclinó sobre él y le acarició la frente tibia. Hubiera querido abrazarlo, sostenerlo entre sus brazos. Sollozó al besarle el dorso de la mano, una mano sin ímpetu, sin deseos. Ventura intuyó que quedaba poco tiempo. Lloró por sus hijos, por el vago recuerdo que les quedaría de su padre, porque serían huérfanos, porque no percibirían el orgullo de su padre cuando se graduaran. Lloró por Lázaro, porque no sería testigo de los sueños infantiles, porque no los vería hacer su *Bar Mitzvá* cuando cumplieran trece años, porque no los aconsejaría la primera vez que se enamoraran. Y lloró por ella.

Agonía. Escenas mudas. En el lecho de Joya, minutos vacíos, el aliento moribundo. Ocho días bajo el yugo de la espera. En el lecho de Lázaro había sufrimiento; en sus ratos de lucidez luchaba por vivir. Inútilmente. Ni los rezos del pequeño Hasky ayudaron. Siete días desahuciado. A Ventura le hicieron falta las promesas de despedida, le hizo falta el abrazo conyugal, le hizo falta un adiós. ¿Acaso sería mejor el recuerdo de aquella figura en el barco cuando subió por ella para que el juez los casara y lo vio por primera vez? ¿Acaso sería mejor el rostro de esa fotografía que la hizo enamorarse de él? ¿Acaso sería mejor conservar la imagen del último día que se fue a trabajar, con el cuello de su saco bien planchado y su corbata favorita, el cabello hacia atrás y la sonrisa diáfana? En el tímpano, las palabras de Lázaro se hilvanaban, palabras que serían su cobijo en los domingos viudos.

XVIII

Kadish
Yitgadal veyitkadásh shemé rabá (Amén). Bealma di verá jiruté
veyamilij maljuté, veyatsmáj purkané vikarév meshijé (Amén).
Bejayejón uvyomejón uvjavé dejól Bet Yisrael baagalá uvizmán
kariv veimrú Amén.[2]

Comenzaba la segunda semana de marzo de 1936. La gente se congregó ante las rejas del cementerio Alianza Monte
Sinaí. El portón de hierro forjado en color azul se abrió para
recibir a los deudos, a familiares y amigos. Dos hojas simétri-
cas ceñidas cada una con la estrella de David, cuyos triángulos hermanados forman sus seis puntas. Nos ha representado
siempre este símbolo que une lo divino con lo humano; es el
equilibrio y la armonía en la búsqueda del saber. En la placa
de bronce sobre la cantera del muro izquierdo de la casa de
los muertos sobre la calzada México Tacuba se lee: «CEMEN-
TERIO PARTICULAR DE LA SOCIEDAD ALIANZA MONTE
SINAÍ FUNDADO EL 14 DE JUNIO 1914». Para algunos, era la
primera vez que iban al panteón de la comunidad; por primera

2 Ensalzado y santificado sea Su gran Nombre (Amén). En el mundo que Él ha creado según Su voluntad. Y sea Su reinado establecido, haga florecer Su redención, y aproxime la venida de Su Mesías
(Amén). Durante vuestras vidas y vuestros días, durante las vidas de toda la Casa de Israel, apresuradamente y en un tiempo cercano, y decid Amén.

vez desde que habían emigrado, enterrarían a un correligionario. Quienes habían venido años atrás acompañados por padres o abuelos que ya habían muerto en México los visitaban en el panteón cada año entre *Rosh Hashaná* y *Yom Kipur*, como es la costumbre. Ese 7 de marzo, nadie se atrevía a hablar. Era demasiada la tristeza. Se sentía un frío que no venía del aire, sino de adentro. Vestimentas sobrias. Esperanzas infértiles. Una agonía al acecho de esperar a los muertos para su entierro, luego de ser lavados y purificados para que los honremos y ellos estén listos en el momento de la resurrección cuando llegue el Mesías.

Ya eran las doce. El rabino Haribí Abraham Levy se acercó a los cuatro hermanos; primero a Samuel y a Mazaltó, después a Jack y luego a Luisa. De pie, frente a la caja de madera de pino sencilla y sin ornamentos que contenía el cuerpo inerte de Lázaro, todos ellos recibieron el corte inicial con el que tendrían que rasgar sus ropas en señal de duelo. Congoja. Sollozos. Lamentaciones. Entretanto, el rabino le hacía la *Keriá* a Ventura. Ese corte en la ropa, a la altura del pecho, es una expresión de dolor, como si ese acto dejara al descubierto el corazón hecho trizas. *Keriá* es también un signo de frustración: se le ha truncado la vida a un ser querido. Como en el momento en que Jacob vio la vestimenta ensangrentada de su hijo Yosef, Ventura completó con su propia mano el desgarro, que se desfloró como dentellada de animal venenoso.

Los ahuehuetes, esos árboles oriundos de México que parecen nunca envejecer, fueron testigos. Lázaro, con los labios azuláceos, el cuerpo semidesnudo, cubierto tan sólo por la mortaja de lino blanco, símbolo de pureza y arrepentimiento. Todos acabaremos igual: hombres y mujeres, ricos y pobres, sabios e ignorantes, grandes y pequeños, envueltos en una sencilla túnica, sólo eso. En la caja, también reposaba su *talit*, el querido manto de rezo que acompañó a Lázaro en cada festividad, en la ceremonia de circuncisión de sus hijos, en las visitas al templo.

Ventura toleraba apenas su propia existencia. Gritaba. Gemía. Jalaba sus cabellos. Una inusual llovizna de marzo hizo escurrir el polvo de las lápidas. Relámpagos amargos.

Desde el momento en que se inauguró el panteón en 1914, la intención de los inmigrantes fue vivir y morir en este país. Descansarían eternamente en tierras mexicanas, en sepulcros custodiados por gladiolas y alcatraces muy difíciles de conseguir en Turquía. Allá abundan las azucenas y los lirios; las rosas de Alejandría y los jacintos, pequeñas y fragantes campanillas en púrpura, lavanda, blanco y melocotón. Lápidas marcadas con la estrella de David y letras hebreas se fundirían con la flora nativa, la cual con el tiempo abrazaría aquellas piedras como indagando el origen de los difuntos.

A la entrada del patio, el rabino habló de la vida de Lázaro, de sus virtudes, de su estancia y arraigo en México, y de sus deudos. Inscripciones, apellidos y epitafios en ladino, en hebreo, en español, en árabe y en francés se leían a lo largo del andador principal manifestando procedencias diversas. Caminaban todos, amigos y familiares hacia la fosa número nueve de la fila once. Colegas y paisanos de Lázaro cargaban el ataúd queriendo honrarlo. Aarón Contente, Lázaro y Jack Penhas, Aschil Bassat y Guerson Pappo, sus entrañables amigos, avanzaban con lentitud, como intentando demorar la despedida. La gente los iba siguiendo en una hilera. Ventura, veintiocho años apenas. Viuda. Parecía haber envejecido dos décadas aquella misma mañana. Su cuñada Luisa la llevaba del brazo y, aun con su apoyo, pareció desplomarse como un ave enceguecida en cuanto llegaron al lugar del sepulcro. La fosa número nueve, fila once. Los cinco amigos que portaban la caja la bajaron de inmediato, con ayuda de lienzos que deslizaban lentamente el ataúd hasta que tocó el fondo. Los presentes participaron en llenar la tumba y en cada golpe de pala vertían cariño y respeto. A pesar del aire frío, la piel de Ventura trasudaba en un gesto de dolor, ella no podía soportar el sonido de la tierra cayendo sobre la caja. Aquel ruido le revolvía el estómago. Golpes secos, huecos. Cada uno tomaba dos o tres veces la pala, dejándola en el suelo al terminar. Y así sucesivamente. Bien decían nuestros mayores: «Jamás des la pala en la propia mano, porque puedes transmitir desgracias». Quizá, una superstición más entre nosotros.

La congregación se agrupó alrededor del sepulcro. Al frente, el rabino Haribí Levy y la familia Carrillo. Mutismo. «*Baruj Atá Amonay Elohenu Melej Ha Olam Daián Ha-Emeth*», «Alabado seas Tú, oh Señor, nuestro D-os, Rey del universo, verdadero Juez», pronunció el rabino con los ojos cerrados. Ventura, lejos de glorificar y alabar a D-os, le reprochaba en cada parpadeo. Le preguntaba por qué, por qué su marido, por qué a ella. Le recriminaba haberla hecho cruzar el océano para vivir una dicha tan breve y haber tenido que superar la añoranza de su tierra y de su gente. Le reclamaba a Lázaro haber partido. Se terminó de llenar la tumba. Gélida la sangre. Nuevamente el *Kadish*:

—*Yitgadal veyitkadash shemé rabá (Amén). Bealma di verá jreuté veyamlij maljuté, veyatzmaj purcane vikarev meshijé (Amén). Bejayejón uvyomejón uvjaye dejol bet yisrael baagalá uvizman kariv veimru Amén.*

Los hombres de la familia siguieron recitando esta plegaria durante once meses para contribuir a la redención del alma del difunto Lázaro.

No lo aceptaba. No aceptaba Ventura tener que despedirse de su esposo. Clavó la mirada en el montón de tierra. En ese momento recordaría las palabras del *Bereshit*: «*Bezeat apeja tojal lehem ad shubeja el-haadama ki mimena luqajhta ki-afar ata ve-el-afar tashub*», que significa: «Con el sudor de tu rostro comerás pan, hasta que regresases hacia la tierra porque de ella has sido tomado, pues polvo eres, y al polvo volverás». Por supuesto, sabía que esas palabras eran ante todo una sentencia bíblica, sin embargo, en ese momento no lo aceptaba. Once meses después yacería ahí la lápida sencilla, sobria, con las letras brotando de la piedra como un poema doliente.

AQUÍ DESCANSA EL SR. LÁZARO CARRILLO
EN LO BUENO SE NOS HA IDO
EN MI VIDA NO LO OLVIDO
PARA SIEMPRE SE NOS HA IDO
Nació en 1891, Turquía
Falleció en 1936, México
D.E.P.
RECUERDO DE SU ESPOSA, HIJOS Y FAMILIARES

En ese momento, la preocupación de los amigos y familiares por el bienestar espiritual y emocional de Ventura se percibía entre susurros. Frases de consuelo, abrazos mudos, palmadas en el hombro que de alguna manera la reconfortaban. En ella, ausencia, silencio. Vacío.

Los presentes cruzaron del lado derecho del cementerio por el angosto corredor central. Se dirigían ahora al entierro de Joya. Los mismos amigos, aquellos emigrantes unidos por la añoranza de su terruño, un mismo cúmulo de vivencias, de arraigos y desarraigos. En el rostro de todos ellos, sólo la incredulidad. La vida había hecho que los Eliakim y los Carrillo se conocieran, forjaran una entrañable amistad, fueran socios en el negocio de casimires; que compartieran alegrías, paseos, celebraciones. Ahora también compartían la desdicha.

¿Cómo era posible que Lázaro y Joya murieran con un día de diferencia? Lázaro murió la noche del 6 de marzo y Joya a la mañana siguiente. El entierro de los dos el mismo día. Los separaban unas cuantas filas y el corredor central del panteón. En torno a ellos, sencillas tumbas de judíos originarios de Grecia, Turquía, Polonia, Marruecos, Siria; todas confluían en tierras mexicanas y en este primer recinto. Unos años más tarde, al escindirse las comunidades, los ashkenazitas y los sefarditas instauraron sus propios cementerios, pero la comunidad de Alepo y Damasco conservó el hasta entonces establecido. Unas lápidas tenían la fotografía en blanco y negro de la persona. Otras comenzaban a ser presas del óxido de floreros húmedos. Nuevamente el *Kadish*. Nissim de traje negro, la camisa blanca rasgada a la altura del corazón. Se veía mayor. Desmejorado. La madre de Joya, la mamá grande como le decían todos, inconsolable, y su hijo Moisés Mitrani, de la mano de su esposa Carolina, enterraban a la pobre Joya. Treinta y nueve años. Un endeble corazón. Ventura y Nissim sufrían el dolor compartido. Dos de la tarde. Siete de marzo. Fila siete. Fosa dieciocho. La enterraron bajo una lluvia que duró varios días.

La gente se fue retirando poco a poco. «Que D-os les dé consuelo y no sepan más de dolor.» Los ahuehuetes siguieron inmóviles. Hombres y mujeres se aglomeraron frente a los lavaderos de manos. Cada persona llenaba la jarrita con agua y se la vertía primero sobre la mano derecha y después sobre la mano izquierda, como es nuestra costumbre, tres veces sucesivamente hasta vaciar la jarra. Este ritual nos reitera sin cesar que alejamos de manera simbólica la impureza surgida del contacto con la muerte. Ventura caminaba hacia la salida del cementerio, con su querida amiga Rachel a su lado, como siempre.

Por último, Ventura y Nissim, los dos viudos, lavaron sus manos. ¿Cómo hacer la vida soportable cuando salieran de ahí?

—*Dor olej vedor va vehaaretz leholam omedet* —susurraba Nissim, y Ventura, como si fuera su eco, murmuraba eso mismo:

—Las generaciones se suceden y únicamente la tierra está establecida por siempre.

Y las palabras del Eclesiastés cobraban mayor fuerza pronunciadas en las dos lenguas. Y ellos no tenían más posibilidad que seguir adelante. Ya tanto había quedado atrás, ya tanto habían luchado por abrirse nuevos horizontes. Y, al mismo tiempo, les faltaba tanto por vivir.

XIX

Reunidos en la casa de Ventura, la familia guardó los primeros siete días de luto: la *Shivá*, que en hebreo nos remite al número siete. En cuanto llegaron del panteón, los cuatro hermanos de Lázaro, Jack, Mazaltó, Samuel y Luisa, así como la joven viuda, se sentaron en cojines en el piso para vivir su duelo. Una veladora sobre el mueble largo detrás de la mesa del comedor permanecería encendida las siete jornadas para acompañar simbólicamente el alma de Lázaro. Al entrar, se percibía la tristeza. Los espejos, asociados desde siempre con la vanidad, ya estaban cubiertos con mantas como lo manda nuestra ley judía, anunciando que no es apropiado preocuparse por la apariencia física en momentos penosos. El cabello de Ventura estaba desarreglado, sólo se lo acomodaba de vez en vez detrás de la oreja para que no la molestara. La mirada, como la piel, pálida. La espalda contra la pared parecía sostener el muro. Ventura sentía que se le venía encima, y la imagen imborrable del rabino rasgándole esa ropa que vestiría los siete días no la abandonaba ni un segundo. Qué terrible. Qué dolor. Qué pérdida.

El *Kadish* se pronunciaba todos esos días durante el *Meldado* —palabra tan de nosotros los sefardíes—, por las tardes en la casa de Ventura, por las mañanas en el templo de Justo Sierra. Condolencias, visitas, compañía de amistades que en ocasiones lograban disipar, aunque fuera por momentos, ese ácido ahogo quemante en el pecho. Los parientes y amigos cercanos se encargaron de llevar la comida para los Carrillo esos días. Todos ellos querían complacer a los enlutados, preparando sus platillos favoritos, aunque para Ventura tragar cada bocado era como tragar rabia, esa que pretendía ocultar. Todo le sabía a ceniza, a polvo, a amargura. Mitigar el dolor, que es como un hueco en el estómago, con una buena comida ha sido por generaciones una forma de dar consuelo; aunque para mucha gente es posible gozar de un buen plato aun cargando la tristeza, para Ventura era un verdadero fardo, ni un bocado toleraba. El día en que Rachel llevó de comer, la casa se llenó de los aromas turcos que definen los hogares sefarditas. Uno de los platillos favoritos de Ventura era el *bamyali tavur*, pollo con bamias, verdura difícil de conseguir; sin embargo, Rachel hizo hasta lo imposible por obtenerla para complacer a su amiga. Puso a cocer las bamias con agua y vinagre, mientras el pollo en cubos se cocinaba con cebolla y jitomate. Con movimientos suaves mecía el guisado en tanto agregaba poco a poco caldo de pollo, jugo de limón y pimientos verdes. Parecía estar vertiendo todo el cariño y la compasión que sentía en el platillo para la mesa de Ventura y deseaba que al comerlo su amiga alcanzara una pizca de sosiego, aunque de antemano supiera que sólo sería por unos momentos. Esperaba que el calor en su garganta le animara el corazón.

Ventura agradecía la presencia de amigos y vecinos que le brindaban alivio y ayuda con los niños, que trataban de compensar la pérdida con su apoyo; sin embargo, esta sensación se terminaba en las noches, cuando se quedaba sola con sus hijos huérfanos. Las visitas, llegado el momento, debían irse a sus casas, con sus familias. La suya se vaciaba, como su espíritu, como su estómago. Quebranto. Sollozos. Nunca había dormido sola. Cuando era niña compartía la misma habitación con sus hermanas Rebeca y Regina. Cuando llegó a México, durmió con Lázaro desde la primera noche en que se conocieron y se casaron. Por primera vez se iba a su lecho sin su esposo. Su cuerpo semejaba un árbol desguarnecido al término del invierno. Descubrió que era miedosa, que los aullidos de los perros a lo lejos la hacían tiritar, que temerosa percibía los rumores nocturnos, los que jamás había escuchado antes. Una pesada responsabilidad no compartida le quitaba el sueño. Estaba sola. Si Moisés o Hasky se enfermaban, estaba sola. Si el miedo infantil los despertaba a media noche, estaba sola. Si su desasosiego la sacudía, estaba sola. Una soledad tan oscura como lo abisal del océano. Una soledad fraguada por la ausencia, soledad que hasta en los oídos se adhería. La cólera se iba gestando para embestir después.

Era el séptimo día luego del entierro. Nuevamente una leve llovizna inusual para la época. Después del rezo matutino, el *shajarit*, Ventura y sus cuñados regresaron a sentarse en el suelo por última vez. El rabino tomó a cada uno de ellos de la mano y les ordenó levantarse y terminar la *Shivá*. Se retiraron el atuendo rasgado. Salieron a la calle y dieron una vuelta a la manzana, simbolizando su reintegración a la vida diaria. La vida diaria. Ventura se preguntaba cómo hacer para volver a ella sin Lázaro. Cómo sentarse en la sala que traería a su memoria los días de fiesta y las reuniones que organizaba con tanta meticulosidad y devoción para dar gusto a su marido. Cómo dejar de percibir la loción de Lázaro en su baño. Llegó la hora de quitar las mantas de los espejos. Sus labios parecían haber perdido el tinte de granate que ostentaban un par de semanas atrás. Nunca se había visto tan vieja. Peor aún, nunca se había sentido tan vieja. En el espejo se reflejaba una pobre viuda, una extranjera en un país donde su esposo había construido todo un andamiaje.

A unas cuantas calles del hogar de los Carrillo, únicamente separada por la calzada de la Piedad —que luego llevaría el nombre de avenida Cuauhtémoc, donde se construiría el famoso Cine México—, la casa de Nissim también vivía el último día del *Meldado*. Y también quedó vacía. Ningún allegado. Todos se fueron despidiendo. El rabino fue a levantar del *Shivá* a la señora Mitrani, la madre de Joya, la Mamagrande, como le decían con cariño; a Nissim y a Moisés, el hermano de la difunta. Janeta ofreció *pasikas pretas* a quienes partieron reiterando sus condolencias. Algunos venían de despedirse de Ventura, ahora lo hacían de Nissim. Muchos de ellos habían compartido festejos en numerosas ocasiones y ahora la tragedia de las dos parejas. Al quedarse solos, Nissim y Janeta se abrazaron. La niña dobló la bata de dormir de Joya y la guardó por última vez.

Ventura se permitía el llanto por las noches, a solas, rodeada de fotografías y recuerdos. Con el paso del tiempo extrañaba sobremanera la compañía de Lázaro, el sonido de sus pisadas enérgicas cuando llegaba a casa, la voz cariñosa, la mano fuerte. En las mañanas, no sabía de dónde sacar fuerzas para levantarse y disimular el abatimiento frente a Hasky y Moisés. Con frecuencia se preguntaba si le sería posible sacarlos adelante, si le sería posible reponerse de este inesperado golpe. Solía volver a su recámara después de mandar a sus pequeños a la escuela y luego de dar un azotón a la puerta recogía todo su cuerpo en una posición fetal en la cama. Dormitaba, mantenía interminables diálogos mudos con Lázaro, se le agolpaban en la cabeza las terribles imágenes del panteón; pero cómo hacer para arrancárselas y que no siguieran carcomiendo su mente; cómo hacer para no pensar, para que sus manos no buscaran inútilmente entre las sábanas el cuerpo de Lázaro. Extrañaba más que nunca a sus padres y hermanos. Trataba de imaginar cómo sería su vida en Estambul si hubiera permanecido allá. No habría conocido América, ni tendría comodidades, ni amigos tan solidarios, ni el alma como si caminara con los pies desnudos sobre carbón ardiente. Así la incineraba el pesar, las manos ajadas dolían. Lázaro le abrió el mundo, le enseñó a ser mujer y ahora, también, le estaba enseñando a sufrir. La estridencia del duelo colmaba sus veintiocho años. Gestos ásperos, lamentaciones.

La señora Rachel visitaba constantemente a Ventura. Le ayudaba con los niños y la acompañaba aunque ella no siempre lo quisiera, pues se sentía custodiada y sin oportunidad de dar rienda suelta al llanto y a la rabia. Rachel insistía:

—¿Cómo estás?

Y Ventura mentía:

—Cada día mejor.

Por su parte, Hasky, con apenas ocho años, no entendía el significado de morir. Con el tiempo sabría que morir es no poder abrazar a un padre, no recibir su bendición cada noche, no jugar con él. La tía Rebeca, esposa del tío Jack, el hermano de Lázaro, no había podido tener hijos y mantenía una especial conexión con Hasky. Mientras Ventura permaneció con su esposo en el hospital, Rebeca se había hecho cargo de los niños. Les aconsejaba que rezaran mucho por su padre y ellos lo hacían cada noche. Pero fue en vano, rezaron noches enteras y, a pesar de sus ruegos, ahora eran huérfanos. Tuvo que pasar mucho tiempo para que Hasky comprendiera por qué si él había hecho lo que dijo su tía, D-os no lo había escuchado.

Por su parte, el silencio de Moisés se prolongó días. Ventura estaba sumamente angustiada, incluso llegó a pensar que haber perdido a su padre a los siete años lo había dejado mudo. La tristeza hacía que se le viera la cara larga y sus mejillas infantiles lucían escurridas. Enfrentar la rutina y el mundo cotidiano después del *Meldado* no le sería fácil a ninguno de los dos chiquillos. Había días enteros en que Ventura se quedaba en casa, en su cómoda bata de flores. No cocinaba, eso sí que era mala señal. Moisés le rogaba que no lo llevara a la escuela, quería permanecer con ella y llorar, y dormir, pero su mamá le explicaba que era mejor ir a jugar con sus amigos y ella estaría esperándolo en casa, tal como sucedió; pero en la calle de Chihuahua, número 1, silencios largos y espesos alimentaban las tardes. Y las risas tardaban en llegar. Sombras, la noche devorando los sueños, el día engullendo la rutina. La presencia de Lázaro se extrañaba más cada jornada.

Nissim vivía días largos y entristecidos por la pérdida de Joya, sin embargo, se estaba resignando; la enfermedad había sido tan larga y había visto a su esposa padecer tanto que, de alguna manera, estaba tranquilo al saber que el sufrimiento de ella había concluido. Serían tal vez su madurez, su edad y la compañía de su hija Janeta lo que le ayudaba a ir restableciéndose; además, tenía la responsabilidad del negocio de casimires y alfombras que había compartido con Lázaro y del que en adelante tendría que rendirle cuentas a Ventura. Nunca olvidaría la expresión de su niña cuando volvió del entierro; ella se había prometido cuidar a su padre como él la había protegido y juró prodigarle siempre una sonrisa. Ante esas palabras, instintivamente, Nissim pensó en las lágrimas ambarinas de Ventura, en su pesadumbre también ámbar. Y juró, a su vez, darse a la tarea de desterrar aquel halo sombrío que la habitaba.

XX

Lázaro y Victoria, los hermanos gemelos, eran casi idénticos físicamente y compartían gustos. Era natural entre ellos esa sintonía afectiva, esa conexión especial que los hacía entenderse. Sentían las penas y las alegrías del otro como algo propio. Su relación fue siempre muy intensa, hasta que Lázaro se fue a América. Había sido precisamente ella, Victoria, la que respondió al llamado de su hermano cuando buscaba a una mujer para casarse; había sido ella quien escogió a Ventura para Lázaro, y como coincidían en todo, Victoria estaba cierta de que si Ventura era de su agrado, lo sería también de su hermano. Y así sucedió.

Muchas veces no necesitaban hablar para conocer sus pensamientos; en algunas ocasiones, se descubrían vestidos del mismo color sin haberse puesto de acuerdo; o sucedía que cuando uno iba a buscar al otro, este llegaba. A veces, esta conexión tan estrecha encelaba un poco a doña Zimbul y al señor Heskiel, quienes como padres de los gemelos pretendían tener esa misma relación con ellos. Lázaro y Victoria, imágenes en espejo, pensamiento a la par, emociones en réplica. Idénticos al nacer, sin embargo, sus rasgos se fueron diferenciando mientras crecían. Sólo al irse Lázaro, Victoria pudo ser independiente.

Fatídica tarde. Victoria supo de dónde provenía esa angustia sin motivo que días atrás le corroía el estómago. Adivinó desde antes de abrir el telegrama que algo terrible había sucedido. El corazón le latía con celeridad y las piernas le temblaban al tiempo que desdoblaba el papel. El miedo en los ojos de Victoria, antes de comenzar a leer, hizo que su esposo se acercara. Un rabioso gemido repercutió en las paredes, en las ventanas, en el silencio de la habitación, en la luz abatida por el sufrimiento. Trituró la hoja en su puño. Sonaban las seis de la tarde desde el reloj del comedor. Sentía que la asfixiaba la presión del pecho y con apenas un soplo de voz pronunció su nombre con insistencia:

—Láaazaro, Láaazaro —una y otra vez—, Lázaro, hermano mío.

Se dice que la muerte del otro es lo peor que puede suceder entre gemelos, lo más traumático, más impactante incluso que la pérdida de los padres. Y sí, Victoria había aceptado la muerte de doña Zimbul y de don Heskiel en lejanía, pero el fallecimiento de Lázaro la mantuvo despierta noche tras noche. Tortuoso insomnio. Cauce seco. El rumor de la oscuridad la llenaba de inquietud. El alba embarraba lentamente su luz sobre la ciudad bizantina mientras Victoria la recibía enredada en su manta. Entumida, sin separar la vista del retrato donde los dos chiquillos idénticos se miran. Él la abraza con actitud protectora. Pantaloncillo corto, camisa bien fajada, cabello relamido. Ella luce una trenza de lado que la hace ver mayor aunque tiene sólo nueve años. La imagen color sepia le recuerda su vestido bermellón y el bordado pajizo de flores. Años sin verse, pero saber que él estaba en México, ahí, aunque no lo viera, era como si a vuelo de pájaro su pensamiento atravesara el océano, como si la ciudad de Estambul y la de México fueran vecinas. No se acostumbraba a la idea de que Lázaro se había ido para siempre. El nexo y la complicidad se habían resquebrajado con su muerte. Reminiscencias infantiles se entretejían con los *oshikos* que alejan el mal de ojo, los *ashos* protectores, la *mezuzá* que siempre da la bienvenida, objetos que para los niños eran enigmas. Ni qué decir del *lokum*, dulce imprescindible en los hogares turcos y que Lázaro y su gemela comían a escondidas a manos llenas.

Victoria guardó el telegrama en el bolsillo de su chaqueta y se echó a andar entre las sencillas fachadas del barrio de Kassimpaça. Jamás sintió el frío de aquella tarde de marzo que azotaba la ciudad. Ensimismada, meditabunda, debía dar la noticia de la muerte de Lázaro a los papás de Ventura. Espinoso momento habrían de vivir doña Sara y don Moshón al imaginar a su hija, tan joven, tan sola, tan lejos. No fue fácil tocar a la puerta de la familia Eskenazi. Victoria flaqueó varias veces. Doña Sara intuyó de inmediato que algo terrible sucedía al ver el semblante de Victoria. La pequeña sala de estar se miraba más marchita que la última vez que Victoria estuvo ahí, cuando fue a proponer que Ventura se fuera a México para casarse con Lázaro. No hubo tiempo ni de sentarse, Victoria sacó el telegrama del bolsillo e inició la lectura en voz alta, ya que ellos nunca aprendieron a leer. Don Moshón y doña Sara se abrazaron, de momento no escurrió ni una lágrima, ni un lamento, estaban pasmados, aturdidos. Se acercaron a Victoria ofreciéndole sus condolencias y deseando que les dijera más de lo que había sucedido con Lázaro. Rebeca y Regina, jovencitas ya, acudieron a la sala en cuanto escucharon voces. Isaac, de doce años, se reunió con sus hermanas para recibir las malas nuevas. Doña Sara le pidió a Victoria que les ayudara a escribir una carta para Ventura, que pondría en el correo a primera hora del día siguiente.

Estambol, adar 1936
Ishika adorada:
Mos kedimos demudados i muy malorozos de oyir lo akontesido.
Kualo dizirte. Mos plazería tomarte la mano kon la muestra,
konsolarte por la dolor, estar kon ti. Yoramos por Lázaro, om-
bre de grande valor, ke su alma repoze en Ganeden, yoramos por

muestros inyetos, i arrogamos por ke el Dyo te melezine el cora-
són. Amén.

Lo ke mas deseyamos es envolarmos komo pasharos para estar
aya con ti, ma savemosh kes imposible. Vos embiamos un abraso
fuerte i bezos. Es menester ke te akavidesh muntcho, agora por
mo de Moisés y Hasky. Guay de ti ishika. Ke no sepamos mas de
penas i rekodrate: paciencia es pan i ciencia, Ashem keste kontigo
i te yeve por pasajes buenos.

No sabesh kuanto mos mankas, hanum.
Tus padres i ermanos ke te keremos muntcho.

Moshón, Rebeca, Regina e Isaac recordaron la última vez
que vieron salir a Ventura por la puerta. Cuántas cosas habían
transitado desde entonces. En ecos, desde la distancia, habían
vivido el cruce de mares, la incertidumbre de aquel matrimonio, la felicidad de los nacimientos y, ahora, les llegaban
también las resonancias del duelo. Doña Sara se preguntaba
en silencio si habían hecho bien en impulsar a Ventura a irse,
si habían medido las consecuencias de esa decisión. Una hija
viuda, lejos.

Por su parte, Victoria llegó agotada a su casa; ser la mensa-
jera de tan terribles noticias le había pesado a más no poder.
Gracias a ella, Ventura se había ido a México, se había casado
con su hermano Lázaro; ahora, debido a eso, estaba sufriendo
tanto. Victoria tomó un papel y sin pensar dejó correr sus emociones. Comenzó a escribir una carta en ladino para Ventura;
sabía que si alguien trataba de sobrellevar esta pérdida tanto o
más que ella como gemela, era su cuñada, y podría compartirle
todo aquello que pasaba por su mente.

Estambol, adar 1936
Presyada Ventura:
Días atrás me sinti inyervoza, komo kon un burako en el ko-
rason. Sonyaba kada nochada kon mi madre i kon Lázaro ke
staban endjuntos. Una i otra vez lo mismo, ellos endjuntos. ¿Te
recodras de la vizina mya, la sinyora godrika viejizika, siempre
kayada ke dizían ke sabe leyer el findjan?, me desperti otra vez
del mezmo suenyo i fui ande ella. Desde ke entrí me disho ke me
veía la mirada yelada, yo penzí ke son bavajadas. Me disho ke
beviera el kafé ke ya había aprontado. ¿Porke staba ya apron-
tado?, le demandi, i ella respondió ke ya savía ke yo iba a vinir.
Metí el platiko sobre el findjaniko i le di unas vueltas. Asperimos
ke se yelara, unos momentos después ella abrió el findjan, me disho
lo ke el asiento teniya para mi. El pozo se kedo en el fondo, en ese
momento supe ke mi korason iba a tener una sifriensa. Alderedor
no se vieron pishkados del mazal bueno, o perros fideles, o fijikos
en pariduras, solo un pasharo preto i un shifro tres: malas muevas
ke llegan de leshos. La vizina retornó dentro del findjan el kafé ke
se deskorrio en el platiko y me disho: va ser menester ke seas fuerte.

Mi angustia era vera, ma no savía si creyerle lo ke disho. El
korason me aprietaba, komo kuando de chikez Lázaro se rompió
el brazo i yo en la eskola savia ke algo había pasado kon él. Pazee
un poko, kuando avolti a kasa después de ver a la vizina, el tele-
gram ya me staba asperandome. Prezyada cunyada, me imagino
kuanto stas sufriendo, i Moisés i Hasky también sin su padre.
Sueto ke Ashem los guadre y te de fortaleza hanum.

Vuestra cunyada,
Victoria

Cuando Ventura leyó las líneas de Victoria entendió por qué
Lázaro siempre le repitió que algo le hacía falta, que como en
un ensamble musical, ellos, los gemelos, comprendían sus códigos, tocaban su interpretación propia, conocían sus matices,

y la batuta, aun a distancia, la había llevado él. Ventura cerró los
ojos e imaginó a Victoria haciendo ese gesto tan peculiar que
hacía Lázaro. Los dos arqueaban la ceja izquierda cada vez que no
estaban de acuerdo. No lo podían evitar, ni lo pensaban siquiera, simplemente reaccionaban de forma espontánea e idéntica.
Ventura volvió a leer la carta de su cuñada, y aprovechando las
secuelas de tristeza, lloró por dos ausencias: la de Lázaro y la
de sus padres. El alma, vulnerable y lacerada, le dolía. Como
en un pantano, sus carencias la llevaron a tomar la pluma para
tocar un trocito de Estambul. La carta de Ventura y la de sus
padres se cruzarían en el océano.

Padres kiridos:

*A Dyo santo i alavado, komo me mankan. Mueve anyos sin ke
los veya. Bueno ke mambezí a meldar i eskrivir porke este dolor
tan grande kesto sintiendo no se podía diktar a dinguno, lo tenía dizir yo misma. Los batidos de mi korason en pedasikos van
prestozos inmientras eskrivo. Tengo i un burako en el pecho. Me
enfreno de yorar por mo de las criaturas ke me miran i yoran
también, ma sto menesteroza de star serkana de ustedes. Sueto ke
en el proksimo tyempo vamos estar endjuntos, myentres la me-
rrekiya sta konmigo kada vez ke penso en vosotros y en Lázaro.
Vos embio un bezo deskarinyado. Tengo la esperansa ke esta mi
lettra les arrive prestoza.*

Vuestra isha.
Ventura

Cuando escribió esa melancólica carta, no se imaginó siquiera
que pasarían treinta años más antes de volver a ver a su familia
en Estambul.

Doña Sara y don Moshón extrañaban el sabor agridulce
de las *zurgüelas vedres kon sal* tanto como Ventura. Un día an-

tes de la despedida, hacía casi diez años, las tomaron a media tarde. Desde que se fue a América no las habían vuelto a comprar; habían exiliado ese sabor de su mesa porque era demasiado doloroso. Pero ahora, para tener un momento agradable, de pronto se vieron en la cocina y parecía que los años no habían transcurrido. Se sentaron juntos a ver la carta de su hija. La manta verde con medallones dorados y largos flecos que colgaban de las puntas estaba puesta sobre la mesa, la misma manta que lucía el día que les pidieron la mano de Ventura. Como en cada ocasión que recibían correspondencia, le pidieron a la señora Chelo que la leyera una y otra vez. Ya en casa, la sostenían en sus manos, entre lágrimas pasaban los dedos sobre la firma de su hija; orgullosos padres, admiraban su valentía, porque se había quedado sola, y quién podría mitigar el dolor de su niña. Quién podría abrazarla, consolarla, reanimarla si ellos no podían hacerlo. Lloraron también por su yerno, pero más por su hija, que en plena juventud ya era viuda. Albergaban la posibilidad de que Ventura regresara a Estambul. Pero para Ventura, el viento que la llevaría a su tierra se percibía cada vez más distante.

XXI

Las tardes transcurrían y Ventura arañaba las horas intentando pronosticar días mejores. Vestía la ropa del día anterior. Se sentía incapaz de tomar siquiera la más sencilla decisión. El timbre sonaba y su desinterés, aunado a la pesadumbre que le hacía arrastrar las extremidades, demoraba el momento de abrir la puerta. Cuando por fin lo hizo, el sol de mediodía la deslumbró. Entrecerró los ojos y vio a Nissim y a Janeta parados en el umbral. Dejó escapar una mueca que pretendía ser una sonrisa que reflejara la sorpresa y el gusto de verlos ahí. Moisés y Hasky corrieron hacia Janeta jalándola del brazo para enseñarle sus juguetes, regalo de la tía Rebeca. Ventura invitó a Nissim a sentarse en la sala y beber el café turco que solían tomar las dos parejas cada vez que se reunían a charlar. Ese café, a los sefardíes, nos arraiga a nuestro suelo y su asiento nos remite a las arenas costeras de Turquía. Él se acercó al sillón, y antes de acomodarse, se volvió para mirar a Ventura. Notó que había perdido varios kilos y con ellos parecía habérsele esfumado la luminosidad del rostro. Su mirada desvalida, los hombros encogidos, todo indicaba una depresión.

Ventura se aproximó con la charola de café y rosquitas de anís, como lo hacía Janeta cuando Ventura visitaba a Joya. Nissim vestía un traje de tres piezas, casimir gris Oxford. Su mano descansaba sobre el brazo del sofá y sostenía un cigarrillo, como era su costumbre; la otra mano, sobre una libreta de piel que Nissim abrió en cuanto Ventura terminó de servir el café. Anotaciones a mano, en muchas de ellas reconoció la letra de Lázaro. Fechas, nombres, cantidades, separadas por una fina línea roja. Nissim pasaba las páginas explicándole a la viuda los gastos que se habían hecho y los pagos recibidos. Sacó de su bolsillo un sobre con dinero. Le explicó a Ventura que esa suma le correspondía por las utilidades de la tienda de casimires y alfombras. Con el sobre en su escuálida mano, por un momento Ventura especuló: «¿Y si regresara a Estambul?» Ese dinero le daba la libertad de hacerlo. Compartió la idea con Nissim, quien vio a su alrededor antes de responder. Retratos cuidadosamente enmarcados de su querido amigo, dispuestos como un tributo. En algunos, el rostro de Lázaro junto al de Ventura en diferentes festejos. En otros, la familia completa, los niños más pequeños pero inconfundibles con sus ojos color marrón, copia de los de su padre. Una fotografía dominaba la sala de estar: las dos parejas, Lázaro y Ventura junto a Nissim y Joya en un marco de madera con el filo de hoja de oro. Una imagen a las puertas del teatro Virginia Fábregas. Nissim recordaba perfectamente esa velada; habían ido a ver el estreno de la revista *Rival*, que presentaba los últimos éxitos musicales de Agustín Lara. Elegantes y distinguidos, todos tan serenos, ahora contemplándose en aquel retrato tomado un año atrás. Nissim dijo:

—La desolación es bruma cegadora que en estos momentos no te permite ver, pero la luz de los faros del Bósforo vendrá pronto a ti. No puedes pensar en irte, las decisiones se toman sorbo a sorbo, como este delicioso café.

Como Nissim había prometido a Lázaro, él se ocupó de que a Ventura le llegara a tiempo su quincena, y de asesorarla para invertir el dinero de la tienda que por años compartieron como socios. Ventura y los niños vivían con comodidades pero sin excesos, y las visitas de Nissim, además de traerle los balances de las ventas semanales, le aportaban sobre todo seguridad y apoyo. Su brazo valiente era el baluarte para seguir el nuevo camino. Poco a poco las tardes en que Ventura recibía a Nissim se hacían más frecuentes. Reencontrarse con un amigo que la entendía era mirarse como en un espejo; él había sufrido una pérdida como la suya, y él también necesitaba sobreponerse. La buena voluntad de Nissim en los negocios precedió a ciertas miradas dulces que se escabullían entre la solemnidad y el respeto.

Día tras día, Ventura se iba animando; curiosamente, su arreglo era más cuidadoso cuando Nissim la visitaba. Veía su imagen cada vez un poco distinta. Los ojos menos opacos, la cara con menos desgano. Su rostro iba recuperando lozanía. Había que sobrellevar los meses de luto, como hacemos los judíos. Eso implicaba seguir viviendo y a la vez asimilar la pena; nada de música ni reuniones sociales, ni qué decir de los festejos. Los encuentros amistosos se prolongaban; sin darse cuenta, las horas pasaban rápidamente y las conversaciones provocaban una atmósfera como velas de barco flotando en el aire. Risas espontáneas se adherían a las paredes de aquella casa que daba la impresión de irse llenando de vida nuevamente. Sin pensarlo, Nissim caminaba ya por hábito a la calle de Chihuahua, número 1, cada tarde para ver a Ventura. Desde que pisaba los escalones soleados al pie de la casa, la magia comenzaba. De un momento a otro se sentía mejor, reanimado, y esa sensación de aguas inmóviles que lo habían habitado por meses desaparecía y era reemplazada por apresurados latidos que quisieran escapar por cada arista de su cuerpo en cuanto tocaba el timbre. Aquel afecto ingenuo iba derivando en un sentimiento mucho más profundo.

A veces, Ventura, como una mariposa atrapada dentro de su capullo de juventud, reclamaba romance, seguridad, paternidad para sus hijos. A los niños les gustaba que vinieran el señor Nissim y su hija a verlos; él sabía que a Moisés le gustaban los chocolates, así que llegaba con los bolsillos llenos, y a Hasky le encantaba que viniera Janeta porque le enseñaba juegos nuevos. Por su parte, para el señor Nissim también era importante distraer a su hija, que se esparciera con los chiquillos y se familiarizara con ese otro ambiente.

Hacía meses que los discos de música turca no sonaban en casa, así que Moisés se extrañó al oír desde su cuarto la canción favorita de su mamá; pero el aroma a roscas de anís que florecía en la cocina le indicó que el señor Nissim vendría de visita. Durante algunas semanas, a Ventura le daba vueltas la idea de regresar a Estambul, de estar con su gente, en su ciudad natal con sus hijos. Por mucho tiempo, supuso que su estancia en México era como una vida prestada, una vida que tenía razón de ser por su marido, pero qué sentido tenía ahora si él ya no estaba. Hacía unos años que subió la escalerilla del buque que la traería a América. Entonces, lo más preciado lo traía en su bolso de mano, la fotografía de su familia. Desde su viudez, pensó ir a Veracruz y embarcarse; el mismo sitio que la vio llegar, ahora la vería volver a su tierra. Pero las constantes visitas de Nissim estaban logrando que ella cambiara de opinión y se olvidara de regresar a Turquía. Al ver a Nissim, Ventura vislumbraba una ligera posibilidad de enamorarse nuevamente a sus veintiocho años.

Siempre tomaban el café turco en la sala; el retrato de Lázaro permanecía ahí. Para Ventura, los ojos de Lázaro eran espías. Imaginaba una falta de respeto sonreír ante alguna pequeña broma de Nissim. Y pensó que tal vez sería bueno cambiar la fotografía de sitio. En su recámara estaría mejor. Invariablemente había un chaperón, como cuando tenían quince o dieciséis años, ya fueran los niños, o Rachel la vecina, o sus cuñados Jack y Rebeca que iban a ver a los sobrinos. Ellos no habían podido tener familia y por lo mismo, quizá, estaban muy encariñados con Moisés y con Hasky. De hecho, Jack, en el quinto cumpleaños de Hasky, le regaló una moneda que este guardó durante tres años con el celo con que se guarda un tesoro, pero cuando murió Lázaro, Hasky le dio la moneda a su mamá expresándole cuánto quería ayudarla y evitarle preocupaciones de dinero. Jack y Rebeca también aprovechaban para llevarles cuernitos de nuez con chocolate.

La receta se las dio Ventura, secreto de familia heredado de Sara, su madre, y de generaciones atrás. Las calles de Bajío, en donde Jack y Rebeca abrieron un local, se llenaban del aroma que descendía en cascada de aquellos cuernitos dorándose en el horno. Las famosas cafeterías Kikos eran su mejor cliente y, con el tiempo, Hasky entró a trabajar con los tíos. Repartía en su bicicleta la repostería por ocho pesos a la semana.

A pesar de la gente, de la que siempre estaban rodeados, una que otra mirada furtiva se iba concretando entre Ventura y Nissim. Pasaban los meses y él corroboraba que ella era la mujer ideal para casarse. A su vez, Ventura volvía a disfrutar los momentos que antes le provocaban alegría y se percataba de que la presencia de Nissim había hecho que finalmente el dolor de la muerte se fuera diluyendo. La reconfortaba su voz otoñal, le transmitía confianza. Saboreaba las tardes con él, y luego, hacía un esfuerzo por recordar ese sabor hasta el próximo encuentro. Por su parte, Nissim habría querido tomarla de la mano, pero temía incomodarla. Era entonces cuando pensaba en formalizar un noviazgo. Los amigos cercanos a la pareja apoyaban la relación. Algunos parientes de Lázaro no veían con buenos ojos el cortejo, sin embargo, eso era comprensible, pues Lázaro había sido el pilar de la familia Carrillo y les era difícil que Ventura se relacionara con alguien más.

En la religión judía, el hombre que enviuda debe esperar que pasen las tres fiestas mayores para contraer matrimonio; esto es para que no tome apresuradamente decisiones de las que pueda arrepentirse más tarde. Desde que Joya murió, había pasado *Pésaj* a finales de marzo, fiesta que celebra la salida de los judíos de Egipto; también *Shavuot* en mayo, cuando se conmemora el día en que D-os entregó los diez mandamientos a Moisés en el Monte Sinaí. Quedaba solamente esperar a que pasara la fiesta de *Sucot* en septiembre, evocar el peregrinaje del pueblo de Israel en el desierto, entre la tierra de la esclavitud que era Egipto y el templo en Jerusalén, que era la Tierra Prometida. Entonces podría casarse con Ventura. Además, el judaísmo nos señala que la mujer debe esperar tres meses desde el inicio de la viudez para volver a contraer matrimonio, ya que para entonces es posible determinar si está embarazada y así no tener duda de la paternidad del hijo. Esos tres meses ya habían transcurrido entre visitas, charlas y el terroso y negrísimo café. Tanto Ventura como Nissim fantaseaban con la idea de estar juntos, pero ninguno de los dos se atrevía a mencionarlo, sobre todo por el miedo a los rumores.

Viernes de *Shabat*. Dos velas blancas encendidas, el pan trenzado, la copa plateada servida con vino tinto de la que beberán todos los comensales después de la *berajá*. Ventura con su pequeño velo de tul en la cabeza; Nissim con su *kipá* negra. Hasky y Moisés con esas mismas prendas, pero azules, y Janeta con sus trenzas largas y castañas aunque sin velo, ya que sólo lo portan las mujeres casadas o viudas.

Como en familia, como antes, y Ventura y Nissim añoran esta atmósfera familiar. Una vez terminada la cena sobre el mantel blanco bordado, sólo el postre, las pequeñas tazas de porcelana con el café humeante y dos manos entrelazadas hablan de forjar un porvenir.

♣ Cuernitos de nuez y chocolate

MASA

I Kilo de harina

1 Taza de azúcar

4 Huevos

1 Cucharadita de polvo para hornear

2 Barras de mantequilla de 225 gramos, suaves

4 Sobres de vainillina

RELLENO

2 Tazas de nuez molida

3 Cucharadas de cocoa

Canela al gusto

1 Taza de azúcar

½ Barra de 90 gramos de mantequilla derretida

Un chorrito de leche

Azúcar glas para espolvorear

Para hacer la masa, se acreman todos los ingredientes poco a poco. Para el relleno, se mezclan todos los ingredientes. Se estira la masa y se corta en cuadros. Se pone una cucharadita de la mezcla de nuez a cada cuadro y se enrollan en diagonal formando los cuernitos. Se hornean a 150 grados, hasta que empiecen a dorarse. Se espolvorean con azúcar glas.

XXII

Ventura miraba el césped que la lluvia nocturna hacía brillar.
Sus ojos deambulaban por las gladiolas. Era el primer insomnio con un dejo de esperanza. Para ella el tiempo se había detenido. Su calle había visto pasar y partir gente, las hojas del
calendario fenecían, los niños se recuperaban de su pérdida y
ella, a ratos ausente, en general iba recobrando la bravura. Justo en esos momentos, un ímpetu oculto la tomó por sorpresa.
Abrió la ventana y percibió el aroma de pasto mojado que la
remitió a su infancia. Volvieron a ella imágenes que creía ol-
vidadas. Se imaginó ver por la ventana el Bósforo; su cabello
castaño entibiado por el sol turco. Mientras amanecía, añoraba
su tierra. Sin embargo, un albor asomaba en la neblina. ¿Sería
una señal de que finalmente había aceptado que su porvenir se
encontraba en México? La hospitalidad de esta tierra generosa
la ataba. Poco a poco la vida que encontró aquí se había deslizado en su interior. Desconocidos sabores de chirimoya y mamey,
osados ritmos que se comparten mejilla con mejilla; un mundo tan disímil, ahora era suyo. Aquí dio vida a sus hijos, aquí
sepultó a Lázaro. Y no podía dejarlo.

    Esa mañana la lluvia la había preparado para escribir. No
era algo que hubiera hecho recientemente, pero cuando tomó
la pluma fue para definir sus pensamientos. Se acercó al escri-

torio y sacó su diario. Al abrir el tercer cajón, encontró el libro que Lázaro había estado leyendo por las noches. La página número noventa tenía un discreto doblez. Ventura se sentó y comenzó a leer. Se imaginó a Lázaro hojeándolo. Sujetó de nuevo la pluma y le dedicó a Lázaro estas palabras:

> *No kero sintir, porke me sinto en una barka sin timon.*
> *No kero penzar, porke en ti es ke yo penzo.*
> *No kero avlar, porke es para preguntarle al Dyo*
> *porke te hizo la vida kurta,*
> *porke no te guadró.*
> *Prefiero llorar en la solombra, i asentada en mi ventana asperar*
> *consolación.*

Se le revelaban disyuntivas, cuestionaba a D-os, pero también supo que aquel jueves daría inicio la renovación de su vida. Afloró una paz que nunca había experimentado.

La última ocasión en que Nissim visitó a Ventura, se atrevió a invitarla a salir. Una cita, un encuentro a solas, una comida entre amigos. Ella pensó en todas las respuestas que podría darle: «No gracias», o «Mañana estaré ocupada»; sería muy fácil tomar una actitud aprensiva argumentando que no quería dejar solos a los niños; o inventar el pretexto de un resfriado. Todo eso sonaría falso. Por impulso, al responder, dijo «*Sí*». Esta sería la primera ocasión en que ni los niños, ni la vecina Rachel los acompañarían. A los dos los carcomía la impaciencia. Nissim llegó unos minutos antes de la hora acordada. Esperó en el umbral antes de tocar la puerta. Vestía un traje de corte sobrio hecho con uno de sus mejores casimires. El nudo de la corbata de seda azul marino era geométricamente perfecto, y el sombrero de fieltro le daba un toque de distinción. Ventura había escogido esmeradamente su vestimenta para esa noche. Un traje de chaqueta entallada la hacía verse discreta pero sofisticada, al estilo de Marlene Dietrich. Con una aguja cuyo remate era una perla blanca, sujetó a su cabello ondulado un sombrero pequeño en forma de campana. Una piel de zorro plateado sobre sus hombros. Apretó la bombilla del perfumero.

Yo conservo ese objeto en el antiguo baúl. Su vívida imagen resurge siempre desde que yo era niña, ella perfumándose: impecable, distinguida, coqueta. Y yo quería imitarla. Y sin querer lo hago. A veces me descubro haciendo sus mismos ademanes.

Antes de ver a Nissim, Ventura dio el toque final a su apariencia. Se dio un último vistazo en el espejo para arreglarse el cabello. Nissim advirtió de inmediato el aroma blanco. Gardenias.

El Palacio de Bellas Artes, inaugurado dos años atrás, en 1934, fue el escenario de esa noche. Ventura admiraba incrédula la fachada del palacio de mármol. Las columnas, los arcos, los capiteles y, en especial, la cúpula le recordó las iglesias bizantinas.

Entiendo su asombro ante ese teatro que, después de haber requerido treinta años para realizarse, se convirtió en un ícono de la ciudad. Me imagino su solemne apertura; el presidente Abelardo Rodríguez cortaba el listón inaugural y el público elegantemente ataviado deambulaba por el interior como en una imagen cinematográfica. Y qué decir de la legendaria cortina Tiffany, formada por un millón de piezas de cristal opalescente que retrata el panorama de los volcanes del valle de México. Sospecho que mi fascinación por Bellas Artes tiene algo que ver con que su proyecto estuvo a cargo del arquitecto italiano Adamo Boari, el mismo que erigió el edificio de Correos, sin duda mi predilecto.

En el vestíbulo, distinguidas damas y caballeros comentaban el programa de esa velada. Ese 31 de julio se estre= naba *Sinfonía india*, compuesta por el maestro Carlos Chávez, quien dirigía la Orquesta Sinfónica de México y fue su fundador. Nissim había hecho malabares para conseguir los boletos del concierto que al parecer sería magnífico, pues las localidades ya se habían agotado. Quería impresionar a Ventura.

Las miradas se tejían con las notas de flauta y tambor. Aplausos. Las manos se entrelazaban.

La Casa de los Azulejos, palacio conformado en realidad por la unión de dos casonas del siglo XVI, fue propiedad de condes y señores durante la época colonial y sede del Jockey Club a principios del siglo XIX. Ventura estaba deslumbrada con las paredes de azulejo de Talavera poblana del inmueble que fue declarado monumento nacional en 1931. No era la primera vez que lo admiraba, pero sí la primera que entraba en un sitio tan concurrido y comentado por sus amistades; todos hablaban de la fuente de sodas, innovador concepto en México introducido por los hermanos Sanborn en 1919. Nissim y Ventura llegaron a uno de los restaurantes más elegantes de la época, sin duda alguna. Su mesa estaba en el patio central. Mientras Ventura disfrutaba el detalle del mural de los pavorreales, la hermosa escalera, y la reja de hierro forjado en los corredores del segundo piso, Nissim no dejaba de mirar sus rasgos. Ese instante fue la culminación para que Nissim le declarara su amor.

Así como entre nosotros, los oriundos de algunos países del Mediterráneo, se lee la taza de café, Nissim leyó en los ojos de Ventura un profundo vínculo. Nada les hacía falta y la comunión del momento los fundió en un abrazo. Conversaron una vez más acerca de las coincidencias; como si su origen se hubiera gestado en el mismo manantial. Recordaron a Lázaro y a Joya. Como lunas acompañando a la tierra, cada uno había recorrido una órbita con su pareja. Nissim le enumeró una por una las ocasiones en que ya viudos se habían reunido; como si le narrara una película, escena por escena, con detalle, recordando imágenes y con un dejo de seducción. A Ventura le complacía que él recordara la tonalidad de sus vestidos, su cuello perfumado y el collar que lo ceñía, incluso cada uno de sus escotes. Nissim deslizó los labios por su cuello y le susurró apenas:

—Quiero que seas mi esposa.

Aquella noche, Ventura y Nissim salieron de la Casa de los Azulejos. Iban tomados de la mano. Ella había aceptado la propuesta de matrimonio. Era claro que ninguno estaría tratando de reemplazar un lugar. Ambos se ofrecían una relación renovada.

Ante la sorpresa de amigos y familiares, la noticia corrió entre murmullos y asombro de algunos, y entre júbilo y buenos deseos de otros. Se fijó la fecha de la boda: 14 de septiembre de 1936, seis meses después de la muerte de Joya y de Lázaro.

En la casa número 227 de la calle de San Luis Potosí esquina con Insurgentes, se llevó a cabo el matrimonio. Esta era la casa que Nissim rentaba y en donde vivirían con Moisés, Hasky y Janeta una corta temporada. Ventura se puso el vestido de seda que estaba extendido sobre la cama. Bajo la luz de aquel día, sus ojos color aguamiel se veían más claros. Desde la habitación, podía escuchar que ya habían llegado algunos invitados. Pegó el oído a la puerta, reconoció la voz de la señora Rachel, la de Simantó Medina y la de Nissim Levy Pinto, amigos del novio y quienes fungirían como testigos del matrimonio civil. También escuchó la de sus hijos, quienes se habían despedido para irse con Janeta al parque. De cierta manera, temían que alguno de los niños en el momento de la ceremonia se opusiera al enlace. Sin embargo, ellos deseaban formar una nueva familia con el señor Nissim. Ventura se arregló meticulosamente el cabello, recogido en la nuca. Su piel era una con la seda del atuendo. Lucía un brazalete de oro con una moneda colgando, regalo de Nissim. Se dio lectura en voz alta a la solicitud de matrimonio. El acta número 32502 del Registro Civil dejó asentado que Ventura Eskenazi de veintinueve años, y Nissim Eliakim de cuarenta y cuatro quedaban unidos en nombre de la ley.

Ventura y Nissim se casaron aquel 14 de septiembre entre un círculo muy pequeño de amistades sefardíes de Estambul y de

Grecia. Ningún familiar, ya que no tenían padres o hermanos en México. Nadie estuvo ahí para contar que la novia se veía radiante. Los padres de Nissim habían fallecido años atrás y su única familia eran los Mitrani, hermanos de Joya. Por su parte, Ventura había pedido a sus padres, Moshón y Sara, la bendición cuando les escribió que se iba a casar con Nissim. Aunque no lo conocían, Ventura lo había descrito como un hombre generoso, íntegro y de impecable moral, lo que llamamos un *benadam*, un caballero. Era evidente en las palabras de su hija que estaba enamorada y, para ellos, eso era suficiente. Respondieron con una carta que llegó justo la mañana de la boda:

> *Kel Dyo mizerikordyoso los llene de berahá, kon todo kualo alegra i eleva el corazón. Ke les de ishos saludosos kon las virtuozidades del sintir i del penzar para engrandissir komo olivales en flor, deleyte de su madre, orguyo de su padre. Amén.*

Esta es parte de una oración que le da la madre a la hija el día de su boda; por eso fue lo primero que se leía en la misiva.

—¡*Mazel Tov*! —«¡Buena suerte!», exclamaron al unísono los asistentes al final de la ceremonia, brindando por los novios con un vaso de *raki* turco y *sharope* hecho con almendras, azúcar y limón que preparó Rachel para honrar el enlace.

Se desnudaron las sombras. La luz, ambarina, se diluyó. Las caricias empañaban de vaho los cristales. Nissim encalló en la mujer que yacía junto a él, como si hubiera tocado puerto. Su figura frágil lo cautivaba. Era como estar mirando un dibujo al gis. En esa noche confluirían los aromas de tomillo y azafrán, de canela, pimienta y clavo, de cúrcuma y menta. Los aromas de Estambul, puerta que conduce a los misterios de Oriente, arderían renaciendo. Nuevas generaciones estaban por llegar. Los alientos fundidos, Ventura y Nissim, simiente de mi esencia.

XXIII

En la calle de Jalapa, número 210, Nissim compró una casa para su familia. Tres amplias recámaras: una para Moisés y Hasky, otra para Janeta, y la que compartían él y Ventura. Estrenaron el nuevo hogar con el festejo de los quince años de Janeta, usanza que adoptaron de las tradiciones del México en el que ya vivían inmersos. Las actividades comerciales prosperaban; era una época en que el mercado iba creciendo y las perspectivas que intuía Nissim, como hombre de negocios, eran muy prometedoras. Para entonces, la Cámara Israelita de Industria y Comercio ya se había creado y Nissim, al igual que muchos otros inmigrantes, se apoyó en esta cámara para tramitar licencias de importación, gestionar permisos de ambulantaje para los inmigrantes a quienes empleaba para ayudarles a formar un pequeño capital y que después se independizaran. Logró conseguir un importante crédito comprobando su honorabilidad, y había pasado de ser vendedor abonero a comerciante establecido; dado el incremento de la preferencia por artículos hechos en México, en 1939 pretendía incursionar en la manufactura. Su tenacidad lo llevó a asociarse en la compañía Alfombras F. Kaufman y, más adelante, a montar una fábrica de abrigos e impermeables, además de que seguía conservando sus tiendas de casimires. La gente ansiaba artículos

novedosos y el poder económico de la población se acrecentaba; ese era el momento ideal para crecer.

Como él, varios amigos establecieron fábricas; algunas de
confección de ropa interior, de bolsas y carteras de piel, de medias, de ropa de punto y, sobre todo, de suéteres, lo que indicaba
cómo la mujer urbana comenzaba a sustituir el clásico rebozo. Nissim le dio la noticia de su nueva industria de abrigos
a Ventura regalándole uno. Llegó a casa con una enorme caja
adornada con un moño de seda. Cuando ella lo abrió no pudo
sino abrazar a su marido gimiendo de alegría y de añoranza.
Ese abrigo la remitió a su trayecto en el barco, al abrigo que su
madre zurció cuidadosamente para que la acompañara hasta el
otro lado del Atlántico, al que custodió en sus bolsillos la última fotografía que se tomó con su familia en Estambul. Aún lo
conservaba, aunque el de ahora era elegante, fino, sin remiendos, aquel otro tenía toda una historia entretejida en el *tweed*
marrón; este, color camello, se fundía con lo amielado de sus
ojos. Ventura agradeció el obsequio y lo colgó junto al abrigo
antiguo, el que perteneció a Sara, su madre. Jamás lo reemplazaría. Como si fuera una reliquia, una traza de su origen. Todos
y cada uno de los días transcurridos en esos doce años, desde
que llegó a México, conservados en un abrigo. Nissim disfrutaba a su vez el profundo gozo de ver la expresión de su esposa
ante el regalo.

Para Nissim, brindar ayuda era una sencilla cualidad, clave de
su plenitud. Se fijaba poco en sus propios deseos, pero así estaba conforme con su vida. Por muy insignificante que fuera
lo que daba, que a alguien le sirviera para no tener carencias
o, más importante aún, para mantener su dignidad, a él lo en-
grandecía. Jamás olvidaré las palabras del señor Jaime Mitrani,
quien al conocerme expresó con emoción:

—¿Eres nieta del señor Eliakim?

—Así es —respondí. Y sus palabras fueron:

—Mi padre, que en paz descanse, un día me susurró: «Toda la vida estarás en deuda con Nissim Eliakim, y con sus hijos, y con sus nietos. Él me fio cuarenta y cinco pesos para la renta y me prestó tela para que vendiera. Jamás olvides su nombre».

Yo no conocí a mi abuelo Nissim, no obstante, reconozco en mí mucho de él, que aflora cuando miro su retrato, y siempre recordaré aquella frase del señor Mitrani que todavía sigue latiendo en mí y que he transmitido a mis hijos.

Definitivamente, la generosidad estaba en su naturaleza, pero quizá también tenía muy arraigado el principio de *Tzedaká*, caridad, uno de los preceptos más importantes en el judaísmo y fundamental en esa forma de vida. Nissim conocía los seiscientos trece mandamientos de la Torá y siempre le llamó la atención que fueran trescientos sesenta y cinco los que dictaminan lo que está prohibido, y que los otros doscientos cuarenta y ocho sirvan de guía para actuar de acuerdo con lo que se debe hacer. Él aplicaba las *mitzvot* o preceptos que nos hablan del comportamiento adecuado ante diferentes situaciones y nos ayudan a evitar herirnos o herir a otros. En ocasiones me narraba mi abuela Ventura que cuando no había clientes en la tienda, Nissim repetía para sí mismo algún precepto, como no guardar odio en el corazón, no descubrir la desnudez de una parienta, no comer en la Pascua nada que contenga fermento, no comer la carne de animales inmundos, no demandar del pobre el pago de la deuda si no puede pagar, entre muchos otros. No cabe duda de que Nissim practicaba varios de los principios, y aunque no llevaba a cabo los seiscientos trece, era un buen judío, una buena persona: humilde, generoso y con una genuina calidad humana.

Él y Ventura hacían cena de *Shabat* todos los viernes, como ya lo mencioné, pero no respetaban ese día como los judíos ortodoxos, ya que salían a pasear, prendían y apagaban las luces, y en caso de necesidad, Nissim trabajaba en sábado. Ellos, como muchas familias sefardíes, se consideraban tradicionalistas. Respetaban todas las festividades, no comían puerco; sin embargo, no observaban todas las leyes de alimentación, como evitar las mezclas de leche y carne, o no comer mariscos. La mayoría de los inmigrantes modificaban algunos de los preceptos, ya que el contexto en que se desarrollaban requería muchas veces laborar en días de fiesta judía, o comer lo que se encontrara en el centro de la ciudad o en su lugar de trabajo. Todo era cuestión de matices y hasta ahora lo sigue siendo. Nissim se consideraba un eslabón en la cadena de generaciones que aman y respetan su origen milenario. Daba lo que al otro le hacía falta, no lo que a él le sobrara. Sin duda, este importante precepto de la *Tzedaká* nos fue heredado a mi madre y a mí para honrar la memoria de mi abuelo, pero también por la satisfacción que nos provoca. Los libros sagrados enuncian que el mérito de dar caridad alarga los días y los años del hombre, aunque no sería el caso de mi abuelo Nissim.

El fondo del baúl custodió durante años los objetos de Nissim referentes a la masonería. Ventura sentía respeto por el tiempo que él dedicaba a sus reuniones de la logia y jamás hizo preguntas al respecto. Desde que se casaron, Nissim compartió con su esposa su pertenencia a tan selecto grupo, pero también le pidió que no lo cuestionara, ya que el carácter discreto de la organización no le permitiría responderle, y que tampoco lo comentara con nadie. Estaba segura de los valores éticos y los ideales de su marido, los cuales eran consistentes con esa práctica de solidaridad, tolerancia y apoyo moral y material al prójimo. Ventura veía que Nissim guardaba cosas en el baúl y lo cerraba con candado. Cuando murió, Ventura abrió aquel cofre y encontró un diploma grande con numerosos símbolos, esos que los masones utilizan como una lengua propia. Este documento había sido expedido en 1927 y dice:

Supremo Consejo
Para la Jurisdicción Masónica de los Estados Unidos Mexicanos
Gran Oriente de México DF.

A todos los Masones Regulares que el presente vieren hacemos saber: que el Muy OH. *Nissim Eliakim* cuya firma consta al margen es *Gran Elegido Terf. y Subl.* Masón grado 14: cuyo grado le ha sido conferido legalmente en nuestra Jurisdicción. Y lo recomendamos a todos los Masones del Rito Escocés para que le impartan su eficaz ayuda.

Oriente de México, 19 de Noviembre de 1927

Al pie de este texto hay cuatro firmas ilegibles, un sello realzado y una leyenda en letra manuscrita. Toda la cita está enmarcada con imágenes simbólicas propias de la logia. Me da la impresión de estar frente al escenario de un teatro con dos laterales, el piso a manera de ajedrez blanco y negro y con un frontispicio. En la parte superior del triángulo hay un ojo que pareciera irradiar luz.

Mi abuela encontró también las condecoraciones de Maestro Masón que recibió en su ceremonia de exaltación: un pequeño mandil y una banda. El primero, de fina piel, muestra dos columnas, una de cada lado, símbolos del vínculo entre el cielo y la tierra, de firmeza y de fuerza; en la parte superior, domina el gran Ojo de la Eternidad, que revela el sentido de la masonería. Hay varias imágenes como un compás, una escuadra, la letra *G* mayúscula, el globo terráqueo y también aquí el piso a manera de ajedrez. Ventura descubrió otro mandil de seda color crudo con un ribete también de seda en carmesí; tiene diferentes insignias bordadas en hilo dorado y al centro una cruz con una rosa roja. Una fotografía de Nissim, pequeña, ovalada, apareció entre los distintivos. Vestía un traje negro, camisa blanca y corbata. Ceñidos al hombro y cintura, la banda y el mandil de Maestro Masón. La banda posee varias aplicaciones de insignias bordadas.

Cuando yo heredé el arcón de mi abuela y encontré esos objetos, me di a la tarea de buscar su significado y supe que el grado catorce del pergamino era sólo una parte del trayecto por recorrer; pero Nissim llegó al máximo grado: treinta y tres, es decir, Soberano Gran Inspector General. Mi madre recuerda con claridad una noche en que secretamente mi abuelo guardó una resplandeciente espada en el fondo de la enorme caja; sin embargo, jamás pudimos descifrar su significado ni por qué mi abuelo la atesoró ahí. El sable desapareció, como algunos otros secretos.

El baúl de mi abuela. El baúl negro. Su procedencia es la mía, sus legados también. Objetos que cuentan nuestra historia familiar. Una historia de varias generaciones. En su interior, tela un poco rasgada, como piel que deja expuesto un rasguño. Imperfecciones que son testimonio de los años y que me cautivan. Muescas que hablan del paso de lustros, décadas de recuerdos, épocas que nunca viví. Puente generacional que incluso franqueó mares y transitó de aquel ático turco a un sitio desconocido en el Nuevo Mundo. Parecía de suerte nómada, sin embargo, ha permanecido por casi una centuria en la familia. Su solo tacto me remite a la lejanía de mis tatarabuelos. Manchas enmohecidas, pátina, voz del tiempo. Fue armario de linos bordados a mano y manteles; de prendas íntimas y sábanas; de sombreros y pañuelos; de retratos, diplomas y cartas; y de un sinfín de huellas.

Dejó un lugar vacío en Estambul, pero colmó otro en México. Cuántas veces no habrá escuchado conversaciones íntimas o querellas. Y él, intuitivo y prudente como centinela dispuesto a resguardar el pasado. Me susurra ecos en una lengua casi olvidada, de ahí mi amor por la lengua ladina. Despidió a Lázaro, a Ventura, a Nissim, a Moisés, a Janeta, seguramente nos despedirá a los que estamos vivos. Yo soy depositaria de ese arcón. El baúl negro. El baúl de mi abuela.

XXIV

Moisés y Hasky estaban muy encariñados con Nissim. Su extensa cultura les causaba asombro, ya que respondía a todas sus dudas; en ocasiones, hasta le conferían poderes adivinatorios. Don Nissim había aprendido a leer sus gestos, a comprender la falta que les hacía Lázaro. Los niños recurrían a él y Nissim se sentía honrado con sus confidencias. El cariño con que les hablaba hacía que aquellas conversaciones entre «hombres» fueran para los niños como dialogar con un verdadero padre. Hasky envidiaba a Moisés porque el señor Nissim era su padrino de *Brit Milá*. Lázaro le había dado el honor a Nissim de cargar al niño durante la ceremonia de circuncisión, y cuando Hasky y Moisés se peleaban, este aprovechaba para decirle a su hermano mayor algo que le dolía:

—Don Nissim es *mi* padrino, pero no es nada tuyo.

Aún así, Hasky también lo llamaba *padrino*. En su inocencia se disputaban su afecto y a Ventura la tranquilizaba escuchar esas riñas entre sus hijos. A su vez, la relación entre Janeta y Ventura se había estrechado, aunque no faltó la ocasión en que la jovencita se molestara si se le negaba algún permiso. Tener una adolescente en casa y educarla era algo a lo que Ventura se tendría que adaptar.

Aquella mañana, un martes templado de octubre, Hasky se despertó sin imaginar siquiera lo que le esperaba. Jamás sospechó que un simple detalle que don Nissim tendría con él más tarde sembraría aquella pasión que lo sigue acompañando hasta muy entradas sus ocho décadas de vida: la pasión por los aviones.

Hasky regresó de la escuela con el recién rasgado pantalón azul marino, a través del cual se percibía la rodilla como ciruela floreada. Los zapatos raspados y la camisa blanca de cuello almidonado con ligeras manchas de sangre... ¿suya, o de alguien más? Eso pensaba averiguar Ventura en cuanto vio llegar a su hijo. No sería ninguna novedad escuchar que Hasky se había peleado con algún compañero, o que le había levantado la falda a alguna de las niñas mayores que él, o que se había acostado al pie de la escalera para ver la ropa interior de las maestras que bajaban los peldaños con lentitud sosteniendo torres de libros en sus manos. Mucho menos sorprendente sería que hubiese intervenido en una discusión y saliera lastimado por defender a su hermano. Pero en esta ocasión, probablemente una de las poquísimas en que la travesura no había sido ocurrencia de Hasky, viviría en carne propia el cuento del lobo.

Por más que trató de convencer a la directora del colegio de que él no había vaciado la cubeta de agua desde el segundo piso sobre el profesor de matemáticas, nadie le creyó. Pero bien sabía Hasky cuál era la verdad: el autor de la diablura se escondía cobardemente tras la puerta del quinto B; era Beto Maya, quien lanzó una mirada burlona sobre Hasky, que caminaba de puntitas mientras el prefecto lo llevaba jalándolo de la oreja hacia la tan frecuentada oficina de la directora general. Cuando la puerta se abrió, salió el acusado, después de largos minutos en los que fallidamente Hasky trató de ser absuelto. Aunque no tuvo nada que ver, su fama de travieso incorregible le valió ser suspendido tres días del colegio. Antes de ir a casa quiso vengarse del grandulón Beto Maya, quien recibió un par de patadas en las espinillas, pero este reaccionó lanzando su enorme puño sobre la nariz de Hasky.

Ventura no sabía si creer la historia que su hijo le acababa de narrar en su defensa, pero Nissim no titubeó ni un momento. Abrazó al chiquillo diciéndole que le creía y que lo ocurrido esa mañana sería un gran aprendizaje. Cuando vio que los ojos se le humedecían, tomó al pequeño por la cintura con las dos manos y lo elevó ordenándole que estirara firmemente las piernas y abriera los brazos:

—Zum zum ¡estás volando Haskito!

A lo largo de su pista de aterrizaje, la mesa del comedor, Hasky observaba su sombra sintiéndose entre las nubes, y ese momento fue como una luz de *Shabat* en su memoria. El pequeño imaginó decenas de vuelos; a veces, él piloteaba, otras más, su mismo cuerpo en pose sobrevolaba la estancia. Construía aviones de papel para lanzarlos lo más distante y lo más alto posible. El discurso de sus dibujos escolares se reiteraba: fuselajes, turbinas, hélices, simples alas en color plata entre infinidad de nubes, un discurso tan bien logrado que hasta se tenía la sensación de escuchar la estela de los motores. Un regalo de cumpleaños de Nissim lo introdujo al aeromodelismo; tiempo después diseñó y armó aeroplanos, aviones de combate, avionetas, hidroplanos y bombarderos, y siempre alguno de ellos sirvió de ornato en su habitación. Más adelante descubrió los aviones de control remoto. Los domingos, hasta el día de hoy, los dedica a volar sus aviones y mira el cielo tratando de desenmarañar una intriga que sólo él sabría entender.

Durante las primeras décadas de 1900, los portales que rodean la Plaza de la Constitución fueron el centro del comercio en la Ciudad de México. Ahí se compraba y se vendía de todo, era un gran tráfico de gente intercambiando mercancías. Como en la mayoría de las ciudades de la república, la actividad mercantil se realizaba en torno al Zócalo. Era donde se encontraba una nutrida concurrencia de inmigrantes realizando sus actividades de compraventa. En su mayoría, las ganancias se utilizaban para establecerse o para mandar traer a sus familias, a quienes habían dejado en Estambul, en Rodas, en Salónica o en Sofía. Para finales de los treinta, la población judía en México se calculaba en alrededor de veintiún mil personas, de las cuales, casi catorce mil vivían en la Ciudad de México. Era una congregación creciente y nuevas necesidades creaban diversas instituciones judías de carácter religioso, cultural, deportivo y de apoyo a la comunidad. No cabe duda de que a través de las décadas se continuó la tradición que tenemos de realizar trabajo voluntario y ser solidarios entre nosotros, así como con el amado pueblo que nos albergó.

Además, el apremio por tener una sinagoga para la comunidad sefardita crecía junto con la colectividad que prosperaba y se fortalecía. Nissim formó parte del comité que se encargó de reunir los fondos para la construcción. Su casa, en el número 210 de la calle Jalapa, fue el escenario de fiestas y reuniones para tomar el té en las que se recaudaron donativos por dos mil doscientos cuarenta pesos. Las colectas que se hicieron en el puerto de Veracruz, entre los judíos que vivían allá, aportaron cuatrocientos noventa y ocho pesos, y los boletos de quince pesos para la rifa de un automóvil Buick les dio a ganar siete mil quinientos pesos. Nissim pertenecía al Comité Pro Templo, junto con sus amigos Isaac Cappón, Víctor Babani y Miguel Palacci.

La comunidad compró un terreno de novecientos veinte metros cuadrados en las calles de Monterrey, por un precio de veintisiete mil seiscientos pesos. Ahí, gracias a las contribuciones de los correligionarios sefarditas, se erigiría el templo Rabi Yehudah Halevi, nombrado así en honor del filósofo, médico y poeta judío español del siglo XI. Sus candiles en forma de estrella de David inundarían de luz ámbar el cálido recinto.

Recuerdo que yo tenía seis o siete años la primera vez que acudí al templo de Monterrey, como le llamamos cariñosamente en la comunidad. Algo que me impactó fue la empinada escalinata que me parecía imposible de encumbrar. Era *Rosh Hashaná*. Yo estaba estrenando un vestido blanco con margaritas bordadas con hilo pajizo en el cuello, las mangas y la cintura. Mi mamá me tomaba de una mano, mi abuela Ventura de la otra, y mientras ellas saludaban repartiendo felicitaciones y buenos deseos por el año nuevo que estaba a punto de comenzar, yo recorría uno a uno con la mirada los amplios peldaños, echando la cabeza hacia atrás para lograr ver la cima. Cuando por fin los escalamos, hojas de vid y espigas de trigo talladas en metal sobre las puertas ojivales de hierro forjado me dieron la bienvenida.

Rememoro que era pleno día, y aun así, los candiles estaban encendidos, el recinto lleno de rezos, los hombres del lado izquierdo y las mujeres del lado derecho. Los niños más pequeños siempre con la mamá; los mayorcitos con el papá. Todo aquello me conmovió. Aún lo revivo en cada ocasión que vuelvo al templo. De forma paulatina fui descubriendo el estrecho vínculo con ese lugar: robusteció mis orígenes, mi esencia sefardí. Una hilera interminable de luz ambarina flanqueaba cada extremo del oratorio coqueteando con la luz natural que se filtraba a través de los vitrales. Calidez, misticismo, armonía. Muros sabios. Los cantos del *jazán* Yosef Bichachi, con una voz que parecía rebotar en las columnas de mármol níveo de la sinagoga, provocaban ecos que se arraigaron en los poros de mi memoria. Evoco que nos detuvimos un momento en el pasillo central antes de tomar nuestros lugares en las amplias butacas de roble. Aquel pasaje se antojaba infinito a mis ojos niños. En ese momento tejí un anhelo que años después se consumaría: caminar sobre la alfombra blanca de ese pasillo, vestida de novia, mientras Yosef Bichachi canta *Boi beshalom*, la bienvenida a la novia el día de su boda:

Boi beshalom ateret ba'alah, gam be simchah uvetzahalah
toch emunei am segulah, boi kalah, boi, kalah;
toch emunei am segulah, boi kalah, Shabat malkah.

Ven en paz, corona de su esposo, con alegría y regocijo;
entre los fieles de tu pueblo elegido.
Ven esposa, ven esposa.

Ya los numerosos judíos sefarditas no se sentirían faltos de suelo al tener su *kal*, su sinagoga, ni faltos de pertenencia o de continuidad. El templo de Monterrey era el cordón umbilical que proveía solidez a la vida comunitaria; era también un lugar de reunión oficial; un sitio para la reflexión y el estudio religioso; para leer juntos los versículos de las Sagradas Escrituras; para celebrar ceremonias y rituales; un recinto para el rezo, para la meditación, para llorar las penas o agradecer a D-os por su misericordia. Los rabinos Coriat y Avigdor afianzaron los lazos de la congregación, labor que al pasar los años continuarían los rabinos Maya, Gambach, Melamed, Shalem, y por último, el rabino Abraham Palti, quien llegó de Estambul para ser nuestro guía espiritual hasta la fecha.

Moisés, Hasky, Janeta y muchos otros, como primera generación nacida en México, eran los pioneros en asumir la condición judeo-mexicana. La asimilación cultural de las nuevas generaciones se integraba poco a poco en la vida de la sociedad en que estaban inmersas, pero cuidaban el hecho de no diluirse como judíos, no perder su identidad, su historia y su pertenencia comunitaria, aunque adoptaran los aromas, las canciones y los matices de México. La sinagoga sefardí se inauguraría dos años más tarde bajo la presidencia de la comunidad de León Alazraki, gran amigo y compañero de Nissim.

Entre mis reminiscencias destacan mis visitas a la sinagoga cada año en *Rosh Hashaná* y mi anhelo de bodas se fortaleció más al escuchar el relato de la celebración del matrimonio de mis padres. En 1959, ellos se unieron bajo la *jupá*, formada por un dosel de tela de raso y apoyada en cuatro postes. Ella de pie a su derecha, como dice el versículo de Salmos 45:9: «Está la reina a tu diestra con oro de Ofir». En nuestra tradición judía, la novia es una reina y el novio es un rey. Ambos beben la primera copa de vino. Así lo hicieron mis padres. El rabino leyó la *ketubá*, como siempre, esas palabras del documento escrito en arameo que atestigua el matrimonio.

Quién iba a decir que, veintiún años después, yo caminaría por ese mismo pasaje. Lentamente, sin prisa, observando los rostros de mis padres, quienes aguardaban a la mitad del pasillo para entregarme a mi novio Moisés; mi madre, símbolo del buen augurio; mi padre, con una inevitable renuncia en los ojos. Quién iba a decir que en la primera fila estaría mi abuela Ventura, muy dueña de sí refrendando el alcance de la decisión que tomó cincuenta años atrás: cruzar el Atlántico. En ese momento recordé las ocasiones en que, a mí, como una de las nietas mayores, se me distinguía con repartir las *dulzurias*, y mi abuela se regodeaba al decir *«Novia ke te veya»*. Y justo en esta ocasión me veía ya como novia. Quién iba a decir que la luz ámbar de ese momento me uniría más al paisaje de Estambul que narraba mi abuela; al Bósforo y sus atardeceres; a las cúpulas refulgentes y a los minaretes; al Mediterráneo; a las lunas, y a mis orígenes color ámbar. Aquella noche de junio, una violenta lluvia golpeaba los techos y las ventanas del templo. Mi abuela y mi madre musitaron:

—Es de buena suerte que llueva la noche de tu boda.

¿Superstición turca? Tal vez.

Estábamos de pie bajo la misma *jupá* que utilizaron mis padres en su boda. Los asistentes, contornos esfumados. Atmósfera de ámbar. ¿Qué estaría pensando mi abuela Ventura al verme ahí? Ella que no tuvo una sinagoga en donde casarse, ella que se unió a Lázaro en el barco, ella que se casó con Nissim en una sencilla ceremonia en casa. Ella que vio vestida de novia a su hija Mery, mi madre, en este templo, y ahora a mí, su nieta. Moisés, mi novio me puso el anillo, el rabino nos dio la bendición. Ventura no me quitaba la vista de encima cuando mi ahora esposo pisó la copa que siempre concluye la ceremonia; todos en coro exclamaban el tradicional «¡*Mazel Tov!*», nuestra forma de desear buena suerte. Al salir del templo miré de nuevo la vid y las espigas de bronce que adornan las puertas de hierro forjado, símbolos de fertilidad y abundancia que nos acompañan desde el Antiguo Testamento. Las gotas de lluvia provocaban destellos en el metal, como resaltando la vida próspera que el inmigrante encontró en México.

Más tarde, mi abuela Ventura me susurró en un abrazo:

—*Muntcho bueno ke te de el Dyo i muntcho bueno i felisidad ke te trayga tu marido.*

Y la luz del ocaso seguía refulgiendo.

XXV

El año de 1940 marcó la vida de Nissim y de Ventura con tres distintos acontecimientos. El primero de ellos fue que después de muchos años de trabajo en diferentes áreas, Nissim tuvo a su cargo el Comité Pro Templo Sefaradí dándose a la tarea de reunir fondos para la construcción del Templo Rabí Yehudah Halevi en las calles de Monterrey. A Nissim le sobraba experiencia como líder. En 1927 había presidido lo que se convertiría más tarde en la Comunidad Sefaradí. Entre los inmigrantes se encontraban el señor Nissim Pinto, el señor Nissim Roffe y mi abuelo, Nissim Eliakim; los tres Nissim proyectaron lo que sería la constitución de la Sociedad de Beneficencia La Fraternidad, cimiento de nuestra actual colectividad. Este importante cargo lo llevó a necesitar refuerzo en el negocio para que le fuera posible acudir a las reuniones de la mesa directiva. Janeta se convirtió en su mano derecha; empezó ayudando por las tardes a envolver los cortes de casimir en papel y colocarlos en una bolsa de plástico que portaba el nombre de la tienda; después, se inició controlando las existencias y haciendo inventarios; y ya con el tiempo, atendía a los clientes, se ocupaba de los libros y registraba las cobranzas. Luego de dos o tres meses, Janeta conocía cada estante del local de su padre, cada gaveta y lo que contenían. Con los ojos cerrados y deslizando los dedos por los diferentes rollos de tela, podía adivinar por cuál pasillo caminaba. Acostumbró su tacto a saborear las fibras de la mercancía y a escuchar el pulso de la lana, el algodón y la seda.

Como un ritual, Janeta y Nissim se regalaban un rato para tomar un café turco a media tarde, sobre todo en la temporada baja, en verano, ya que la actividad aumentaba en otoño cuando se acercan los meses fríos y crecen las ventas de casimires de lana. Los clientes se mandaban hacer trajes y recurrían, fieles, año tras año a la tienda de Nissim. En sus pláticas, Nissim aprovechaba para preguntarle cómo se sentía en familia con Ventura y los muchachos. Janeta le confirmaba lo que él mismo percibía a diario; su esposa trataba a Moisés, a Hasky y a Janeta como si fueran hermanos. Había logrado integrarlos en una sola familia, con disciplina, orden, pero sobre todo, con cariño. Todo esto hacía que Nissim la admirara y quisiera aún más. Para él, Ventura era como una *mezuzá* que protegía su casa y la colmaba de bendiciones. Por cierto, mi abuela me contó alguna vez que mis bisabuelos, sus padres, le habían regalado la *mezuzá* sencilla de madera que tocábamos con las yemas de los dedos y besábamos al entrar o salir de su casa. Esa pequeña cajita alargada contenía el pergamino donde está inscrito el *Shemá Israel*: «Oye Israel, el Señor es nuestro D-os, el Señor es uno». El escriba oficial de Estambul había trazado las letras de esta plegaria en tinta negra con una pluma de ganso para que la *mezuzá* viajara en el baúl desde Turquía hasta el marco de la puerta del que sería el hogar de mi abuela Ventura.

Recuerdo también la *mezuzá* de casa de mis padres, la que besé a diario hasta que salí vestida de novia. Colocada del lado derecho del pórtico, y ligeramente inclinada como lo manda la ley, era de esmalte azul con remates de filigrana. También me acuerdo que de niña mi madre me enseñó lo que significaba *Shaddai*, uno de los nombres de D-os: «Guardián de las puertas de Israel». Siempre tuve presentes esas letras: שׁדּי dispuestas en la parte frontal de la *mezuzá*. La que tengo en mi casa es de plata con un diseño moderno y las letras resaltadas.

Cuando mis hijos me preguntaron para qué teníamos en casa una *mezuzá*, les leí la plegaria del *Shemá Israel* y les narré el pasaje bíblico del antiguo Egipto cuando D-os ignoró las casas marcadas con una señal en el madero de sus puertas y así evitó la muerte de los primogénitos de las familias judías. Ahora, dos de mis hijos ya contrajeron matrimonio y las *mezuzot* fueron prioritarias al mudarse a sus hogares. Me pregunto dónde habrá quedado aquel valioso objeto de mi abuela; desconozco si sigue en el marco de la puerta y protege a quien vive ahora ahí.

Durante años, los paisanos se reunían en los cafés habituales. Ahí se percibía una sensación de hermandad. Cada quien compartía conocimientos con los recién llegados, así como experiencias previamente adquiridas para facilitarles el camino. Por ejemplo, el doctor Tejero era el médico que atendía casi a todos ellos; la vecindad situada en República del Salvador, número 142, «La Tatabla», sería el primer hogar de muchos judíos inmigrantes. Con el tiempo, como parvada de golondrinas migratorias, se fueron desplazando a la colonia Roma y a la colonia Condesa. Como muchos fueron adquiriendo estabilidad económica gracias a su enorme esfuerzo y constancia, tuvieron la oportunidad de mudarse a mejores barrios. Dejaron atrás calles como Cinco de Mayo, Moneda, Jesús María y Corregidora, calles a veces estrechas, en las que se acostumbraba tener los balcones abiertos y la ropa tendida. Metafóricamente, dejaron las sillas donde se sentaban, frente al zaguán, así como los rostros conocidos de los transeúntes. Pero hubo rostros nuevos en las calles de Veracruz, Acapulco, Michoacán y Ámsterdam, entre otras; edificios con detalles estilo *art nouveau*; calles amplias, camellones, fresnos y fuentes. Un sosiego, el Parque México. El estanque y las bancas fueron sustituyendo, como lugar de esparcimiento y de reunión, la tradicional Alameda.

De ahí que la ubicación de la sinagoga sefardí se pensara en la calle de Monterrey.

El segundo suceso importante de aquel año de 1940 se dio precisamente en una de esas tardes en que Nissim y Janeta tomaban un café junto a su tienda de Pasaje Yucatán y Correo Mayor. En una mesa contigua, se encontraban algunos muchachos vestidos con sacos remendados y barbas crecidas. Se acercó uno de ellos a Nissim y le preguntó si estaban hablando él y su hija en lengua ladina. Junto con la respuesta positiva, Nissim le acercó una silla y le invitó un café. Salvador Montal le narró su odisea: acababa de llegar a México huyendo de la Segunda Guerra Mundial. Francés, judío sefardí, hijo de rabino, había buscado llegar a América por la vía de Panamá, donde conoció a un refugiado español de quien se hizo amigo; puesto que el gobierno del presidente Lázaro Cárdenas tenía un programa que daba asilo y apoyaba a los refugiados republicanos españoles, Salvador se hizo pasar por español y junto con su amigo encontró amparo en México.

Inmediatamente, Nissim lo invitó a cenar a su casa esa misma noche. Deliciosas *bureks*, *bulemas* y *tapada* de espinaca cocinadas por las manos expertas de Ventura llenaban la boca de Salvador, quien no decía palabra.

Hacía tanto tiempo que no saboreaba sus regios platillos, que era como estar paladeando el pasado en casa de sus padres, antes de la guerra. Hablar en ladino, así como escucharlo, era algo que añoraba hacía muchos meses; en casa de los Eliakim se sentía en familia. A partir de esa noche, Nissim lo ayudó, como a muchos otros; le dio medias, abrigos y casimires para vender hasta que Salvador pudo establecerse. Sus visitas a la tienda, para pagar o recoger mercancía, fueron el pretexto ideal para pretender a Janeta, de quien poco a poco se había ido enamorando. A ella le parecía un hombre fascinante porque era doce años mayor. Ambos tenían nerviosismo e interés. Ambos reñían, nada que unas flores o unos chocolates de la

Casa de los Azulejos no pudieran remediar. El anhelo de tener un futuro que ofrecerle a Janeta hizo que Salvador trabajara con ahínco visitando establecimientos, despachos y hasta alguna tienda sin renombre para distribuir la mercancía que Nissim le proporcionaba.

En una ocasión, concertó una cita con los hermanos Jean, dueños del almacén La Francia Marítima, ubicado en Venustiano Carranza e Isabel la Católica, una de las tiendas más modernas, con precios fijos y diversidad de artículos. Salvador se presentó hablando francés y alabando la moda vanguardista de París. Después de la charla, emocionado sacó las muestras de casimires que explicó acababan de llegar de Europa, finos y novedosos en sus diseños y, sobre todo, exclusivos. Salvador notó que la expresión de los hermanos Jean se iba descomponiendo al ver los lienzos. Permitieron que finalizara su explicación, luego le contestaron que justamente ellos, que eran los importadores, le habían vendido a Nissim la mercancía. Salvador enmudeció, pero ellos reconocieron que era un excelente vendedor. Esta anécdota fue el principio de una enriquecedora amistad. Tiempo después, le ofrecieron traspasarle la tienda. Para entonces Salvador, su primo Víctor Moutal y un señor llamado David Beja se asociaron y aceptaron la oferta; doce enormes aparadores en la mejor esquina del centro. En manos de estos tres neófitos empresarios, el almacén se convirtió en Astor de México en 1951, una tienda moderna que había dejado atrás los mostradores de madera oscura y el crujido de sus pisos para dar paso a las formicas en colores claros, al linóleo, así como a la osada iluminación y a una escalera eléctrica.

El tercer acontecimiento que marcaría la vida de Nissim y de Ventura Eliakim se dio en una cena en su casa a la que habían invitado a unos amigos provenientes de los Balcanes. Proyectos, historias, diálogos en ladino; mucho se hablaba acerca del futuro de la comunidad, siempre con miras a inaugurar su sinagoga. Ventura se notaba impaciente; Nissim ya le había preguntado qué sucedía, pero ella permanecía muda, hasta que finalmente le pidió nerviosa que la acompañara un momento a la recámara mientras sus invitados disfrutaban del tradicional *dulze de bimriyo y mansana* antes de cenar.

—*Nissim... kerido. De ande ampezar... eh.*

Ventura fue interrumpida por tres decididos golpes en la puerta.

—*¿Ken sos?* —preguntaba Nissim cuando de un golpe se abrió la puerta y entró Hasky en uno de sus ya tradicionales arrebatos.

—Mamá, ¿me dejas ir con el vecino a jugar?, es que le acaban de regalar una bicicleta nueva.

—*Haskito, ishiko, ya sabes ke kuando ay vijita mos plaze ke stén akí* —le contestó don Nissim.

—*Aide, yo te doi permisyon, vete kon el vizino ma no tornes tadre* —dijo Ventura para sorpresa de su hijo, quien levantó los hombros sin entender por qué le daba permiso, puesto que ella había sido la primera en poner la regla de no salir cuando hubiera invitados.

En cuanto Hasky salió de la recámara, Ventura cerró la puerta y trató de recomenzar:

—*Nissim* —dijo ella con la voz entrecortada.

—*¿Ke pasa musher?, ya me asustaste, ¿ke ay de meterse a yorar?* —preguntó él.

—*De unos diyas atrás, la komida me sabe shavda i me kero echar todo el diya. Sto un poko shasheada i los cabezales me yaman a endurmirme* —le contestó entre sollozos.

—*¿Keres ke yame al doktor?*

—*No, ya fui ande el doktor, diyas atras.*

—*¿Yyy, stas buena, no?*

—*Si, si, solo ke... sto preniada.*

Una expresión expectante se apoderó de Nissim y el café que acababa de beber se arremolinó en su estómago.

—*¿Preniada, stas sigura?* —le preguntó él arrugando la nariz como cuando no se entiende algo.

Ventura le mostró una receta con una caligrafía casi ilegible. La tomó y viéndola más de cerca leyó aquellos trazos irregulares. No podía creerlo, esos jeroglíficos del doctor confirmaban el embarazo de su esposa.

—*Si, sto sigura.*

La tomó de los hombros, inmerso en nostalgia e incredulidad, trémulo rozó sus labios musitando:

—*Tu boka koma myel.*

Absortos en su conversación, desearon estar solos, seguir en ese instante mágico que, como en una pintura renacentista, revelaba pinceladas de claroscuros en sus rostros. Afuera, los invitados se preguntaban dónde estarían los anfitriones, y hasta llegaron a subir la voz llamándolos:

—Ventura, Nissim, ¿está todo bien?

Al escucharlos, Nissim deslizó los dedos por el pómulo húmedo de Ventura, se aproximó a ella y percibió su pecho más voluptuoso, un roce lento que disfrutaron en secreto. En un abrazo, la envolvió formando un capullo. Fragancia de gardenia, piel sugerente, su esposa al capricho de sus manos, más suya que nunca, incondicional. Nissim se dio un momento para volver a saborear la noticia, sería la realización de un remoto deseo: su paternidad biológica. Salieron a la sala para reunirse con sus amistades. La pareja intercambiaba miradas cómplices, apelando a la paciencia que precisaban para atender la plática informal que poco les interesaba. Supersticiosa como era, Ventura no comunicaría a los demás su embarazo hasta cumplidos tres meses, como había hecho las ocasiones anteriores.

El aroma procedente de la cocina anunciaba que todo estaba listo. Lo primero que sirvió Ventura fueron sus famosas *endjinaras* tibias, los corazones de alcachofa. A nadie le quedaban como a ella, las dejaba cocer cuidando el punto exacto en que estuvieran suaves. Les agregaba el jugo de dos limones, azúcar, sal, consomé de pollo y zanahorias en rebanadas. A esto siguió la *supa de kiefticas de karne,* la sopa de bolitas de carne, la *mina de espinaka,* que es lasaña de espinaca, el *almodrote de kalavasa, soufflé* de calabaza, y la *geyna kon bamyas.*

Nissim no permitió que Ventura fuera por los platones a la cocina como acostumbraba hacerlo; en esta ocasión le pidió a Josefa, la cocinera, que estuviera muy al pendiente de lo que los invitados necesitaran y dijo que él mismo la ayudaría a cargar las charolas rebosantes de platillos. Al final de la cena, los comensales degustaban como postre el avainillado *sutlach,* un tipo de natilla.

Nissim fumaba un cigarrillo creando una cortina de humo a su alrededor y observando los ojos de su esposa: dos luciérnagas esplendentes. La alegría le cortaba la respiración.

Mil novecientos cuarenta, un año colmado de plenitud. Todo se concretaba en la vida de los Eliakim. Por un lado, el sueño de Nissim de estar al frente de su comunidad, una congregación ya sólida y muy pronta a tener su propio recinto; y eso mismo hizo que Janeta se tomara muy en serio la tarea de ayudar a su padre en el negocio, pero la mejor parte era la convivencia que se daba entre ellos, rito que se vivía cada tarde. Por otra parte, Janeta conoció ese año a Salvador Montal, aquel inmigrante francés que más tarde sería su esposo. Finalmente, quizá el acontecimiento más relevante para Ventura y Nissim: concebir un hijo. El fantasma de la esterilidad se difuminaba. Esa semilla germinaría y echaría raíces; uno de sus brotes soy yo misma. Y la sangre mediterránea corre por mis venas.

✣ Bulemas

Masa de filo

1 Kilo de berenjena asada y picada

4 Huevos

Queso fuerte rallado, al gusto

1 Cucharadita de aceite

Queso parmesano rallado

Se pone la berenjena en un recipiente y se mezcla con 3 huevos, el queso fuerte y el aceite. Se separa la masa filo y se corta en rectángulos de 15 centímetros de ancho que se barnizan con aceite. Se pone la mezcla de berenjena en la orilla, envolviéndola como taco delgado y luego se va formando una espiral, como un caracol. Se barnizan las bulemas con huevo y se espolvorean con queso parmesano. Se hornean en charolas engrasadas a 250 grados por 30 minutos. Son deliciosas acompañadas con rebanadas de melón.

✣ Tapada de espinaca

6 Manojos de espinacas

7 Huevos

250 Gramos de queso chihuahua rallado

250 Gramos de queso manchego rallado

100 Gramos de queso parmesano rallado

100 Gramos de margarina en trocitos

2 Bolillos descostrados

¼ Litro de crema

Sal, pimienta y consomé de pollo en polvo al gusto

Se lavan bien las espinacas, se cuecen en agua y se escurren. Se pican finito. Se remojan los bolillos en leche, se exprimen y se incorporan con las espinacas, el queso chihuahua, el manchego, la margarina y la crema. Se sazona al gusto. Se vierte la mezcla en un refractario. Se bate el huevo, se barniza la mezcla de espinaca y se espolvorea con el queso parmesano. Se hornea por una hora a 150 grados. Se puede servir acompañada de yogur natural.

♣ Geyna kon bamyas

1 Pollo en porciones
2 Tazas de bamias o angú
15 Cebollitas de cambray
½ Taza de aceite
¾ Taza de puré de tomate
1 Taza de caldo de pollo
Sal y pimienta al gusto

Se fríe el pollo en un sartén y luego se acomoda en un refractario. Las cebollitas se sazonan con sal y pimienta al gusto y se acomodan encima del pollo. Se da un hervor al angú y se acomoda también sobre el pollo junto con el puré de tomate y el caldo. Se tapa con papel aluminio y se hornea durante una hora a 190 grados. Se destapa y se hornea 15 minutos más.

♣ Sopa de kieftikas de carne

½ Kilo de carne molida
10 Hojas de hierbabuena
1 Jitomate
1 Diente de ajo
5 Cucharaditas de arroz
1 Cebollita de rabo
1½ Litros de agua
Sal y pimienta

La carne se mezcla con sal, pimienta y hierbabuena molida. Se hacen bolitas pequeñas y se fríen. El jitomate se muele con la cebolla, el ajo y la sal y se fríe. Se le agrega el agua y se deja que dé un hervor. Se incorporan las bolitas de carne y el arroz y se dejan cocinar.

❖ Sutlach

1 Litro de leche
¾ Taza de azúcar
1 Cucharada de fécula de maíz
4 Cucharadas de arroz molido

En la leche hirviendo con el azúcar, se echan las 4 cucharadas de arroz molido y se mueve hasta que espese. En ese momento se agrega la fécula de maíz y se deja otro rato en la lumbre. Se pone en un refractario y se mete al horno de 20 a 30 minutos a 150 grados, hasta que se dore claro.

XXVI

Qué mejor lugar para las celebraciones de la familia Eliakim: una casa nueva en la colonia Anzures. Nissim había visto aquella residencia en la calle de Victor Hugo, número 7, y decidió regalársela a Ventura. Cuando ella entró por primera vez a su hogar, se deslumbró. El vestíbulo, elegante, con una sala en terciopelo guinda. Amplias estancias, enormes ventanales y susurrantes maderas en los pisos. Luz por doquier. La sala, un refugio de confidencias; el comedor con su vitral redondo de coloridas flores filtraba la luz ámbar del ocaso y Ventura se remitía de inmediato al recinto de Neve Shalom, la sinagoga de su infancia. También la casa tenía una escalera central de suave curvatura, su pequeña *kamondo*, como aquella escalinata en el barrio de Gálata que conectaba la avenida Voyvoda Caddesi con la calle Banker Sokagi, y por la que escaló tantas veces. Peldaños cuya sinuosidad fue idea de una familia judía de banqueros, provenientes de Venecia después de la expulsión de España. Kamondo, que era su apellido, tenía un significado envolvente: «casa del mundo». Más que el *art nouveau* o más que la antigüedad de esa construcción, que data de 1850, lo que seducía a Ventura eran las mil fantasías que le pasaban por la mente en su mundo infantil. Así que esa «casa del mundo» ahora la tenía en su propia casa y en su propio mundo.

En un extremo, dos recámaras: la de Janeta, y la de los muchachos, Moisés y Hasky. Al otro lado del pasillo, la alcoba principal desde donde gozaba la luna llena en silencio. Otra pequeña puerta conducía a la futura habitación del bebé. El cuarto de baño era de azulejo color vino. A ella le llamó mucho la atención su amplitud, al grado de pensar que era su propio *hammam*, un baño turco. Su imaginación volaba una vez más a Estambul. Recordaba el vapor, la humedad, la corriente continua de agua que ardía a media luz. La plataforma de piedra caliente estaba al centro, la bóveda con sus círculos abiertos, filtrando una especie de cilindros lumínicos. A veces susurros, a veces silencios. Su piel destilaba y se purificaba al frotarla con el guante de crin, elaborado con filamentos de esparto, para luego refrescarse con agua de las fuentes de mármol que la rodeaban. El masaje se lo daría Nissim, recorriéndole centímetro a centímetro la espalda, los hombros, el cuello. Cuidaba tanto su baño que llegó a encerar las paredes y los pisos provocando que más de uno se resbalara al entrar.

Ventura sembró rosales en el jardín y preparaba la célebre mermelada de pétalos de rosa. Para Nissim, la zona predilecta era el garaje frontal que se abría con una puerta en arco de hierro forjado. Ahí guardaba su automóvil, un Dodge 1939 color azul noche.

La llovizna era suave y uniforme aquella tarde de septiembre. Una superstición más: el agua de la buena fortuna. La familia Eliakim se cambió a su nuevo domicilio. Ventura dirigió la mudanza, indicaba dónde acomodar muebles, plantas y adornos. El tapete que lucía una estampilla turca bordada se colocó debajo de la pequeña mesa de centro de la sala; ahí había un *chaise longue* y dos sofás capitonados. En la espaciosa cocina colocó a la mano sus vitroleros tan utilizados para hacer el *trushí*. Todos en casa sabían que era día de hacer encurtidos porque el ritual comenzaba cuando Ventura se ponía su mandil de cuadros verde y amarillo que, por alguna razón, utilizaba exclusivamente para preparar *trushí*. Col cortada en cuadros, tallos de apio picados, pimientos rojos, dientes de ajo, rábanos, ramilletes de coliflor y zanahorias. Todo quedaba ahogado en una mezcla de vinagre blanco, sal y una pizca de azúcar, a lo que se agregaba laurel y pimientas gordas. Durante una semana completa, la tapa sellaba aquella mixtura. Nadie podía siquiera mover el enorme frasco de su lugar, sólo ella le daba una meneada de vez en cuando, a su consideración. Ventura decía que el reposo permitía que las verduras absorbieran lo dulce, lo ácido y lo salobre para lograr el equilibrio exacto. A veces, tapaba el vitrolero con un trapo, como para que pasara desapercibido y nadie le metiera mano antes de tiempo. Tenía otros enormes frascos de vidrio en los que ponía los *pipinikos*, pepinillos agrios o decenas de rosquitas de anís. Aquello semejaba un colorido bazar estambulita de hortalizas y galletas. Con enérgica orden, Nissim mandó a su esposa a recostarse prohibiéndole cargar otra cacerola. La emoción de ese día la llenaba de brío, pero ya entre las sábanas, resintió el cansancio.

La ventana se quedó entreabierta. La llovizna constante y apenas perceptible la arrulló. Lucía apacible, bella en su embarazo. Entre sueños, escuchó la voz de Lázaro; confundida, se dio vuelta para acurrucarse sobre el otro costado y, a lo lejos, volvió a percibir el repiqueteo de la lluvia sobre el ventanal. Reiteradamente aparecía la imagen de su difunto esposo. Sus gestos, ademanes y voz eran tan nítidos como si lo tuviera ahí, junto a ella. Ventura se humedeció los labios en un acto instintivo. Intentó fallidamente abrir los ojos. Escuchó a Lázaro que le recordaba las nueve primaveras que habían pasado juntos, así como sus sacrificios y carencias del principio y cuán orgulloso estaba de ella por haber sobrellevado los tiempos difíciles. Le decía que no sintiera agobio por estar embarazada de un hombre que no era él. Como si estuviera al tanto de todas aquellas dudas que por semanas habían estado clavando sus garras en la mente de Ventura, Lázaro la iba liberando. Le hacía ver que su futuro era prometedor al lado de Nissim, que estaba seguro de que esa unión sería lo mejor que podía sucederle, que no se quedaría sola con la responsabilidad de los dos niños.

En el sueño, Ventura corría descalza por el mercado egipcio: el de las especias. Se perdía entre los estrechos atajos azafranados que como pasadizos infantiles la conducían a laberintos de cúrcuma, clavo, sésamo, pimienta y anís. Una neblina ocre le impedía ver y chocaba contra burkas lóbregas que dejaban escapar miradas indulgentes. Buscaba la salida, las voces parecían aullidos cortando la bruma. Perturbada seguía corriendo, jadeaba y temía ver hacia atrás. Por fin, aquel velo se esfumaba. En un momento, emergió en la sala de su casa, con sus padres, aquella niña de tez rosada y cabello de trigo. Sonreía. Suspiró profundamente jalando la sábana hasta cubrirse los hombros. Se sentía cansada, confundida, como si el efluvio de un *raki* le arremolinara las ideas. Sollozaba entre sueños. Luego, murmullos con las últimas sílabas de palabras incomprensibles. Ahora, el viento marino acariciaba su rostro. El oleaje iba acrecentándose y una voz que creía olvidada murmuraba que nunca llegaría a América, que nunca vería a Lázaro. Fue presa del miedo una vez más. Introdujo la mano en el bolsillo derecho de su abrigo, el que perteneció a su madre, y sacó el espejo de plata con mango de madera, aquel regalo de familia que la ayudaba a recordar sus orígenes, y se sintió poco atractiva al mirarse. De cerca, una mujer de treinta años, de belleza madura, rasgos llenos de relatos. De lejos, niña, un espíritu libre, ojos sin incertidumbre. Estelas de espuma la transportaron a la velada del día anterior. Moisés y Hasky sentados a su derecha, Janeta con Nissim en la cabecera. Unos segundos antes de despertar, Lázaro sentado junto a ella le susurraba como en cámara lenta que tenía su bendición y sus mejores augurios. Finalmente, se vio cruzando el Bósforo, caminando sobre aguas cristalinas bajo un rayo violeta que la guiaba. Memorias vívidas. Espejismos.

Al despertar, Ventura recordaba lo que para ella, más que un sueño, fue una revelación. Se sintió serena, las palabras de Lázaro disipaban al fin la querella que vivía en su inconsciente y de la que no había querido hablar con Nissim, aunque él, observador e intuitivo como era, sospechaba que Ventura sentía remordimientos que la inquietaban. Cuando se dio cuenta, su esposo la observaba. Las manos en los bolsillos del pantalón y un hombro recargado en el marco de la puerta. Lucía atractivo. Ella se incorporó.

—Tómate el tiempo que quieras, yo estoy admirándote —balbuceó.

Ventura se acomodó un mechón de cabello tras la oreja. El atisbo de Nissim provocó que sus mejillas se sonrojaran, como si súbitamente el calor devorara la recámara. Una sonrisa jugueteó en sus labios. Una mirada nueva. Un diálogo mudo entre ellos. En ese momento, Ventura se dio cuenta de que redescubría el amor: esta vez por elección.

XXVII

Estoy frente al retrato de mi madre, Mery. Una pintura enco-
mendada por mi padre al artista Alejandro Duval. Recuerdo las
veces que el pintor la hizo posar durante horas para delinear el
boceto. Ella quería ver los trazos preliminares, pero él sólo
le permitió ver la obra una vez terminada. De casi dos metros
de altura, y con un marco en óvalo trabajado en hoja de plata,
hubo que demoler parte de la chimenea para colocar el cuadro el día que nos lo entregó. Nos sentamos a observarlo; cada
quien dio su opinión. A primera vista, a ella por supuesto no
le gustó el resultado. Analizó cada pincelada en sus rasgos y
comentó que le hubieran gustado sus ojos menos redondos; a
mí me parecía que Duval había enfatizado su luminosidad. Ella
hubiera querido sus labios más finos; para mí, la frescura de su
sonrisa bastaba. No es un óleo de Murillo o de Rembrandt, no
tiene ni rigidez, ni un hálito misterioso; al contrario, la variedad del colorido atrae la atención. El azul del fondo, penetrante
añil de pinceladas gruesas, contrasta con el alimonado amarillo
de la blusa. Me pareció estar mirando un bosquejo de mi abuela
Ventura en su juventud: la nariz respingada, la sutil ceja de arco
agraciado y el matiz de trigo en la piel que ambas compartían.
El ambiente, sencillo, la perspectiva de la postura de Mery so-
bresale haciendo ver sus manos entrelazadas en el regazo como

si quisieran escaparse del cuadro. La mirada no se parecía a la de mi abuela, pero si el día de hoy, años después, volvieran a pintar a mi madre, sus ojos serían un eco de los de Ventura. Límpidos, sin malicia, como esa flor que se da en Turquía, el *sümbül*, de una especie de jacinto silvestre. ¿Y si me hicieran un retrato, a mí, Sophie, su nieta, qué se observaría? Aunque mi nariz no es angular como las de ellas y el tono de mi piel es mucho más acanelado, con el paso del tiempo he descubierto que nuestras pupilas han observado los mismos paisajes.

Corrieron los meses. En octubre, la silueta del cuerpo de Ventura se redefinió. En noviembre, sus caprichos y antojos se los cumplía Nissim. En diciembre, como pescador preparando su red, ella tejió chambritas para el bebé. En enero, la inquietud comenzó a teñir los días. Finalmente, el 22 de febrero de 1941, en medio de una noche apacible, un gemido despertó a Nissim. Ventura caminaba con dificultad, la espalda encorvada y las manos sosteniendo su vientre. Era momento de acudir al hospital ABC en las calles de Mariano Escobedo, donde hoy se ubica el hotel Camino Real. Aquella tarde nació Mery Eliakim Eskenazi. Mi madre. De tan sólo un kilo setecientos gramos, aunque llegada a término, esta chiquilla había sido, sin duda, la más anhelada. Nissim sostuvo en sus brazos por primera vez a su hija, unas horas después del alumbramiento. La contempló, con los ojos anegados absorbió su aroma y recordó el nombre de su madre: Behora, la primogénita, y la niña abrió los ojos, atisbo que destelló como rocío sobre un cerezo. Nissim no apartaba los ojos de ella. Le atribuía rasgos propios. Su cabello castaño oscuro y la forma ovalada del rostro. Los dedos largos y delgados como los de él, la tez como mazapán turco de almendra y los ojos color miel iguales a los de Ventura. Las pestañas, ribetes espesos que le delineaban el sueño. Nissim se inclinó sobre sus facciones mediterráneas. Percibió su respiración inocente. El guardatiempo de bolsillo parecía haberse estancado. Así surgieron las palabras:

—*Buirum, sos mi isha. Bendicha madre ke tal isha pario.*

Avisaron a Moisés, a Hasky y a Janeta, quienes esperaban con ansias conocer a su hermana. Tres días después llegaron a casa; Ventura y Nissim pensaron que ya habían consolidado un hogar. Todos se adaptarían a la nueva integrante. Se ha conservado como una leyenda en la familia que la pierna completa de la criatura medía lo mismo que el dedo pulgar de Moisés; era tan pequeña, tan frágil que la dormían rodeada de algodón en un bambineto del tamaño de una caja de zapatos, eso sí, forrado de tiras bordadas y moños de seda. Janeta ayudaba a bañarla en el lavamanos. A Hasky le llamaba la atención que su hermanita escupiera todo lo que comía, pero resulta que en realidad la niña estaba enferma del píloro. Especialistas iban y venían; algunos opinaban que había que operarla, otros que sería cuestión de tiempo para que su sistema digestivo madurara; mientras tanto, la chiquilla no subía de peso. Nissim contrató enfermeras para que la atendieran por las noches, aunque en realidad él se la pasaba en vela cuidándola. Una anécdota más: el quinto médico que revisó a la pequeña tuvo la solución; opinó que le apretaban demasiado el pañal.

La casa de Victor Hugo, número 7, se llenó de luz, de gente y de comida sefardí. Una vez que la recién nacida se recuperó, los Eliakim festejaron su llegada con una fiesta triple. Por un lado, le pusieron el nombre de Mery, que en hebreo es Miriam. Esto en honor a la señora Mary Sarfati, a la que Nissim quería como a una madre. La segunda alegría era el compromiso de Janeta con Salvador Montal, quien había pedido la mano de la joven tan sólo unos meses después de conocerla. Festejaban también el *Bar Mitzvá* de Hasky, sus trece años, ceremonia que lo hizo formar parte de la vida comunitaria judía. Casi un año antes de la celebración, a Hasky se le preparó respecto a los estudios religiosos necesarios para conducir el rezo en la sinagoga. Esta ceremonia marcaba el final de su niñez y lo iniciaba en la vida adulta. Ahora era responsable de cumplir los mandamientos.

Ya tendría que ayunar en *Yom Kipur*, día del perdón y el arrepentimiento, como lo hacían sus padres y hermanos. Ahora todos en familia comenzarían el ayuno en el ocaso y terminarían al anochecer del día siguiente al escuchar que el rabino tocara el *shofar*. Ese día, el día más santo y solemne del año, se vestiría con ropa blanca, simbolizando pureza. Hasky tenía muy presente en su memoria esa fiesta porque le encantaba entrar a la sinagoga y verla plena de níveas velas evocando vida. Pero sin duda, lo que más le conmovía de cumplir con los preceptos del hombre judío era que, a partir de sus trece años, podría recitar en *Yom Kipur*, como en otras festividades importantes, la plegaria del *Izkor*, el rezo de recordación en memoria de los muertos, y él lo diría especialmente por su padre, Lázaro. Año con año, Hasky percibía las profundas emociones, los ojos húmedos, los suspiros y sollozos de la congregación que unía su plegaria por algún ser querido.

Para comenzar la ceremonia del *Bar Mitzvá*, Hasky se puso los *tefilin*; tomó estas filacterias con las que envolvió su brazo izquierdo dando las características siete vueltas a la cinta de piel, y también dio los tres giros alrededor de su dedo medio, el del corazón, como entre nosotros los judíos acostumbramos para refrendar el símbolo de la unión entre el hombre y D-os. Nissim y Ventura estaban orgullosos de la forma en que Hasky leyó las bendiciones de la Torá y la porción bíblica que le correspondía, la *Parashá*. Nissim le regaló el *talit*, manto de reverencia que usaría Hasky a partir de ese momento para cubrirse la espalda todas las veces que acudiera al templo. En este caso, aunque Nissim no era el verdadero padre, de hecho se había ganado ese lugar, de ahí que se lo diera como presente. Ventura estaba emocionada, sin embargo, no podía dejar de pensar en su hermano Isaac cuando hizo su propia ceremonia, a la cual ella no asistió. Lo dejó de ver cuando era tan sólo un niño y varias noches soñó con él. Ahora meditaba cuántas cosas dejó atrás, en cuántos acontecimientos no pudo participar: el

Bar Mitzvá de Isaac, las bodas de sus hermanas Rebeca y Regina. Su familia le había hecho saber cuánta falta hacía su presencia cada vez que celebraban algo. Hacía ya catorce años que no los veía. Aunque las ceremonias y rituales eran muy parecidos en Turquía y en México, adivinaba que este sentimiento de nostalgia volvería a ella el año siguiente, cuando Moisés cumpliera también trece años.

A los amigos y familiares que festejaron con los Eliakim se les agasajó con los mejores vinos, con *raki* turco y con suculentos platillos que Ventura y Janeta prepararon durante días antes. Un trío de músicos dio el toque mexicano, una constante ya en las reuniones de la pareja que acentuaba cada nota de guitarra con pasos de baile recién adquiridos, aunque de manera inevitable se les escapaba algún paso de danza oriental. Lo único que ensombrecía la plenitud de Ventura era que había mandado una carta a sus padres avisándoles del nacimiento de su hija, pero ya habían pasado tres meses y aún no recibía la contestación. La Segunda Guerra Mundial ciertamente había trastornado la fluidez del correo desde hacía tiempo; sin embargo, la tardanza de la respuesta les generaba inquietud.

Era sabido que Turquía se había declarado neutral en el conflicto y de hecho estaba a punto de firmar un pacto de no agresión con Alemania; por ello, Ventura tenía la certeza de que no había tenido lugar ninguna invasión en su tierra. Pero por momentos dudaba, ya que algunos búlgaros y griegos de la comunidad habían recibido cartas de familiares que mencionaban que sus países estaban ocupados por los nazis. Sabían también de los esfuerzos que el Comité Central Israelita de México hacía para que este país aceptara refugiados judíos. Las noticias en periódicos como *Tiempo de México* y en la radio hablaban de la invasión a Polonia, de las fuerzas aliadas que habían declarado la guerra a Alemania; no obstante, no se hablaba de campos de concentración ni de trabajos forzados, ni de cámaras de gas, ni de hornos crematorios. No fue sino hasta 1942 cuando los primeros informes sobre el exterminio sistemático de nuestra gente fueron conocidos en América.

Nissim y Ventura, así como la mayor parte de la comunidad judía, leyeron sobre la Noche de los Cristales Rotos en Austria y Alemania: *Kristallnacht*. El reflejo de los instigadores se despedazaba junto con los vidrios de los escaparates de comercios y las sinagogas. Fragilidad de vitrina, así la suerte del semita. Relámpagos de cristal. Estruendo ensordecedor el de aquel 9 de noviembre de 1938. Vaticinio del amontonamiento de cuerpos, de huesos, de cabello, de dientes, de brutalidad, de terror, de gemidos, de agonía, de fetidez.

Se sabía en México y en el mundo libre que había toque de queda en países como Hungría, Checoslovaquia, Polonia, Bulgaria, Rumania y otros; que los judíos eran obligados a usar la estrella amarilla cosida o prendida a sus ropas, como si llevaran una soga atada al cuello, y la palabra *JUDE* delineada en negro al centro de la tela de seis puntas. Era la condena a la asfixia. Esa insignia maldita arrancó de los niños la inocencia.

Recuerdo cuando la maestra de música del Colegio Hebreo Sefaradí, la *morá* Nina, nos relató que ella había usado el distintivo, y no sólo eso, que había vivido en el gueto de Varsovia. Era una sobreviviente del Holocausto. Nos habló del confinamiento en aquel lugar, delimitado por muros que los propios judíos habían tenido que construir. Aislados del mundo exterior, las grietas de aquellas paredes parecían contener epidemias y hacinamiento. La maestra Nina mencionó que en esos años de infierno se le afilaron las carnes, se le deshidrataron los labios, y que con furia el hambre le lamió el vientre día tras día, semana tras semana, durante cuatro años. Fue ahí donde se le opacó la mirada, la estrujó el miedo, donde quedó huérfana, donde se lanzó al despeñadero del suicidio, sin lograrlo. «¿Para qué seguir viviendo?», se preguntaba, en el sinsentido de su uniforme gris a rayas. Alambres de púas. Pasos desahuciados. Flagelante invierno polaco. Tal vez su deseo de narrar lo terrible la salvó. Meses después de la liberación, Nina se instaló en México, una inmigrante más. Ella supo sublimar el dolor y sus vivencias, y todo lo volcó en su música, en cada roce de las teclas. Y lo más importante para nosotros sus alumnos fue que nos transmitió un testimonio vivo y nos hizo más sensibles al arte y a la existencia.

En los años previos a la guerra, Nissim había recibido un periódico, el *Mili Inkilap* que significa «Revolución Nacional», que le envió un amigo desde Izmir, ciudad costera del mar Egeo al oeste de Turquía. Este diario contenía artículos y caricaturas contra los judíos. Nissim estaba preocupado porque estos eran primicias de brotes antisemitas, sin embargo, nunca un turco mataría a un judío. Se ignoraba aquí en México que judíos, gitanos, homosexuales y prisioneros de guerra en los países ocupados por los nazis eran sometidos a la más terrible degradación moral y física. Se ignoraba también la aniquilación de pueblos completos. Deportaciones de millones de personas. Familias que fueron confinadas a deleznables campos de concentración, donde se separaba a hombres por un lado, a mujeres y niños por otro, y a los viejos a un tercero. Todo estaba prohibido. Las madres apretaban a sus niños hasta que les eran arrancados de los brazos. Al que lloraba, un tiro. Torturas. Agonías. No más lamentos. No más gritos. El silencio de la cámara de gas. Hornos crematorios. Rastros de barbarie. Auschwitz, Buchenwald, Dachau. Brutal calvario. Al enterarse, sefarditas y ashkenazitas de México llorarían juntos.

Me pregunto cada vez que leo un libro sobre el tema, cada vez que veo un documental acerca de las atrocidades cometidas, cada vez que pienso en mi pertenencia a esta raza: ¿cómo no quebrantarse ante la crueldad, ante un número tatuado a fuego en el brazo, ante el fantasma lúgubre del invierno azotando la gélida piel desnuda, sólo por ser judío? El Danubio se convirtió en víctima de guerra al arropar en sus aguas los cuerpos de innumerables prisioneros de Mauthausen. Los bosques de

Polonia, también víctimas, en sus fosas comunes cobijaron los cadáveres de Treblinka. Increíble pensar que cerca de la ciudad de Weimar, la cuna de Goethe, se erigiera un almacén de esqueletos: el campo de Buchenwald con sus salas de disección y experimentos humanos. Me pregunto si el propio Goethe hubiera podido crear *Poesía y verdad*, *Fausto*, o la *Balada de Mignon*, si hubiera vivido en los años de la guerra. Cómo habría escapado del hambre, de las pulgas, de las ratas, del moho, de la enfermedad, de los castigos corporales, de la crueldad, de las alambradas, de los verdugos, del hedor, de la masacre, del odio. Holocausto.

XXVIII

Mientras en Europa continuaba la guerra, a fines de 1941, en México tomaba posesión de la silla presidencial Manuel Ávila Camacho, y en Turquía los nazis mantenían el tratado de no agresión. Luego de algunos meses, Ventura recibió la tan esperada carta de su familia en la que confirmó que sus parientes al otro lado del Atlántico se encontraban a salvo. Sus padres le contaban que la guerra había traído escasez junto con grupos de refugiados judíos de Francia, que habían conseguido la ciudadanía gracias al cónsul de Turquía en Marsella, Necdet Kent, quien arriesgaba su vida para evitar que los deportaran a los campos de concentración.

En aquel extenso escrito, Moshón y Sara le detallaban a su hija varios aspectos de la vida familiar. Ella parecía devorar las páginas saturadas de tinta. Regina, su hermana, se había casado con Marco Farsi, un muchacho de la comunidad a quien Ventura recordaba vagamente, pero al ver la fotografía que acompañaba la misiva, reconoció a Marco; lo había visto en el templo Nevé Shalom aquel último *Yom Kipur* que pasó en Estambul catorce años atrás. Regina se veía radiante. Sus gestos de niña se habían desvanecido, pero nunca perdió esa sonrisa de dientes perfectos que Ventura tanto añoraba. Absorta en la lectura, se sorprendió al enterarse de que a su pequeña hermana

Rebeca la pretendía Samuel Eskenazi. En su memoria, a veces, no había transcurrido el tiempo, y Rebeca seguía siendo una niña de cinco años; pero también, en ocasiones, le parecía haber partido de su país natal hacía cien años.

Esas letras, que tanto tiempo habían tardado en llegar, eran para Ventura como un abrazo estremecedor; aunque no había visto a su familia, las palabras generosas unían la dermis y el pensamiento. Repasó una y otra vez la parte en que le decían lo bienaventurada que era al tener una hija. La primera ocasión leyó la frase emocionada; la siguiente, satisfecha, y la tercera, se desmoronó melancólica:

—*La isha kon la madre, komo la unya en la karne.*

Al final de la carta sus padres expresaban cuánto le pedían a D-os la oportunidad de algún día conocer a sus nietos; sin embargo, con todo lo que estaba sucediendo, cada vez se veía más lejana la posibilidad de trasladarse a México o de que Ventura fuera a verlos. Había arrepentimiento por no haber planeado un viaje para visitar a su hija cuando el mundo estaba menos agitado. También agradecían el hecho de saber que ella se encontraba a salvo en un país libre y que como judía no era perseguida. Ventura estrujaba el papel. Podía percibir el aroma de las paredes, de las cortinas, de los muebles de su casa, de su infancia. Sus manos pedían ver a su madre y a su padre, su andamiaje en aquella tierra, quienes le seguían dando el sostén que siempre le sería necesario. Muchos años transcurrirían antes de que Ventura pisara nuevamente Estambul.

Uno de los placeres de los que gozaba don Nissim era el juego. Las barajas, las fichas y apostar eran una inyección de adrenalina, una debilidad. Quizá porque desde pequeño observaba en parques y calles de su barrio en Edirne las mesas con tableros de *shesh besh* dispersas por las banquetas. A cualquier hora del día se reunían hombres de todas las edades que, seducidos por el azar y la narguile, compartían el desafío de la suerte y la estrategia con fichas y dados. El *shesh besh* o *table*, uno de los juegos de mesa más antiguos que registra la historia, fue popular entre griegos, persas, romanos, egipcios, libaneses y hasta españoles, quienes lo llamaban «tablas reales». Al ser el juego nacional por excelencia en Turquía, Nissim, como la mayoría de los habitantes de esa zona del mundo, lo había respirado tanto como el aroma a café del aire. Durante años, vio a su abuelo y a su padre, a sus tíos y a sus vecinos, disfrutar de tardes ardientes de verano con un *raki* entre los dedos para humedecerse la boca seca por la emoción, y unas cuantas liras en la otra mano para cruzar apuestas. La aceleración de la sangre retumbaba en los oídos, el corazón palpitaba y las mejillas, como incendiadas por la incógnita que precedía al resultado de cada tiro, parecían ser lugar común entre la gente cercana. Le gustaba observar la partida de los grupos de personas que jugaban rondas a la puerta de las casas o los bares; la velocidad y la energía con que se movían las fichas y se precipitaban los dados; las decisiones que había que tomar después de recibir el azar que estos arrojaban. Certezas o riesgos, caprichosas probabilidades, como la existencia misma, pensaba el joven Nissim.

Un vecino le había platicado que las doce puntas de cada lado del tablero simbolizan los meses del año, que las treinta fichas son los días del mes, y que los colores blanco y negro representan el día y la noche. Estos datos habían alimentado el gusto de Nissim por el *table*, además de que los dos jugadores que se enfrentan en cada partida son como dos destinos en la vida, y antes de cada tiro hay que encomendarse a la suerte. La mayoría de los tableros que él había visto eran de madera, algunos ornamentados con escenas de pinturas orientales, o con incrustaciones de nácar. Nissim trajo con él a México, desde Edirne, su tablero hecho a mano en fina madera natural con marquetería de perla y concha. Esa parte de la tradición y la cultura en los países del Medio Oriente, fue quizá el comienzo de la adicción de Nissim, quien traía el juego en la sangre como herencia.

Ya en México, las salas de juego significaban para él su país y su cultura, un vínculo con aquellos fragmentos de su niñez, y era ahí, en ese contexto de naipes, cigarrillos y fichas donde se encontraba más cómodo, donde sentía a su padre cerca, reconstruyendo escenas de su pasado, donde recobraba parte de una identidad, eslabón con una minoría que, como él, se negaba a sepultar su origen. Esa interacción entre jugadores revivía rituales y símbolos, y sobre todo, hacía renacer un profundo sentido de pertenencia e identidad. ¿Acaso no es que los pueblos perviven gracias a no olvidar sus prácticas y costumbres?, ¿de esa forma Nissim integraba sus orígenes en el mundo mexicano? El sitio del juego se convertiría en un lugar legendario. También esa costumbre, que se fue agudizando cada vez más, fue el motivo de los más grandes pleitos entre la pareja. Para él, era una distracción, un escape después de largas horas de trabajo en su tienda de casimires. Desde el punto de vista de Ventura, era la razón por la que su esposo llegaba tarde a casa, además de que, en las apuestas, a veces ganaba, pero muchas otras perdía. Para ella, el dinero que su esposo percibía era muy valioso y lo cuidaba con celo; después de todo, había sufrido carencias en su niñez y cuando recién llegó a México; aunque su situación ahora era privilegiada, recordaba el dicho: «*Subir es guch, abashar es kolay*».

En una ocasión, enojada, Ventura le dijo a Nissim que en vez de irse a jugar se llevara a Hasky y a Moisés a pasear. Muy gustoso así lo hizo; se los llevó con él, pero ya de camino, no pudo resistir la tentación de parar, aunque fuera solamente un rato, a visitar a sus amigos jugadores. La mayoría de ellos, de origen sirio, libanés y turco, se reunían varias veces a la semana rodeados de tazas de café y cigarrillos que se extinguían al igual que las ganancias que por momentos parecían un triunfo.

Nissim pidió a los niños que se quedaran en el coche unos minutos mientras él entraba a saludar. Ellos obedecieron. Pasaron dos o tres horas y los chiquillos estaban desesperados, en realidad no sabían qué hacer. El calor dentro del automóvil era viscoso, como un lengüetazo de dragón sobre la piel. Tenían sed y hambre. Habían visto el sitio donde había entrado su padrino, y se debatían entre tocar a la puerta o seguir esperando. Cuando decidieron ir a buscarlo, se abrió el portón del edificio. Apareció Nissim. Tenía un semblante bastante menos alegre que con el que había llegado allí. Los niños suspiraron al verlo sintiendo un gran alivio, sin embargo, cuando se acercó al coche, abrió la puertezuela y les pidió, con una voz casi inaudible, que se bajaran. Ellos siguieron las instrucciones sin decir palabra y lo tomaron de la mano para regresar caminando a casa.

Don Nissim había perdido el Dodge 1938 en esa tarde de juego. Se reprochaba haber caído en el impulso de ir a jugar; sin embargo, aceptaba que la incertidumbre en esa dimensión de nubes de humo, de ceniceros llenos de colillas y de tazas de aquel café tan amargo y tan negro lo estimulaba, lo pinchaba como un aguijón inyectándole veneno, y la emoción le corroía el cuerpo. Se sentía realmente vivo cada vez que jugaba y esa sensación iba en aumento cuando era el ganador. Pero en esta ocasión, había derrochado una de las posesiones más preciadas de Ventura. ¿Cómo se lo diría a su esposa? Caminando con la mirada en el piso, no dejaba de arrepentirse por haber hecho esa innecesaria parada. Al llegar abrió la puerta y precisamente Ventura estaba abriendo por dentro porque iba a salir. Cuando volvió, lo primero que hizo fue preguntar dónde había estacionado el auto. Él se puso tan nervioso que no quiso confrontarla con la verdad, así que inventó que se había descompuesto y estaba en el taller.

Los días pasaban y Ventura preguntaba por el vehículo con insistencia, y es que a ella le encantaba ir a pasear los fines de semana. Sacaba la cabeza a través de la ventanilla y veía desfilar los árboles de Paseo de la Reforma. El auto se detenía frente al Bosque de Chapultepec y las tardes de domingo, con la familia, parecían dilatarse hasta que una aglomeración de nubes grises los remitía de nuevo a casa. Llegó el día en que Nissim no le pudo mentir más. La puerta de la recámara estaba cerrada. Gritos. Objetos contra la pared. Moisés y Hasky, como cualquier niño curioso, estaban escuchando detrás de la puerta.

—*Aserenate ya, musher, ¿ke no me vash a pedronar?, te prometo ke te lo vo recuperar el coche.*

—*¡Barminam!*[3]*, jugando siguramente es komo lo pensash rekovrar* —gritaba Ventura.

Don Nissim le calló la boca con un beso y a ella no le quedó más remedio que abrazarlo. Sabía que era un buen hombre, un extraordinario padre, pero también que el juego era su debilidad. Asimismo, a Ventura le llamaba la atención el azar, después de todo, lo traía en la sangre, en su cultura otomana. Jugaba canasta un par de tardes, y nunca se perdía la lectura de la taza de una adivina famosa entre las mujeres sefardíes, doña Sarika. Además, esta vaticinadora del porvenir les echaba las cartas, hacía rituales para la fertilidad, interpretaba sus sueños y les decía detalles del pasado para demostrarles que tenía poderes sobrenaturales. Descubría lo oculto, cuestiones inquietantes, y su gran número de aciertos la hacía la adivina predilecta de las amigas de Ventura. Las señoras Sally Penhas, Julia Algazi, Esther Nissan, Raquel Passy, Dora Sades y Cherá Maya se reunían para divertirse un rato con las cartas y sus apuestas de centavos. Cuando le tocaba a Ventura en su casa, aprovechaba para poner las carpetas y manteles que tejía a gancho con fina hilaza, o ponía las de *shirit*, que hacía tejiendo ruedas a gancho que se convertían en el contorno de flores impresas en la tela. A pesar de su gusto por estos pasatiempos inocentes, no dejaba de reconocer que el de Nissim iba más allá de un entreteni-

3   ¡D-os no lo quiera!

miento inocuo. Quizá con la edad, o tal vez como necesidad de distracción y escape, se estaba enviciando. Una paradoja entre los inmigrantes del Oriente Medio: el hombre formal, trabajador y comprometido, pero con la herencia tan evidente del juego.

Al día siguiente de aquel desafortunado acontecimiento, se estacionó frente a la casa una mudanza. Un joven llamó a la puerta pidiendo que se le firmara el recibo del enorme paquete que traía a nombre de la señora Ventura Eliakim. Josefa, quien ayudaba en los quehaceres domésticos, firmó y entre dos muchachos subieron la caja a la sala. Cuando llegó Ventura, vio a los niños alrededor del regalo, tratando de adivinar qué era.

—¡De prisa mamá ábrela, queremos ver qué es! —gritaban emocionados.

Ella tomó uno de los cuchillos de la cocina y cortó los lazos que amarraban el paquete. Cayeron al piso los cartones que ocultaban un radio grande de fina madera. El logotipo de la marca RCA Victor ocupaba lugar central. El perro, de raza Fox Terrier, se asomaba a la bocina de un gramófono, muy parecido al que tenían los Eliakim y en el que escuchaban grabaciones turcas, así como música de Maurice Chevalier, Carlos Gardel, Enrico Caruso y Louis Amstrong. Los niños se quedaron boquiabiertos, con los ojos clavados en el aparato. Pegado al mueble del radio venía un sobre. Ventura lo tomó y nerviosamente lo rompió al abrirlo. La nota decía: «Perdóname», firmado por *N*. A Ventura le apasionaban las radionovelas. Todas las tardes se sentaba con sus amigas o con Janeta a escucharlas en su pequeño radio, pero con mucha interferencia. Don Nissim sabía que ese regalo le iba a encantar y que además así lo perdonaría. Cuando llegó a casa esa noche, su esposa lo esperaba para colmarlo de besos. Claro, ella se había dedicado toda la tarde a llamar a sus amigas para presumir la adquisición, e invitarlas a tomar un café con *tishpishti* para escuchar la radionovela de la XEW, «La voz de América Latina desde México». Descubrió también el 940, la XEQ y otras estaciones más. Escuchar los programas musicales y de radioespectáculo por las tardes se convirtió en un ritual familiar. Aquellos de voces y efectos especiales mantenían a grandes y chicos pegados a la bocina. Por las noches, la cita era a la misma hora, las miradas siempre fijas en el coloso de madera. La emisión de radioteatro o de la novela comenzaba y todos callaban instantáneamente. Por lo general, había una sorpresa en aquellos cincuenta kilowatts. A Ventura y Nissim les gustaba enterarse de las noticias, y fue en una noche de 1945, con sus hijos sentados en el piso alrededor del mueble, cuando se enteraron que la Segunda Guerra había terminado. Con saltos de júbilo, la familia se abrazaba entre besos. Pensaban en toda su gente, en todos aquellos judíos que murieron, en todos aquellos que sobrevivieron con la esperanza de ser liberados, en todos aquellos que, habiendo perdido su nombre, conservaron hasta la muerte el tatuaje del número que les correspondió en el campo de concentración. Y pensaban en ellos mismos, en la suerte de no haber vivido de cerca la deleznable guerra. Sintieron como si una herida añeja comenzara a sanar muy lentamente.

XXIX

Era el año de la muerte del muralista José Clemente Orozco. Cuando Nissim y Ventura escucharon la noticia, recordaron sus visitas al Palacio de Bellas Artes para admirar las obras de Siqueiros y Rivera, y se acordaron de que su mural predilecto había sido *Katharsis*, el de Orozco. Aquel fresco, lleno de fuego y vigor, atrajo a Nissim por su estilo tan dinámico y realista, tan distinto de todo lo que alguna vez vio en Turquía. El antónimo de los magnos murales que conoció en México, era el arte en miniatura típico en Estambul, donde se representaban escenas de la vida militar otomana. Hacía ya muchos años que Nissim no tenía contacto con la pintura de su país, salvo cuando llegaba a sus manos alguna revista que trajera desde allá algún inmigrante. También en ese año, México vivía una acelerada industrialización bajo el gobierno de Miguel Alemán. Muchos de los amigos de Nissim dejaron la venta de productos importados y comenzaron a montar fábricas para hacer esos mismos productos en el país, tales como calcetines, medias de seda, suéteres y otros. Para los Eliakim, 1949 quedaría grabado con pesadumbre en su memoria: habían tenido que dejar su casa de Victor Hugo, número 7; la del vitral de flores, la del baño de azulejos color vino, la de los rosales con brazos que simulaban siluetas abstractas. Ya hacía tiempo, Ventura notaba a su marido inquieto, pero no le daba mayor importancia, pues con algunas palabras Nissim lograba tranquilizarla; él se había convertido en un experto para disimular cualquier preocupación. Lo que rondaba su mente día y noche era que el señor Nahmias no pagaría la enorme deuda que arrastraba desde hacía meses: cientos de metros de casimir que se llevó en abonos. La cantidad era tan fuerte que, aunada a las deudas de juego de Nissim, lo llevaría a la bancarrota. Ventura advertía que su esposo se levantaba a medianoche y pasaba varias horas en el sofá del estudio; que se quedaba inmóvil como un cadáver; que transitaban los amaneceres y él, pensando, no podía conciliar el sueño. Muchos años habían transcurrido desde que habitaba en un cuartucho de vecindad, en la calle de Jesús María; desde aquellos andares a pie en plazas de poblaciones lejanas para vender de casa en casa sus mercancías en abonos. Un patrimonio sólido para su familia y ahora todo estaba en riesgo.

Una noche, Ventura percibió la ausencia de su marido y fue al estudio a verlo. Varias colillas todavía humeantes indicaban las horas que llevaba sentado en el sofá. La mirada fija en el vacío. Los ojos tan irritados como si fueran a sangrar y la mente infestada de aves de rapiña corroyéndole el sosiego. Era preciso que se enterara su esposa de la venta de la casa para que se salvara el negocio. Nissim no encontraba las frases para darle la noticia, así que optó por decírselo de golpe. La interrogante de cómo reaccionaría Ventura estaba a punto de develarse y la miraba sin saber cómo reaccionaría: un silencio dilatado, ella inmóvil, pálida, como si le hubieran absorbido la vida. No lo podía creer. Sintió un ligerísimo viento que parecía soplar por entre los resquicios del piso de madera. Un sinuoso escalofrío la recorrió con furia. Al cabo de unos segundos, apenas un murmullo acompañado de una gélida expresión:

—El rosal era pequeño cuando llegamos aquí.

Se levantó y con pasos como plomo se dirigió rumbo a su closet; ya ahí, empuñó el asa lateral de su baúl. Lo arrastró

hasta el centro de la recámara y blandiendo vestidos y sombreros, comenzó a empacar. En ese mismo instante emprendió un
viaje pesaroso para despedirse de su casa. Extrañaría la orna-
mentada arquitectura, los claros de luz estival sobre la alfombra
turca, los pasadizos abovedados y hasta el crujido de las duelas.
Cuando Nissim entró a la recámara, escuchó cómo Ventura se
decía en voz baja:

—*Ken todo le abasta no le manka nada.*

Así, se mudaron a Michoacán 66, en la colonia Roma.

Ventura, con su espíritu fuerte, soportaría la pérdida de su casa.
¿Qué más daba algo meramente material? Si ella se había en-
frentado a tantas situaciones difíciles: el viaje sola desde Marsella, vivir separada de su familia, la muerte de Lázaro. ¿Cómo
no salir adelante en esta ocasión? Desde siempre, para sortear
las dificultades, Ventura tenía un escape: cocinar. En cierto modo, era el vínculo con su país y sus costumbres, y eso le brindaba
seguridad y sosiego. Un pequeño trozo de su tierra.

Eran las cuatro de la tarde y los exquisitos aromas provenientes de la cocina de Ventura inundaban toda la calle de Michoacán. El horno llevaba ya dos horas encendido calentando
las *bureks* de queso y de berenjena que salían y entraban en charolas bien engrasadas. Esperando su turno, se encontraban las
de *bulemas* de espinaca que, ya horneadas, se colocarían en platones al centro de la mesa. Gigantescos vitroleros llevaban ya
varios días llenos hasta el tope con ejotes, coles, zanahorias y
pepinos nadando en vinagre para hacer el *trushí* a la turca, que
aliñaría los platillos que se servirían esa noche. Otros garra-
fones de cristal contenían las rosquitas de anís que a los niños
tanto gustaban y que los adultos comían con una buena taza de
café turco. Mery jugaba en la sala con la hija de la vecina doña
Rachel. A la niña le gustaba visitar la casa porque la recámara

de Mery era muy especial; en realidad se trataba más bien de un pequeño ático de techo muy bajo, al grado que para entrar había que agacharse y ya adentro mantener la espalda encorvada. El espacio era tan reducido que cabía solamente la pequeña cama cuya cabecera tenía pintados a los siete enanos. Enfrente había un mueble que servía de escritorio y juguetero. La ropa era colgada en un tubo que hacía ángulo en la esquina. Nadie tenía una recámara como salida del cuento de Hansel y Gretel. Esto atraía mucho a las amigas de Mery, quien a los ocho años había ganado gran popularidad entre vecinos y compañeros de segundo año en el Colegio Hebreo Sefaradí.

Ventura se encontraba frente a su célebre mesa con cubierta de piedra, sitio especial para amasar mejor las harinas. La había colocado justo a la entrada de la cocina, de esa manera podía tener el control visual de lo que se preparaba y dar instrucciones que, como dictadas por un general, todos obedecían al pie de la letra. Además, desde allí podía darle un manotazo a quien se atreviera a pellizcar algún manjar que ya estuviera listo. Su mejor ayudante para cocinar era siempre Janeta, que ya se sabía las recetas de memoria y había adquirido ese sazón de «un puñito de esto y un puñito de lo otro». Enormes ollas chocaban una contra otra burbujeando al calor de la estufa vieja pero incansable. No faltaba que alguien tocara el timbre de la casa o que sonara el teléfono.

—*Ishika por el Dyo, kontesta el telefon ke ya me va tomar la caveza de oyírlo sonar* —le gritó Ventura a Mery.

—*I tú, ve a abrir la puerta ke siguro me trayen el pipino i la zurhuela ke manka* —le dijo a Josefa.

Mery se subió al sofá para alcanzar el teléfono. Su expresión cambió inmediatamente endulzándose al escuchar la voz de Nissim, su padre. Después de intercambiar algunas palabras con él y de preguntarle como siempre a qué hora llegaría, llamó a su madre para que contestara.

—¿*Ke pasa, kirido, a ke ora vash a arivar?*

—*Temprano, musher, temprano. Solamente te kiría avisar ke viene conmigo el señor Samuel i su ermano el manzebo.*

—*¿Kuálo, otra vez, Nissim, no te parece bastante los vente musafires ke tenemos para la cena de Roshaná?*

—*Si, hanum, pero este povereto tene unos díyas apenas ke arivó, es djudió estambollí, no konoze a dninguno todavía en México. No lo podemosh deshar sólo kon el ermano dainda en la noche de anyo muevo. Le dishe ke venga ande mosotros. Ampezemos kon una mitzvah, además tú sempre gizash komida para el dupyo de la dgente ke viene.*

—*Bueno, por esto dize la dgente ke sos benadam.*

Ventura colgó el teléfono refunfuñando en voz baja mientras sacaba los dos platos extras para colocarlos en la mesa. Suspiró y sólo le quedó decir: «*Kasa yena. Bendicho el Dyo*».

— *¿Ken sonó el timbre, era el del charsí?*

—Sí, señora —respondió Josefa, quien llevaba trabajando con Ventura desde que era una chamaca, cerca de diez años.

Ventura compraba la ciruela betabel por caja. La dejaba en cal para que no se floreara y, después, preparaba compotas melosas o agridulces mermeladas. En el mercado de Medellín ya la conocían, y le mandaban la verdura y la fruta de la mejor calidad; no querían exponerse a recibir una extensa letanía en ladino junto con la devolución de la mercancía.

Mery entretenía a los hijos de Janeta, Moris de cuatro años y Pepe de apenas año y medio. Al mayor le atraían las bancas corridas del antecomedor. Revestidas por unos cojines largos para sentarse, escondían una tapa que se levantaba y en cuyo fondo se guardaba mantelería. Para Moris, era el perfecto escondite, ya que cabía acostado a sus anchas. Trataba de descubrir tesoros perdidos por debajo de los manteles turcos bordados a mano mientras Mery lo buscaba por toda la casa. Hasky venía de trabajar del Centro de Novedades Camhi, donde se vendían piezas para joyería; apenas dio tiempo para que se cambiara de ropa. A sus veintiún años había querido incursionar en un negocio distinto al de su padrino y Nissim estaba de acuerdo en que los muchachos aprendieran otros oficios; después de todo, la tienda de casimires estaba ahí para ellos si es que les interesara. Moisés por su parte, había estudiado un año de contabilidad y trabajaba en el despacho de los señores Asseo.

Los invitados comenzaron a llegar. La familia y los amigos con sus hijos, así como algunos vecinos fueron llenando la casa.

Buirum, buirum —bienvenidos, exclamaba Ventura con una sonrisa cada vez que hacía pasar a alguno de sus comensales.

Anyada buena i klara —le deseaban a su vez.

Nissim llegó con el señor Samuel y su hermano. Entró al baño para refrescarse y sintió un cansancio fuera de lo común. Se enjuagó la cara y al verse en el espejo se notó un poco pálido. Respiró profundamente cerrando los ojos y se dispuso a atender a sus invitados. Ventura ya había prendido las dos velas festivas antes de que oscureciera, al tiempo que decía:

—*Baruj Atá Amonay, Elohenu Melej Ha Olam asher kideshanu bemitzvotav, vetzivanu lehadlik ner shel Yom Tov.*

Nissim invitó a todos a acercarse a la mesa, y pronunció la primera plegaria de *Rosh Hashaná*:

—*Baruj Atá Amonay, Elohenu Melej Ha Olam shehejeianu, vekiemanu, vehiguianu lazman hazé.*

Había varias personas que agradecían de corazón haber llegado a ese año, luego de vivir tantas peripecias para dejar los Balcanes y cruzar mares. Los diferentes alimentos simbólicos se encontraban al centro, los cuales representan nuestras consignas para el año entrante: un plato de dátiles para extinguir a los adversarios; granada para que se multipliquen los méritos; manzana con miel para tener un año dulce; y cabeza de pescado para ser siempre los primeros y no los últimos en hacer el bien. Nissim, como siempre, se sentía sumamente orgulloso de su esposa, a quien se dirigía como la mejor *nekotcherá*.

Las conversaciones en la mesa emergían como borbotones de agua. Varios temas se iban hilvanando en aquella tertulia que evidenciaba el deseo de comenzar el año 5709 del calendario judío con sonrisas, buenos augurios y, sobre todo, mucha unión entre aquellos entrañables amigos. Algunas mujeres se levantaban para ayudar a traer platones de la cocina. Los hombres platicaban con los invitados especiales para ponerse al corriente de la situación en Turquía. Después, pasaban a la situación de México y, por último, urdían un plan sobre qué buena mujer era conveniente presentarle al señor Samuel para que sentara cabeza cuanto antes. En esa conversación sí tomaban parte las mujeres. Diversas opiniones y sugerencias brincaban de una en una, mientras que al pobre don Samuel no le quedaba sino dibujar una sonrisa un poco forzada.

Las circunstancias para el inmigrante habían cambiado desde 1936, cuando el gobierno mexicano expidió la Ley de Población. Esto hacía más difícil la llegada a México y limitaba el trabajo de los extranjeros en el país. Nissim, como la mayoría de los inmigrantes de los veinte, se había nacionalizado mexicano renunciando a su propia nacionalidad. En la carta de naturalización número 232, fechada el 4 de octubre de 1929, y bajo el mandato de Emilio Portes Gil como presidente provisional de México, Nissim se hizo mexicano.

Josefa ayudaba a Ventura a servir el postre, un delicioso *knefe* de pistaches y miel. Por un instante, una idea descabellada pasó por la mente de Ventura: ¿por qué no casar a don Samuel con Josefa para que pudiera obtener sus papeles y quedarse en México? La ocurrencia la rondó durante toda la velada. Finalmente, Ventura optó por comentarlo con su esposo, con don Samuel y con Josefa; por supuesto, a ella le pareció muy atractiva la idea, ya que sería un matrimonio sólo consumado en documentos, por el cual le pagarían una buena suma de dinero que mandaría a Oaxaca para ayudar a su familia; mientras tanto, ella seguiría trabajando en casa de los Eliakim. Aquella misma noche quedaron arreglados el casamiento y, por ende, la estancia de don Samuel en el país. Años después, a manera de agradecimiento, y porque nunca olvidaría el apoyo de Nissim y Ventura, don Samuel le envió a Mery, como regalo de bodas, un exquisito juego de té de plata. Curiosamente, a las pocas semanas, mandó recogerlo, hecho que dejó muy sorprendida a la familia. Un par de días más tarde, nuevamente un juego de té de plata llegó a casa de los Eliakim; en esta ocasión, era una pieza mucho más ostentosa. La misma anécdota se repitió una vez más; ese regalo fue recogido y uno mejor llegó con una tarjeta que decía: «Nada es suficiente para pagarles el haber podido quedarme en México».

Ventura se levantó invitando a todos a la sala. Mery ofrecía la charola llena de pequeñas tazas de café turco, rebosantes de aromática espuma.

—*Novia ke te veya* —le decían a Mery cada vez que se acercaba con el café y las *dulzurias*. Era, como ya mencioné anteriormente, lo que se acostumbraba decir a quien tiene el honor de convidar los postres; a Mery le encantaba oír ese buen deseo imaginándose vestida de novia.

Las señoras, nerviosas y emocionadas, querían que la anfitriona les leyera la taza, y aunque ella lo negaba, la verdad es que tenía fama de hacerlo bastante bien. Eso fue el resultado de una tarde de juego de cartas entre amigas; Ventura comentó que en Turquía su mamá le había enseñado a leer la taza, lo cual no era cierto. Casualmente, al pretender leérsela a Sarika, le pareció muy gracioso decirle que pronto iba a quedar embarazada de su quinto hijo.

—¡*Ashos y clavos*! —exclamó la afectada.

Pues dicho y hecho, a los dos días Ventura recibió una llamada de la amiga, quien le anunciaba que efectivamente estaba embarazada y que todas estaban impresionadas con su predicción. La más sorprendida, sin duda, fue Ventura. Desde entonces, con la rapidez a la que corrían las noticias en la comunidad judía, era considerada una de las mejores lectoras de taza, y su café, el más delicioso.

Una de las tantas cosas que me gustaba de quedarme a dormir en casa de mi abuela Ventura era que me llevaba a la miscelánea de la esquina a comprar chicles mágicos. Recuerdo que abría la bolsa de papel celofán, tiraba los chicles, que mi mamá me tenía prohibido masticar, y conservaba el papel impreso con una guapa gitana y su esfera mágica. De ahí, pasábamos por el estambre para el tejido. Lo terrible para mí era que mi abuela tenía amistad con la vendedora y se quedaba mucho tiempo platicando con ella mientras intercambiaban novedosas puntadas. A mí me urgía llegar a la casa para ver qué me auguraba el valioso pergamino mágico. Había que acercarle una flama, sin quemarlo, para que aparecieran las frases. Cuando al fin nos encontrábamos en la cocina, mi abuela me ayudaba a encender el cerillo que develaría mi suerte. Paseábamos el fuego una y otra vez cerca del pequeño rectángulo y las letras manuscritas iban emergiendo lentamente. Las palabras requemadas definían mi futuro. El mensaje, por supuesto, era ambiguo; sin embargo, cada quien lo adaptaba a su vida haciéndolo suyo. Guardaba mi papel mágico entre las páginas de algún libro esperando que se hiciera realidad lo ahí vaticinado. Ahora sé que no era casual mi adicción a conocer el porvenir. Ahora sé que es mi herencia turca.

Un sábado, como aquellos en que me quedaba con mi abuela, caminamos a la miscelánea y emocionada pedí mi paquete de chicles mágicos. Ya tenía los veinte centavos en la mano listos para pagar. Don Jesús me dio la mala noticia: ya no le surtirían mi golosina favorita, esa que ni siquiera me comía. Jamás volví a encontrarlos. Para curar esa gran decepción, mi abuela propuso leerme la taza:

—De ahí también emana la suerte, no sólo en la envoltura de los chicles mágicos —me dijo.

Me emocioné mucho; primero, porque me iba a tomar un café turco, lo cual también tenía prohibido porque si lo tomaba iba a *pishar preto*, según decía mi mamá; en segundo lugar, porque comprobaría las artes adivinatorias que se rumoraba tenía Ventura. Sacó de la alacena su *cevze*, el cazo especial de cobre para hervir el agua; ya que burbujeaba, añadió una cucharadita copeteada de ese café, molido tan finamente que yo imaginaba que con un soplido podría esparcirse por toda la cocina. Me dijo que me iba a preparar el café *sekerli*, con mucha azúcar. Quitó la cacerola del fuego, removió el contenido y lo regresó a hervir una segunda vez hasta que se formó una capa espumosa. Con una cuchara colocó la espuma en mi taza de porcelana y después la llenó con el café humeante.

Recuerdo que el ambiente se iba transformando con la música otomana de los discos LP que escuchábamos. Mi abuela movía las caderas rítmicamente siguiendo las notas del *kemenche*, pequeño violín de tres cuerdas; el *tanbur*, un laúd y el *ney*, esa antigua flauta de lámina tan importante en el Medio Oriente, y musitando la letra de las canciones. Me sentía inmersa en una leyenda, en un cuento de *Las mil y una noches*. A mis diez años, era lógico que sintiera un poco de temor y de inquietud. Comenzó el ritual y yo seguí las indicaciones exactas pensando en que, si no hacía todo correctamente, mi destino dibujado en la taza, podría verse afectado. Todavía tengo presentes las palabras de mi abuela:

—Toma la taza con la mano derecha, bebe muy despacio el café; disfrútalo, saboréalo y cuando percibas que se vuelve terroso es que has llegado al asiento; ese último traguito te va a saber muy amargo.

Así fue, la mueca que reveló mi rostro anunció que era el momento de dejar de beber. Estaba concentrada, con los sentidos avispados, lista para escuchar la interpretación del oráculo. Seguía las instrucciones de Ventura. Coloqué el plato sobre la taza, la volteé y sosteniéndola con el pulgar por abajo y los dedos índice y medio por arriba, le di los tres giros obligatorios. Dejé la taza sobre la mesa y mi abuela le puso una moneda encima:

—Para que el futuro te traiga dinero —me dijo con una sonrisa.

La dejamos reposar unos minutos y yo imaginaba las gotas escurriendo caprichosamente desde el fondo hasta el borde. Volteé la taza y comencé a buscar formas y siluetas que mi imaginación interpretaba. Creí ver un pez y una montaña, y una ardilla y un lago, y una flor y una letra *E*. Por las veces que había visto leer la taza, yo me sentía un tanto experta y me atreví a descifrar un viaje, fortuna, protección, la llegada de una carta y hasta un pretendiente; desde luego, su nombre tendría que ser Eduardo o Elías, o Ernesto. Me quedé pensando si conocía a alguien que se llamara así. Vi prosperidad y adversidad, toda la que podía ver una niña a mi edad.

El aroma a café se había propagado por cada rincón de la casa. Mi abuela se dispuso a explicarme los símbolos que veía. Su semblante cambió, su mirada se tornó enigmática, su voz se volvió más grave y sus dedos me parecieron más largos y delgados mientras sostenía la taza. Por un momento dudé si quería oír lo que el azar me tenía reservado.

—Un pájaro —dijo mi abuela—, ¿lo ves Sofika? —Yo veía sólo manchas negras—. Aquí está muy claro —repetía—, vas a recibir una buena noticia. Veo un camino dividido: hijita, tendrás que decidir entre dos cosas que te gustan. Aquí hay un abanico: quiere decir que te vas a encontrar con alguien a quien quieres mucho. Hay un perro que significa que eres muy fiel y la gente lo es contigo. Veo un pez que te va a traer suerte y felicidad. Esta mariposa me dice que vas a recibir unas ganancias que no te esperabas. Un ancla predice un viaje o conocerás a alguien que viene de lejos.

Me enseñó el perfil de un hombre. Lo vi muy claro.

—Es un hombre mayor que siempre te cuida —musitó la abuela. Ese fue un instante que quedó grabado en mí por la fuerza que da el sentirse protegido y seguro.

Pensé en él, en Nissim, el abuelo que nunca conocí. No requerí de su presencia para percibir su cariño. Me imaginé sentada en sus piernas, mimada, consentida. Me llené de calma, me acerqué a la ventana y disfruté la quietud de las estrellas, y me pareció que una me centelleaba. Mi abuela se acercó y me dijo:

—El *mazal* está escrito en las estrellas y las constelaciones son una guía en la vida de cada hombre desde su nacimiento. Sin embargo, las posibilidades de fracaso o de éxito están en nosotros, de acuerdo con el camino que elijamos.

Recordé la lección de la Torá, cuando la maestra nos relató que D-os le dijo al patriarca Abraham que viera hacia el cielo y contara las estrellas, así sería su descendencia. En ese instante, más que nunca, creí formar parte de ella. Esa noche en que yo miraba al cielo, pensé que los astros me señalaban. La luna, simbólicamente turca, era un vigía y a su lado, un lucero como lazarillo. Como si la actual bandera de Turquía ya estuviera prefigurada en el firmamento desde siglos atrás. Mi abuela me relató varias leyendas acerca de los elementos que la conforman: una de ellas relata que el primer sultán otomano soñó que de su pecho surgían la luna y la estrella de cinco puntas como emblema de la conquista de Constantinopla; otra narra que el sultán Mehmed II vio la luna, y junto a ella una estrella, la noche en que Constantinopla cayó; pero la que se repite en boca de cada generación desde la guerra de independencia turca es que una noche, después de haber salido victoriosos de un largo combate, Mustafa Kemal, Atatürk, el fundador de la república, caminaba por un campo de batalla y ante él, en un charco de sangre, se reflejó la luna creciente y una estrella a su lado.

Para nosotros los judíos, las constelaciones son augurios de bonanza, de nacimientos, de siembra o de cosecha, y la energía de cada mes nos permite moldear aspectos espirituales o de nuestra personalidad. Las constelaciones son una especie de pergaminos que hay que saber leer para descubrir lo que depara el azar. Ya se mostró que una herramienta que tenemos a la mano es la interpretación de los asientos en una pequeña taza de café. Esas figuras, formas, sombras o siluetas, no son sino la buena estrella, la buenaventura, y son el reflejo de la voz de lo que vaticina el firmamento. Aquella noche, con mi abuela Ventura, no podía dormir por haber tomado por primera vez un café turco, así que durante largo rato me sentí dueña de un trozo de cielo, y a partir de entonces acostumbro escudriñarlo como lo hacían mis antepasados. Desde que tuve permiso de tomar mi café a diario, siempre busco el perfil de Ventura, o una luna, o un pez, o un camino, o una mariposa, o una estrella, porque heredé de mis ancestros la curiosidad y la superstición. Una semilla que no deja de fructificar.

Nunca había visto una planta de café, con aquellas hojas alargadas y lustrosas, y sus flores parecidas a las del jazmín. Tuve que aprender mucho y, sobre todo, ir educando mi paladar. El aroma intenso anticipa su sabor: terroso y maduro, vivaz y complejo, con cuerpo. Este café corto me transporta a las reuniones en casa de mi abuela porque así olían las tardes de *café*, el juego de cartas, y reviven mi deseo de especular sobre el futuro: mi fortuna en el *cevze*, el cazo de cobre para preparar café turco. La luna siempre, la estrella siempre, Turquía en mis venas siempre.

XXX

Ventura caminaba por la acera encharcada aquella tarde de septiembre. Las últimas gotas de un día lluvioso serpenteaban en árboles y terrazas; en techos y azoteas. Su pelo empapado, su mirada tan frágil como un pequeño vaso de *chai*, sus huesos cansados. Ni siquiera intentó resguardarse bajo alguna marquesina. Recordaba que su madre le dijo alguna vez que el agua que cae del cielo tiene elementos que curan, y, por eso, en cuanto percibió que el cielo se llenaba de nubarrones, salió a la calle. Quería beber alguna pócima que sanara sus entrañas, su médula, su alma. Que arrastrara el dolor, la rabia, la tristeza. Cerró los ojos. Ansiaba ver el añil terso del cielo.

Nissim había disimulado con fármacos el dolor que sentía en la pierna. Llevaba varias semanas manteniendo una máscara de salud ante su familia. Trataba de no prestar atención a la falta de aire que le provocaba caminar más de dos cuadras, pero Ventura había notado la palidez en su rostro y le advirtió que lo llevaría al médico. Quién sabe cuánto tiempo pasaron en la sala de espera. Al verlos, el médico percibió la desesperación en los ojos de Ventura. El hombre robusto de bata blanca, casi calvo, bigote estilo Zapata y pequeños espejuelos redondos, los hizo pasar. Ventura notaba en el entrecejo fruncido de su marido que el dolor iba en aumento. El doctor le preguntó a Nissim sus síntomas. Ventura se sorprendió por lo bien que había enmascarado tanto dolor, pero a la vez, se enfureció con él por no decirlo. Nissim habló de un malestar en la pierna izquierda, similar a un doloroso calambre que se le aliviaba al reposar un rato. Mencionó que sentía la piel fría en esa misma pierna y que notaba una pérdida de vello, así como adormecimiento y pesadez en los músculos.

—Por las noches —dijo— al estar acostado, siento punzadas ardientes en los dedos.

Después de hacerle algunas preguntas sobre padecimientos de su familia para completar la historia clínica, el galeno procedió a auscultarlo. Las instrucciones fueron hacerse cuanto antes un perfil de lípidos en sangre y un angiograma. Ventura no tenía idea de lo que significaban esos nombres. A la seriedad de las palabras del doctor le siguió un silencio hirviente.

Los resultados: enfermedad vascular periférica severa. Colesterol elevado, circulación deficiente, riesgo de gangrena en dedos. Tan pronto como escucharon el diagnóstico, Nissim y Ventura decidieron viajar a Coney Island, Nueva York. El doctor les había comentado que ahí se encontraba una clínica muy famosa para tratar problemas circulatorios y les sugería hacer una cita con un especialista amigo suyo. Salvador Montal, el esposo de Janeta, se ofreció a ir con ellos, acompañarlos en caso de que necesitaran apoyo, ya que él hablaba un poco de inglés. La noche anterior al viaje, Nissim no podía conciliar el sueño; respiraba profundamente pero sin hacer ruido para no despertar a Ventura. Lo cierto es que la preocupación comenzaba a desplegar sus tentáculos y enroscarse en su mente. No temía a todas las pruebas que seguramente le harían en aquella clínica, ni al dolor, ni al tratamiento que le prescribieran, lo que le provocaba este desasosiego era tan sólo pensar que su enfermedad estuviera tan avanzada que no le quedara mucho tiempo de vida. A pesar de su aparente valentía, se confesó a sí mismo el miedo que lo dominaba. Recapacitó sobre lo que le dijo el médico; que cada cigarrillo agravaba su enfermedad. El humo que llevaba tantos años inhalando lo había envenenado sin estar él consciente de que con el paso del tiempo el cuerpo se lo reclamaría. Tragó un puñado de pastillas de las que le recetaron para el dolor y, finalmente, sus párpados se fueron relajando hasta ceder al sueño.

Era hora de partir y Nissim besó a cada uno de sus hijos: Moisés, Hasky, Janeta y Mery. Ellos no pudieron contener el llanto mientras su padre les daba la instrucción de cuidarse unos a otros. Ventura los abrazó y en su cabeza se amontonaron las imágenes de su propia despedida en Estambul hacía ya veintidós años. Momentos después, ese recuerdo se hizo añicos y surgió el instante en que recibió el telegrama con la noticia de la muerte de su padre. Fue justo ahí, en el umbral de su casa, donde estaba ahora de pie despidiéndose de sus hijos. Había conservado la imagen de su padre como en una especie de ideal de inmortalidad, y aunque más de dos décadas habían transcurrido sin verlo, estaba ahí, en cartas, en fotografías, en relatos, en los dichos pronunciados en ladino, una lengua hoy casi olvidada. Proverbios de sabiduría acumulada a través de los siglos. En ocasiones, bastaba una palabra para que resurgieran en su memoria evocaciones completas de su infancia al lado de Moshón, un padre cariñoso, de sumiso carácter, de precisos trazos geométricos en los pómulos al sonreír. Recordó haber dilatado el momento de abrir el sobre con la misiva. Se aferró al papel, como si se sujetara del cuello de su padre muerto. No sabía si iba a poder resistir el dolor de la noticia. Se acordó de haber imaginado a su padre tendido en la sencilla caja de pino, con los ojos cerrados, con el gesto poco enérgico. Imaginó cómo lo sacaban de la casa, del hogar de su infancia, donde sus hermanas Rebeca y Regina, así como su hermano Isaac, fueron criados y crecieron; donde ella nunca volvió salvo en sus memorias. Recordó también cuánto lloró entonces. Pinceladas de aquella escena se fundían con esta despedida de Nissim y Ventura.

Ella cruzó el umbral de esa casa para nunca volver a ver a sus padres. Aquella idea horadaba su mente: ¿volvería Nissim a ver a sus hijos? Una vaciedad rabiosa le lamió el estómago mientras veía que las siluetas se hacían pequeñas a lo lejos.

Habían pasado varias horas desde que metieron a Nissim al quirófano. Salió de ahí como si le hubieran succionado la vida. Su delgadez se perdía en la cama blanca, su tez blanca se confundía con las sábanas y las almohadas. Palidez total. Nissim abrió los ojos con dificultad, como si se enfrentara a la luz aguda después de horas de penumbra. Ventura estaba a su lado, mirándolo con una misericordia que lo hacía sospechar los resultados negativos del procedimiento al que lo acababan de someter. Ella contenía la respiración apretando los labios y mordisqueándolos en su interior. Cuando por fin soltó el aire, exhaló un inevitable sollozo. Los especialistas advirtieron que no había mucho que hacer para salvarle la pierna y les recomendaron volver a México y seguir un tratamiento al que no daban muchas esperanzas, pero sería el último recurso antes de tomar otras medidas.

Medicamentos inyectados directamente en la pierna aplazaron durante varios meses lo inevitable. Su circulación se volvió deficiente, las garras del dolor lo hacían su presa antes de que llegara la hora de tomar sus calmantes. El médico le ajustaba la dosis en cada visita, pero al cabo de los días, una vez más ya era insuficiente. El color de su piel era como pasta de aceituna Gemlik. La gangrena no mostró piedad. Lo último que vio Nissim antes de entrar a la sala de operaciones fue la cara de Ventura enrojecida por el llanto. Bajo los primeros efectos de la anestesia, Nissim y Ventura se despidieron en la gelidez de la habitación. Se acercó a él. Lo besó en la frente mientras Nissim le decía con palabras apenas audibles:

—*Goles a gardenias duspues de la luvya.*

Ventura colocó con un broche un ojito azul en la bata de Nissim a la altura del hombro; quería ahuyentar cualquier indicio de mala suerte, cualquier mal de ojo y protegerlo con esa costumbre nuestra en momentos críticos. Finalmente Nissim cedió al sueño del que despertó sin una pierna.

Volvieron a casa, a Michoacán 66, semanas después de haber partido para aquella operación que le salvaría la vida a Nissim. Jamás había visto con tanto gusto aquella pequeña puerta negra, ni el taller mecánico que se encontraba en los bajos de su hogar, ni la tlapalería del señor Fermón, quien lo saludó efusivamente. Sin la coordinación habitual pero con su traje a la Cary Grant, su cuerpo indómito luchó contra aquellas escaleras curvas que había subido y bajado tantas veces. Ahora implicaban su primer reto. Apoyándose en Moisés, Nissim logró conquistar aquel Ararat. En esa legendaria cumbre, la más alta de Turquía, se posó el Arca de Noé luego del Diluvio Universal. Así se posaría Nissim, recibiendo visitas de familiares y amigos, y como nieve perpetua los cuidados de Ventura. Los demás lo esperaban en la sala. Por su edad, a Mery nunca la llevaron al hospital, era la única que no lo había visto sin pierna. Estaba aterrada, no sabía realmente cómo reaccionar a sus ocho años. Su mirada, con un toque inconsolable, recorrió el cuerpo de su padre. Lo vio cojear, como melodía sin ritmo, como nota desafinada. Unas muletas hacían las veces de extremidad.

—*Mery, ishika miya, ya avoltí* —gimió la voz consoladora de Nissim.

El abrazo de su hija lo conmovió, al tiempo que le infundió un brío matinal. Se sentó en el sofá de siempre. Ventura lo tapó con una manta que ella misma tejió a gancho en esas largas semanas mientras él se recuperaba. La fragilidad con la que Nissim había regresado del hospital le entrecortaba las palabras. Respiraba con jadeos, sin embargo, no dejaba de sonreír. De pronto, ante los ojos de Hasky, la figura de su padrino se había tornado menuda y su cabello, cano.

Al cabo de unos días de recuperación, Nissim volvió a ser el mismo. Retornó a sus reuniones de la logia, a sus juntas en la comunidad, a los tés danzantes a los que Ventura tanto disfrutaba asistir y donde él reaprendió a bailar. Nuevamente, condujo el Chrysler último modelo que había suplido al Dodge que perdió aquel mal día de azar, y retomó las tardes de juego que Janeta le organizaba en su casa a escondidas de Ventura. Fue en una de esas visitas cuando Moris, el hijo mayor de Janeta, se sentó sobre la pierna de su abuelo. Para el niño nada había cambiado. Para Nissim, la sensación de que todavía poseía su extremidad, un miembro fantasma, le hacía por momentos no extrañarla. Aquella tarde quedaría inscrita en la memoria de Moris: el abuelo le regaló su Esterbrook, el plumín que llevaba siempre en un bolsillo oculto del saco cerca del pecho, con el que el chiquillo lo observó tantas veces firmar, apuntar, escribir cartas, anotar la fecha, 1949, y hasta pensar acercándolo a su sien. La estilográfica, de cuerpo y capuchón pulidos en carmín permanecería hasta hoy como el objeto más preciado de Moris dentro del bolsillo de su bata de notorio investigador. Esa reliquia de alta precisión, muy a la *belle époque*, marcó sensiblemente su infancia.

Mery aprendió muy pronto a recurrir al padecimiento de su padre y usarlo a su favor. A pesar de que era una chiquilla dócil, las ocasiones en que hacía alguna diablura se ocultaba detrás de Nissim, de tal forma que Ventura ya no se atrevía a arrojarle la pantufla para darle una lección. A raíz de la enfermedad, Moisés comenzó a trabajar con su padrino en la distribuidora de casimires La Perfecta, en Correo Mayor; la lozanía de las nuevas generaciones se hacía necesaria. Con el tiempo, la amplitud de un nuevo local los mudó al pasaje Tabaqueros, donde Moisés tomó las riendas del negocio familiar mientras Hasky hacía las veces de cobrador y chofer, aunque también seguía laborando en la joyería con don Luis en el Centro de Novedades Camhi.

Nissim veía la inminente necesidad de tener una plática con los muchachos, una prédica que comenzó con fatídicas palabras:

—*El diya ke io manke.*

Una sombra aciaga parecía haber descendido sobre ellos. Hasky asumió esa frase como una catástrofe bíblica, como una plaga de la que no se salvarían. Para Nissim era muy importante tener la tranquilidad de que su familia quedaría segura económicamente el día en que él ya no estuviera. Por ello, tenía ya preparado el papeleo que debían firmar los muchachos para ser legalmente dueños del negocio. Nissim se serenó con esas rúbricas, una sensación de seguridad como no había experimentado en largo tiempo lo invadió; fue como bajar el telón al término de una exitosa puesta en escena, aunque nunca cosecharía los frutos, no vería cómo sus hijos maduraban lo que él sembró. La Perfecta se transformaría en Tejidos Exclusivos. Moisés atendería el espacioso local, ubicado ya en Isabel la Católica 52, en el tercer piso, mientras Hasky viajaría de Laredo a Mérida, transportando casimires y ganando cien pesos a la semana. Juntos, los hermanos descubrirían que confeccionar prendas de vestir con sus telas podía ser muy redituable. Conocieron a un sastre que trabajaba en ese mismo edificio y así emprendieron el exitoso sendero de «Pantalones Pantalán, los primeros de lana fina, los primeros con los últimos diseños». En aquella plática, Nissim quería saber si a los ojos de sus ahijados había sido un buen padre, un buen ejemplo. La tranquilidad de haberles dado una buena educación, de haberlos hecho *benadam*, era, a su vez, haber cumplido un trato tácito con Lázaro, era ennoblecer su entrañable amistad, así como su memoria.

Nissim era asiduo al semanario *La Boz de Oriente, journal politique et littéraire israelite.* Se distinguían en esta publicación sus caracteres hebreos que se leían como ladino, es decir, esos caracteres, en hebreo, no significaban nada. Este periódico llenaba las noches de insomnio de mi abuelo con las últimas noticias de Turquía. Sus ojos oscuros tenían la hinchazón y las ojeras inconfundibles de quien no duerme bien. *La Boz de*

Oriente le llegaba desde la redacción de su amigo Isaac Algazi, director del periódico, ubicado en Gálata, Eski Posta han, número 12, Estambul. La estampilla verde jade ostentaba la luna creciente y la estrella a un flanco, así como el grabado de las vías de un tren que se perdía en la profundidad de un horizonte entre dos acantilados y, debajo de estos, las palabras *Türk Postalari*. Pegado sobre las letras hebreas de la primera sección, ese timbre conectaba con su tierra a Nissim, quien ya tenía un ritual para viajar por aquellas amarillentas páginas. Primero lo hojeaba todo hasta que algún relato en particular llamaba su atención. Títulos como «Los favores del sultán» lo atraían tanto como las decenas de menciones de lectoras de la suerte, lectoras de cartas y adivinas en general. La sección de anuncios clasificados divulgaba la venta de calentadores y pianos; servicios de consultorios dentales y de bufetes de abogados; confección de prendas y calzado fino al mayoreo, etcétera; él los leía todos examinando esas direcciones y preguntándose si alguna vez habría pasado por ahí. El anuncio que nunca faltaba era el del Banco Nacional de Turquía, o el del Banque Française des Pays d'Orient, en el número 15 de la calle Scribe, en París. Fue en *La Boz de Oriente* donde Nissim y Ventura se enteraron de que el año de 1950 había llevado a Turquía la política multipartidista. En las elecciones de ese año, ganó el Partido Demócrata, luego de décadas de régimen de un partido único. Tal cambio traería un fuerte crecimiento económico y una actitud condescendiente respecto a las libertades individuales, un tanto contraria a las restricciones del Islam. Quizá fue esta tolerancia la que logró que las familias sefardíes, como la mía, vivieran en paz hasta ahora en ese territorio de mezquitas y burkas.

El 8 de enero de 1951, Nissim observó con detenimiento la forma en que Ventura cepillaba su cabello; aquellos movimientos metódicos y acompasados lo hicieron admirarla más que nunca. Ella colmaba de sensualidad cada ademán sobre su pelo color avellana. Nissim hundió las manos en las bolsas del pantalón. Permaneció mirándola, en silencio. Quería recordar todos los detalles; cada contorno de los muslos que a contraluz se dibujaban debajo del vestido, cada insinuación de sus caderas bien formadas, cada susurro del *rouge foncé* que matizaba esos labios delgados que tantas veces había besado. Los rayos del sol invernal se filtraban a través de las cortinas de encaje abriéndose paso en la recámara. Exquisito instante. ¿Podía haber tez más tenue y perfecta? Ella hablaba y él fingía interés en sus comentarios. Un deseo febril lo invadía. Inhaló su aroma cuando ella se acercó para despedirse.

Los ojos de Nissim parpadearon por última vez al igual que el viejo faro de Rumeli a orillas del Bósforo. Tal como su fulgor que ilumina el estrecho desde el Mar Negro hasta Estambul, los recuerdos de mi abuelo lo guiaron trastabillando por las aguas de sus evocaciones, reviviendo restos del pasado. Finalmente, a sus cincuenta y nueve años, exhaló un último aliento. Hasky regresó temprano a casa. Encontró a su padrino sentado en el sofá de siempre. Sin pulso, sin hálito. Bajó las escaleras de tres en tres corriendo hacia la puerta.

—¡Un doctor, ayuda, un doctor! —gritó en medio de la calle—. Un doctor —murmuró entre sollozos sabiendo que ya no había nada que hacer.

Ventura vio a su hijo desde la esquina de Michoacán y Nuevo León, aceleró el paso y, cuando lo tuvo cerca, se abandonó en sus brazos. Absorta, Ventura se aferró al cuello de Hasky, quien quería decirle algo, pero no pudo; sólo la abrazó con fuerza y se quedaron inmóviles en el umbral. Cuando por fin Ventura se atrevió a subir, la sala olía a *raki*, a pesar de las ventanas abiertas. Un pequeño vaso de cristal medio lleno se encontraba sobre la mesa lateral. Ventura deslizó sus dedos sobre las huellas que dejaron los labios de Nissim en el vidrio. Se bebió el resto de aquel licor anisado. Besó los párpados de su marido con tal serenidad que Hasky enmudeció.

Ventura le pidió que la dejara sola. Quería despedirse. Hablarle por última vez, a quien ya no le podía responder, a quien ya no la podía escuchar. Quería agradecerle haberla hecho sentir siempre como la delicia de su existencia, haberla complacido en cualquier petición, haberle devuelto la alegría después de que perdió a Lázaro, haberle dado fuerzas y ganas de vivir. Meses enteros lloró y suplicó que Nissim no perdiera la pierna, y en ese tiempo habló con D-os, oró y le hizo decenas de promesas si le permitía a su marido disfrutar unos años más con ella y juntos ver crecer a su hija. Ahora se daba cuenta de que no sería así; ya no podía llorar, ya no podía suplicar. La muerte se había adueñado de sus expectativas. Ventura se recostó junto al cuerpo que, debido a la mala circulación que sufrió por tanto tiempo, se enfriaba rápidamente, cambiando de color su piel. Tomó la mano de su esposo entrelazando sus dedos con los de ella y así permaneció sin moverse, recargando la cabeza en su hombro. Cerró los ojos, parecía tan muerta como lo estaba él. Meditó largo rato acerca de su vida junto a Nissim, acerca de la fortuna de haber procreado una hija. ¿Cómo le diría a la pequeña Mery que su padre había muerto? Llena de rabia pensó que no le volvería a pedir nada a D-os, ya que no le había cumplido ninguna de sus peticiones; sin embargo, minutos después, se encontraría rogando que el Señor le dictara las frases correctas para decirle a su hija que se había quedado huérfana. Sin pronunciar palabra, Ventura soltó la mano de su esposo, tomó el zapato que Nissim traía puesto y junto con el que permanecía en el ropero, los guardó en el baúl.

Janeta y Salvador abrazaron a Ventura en cuanto la vieron. Inconsolable, Janeta recordaba cuánto luchó Nissim por ella, por retenerla junto a él, aun en contra de su padre biológico, quien regresó en varias ocasiones amenazando con quitarle a la niña. Veinticinco años después de la muerte de Nissim, Janeta se enfrentaría a uno de los episodios más difíciles de su vida.

Yo tenía dieciséis años y recuerdo que Jenny, la *robisa*, la esposa del rabino Abraham Palti de nuestra comunidad sefardí, acababa de llegar de un largo viaje a Israel. Ella le trajo una carta a mi tía Janeta; un sobre que le había dado un hombre mayor, quien decía conocer a Janeta y aun más, saber cada detalle de su vida. La misiva era de Jusuf, del hombre que renunció a la niña cuando tenía cinco años; ese hombre firmaba: «tu padre que te quiere». Toda referencia de cómo era el rostro de Jusuf había quedado en una fotografía mental que guardaba Janeta, pero que se había ido borrando con las décadas. Su memoria tenía poco nítidos los pantalones desgastados y el olor a cansancio. El pasado reapareció junto con esa carta en la que Jusuf le decía que, aunque se había ido a vivir a un país lejano, había estado siempre enterado de lo que sucedía en la vida de Janeta y que nunca había dejado de quererla. Ahora se encontraba muy enfermo, sabía que el tiempo que le quedaba era breve y quería verla, despedirse de ella, le pedía que fuera a Israel. Aquellas palabras cimbraron a mi tía Janeta quien no sabía qué hacer, lo recuerdo bien. Mi madre la tomó del brazo y, cariñosa, le recomendó ir a hablar con el rabino Abraham Palti. Ante su disyuntiva, sabiamente él le preguntó a Janeta qué sentía por ese hombre que había escrito unas frases tan conmovedoras, si acaso lo consideraba su padre. Janeta respondió sin titubear:

—Yo tuve únicamente un padre, Nissim Eliakim.

La sala se llenó de gente; amigos y familiares que se fueron enterando de la muerte de Nissim acudieron de inmediato a acompañar a Ventura. Moisés estaba sentado en el sofá junto a Hasky, quien le decía:

—¿Te acuerdas cuando se casaron mamá y el padrino? Ella le pedía que nos regañara, pero él nunca lo hizo, más bien hablaba con nosotros haciéndonos sentir adultos y explicándonos las razones por las cuales no debíamos hacer tal o cual cosa.

—¿Y te acuerdas cuando le amputaron la pierna? Con su bastón hacía como que nos pegaba para que mamá se quedara tranquila pensando que él la estaba ayudando a educarnos —le respondió Moisés aguantando el nudo en la garganta.

Recordaron la última promesa hecha a su padrino unas semanas antes de su muerte. Nissim adivinaba que ya no estaría entre ellos mucho tiempo; por eso, citó a los muchachos en el despacho de la calle Isabel la Católica para hacerles una petición. Él era un hombre poco creyente, sumamente práctico y con amplio criterio; no quería abrumarlos con pesadas responsabilidades, pero reconocía también que durante los años de matrimonio con Ventura, los muchachos habían aprendido su ejemplo y sabrían cumplir con una promesa: debían encargarse de que nunca le faltara nada a Ventura, que fueran una buena guía para su hermana Mery, y sobre todo, que nunca las dejaran solas cuando él ya no estuviera.

Se llevaron a cabo nuestros rituales de entierro. Ventura le suplicaba con alaridos a Nissim que la llevara con él, quería precipitarse a la fosa, como en un trance delirante. Esta terrible escena quedó grabada en la memoria de Moisés, de Hasky y de Janeta. Afortunadamente, a Mery no la llevaron al panteón en vista de que tenía diez años. Sé que mi madre, por su intensa sensibilidad, no hubiera resistido tal impresión. Nissim había pactado con sus hijos, en aquella plática de unos meses atrás, que no habría despedidas, ni palabras solemnes, ni lágrimas, sólo una promesa que cumplir: cuidar a su madre y a su pequeña hermana Mery. Miraron a su alrededor: el panteón pleno de amigos, los señores Behar, Penhas y Nisri entre otros colaboradores y camaradas de la comunidad, y recordaron las palabras de su padre: «*No es el ombre ke deve ir a los onores, son los onores ke deven ir al ombre*». En compañía de toda esa gente que apreciaba y admiraba a Nissim, entendieron el significado de dicha sentencia: el hombre no debe buscar honores, sino que debe hacerse merecedor de ellos. No cabía la menor duda, Nissim jamás sería olvidado.

Ventura se metió entre las sábanas pensando que tal vez a la mañana siguiente despertaría de esa terrible pesadilla. Por el contrario, se soñó pisando el borde de un precipicio y se despertó con sus propios gritos. Una terrible opresión en la garganta le impedía respirar. Por un instante buscó a Nissim para arrojarse al cobijo de su abrazo protector; se quedó mirando la almohada vacía. El llanto más amargo en esta segunda viudez. Ahora su presente y su futuro hacia el abismo. A sus cuarenta y tres años sintió el cansancio de vivir. Se preguntaba por qué la suya había sido una existencia de pérdidas; primero sus padres y hermanos al irse de Estambul, después Lázaro y ahora Nissim. El dolor la carcomía. El agotamiento de toda esa jornada la abatió. Nuevamente sueños en los cuales surgían grietas que dejaban ver su interior como un vientre desgarrado. ¿Dónde quedó aquella niñez turca? ¿Dónde el deseo de regresar a aquella tierra?

Tercera parte

La permanencia

I

Al alba, con la mente resurgida de los agobios nocturnos, Ventura se frotó los brazos tratando de sacudirse el frío. Ahora sus ojos estaban secos. Se sintió disminuida, vulnerable, como cuando llegó a México años atrás. Apenas si se reconocía. Esa joven que aprendió a ser valiente era en este momento una mujer desvalida, llena de ira, incapaz de sobrevivir.

«*Hamakom lenajem etjem betoj sheár avelei Zión virushalayim*», «Quiera el Señor consolaros junto con todos los dolientes de Sión y Jerusalén.»

Esta oración de duelo se recitó cada día de la *Shivá*, los primeros siete días de duelo, como un repetitivo lamento. Una vez más, las roscas saladas y las *pasikas pretas* simbolizaban el luto en la vida de Ventura. Por segunda ocasión se sentó en el piso durante siete días en señal de duelo. Cuando llegó del panteón, los espejos estaban ya cubiertos con sábanas blancas, una veladora reposaba encendida sobre el mueble del comedor, sitio donde se llevarían a cabo los rezos diarios; y en la mesa, un platón con huevos duros, aceitunas negras, queso blanco y roscas circulares que aludían a la redondez de la vida. Doña Rachel, amiga inseparable, se había encargado de todo para el *Meldado*. Ventura observó de nuevo la blusa que traía puesta; el rabino Menajem Coriat recién la había rasgado. Imaginaba su alma como si fuera un pergamino añejo y se preguntaba sin cesar por qué se había repetido su tragedia.

El dolor no le permitía aceptar las palabras de algunas de sus amistades que se despedían diciendo: «*Ke su alma repoze en Ganeden*». Ventura no encontraba resignación ni consuelo. Hasky y Moisés escuchaban que su madre sollozaba entre sueños cada noche, como si fuera un niño que se queja de una herida. Pesadumbre por doquier en aquella casa en otros tiempos festiva. Por su parte, Mery, aunque protegida por sus hermanos, sentía indefensión y sabía, aun a su corta edad, que el amor de su padre era irrecuperable. Extrañaba esas noches en las cuales Nissim la acompañaba y, antes de despedirla con un beso, la invitaba a imaginar luciérnagas en su cuarto, trazando diferentes formas en su recorrido luminoso a través de la oscuridad. Mery dibujaba con su dedo índice montañas y estrellas en el aire, picos de patos y orejas de conejos, triángulos y espirales ficticios. Nissim acomodaba la cobija sobre los hombros de la niña y le daba un beso en la frente. Así dormía tranquila, sin aprensiones, sin pesadillas, sin miedos. Ahora, inquietud; la pérdida la llenaba de sobresaltos. El brillo de las luciérnagas se convertía en flama que salía de la nariz de un dragón. La muerte se llevó su ingenuidad. Mery era presa del miedo y Ventura la llevaba a su cama para dormirse juntas. Se fundían en un abrazo hasta que el sueño las vencía. Ventura confortaba a su hija con la escasa fuerza que le quedaba.

La familia Eliakim recibía a los colaboradores, compañeros y vecinos que iban de visita para acompañarlos y tratar de darles apoyo. Era muy difícil para Janeta no ver a Nissim en el centro de aquel flujo incesante de amistades, como siempre, con su calidez, su buen humor y su generosidad. Incluso estando enfermo y después de haber perdido la pierna, con sus muletas, cojeando, su participación en la vida comunitaria y de su familia había sido tan intensa que era difícil aceptar que él ya no estaría ahí. Janeta también estaba abatida. Su padre y protector,

la persona que la amó incondicionalmente y que le dio su apellido no la volvería a llamar «*ishika miya*», ya iba a ser hija de
nadie. Exactamente sesenta años después, Janeta moriría en la
misma fecha que su padre. En el calendario judío, el primer día
del mes de *Shvat* los uniría de nuevo. Dos tumbas, un mismo
término apartado por seis décadas de añoranza.

Moisés y Hasky recitaban el *Kadish* a la hora del rezo. Esas
palabras de alabanza a D-os, en los momentos de profundo dolor, se escuchaban como el *Réquiem* de Mozart. Al terminar la
oración, el silencio era espinoso. Los señores Palatchi, Mor-
haim, Sevilla y Capuano compartían la plegaria tanto como la
pena, porque habían perdido a su entrañable amigo. Miembros
de la logia masónica también asistieron. En la hermeticidad de
sus reuniones, llevaron a cabo una ceremonia luctuosa en la
cual el Venerable Maestro se refirió a los logros de su hermano
Nissim tanto en la masonería como en la vida familiar y comunitaria. Todos portaban su banda de grado por el lado negro, así
como su mandil por el reverso mostrando una calavera.

Los días se hacían más soportables gracias a la constante
compañía de amigos que se ocupaban de llevar comida a los
deudos. La señora Rachel, en su preocupación por consolar a
Ventura y a sus hijos, pensaba que sus platillos favoritos ayu-
darían, al menos por unos momentos, a reconfortarlos y disminuir la tristeza. El aroma del *almodrote* o suflé de berenjena,
era para Moisés; la simbiosis de lo ácido con lo cremoso de la
agristada de pishkado o geyna, pescado o pollo en salsa de limón
con mayonesa, para Hasky; los emblemáticos pimientos rellenos de queso, para Janeta; para su querida Ventura las *avikas*
frescas en aceite de oliva, y para Mery el pastel de nuez que
Rachel aprendió a preparar con la codiciada receta de la propia
Ventura.

Mientras mezclaba el kilo de harina con el de azúcar, la
cucharada de levadura, los cuatro huevos y la barra de mantequilla, recordaba aquella tarde cuando su amiga le reveló el

secreto de su afamado pastel; eran los cuatro sobres de vainillina lo que hacía la diferencia. No podía olvidar la manera
cariñosa con la cual Ventura le explicaba que la nuez debía
estar bien molida para el relleno y que no dejara de agregar
generosamente la canela y la cocoa que, por cierto, eran los
ingredientes que más le gustaban a Nissim. Recordó también
el dicho que habían comentado esa tarde de cocina: «*Dinguno
sabe lo ke ay en la oya, mas ke la kuchara ke la meneya*». A pesar
de los esfuerzos de Rachel, Ventura parecía sobrevivir en esos
días tomando sólo un par de vasos de *chai*; nada sólido lograba
bajar por su garganta.

Los silencios de Mery preocupaban a Janeta. Cuando ella
le quería platicar, la niña desviaba la mirada. Era como si su
alegría se hubiera desdibujado, como si su viveza se opacara.
Un sabor salobre le llenaba la boca al pasar saliva, al masticar cada bocado que le insistían en comer. Darse cuenta de
que Nissim ya no estaba en la recámara contigua la hacía no
querer salir de la suya. Janeta insistía vanamente en temas que
en otros momentos hubieran desembocado en largos ratos de
conversación. Tanto a su hermana como a ella les hacía falta esa
sensación de estar envueltas en una especie de aura protectora
que les brindaba el abrazo de su padre. Janeta trató de imitar
aquel gesto estrechando a Mery. Sólo en ese momento logró
que la niña le mostrara una fotografía de Nissim que guardaba
bajo la almohada y que al reverso tenía inscrito en color verde:
«Te extraño».

Finalizó el *Meldado*. La casa olía a vaciedad. Desde su cama,
Ventura miraba el retrato sobre la mesa de noche. Ese hombre
elegante y delgado que portaba su banda masónica le sonreía
vagamente con orgullo a través del bigote al estilo Chaplin. Las
mañanas transcurrían así, entre brotes de tristeza y duermeve-
las con pesadillas recurrentes. Las muletas permanecían aún en
el último sitio donde las recargó Nissim. Ventura parecía haber
envejecido de golpe. Recordó su niñez en Mármara, en la costa

egea, donde si bien tuvo muchas carencias, en el momento actual le parecía idílica. Un surco en su frente. ¿Acaso su destino era vivir de pérdidas?

Mery llegó a casa después del primer día en la escuela tras la muerte de su padre. Había sido una jornada especialmente difícil. A pesar de que no tenía ánimos para asistir, sus hermanos estaban decididos a que comenzara nuevamente su vida cotidiana. Ventura había convencido a su hija de ir al colegio después de abrazarla y explicarle que ver a sus compañeras le ayudaría a distraerse, y que ella estaría esperándola a su regreso. Mery solamente quería estar al lado de Ventura. Corrió a su recámara para meterse a la cama con ella y quedarse dormida en sus brazos, pero al entrar, la vio hincada junto a un bulto de ropa. Tenía un chaleco gris entre las manos, lo olfateaba, era como si quisiera recuperar el aroma de la piel de Nissim. Ella posó sus ojos sobre aquella pila. Sin decir nada, se miraron largo rato. Esta imagen se quedaría en la memoria de Mery para siempre.

Ventura no pudo controlar sus ganas de llorar, le dolía la orfandad de su hija más que su propia viudez. Le explicó que todas esas prendas se irían a la comunidad para ser repartidas entre la gente que las necesitara. Mery se enojó; como un péndulo oscilaba entre la rabia y la necesidad de resignación. No podía concebir que alguien más usara la ropa de su padre, no quería que ningún objeto saliera de ahí. Aquello era lo que le quedaba de él; por ejemplo, sus sombreros albergaban la picardía de Clark Gable. Finalmente, Ventura convenció a su hija argumentándole que Nissim estaría muy contento de que sus cosas fueran repartidas de esa forma.

—*Malorozamente, ishika, todo esto ya no tene a ken sirvirle akí. El Dyo kisho ke papá lo acompanye ande Él stá para ayudarlo a faser kosas buenas. ¿Ande iba a topar un ombre meshor para ke lo ayude? I ya saves ke lo ke el Dyo kere, esto es. Akordate komo tu padre sempre mos dizía: «Una mano lava la otra, i las dos lavan la kara»; esto es la importancia que tiníya para él la soloidaridat i por esto vamos a siguir kon su ejemplo.*

Mery le suplicó a su madre que le diera alguna prenda de él, algo con lo que pudiera dormir y sentir su compañía, algo para imaginar sus brazos protegiéndola. Ventura dobló cuidadosamente el chaleco gris que ella misma le había tejido y se lo dio. Mery se lo arrancó de las manos, lo llevó corriendo a su recámara y lo escondió bajo la almohada. En ocasiones, soñaba con su padre vestido de gris y salvándola de la amenazadora pantufla de Ventura.

El baúl se abrió nuevamente. Ventura colocó con mucho cuidado la espada masónica de su esposo en el fondo. Aquella valija, contenedora de travesías, ahora iba a albergar testimonios de vida. El arcón se volvió intocable. Cada vez que me quedaba a dormir en casa de mi abuela, recuerdo la advertencia de no acercarme siquiera a él. Esto bastaba para que la curiosidad llenara mi ser. ¿Qué guardaría ahí?, probablemente cartas de amor; o quizá, un talismán. En una ocasión, mi hermana Venice se quedó también en casa de la abuela. Pensé que esa sería la oportunidad para tener un cómplice y, en caso de ser descubiertas, por lo menos el regaño no caería solamente en mí. Aquella noche primeramente asaltamos los vitroleros de rosquitas de anís llenando los bolsillos de nuestras batas para tener provisiones si se sabía que éramos las usurpadoras del secreto del baúl; comeríamos rosquitas a escondidas luego de recibir el castigo de quedarnos sin postre varios días. Durante algunas semanas, las migajas de los bolsillos de la bata de noche se nos metían en la punta de las uñas como recordándonos nuestra diablura.

Esperamos a que Ventura comenzara a ver su telenovela en la sala y, aprovechando su concentración, nos escabullimos a su recámara. Estábamos totalmente a oscuras, el silencio lóbrego, el aire pesado, y a tientas llegamos hasta el baúl. Venice sacó una pequeña linterna que alumbraba apenas la cerradura metálica. Las inviolables reglas no escritas de mi abuela me vinieron a la mente como una amenaza, pero aun así, quise descubrir el secreto con el que llevábamos conviviendo tantos años. La insensatez que se había apoderado de mí, así como los nervios, convirtieron en fallidos intentos mis movimientos con el cuchillo dentro del cerrojo. Tomé entre mis dedos el ojito que llevaba puesto en una cadena alrededor del cuello y lo apreté deseando poder abrir el mecanismo. Mi amuleto, mi querido *oshiko* de la suerte, no fallaba; por fin, escuchamos un clic. Entre tela deslavada y olor a naftalina nos deslumbró el interior. Encontramos fotografías de unas mujeres que extrañamente me provocaban cierta familiaridad. Objetos que no habían sido usados en años estaban envueltos en papel de China. Desenrollamos el primero de ellos: era una copa de cristal azul, opaco; desenvolvimos el siguiente: era otra copa azul de cristal translúcida. Descubrimos retratos de Lázaro joven y otros en los que posaba con Moisés y Hasky. Hallamos también los mandiles de masón del abuelo Nissim y su certificado de la logia junto con su enigmática espada. Sábanas y manteles finamente bordados ocupaban casi todo el espacio. Atiné a meter la mano en una esquina y me topé con algo insólito: las cartas de amor de Nissim. Papel fino desgastado, alrededor de los sobres un listón de seda color beige. No tardé en deshacer aquel nudo y, arrebatándole la linterna a mi hermana, alumbré palabras en ladino. Las hojas de papel de China se veían casi transparentes y la caligrafía era estilizada y elegante. Me imagino que esas frases alentadoras y casi poéticas desdibujaron gradualmente la tristeza por la pérdida de Lázaro, y que por esas misivas nació el profundo amor que se tuvieron mis abuelos. Una bolsa de noche, de lentejuela negra, y un sombrero con plumas fueron razón suficiente para que Venice y yo discutiéramos entre susurros quién debía probárselo primero. Sacamos collares de cuentas de cristal y muchas pulseras cuyo tintineo nos delató. La abuela nos sorprendió. Su primera reacción fue regañarnos, pero unos segundos más tarde, ella misma se sentó en el suelo con nosotras para contarnos la historia de cada uno de los objetos. Desde luego, ella era la protagonista y dueña de las historias. Fue ella quien se puso los collares y las pulseras, y se miró en el espejo de plata con mango de madera. Lució el sombrero y comentó que la última vez que lo usó fue para ir a la ópera a Bellas Artes con Nissim. Luego, se levantó y encendió la luz invitándonos a bailar mientras canturreaba:

Una pastora io amí,
una isha ermosa.
De mi chiquez io la adorí,
mas ke ella no amí.

Mi abuela daba la impresión de ser aquella joven que llegó en el barco: lozana, inocente, crédula. Me dejó colgarme la bolsa de lentejuela negra en el brazo; yo me sentía elegante y distinguida, como ella. Nos volvimos a hincar ante el baúl y sacamos las sábanas y los manteles. Sus dedos se paseaban apaciblemente sobre los complejos bordados, y nos contó que su madre y sus tías habían calado aquellas cenefas, habían elaborado cada puntada de los encajes que cubrieron su mesa y su lecho cuando llegó a México. Esa noche, me prometió seguir con la tradición y bordar manteles para cuando yo me casara; ahora los atesoro como ella los suyos.

Los mandiles de piel de Nissim mostraban innumerables figuras, algunas pintadas, otras bordadas, y provocaron muchas preguntas; mi abuela solamente se concretó a responder que cuando fuéramos mayores nos explicaría; sin embargo, nos podía decir que los usaba mi abuelo Nissim en reuniones de hombres justos e interesados en mejorar su vida y la de su comunidad, y que se llamaban masones. Descubrir el misterio de esos objetos nos mantenía atentas, no podíamos despegar los ojos de todo aquello, del tesoro del baúl. Perdimos la noción del tiempo entre remembranzas, historias y anécdotas. El retrato de Lázaro reposaba en el fondo: era la imagen que mi abuela Ventura había recibido por correo en Estambul junto con la carta fechada en 1927, en la que le pedía matrimonio. Ella lo besó y luego lo llevó a su pecho, cerró los ojos y nos dijo que gracias a esa fotografía estábamos todas ahí. En ese momento no comprendí el significado de sus palabras, pero con los años supe la historia de cómo había llegado a México. Mi hermana Venice jugueteaba con la copa de cristal azul opaco, mi abuela se la quitó y tomó cuidadosamente la de cristal translúcido, las chocó entre sí provocando un agudo repique. Nos contó que la opaca era la copa que utilizaba Lázaro para hacer el *kidush,* la bendición o plegaria tradicional que se dice sobre la copa de vino de *Shabat* o alguna otra festividad, en las fiestas mayores, como *Rosh Hashaná;* la otra, la de tono cobalto cristalino, era la que usó mi abuelo Nissim para infinidad de brindis y celebraciones, en reuniones en su casa y en triunfos merecedores de un festejo. Finalmente, sostuvo la fotografía de unas mujeres entre sus manos. La miró largo rato y fue entonces cuando su expresión cambió. Mi abuela evocó aquellos tiempos con una nostalgia que la cimbró de pies a cabeza. Eran su madre y sus hermanas, perfiles similares, rasgos cómplices.

—¿Hace cuánto que no ves a tu familia? —le pregunté, anticipando la tristeza en su respuesta.

—*A mis padres mas nunka los vide desde ke mos dispartimos kuando tiniya diez y siete anyos. Kuando retorní a Istambul ya staban en Gan Edén, i mis ermanas i mi ermano Isaac no los vide asta ese momento, ma no kreyo ke los vo ver nunca mas. No avlemos mas ke me sto deskarinyando.*

Yo, Sophie, la nieta más cercana de Ventura, comprendí su pesar. Yo tengo a mis hermanas Venice y Reyna, y a mis padres conmigo; no podía creer cómo ella había podido alejarse de los suyos y de su país para hacer una vida propia, cómo había podido vivir sin el apoyo de una familia, máxime que el vínculo familiar entre nosotros los judíos es tan fuerte. Y ella sola, con un espíritu férreo. Eso la sacó adelante. En ese momento hice una promesa que me tomaría varios años cumplir. No sabía cuándo, pero yo iría a Estambul; iría a conocer a mi familia lejana, a platicarles sobre mi abuela, a buscar mis raíces. Era un juramento que se me quedó grabado aquella noche y que para mí sería la forma de honrar a mis antepasados. Y mi abuela cerró el baúl.

❖ Almodrote o suflé de berenjena

4 Berenjenas grandes

7 Huevos

250 Gramos de queso chihuahua rallado

250 Gramos de queso manchego rallado

100 Gramos de mantequilla

¼ Litro de crema

6 Cucharadas de pan molido

50 Gramos de queso parmesano rallado

Sal, pimienta y consomé de pollo en polvo, al gusto

Se asan las berenjenas en la lumbre directa. Se pelan, se lavan y se dejan escurrir en una coladera. Se pican hasta que queden casi como puré. Se les agrega únicamente 6 huevos, el queso chihuahua, el manchego, el pan molido, la crema, sal, pimienta y consomé al gusto. Se revuelve todo y se pone en un refractario engrasado. Se bate el huevo que queda; con él se barniza la mezcla y se espolvorea con el queso parmesano. Se mete al horno por una hora a 150 grados.

❖ Agristada de pescado o pollo

1½ Tazas de agua

2 Cucharaditas de consomé en polvo

3 Huevos batidos

1½ Cucharadas de harina

3 Limones

1 Cucharadita de sal

1 Cucharadita de azúcar

Tortitas de pollo molido o pescado

Se pone a hervir una taza de agua con el consomé en polvo y se deja enfriar. Se baten 3 huevos en la batidora, se agregan 1½ cucharadas de harina cernida y ½ taza de agua. Se agrega esto al caldo y se pone en la lumbre bajita. Sin dejar de mover, se agrega el jugo de 3 limones poco a poco, 1 cucharadita de sal y 1 de azúcar. Se mueve durante 6 a 7 minutos. Se vacía en un plato extendido y se mete al refrigerador. Se sirven las tortitas de pollo o pescado sumergidas en la salsa ya fría.

♣ Pimientos rellenos de queso

4 Pimientos rojos

1 Taza de puré de papa

½ Kilo de queso manchego

125 Gramos de queso feta

¼ Taza de queso parmesano

3 Huevos batidos

2 Cucharadas de aceite

Sal al gusto

Se lavan y parten los pimientos a la mitad y a lo largo y se retiran las semillas. Se ponen los pimientos en un refractario engrasado y se hornean durante 20 minutos. Luego se sacan del horno y se dejan enfriar. Se mezcla el puré de papa con los quesos, el huevo y la sal. Se rellena cada pimiento generosamente y se les pone un chorrito de aceite encima así como un poco de queso parmesano. Se hornea unos minutos.

♣ Habas secas en aceite de oliva

2 Tazas de habas secas

1 Cebolla grande

½ Taza de aceite de oliva

2 Cucharaditas de sal

4 Cucharaditas de azúcar

½ Ramo de eneldo o perejil

1 Limón

Se dejan remojar las habas secas en agua toda la noche. Se escurren y se ponen en una cacerola con la cebolla pelada y cortada en cuatro, el aceite de oliva, la sal, el azúcar y agua para cubrirlas. Se tapa y se deja cocinar a fuego medio. Luego, se muelen mientras están calientes para hacer un puré, el cual se vierte en un molde y se deja enfriar. Se voltea en un platón ya que se haya enfriado y se decora con eneldo o perejil.

❖ Pastel de nuez

1 Lata de leche condensada
50 Gramos de margarina
100 Gramos de dátil
100 Gramos de nuez
4 Huevos

Se licuan juntos la leche, margarina y huevos. Se engrasa un molde redondo y se vierte y se agregan los dátiles y la nuez a la mezcla bien repartidos. Se hornea a 180 grados por 30 minutos o hasta que, al meter la punta de un cuchillo, este salga limpio. Se deja enfríar y se desmolda.

II

Aun después de que le amputaron la pierna, Nissim siguió fumando para acompañar su café turco. La cajetilla de cigarrillos permanecía sobre la mesita estilo francés junto al sofá donde él se sentaba. Nadie se había atrevido a quitarla. ¿Cuándo podría la vida retomar su curso? Las jacarandas brotaban en la Ciudad de México marcando el mes de abril con su tono cárdeno. Las semanas transcurrían, y para Ventura el tiempo y su convicción de que la vida es una lucha la hacían afrontar su pérdida; sin embargo, todo le era muy difícil. Sintiéndose culpable al no poder recordar cada borde del rostro de Nissim, miraba su retrato para rememorar sus facciones. Lo mismo le había sucedido con la nieve que conoció en su infancia y con los inviernos en Estambul. Pensaba que jamás volvería a ver aquellos copos finos cayendo sobre las cúpulas de Santa Sofía, sobre la mezquita de Suleimán, sobre el Cuerno de Oro y los tejados de las casas de su barrio Kassimpaça. Gradualmente había ido olvidando la sensación de ver nevar y temía estar olvidando el efecto de estar entre los brazos de Nissim.

Janeta, por su parte, lo extrañaba también y pasaba las tardes con Ventura. Salvador, su marido, comprendía el dolor de su esposa y no se molestaba porque ella, junto con sus pequeños Moris y Pepe, estuvieran tanto tiempo fuera de la casa; él mismo pasaba horas en el hogar de su suegra. La mejor terapia para Janeta, y para quien ella siempre llamó respetuosamente «señora Ventura», era guisar. Hubo días en que el ambiente se llenó del aroma del pimiento, casi siempre del comino, de la berenjena y del aceite de oliva, ingredientes básicos de la comida tradicional turca, así como los piñones y las pasitas. La mezcla de la carne de cordero con la de ternera se preparaba como Ventura había visto cientos de veces hacer a su madre: picándola siempre dos veces. Por supuesto, en Turquía el carnicero que conocía a doña Sara desde recién casada sabía bien qué tipo de carne debía disponer para cada platillo que ella cocinaría. En México, Ventura se las había arreglado para imitar lo más fielmente posible las recetas que en su niñez había disfrutado, las cuales transmitía a Janeta y a Mery, a quien desde pequeña, diez años apenas, inculcó el hábito de acompañarla en la cocina.

El arte culinario sefardí parecía ser la terapia que utilizaban las mujeres de la familia Eliakim. Las celebraciones y los lutos; las alegrías y los pesares, siempre acompañados de buena comida. Y así, las charolas de *bureks* rellenas de queso o berenjena se transformaban en el centro de atención para no pensar en la falta que les hacía Nissim. Otro día se preparaba el *dolma*, las hojas de parra rellenas de carne picada o de arroz. Se alternaba con las verduras estofadas o cocidas en abundante aceite de oliva. Para que todo quedara suculento, Ventura era muy exigente con la fruta y verdura que el marchante le apartaba en el mercado de Medellín. No toleraba que se le entregaran calabazas que no estuvieran en su punto para poderlas ahuecar y rellenar, y de ninguna manera aceptaba berenjenas que no fueran de buen tamaño y brillante color violeta.

—*Miren, ishikas, las avas es menester meterlas en mojo una noche entera. Si no hicitez esto, metelas a eskaldar kon media kucharika de soda*[1] *asta ke se ablanden un poko, entonses vazía esta agua*

---

1 Bicarbonato.

i enshagua las avikas kon agua kayente. Adjustales sal i pimienta i metelos a gizar asta ke se ablanden bien. Si ay menester, se puede adjustar un poko de agua kayente para ke el kaldiko no se apure en demazía.

Parecía que Ventura, como si fuera una maestra de danza, dictaba la coreografía a sus alumnas, coreografía que Janeta, Mery y hasta en ocasiones Salvador, seguían con precisión. Por momentos, se concentraban tanto que se olvidaban del dolor que las agobiaba. El resultado era una serie de platillos tan perfectamente sazonados y tan suculentos que las nobles tradiciones de los sabores de sus antepasados se enaltecían. Los pimientos rellenos de carne molida fueron los predilectos de Nissim desde la primera vez que Ventura se los preparó. Ella cortaba los morrones alrededor del tallo para abrirlos como si tuvieran una tapa, que después embonaría perfectamente para cerrarlos. Los lavaba y les quitaba cuidadosamente las semillas. Preparaba la deliciosa carne molida con cebolla, pimienta y consomé de pollo en polvo, y los rellenaba usando con suavidad sus dedos, poco a poco, para no engordarlos tanto que cuando los cocinara se desgarraran. Los colocaba en una cacerola, uno al lado de otro alternándolos con jitomates que había rellenado de la misma manera. Pegaditos, como polluelos que tienen frío. Agregaba lentamente dos tazas de agua, un poco de mantequilla y al final les rociaba sal con las yemas de los dedos en un elegante movimiento que Janeta trataba de imitar. La pimienta la esparcía de la misma manera, sin prisa, acompañando con la muñeca la forma circular de la cacerola de peltre azul. La joven siempre pensó que era esa rutina la que daba la sazón tan especial a los platillos preparados por la señora Ventura. Después de permanecer sobre el fuego a mediana temperatura durante cuarenta y cinco minutos, mi abuela servía los pimientos acompañados de yogur batido con ajos triturados y un arroz blanco.

Todos comían saboreando con calma a la vez que con la boca llena felicitaban a las cocineras. Ventura veía comer a sus hijos con gran satisfacción. Sin embargo, su plato permanecía casi lleno, apenas el pimiento picoteado por el tenedor; la tristeza no le permitía aún deleitarse con sus propios sabores. Más tarde, se servían los postres: naranjas y membrillos que habían hervido desprendiendo ese olor dulce que luego de enfriarse y repartirse en frascos pequeños, se podían degustar sobre bolillos con nata fresca. La *baklava*, pastelito de hojaldre y miel, así como los deditos de novia se espolvoreaban con pistache o nuez molida y se bañaban con el toque final: miel tibia y espesa hecha en casa. Las amigas no la dejaban sola. Por las tardes venían a su casa a jugar barajas las señoras Elisa Modiano, Sally Penhas, Dora Sades, y por supuesto, doña Rachel; el juego de canasta era su favorito, así que tener *dulzurias* para ofrecer con el café turco o el *chai* era importante. En estas ocasiones, Ventura sacaba la pequeña tetera tradicional que su mamá le había regalado como parte de la dote. Con ella había servido el *chai* desde que llegó a México. Gozaba al escuchar el agua llenando los vasitos de vidrio transparente y ver el buen color del té, el cual debía lograr un matiz caoba. Cada vez que se enteraba que alguien iba a Turquía le encargaba le trajera un poco de té, ese que desde niña había visto cosechar en la costa del mar Negro y que crecía en clima templado y tierra fértil.

Una mañana en que Ventura no quería ni levantarse de la cama la llamó Janeta por teléfono.

—Señora Ventura, voy para allá para que hagamos un *sütlach* que tan rico le sale, o un *knafe* que tanto le gusta a la señora Rachel, pues me enteré que irá hoy a visitarla por la tarde. —Lo primero es un postre parecido al arroz con leche y lo segundo, un delicioso pastel de fideo con pistaches y miel.

—*No sé, sto un poco kon flochura oi. Probablemente i malada sto, no tengo ganas de alevantarme.*

—De ninguna manera, señora Ventura; usted se tiene que levantar y cocinar para sus amigas como siempre. No la voy a dejar que se venga para abajo; yo también estoy triste, era mi padre, pero tenemos que ayudarnos a salir adelante. Vamos, levántese, por favor, de otra manera yo también voy a acabar por echarme a llorar.

Ventura decidió que debía levantarse de la cama y no correr el riesgo de que Janeta se deprimiera, primero porque hacía un par de meses que había sufrido un aborto espontáneo, y el bebé era una niña deseada con gran ilusión. El día que Nissim murió, su hija lo abrazó con todas sus fuerzas, como hacía cuando era pequeña y hubo que desprenderla de él con mucho trabajo. Al recordar esa escena, Ventura comprendió que debía recuperarse, que esta vez eran más quienes compartían la misma tristeza y entre todos debían contagiarse las ganas de seguir adelante, aunque fuese sin el patriarca de la familia. Y así, nuevamente la cocina calmó su desconsuelo. Comenzaron por hacer una masa, la cual sobaron por quince minutos, y luego la dejaron reposar por media hora, para volver a sobarla untándola de aceite. Acomodaron esta mezcla en los moldes, ya viejos y medio quemados, pero Ventura decía que eran los mejores porque ya tenían el sabor impregnado, de tantas y tantas veces que habían servido para la misma receta. Ya doradita la pasta, la sacaron del horno para dejarla enfriar y ponerle por capas el pistache y la mezcla de natas que habían preparado con azúcar. Por último, la bañaron con miel espesa y unas gotas de azahar.

Moisés y Hasky no sabían qué hacer para animar a su madre y a su hermana Mery. Después de mucho pensar, les llegó la solución como un rayo de luz. Se pusieron de acuerdo y salieron juntos de la tienda a lo que se convertiría en una misión. Unos días más tarde, alguien tocó a la puerta preguntando por Ventura. Eran dos muchachos que acababan de descargar una enorme caja de su camión. Ventura se asomó por la ventana sin saber de qué se trataba:

—*¿Stan siguros ke'sto es para mí?*

—Sí, señora, solamente necesitamos su firma de recibido.

—*Komo puede star tan siguro si yo no merkí nada.*

—La nota viene a nombre del joven Hasky Carrillo, ¿vive aquí?

«Kualo habrá merkado este isho miyo, ken tene i ganas de salir a las kalles sikera. El meoio nunca le va vinir a este lonzo», iba diciéndose a sí misma Ventura mientras bajaba las escaleras para abrir.

Finalmente, firmó el acuse de recibo. Los muchachos colocaron la caja en la sala y se fueron; ya habían perdido demasiado tiempo tratando de convencer a la señora de que les abriera y se había retrasado su ruta de entregas. El paquete se quedó tal y como ellos lo dejaron. Ventura se encerró en su cuarto nuevamente. Por la tarde, regresó Mery de la escuela, pasó junto a la caja y la miró intrigada. Cuando llegaron Moisés y Hasky de trabajar, vieron que su mamá no había abierto el regalo que estaban seguros cambiaría, aunque fuera a ratos, su semblante gris. Decidieron desempacarlo ellos mismos, con cuidado lo colocaron contra la pared del estudio y cuando estuvo listo y probado llamaron a Ventura.

—Mamá, ven rápido, no vas a creer lo que verán tus ojos.

Ventura no se dio prisa. Con calma salió de su recámara y fue a llamar a Mery. Con paso desganado llegó a la sala. Efectivamente, no podía creer lo que había ahí. Un mueble finamente barnizado en color negro semimate contenía el magnetoscopio grisáceo que sólo había visto antes en revistas. Del lado derecho, una perilla grande y dos pequeñas. La parte inferior estaba recubierta de una gruesa tela que dejaba entrever apenas una bocina. Creía saber lo que era, pero no estaba segura y la expresión en su cara lo confirmaba.

—¡Mamá, es una televisión! —dijo Moisés.

—Podrás invitar a tus amigas todas las tardes para ver la telenovela; creo que pasa a las cinco. ¿Qué opinas, te gustó? —preguntó entusiasmado Hasky disfrutando al ver la cara de sorpresa y admiración de su madre mientras él conectaba cuidadosamente el aparato.

—Anda Mery, no tengas miedo, préndelo.

Mery tomó la perilla grande y la giró con sumo cuidado. La imagen apareció como por arte de magia. Ventura boquiabierta. Era de las primeras en poseer un televisor, pero lo que más la conmovió fue confirmar la profunda preocupación de sus hijos de verla contenta. Se los agradeció con efusividad. Hacía meses que no la veían sonreír. Ella experimentó un sentimiento parecido al que había tenido hacía muchos años cuando vivía en Estambul. En esa ocasión, al cumplir dieciséis años, su padre le había dado una *colana*, cadena tradicional turca de oro con tejido en forma de pepita. La había recibido con el mismo desconcierto al no esperar un regalo así. Por un instante se llenó de nostalgia y añoró su juventud.

♣ Knafe

¾ Kilo de masa de fideo especial para dulces árabes

½ Kilo de pistaches picados

½ Kilo de mantequilla clarificada

½ Kilo de queso ricota

1 Queso crema grande

2 Cucharadas de azúcar

3 Cucharadas de crema dulce

Unas gotas de agua de azahar

MIEL

3 Tazas de azúcar

2 Tazas de agua

El jugo de un limón

En un molde desmontable, redondo y grande se extiende la mitad de la masa de fideo separándola para que penetre la mantequilla. Se cubre de mantequilla derretida y clarificada. Se hornea hasta que dore parejo. Esto se repite en otro molde. Al salir del horno se le escurre toda la grasa sobrante. Se voltea el primer pastel en una charola. Se cubre con la mezcla de queso ricota, queso crema suavizado, azúcar, crema y agua de azahar. Se le pone el pistache picado. Se voltea el segundo pastel de fideos ya horneado. Se baña con la miel hecha con las 3 tazas de azúcar, las 2 de agua y el jugo de limón que se dejó espesar a fuego lento. Se sirve caliente.

III

Unas semanas después de que murió Nissim, Ventura cumplió veinticuatro años de haber llegado a México, de haber desembarcado en el puerto de Veracruz en 1927 para iniciar una vida prometedora llena de proyectos. Ahora, en 1951, le parecía que habían pasado cien años desde aquel caluroso y húmedo día. Albergaba la sensación de haber vivido más de una vida en ese cuerpo todavía joven aunque cansado. Por esos días, Ventura recibió varias cartas de sus hermanas. En ellas se enteró de que Regina, quien llevaba ya unos años de matrimonio con Marco Farsi, había tenido una hija: Beti. Por su parte, Rebeca, casada con Samuel Eskenazi, era madre de un varón: Haskya. En sus misivas, la familia trataba de brindarle a Ventura todo el apoyo que podía; sin embargo, la distancia dificultaba un mayor acercamiento. Su hermano Isaac le decía que fuera a verlos, que en Estambul todo estaba muy cambiado desde que ella se había ido hacía más de dos décadas. También le comunicaba que tenía una novia, Becky, y que muy probablemente se iba a casar con ella. Ventura leía las cartas repetidamente en privado y se vanagloriaba de formar parte de una familia tan solidaria y amorosa. Aquel cariño, junto con el de su familia en México, la fortalecía. Sus hijos, sus amigas y los niños de Janeta eran como su tabla de salvación. Con el tiempo, el fango de sus pantanos internos empezaba a desintegrarse. Su espíritu al fin resurgía.

Los años habían acrecentado su belleza, ahora madura. Por tal motivo, no le faltaban pretendientes; sin embargo, las críticas en una época en la cual un tercer matrimonio no sería bien visto hicieron que se quedara sin una pareja a sus cuarenta y tres años. Había sido vanguardista en algunas cosas, sin embargo, era tradicional y conservadora en otras. Además, pensaba que el recuerdo de Nissim la haría sentir que lo traicionaba. Su memoria era algo sagrado. A veces, cuando Ventura miraba a su hija Mery hecha ya una señorita, veía en su rostro a Nissim, y notaba que no sólo sus facciones eran de él, sino también su serenidad, su preocupación por los demás y su sentido de la justicia. Mery, mi madre, dice que esas mismas cualidades las ve en mí, en la nieta que no conoció al abuelo Nissim, pero que heredó mucho de él.

Moisés solía ir al Club Unión Progreso y Amistad (CUPA). Era una casa en la colonia Del Valle donde se reunían los jóvenes de la comunidad para charlar y para organizar actividades. Ahí Moisés conoció a Celia Babani, una jovencita de quince años que había ido al Club acompañando a su hermana. Después de año y medio de pretenderla, de tomar veinticinco centavos extras a la semana para invitarla al cine, y de que Ventura la conociera, Moisés y Celia se casaron el 22 de febrero de 1953, exactamente el día en que Mery cumplió doce años. Parecería que en la familia siempre se conjuntaban varios festejos en la misma fecha, como cuando celebraron el *Bar Mitzvá* de Hasky, el compromiso de Janeta, y el nacimiento de Mery. A partir de ese matrimonio, hubo algunos cambios en la organización del creciente negocio de casimires de los hermanos Carrillo; Hasky se dedicó más a viajar por la república visitando clientes y llevando nuevas mercancías, y Moisés, ya todo un hombre de familia, se encargó de despachar en la tienda y manejar la parte administrativa.

A través de los años, Celia y Moisés tuvieron cuatro hijos, primero tres varones y, finalmente, una niña, a quien llamaron Ventura Verónica. Por su parte, Janeta, tuvo a su tercer hijo, Lalo. Hasky tardó más tiempo en casarse. De los veinte a los treinta años coqueteó con varias muchachas sin tener en realidad ningún plan de sentar cabeza. No faltó que en ocasiones se le pasaran las copas y que acabara en Acapulco sin saber ni cómo había llegado allá. Grupos de amistades rebeldes acompañaban a Hasky en la mayoría de sus aventuras. Y fue precisamente a través de un amigo, Jacobo Motola, que sin sospecharlo siquiera, Hasky se enamoró. Frida Cassab, exnovia de Jacobo, fue la mujer que conquistó al incasable Hasky a sus casi treinta y un años de edad. Asimismo, Mery, mi madre, a sus catorce años conoció a Alberto Bejarano, mi papá, en una fiesta. Después de un cortejo de cuatro años, Alberto la pidió en matrimonio a Moisés y a Hasky, quienes, por ser los hermanos mayores, tomaron el papel de padres en estos menesteres. Frida y Hasky se casaron en julio de 1959; Mery y Alberto el 31 de octubre de ese mismo año. A la boda, iría Frida esperando ya a su primogénita. La primera de las Venturas: Ventura Vivian.

En el transcurso de tres meses, Ventura se quedó sola; sin embargo, los viernes se reunía toda la familia para *Shabat*. Veían las luchas en la televisión y escuchaban la radionovela. Pasaron los años; Hasky y Frida tuvieron cuatro hijas, y el quinto fue un varón al que, por supuesto, se le puso el nombre de Lázaro. Mery regresó embarazada de la luna de miel, y nueve meses después de su boda nací yo, el 19 de agosto de 1960. Tres años después nació mi hermana, Ventura Venice, y cinco más tarde mi hermana Reyna.

Puede decirse que, una vez pasados varios años desde la muerte de Nissim, Ventura pudo vivir dichosa a pesar de las circunstancias, y que aquel futuro incierto que vislumbró al salir de Turquía, ahora se ramificaba en cuatro familias. Ventura estaba plena rodeada de sus nietos. Visitaba regularmente la tumba de Lázaro y le hablaba de sus hijos, Moisés y Hasky, que eran hombres trabajadores y que honraban su apellido: Carrillo. Visitaba también la tumba de Nissim para hablarle de las cualidades de sus hijas Janeta y Mery. Ventura se acongojaba al leer su epitafio: «Nissim, tu dulce memoria perdurará en nosotros eternamente». Antes de partir del panteón, visitaba la sepultura de su amiga Joya. La hiedra la había ido envolviendo y apenas se dejaba entrever su nombre entre la maleza, que parecía atragantarse con sus letras. De vez en cuando, Ventura le llevaba unos alcatraces, costumbre adquirida en México, y recogía un guijarro para ponerlo sobre la tumba, como hacemos los judíos desde siempre para testimoniar nuestra visita a los seres queridos. Al colocar esa piedra, queremos decir que el vínculo entre los vivos y los muertos se consolida. Los guijarros son eternos, el alma también lo es.

Como sumergida en una densa bruma, Ventura recordaba una ocasión en la cual visitó el cementerio del barrio de Hasköy, en Estambul, cuando tenía apenas catorce años, en los albores de 1922. En este barrio, como en los de Gálata, Balat y Pera moraban los judíos y algunas otras minorías no musulmanas. En ese entonces, Ventura había ido con sus padres a poner un guijarro sobre la tumba de sus abuelos. Aquellos recuerdos se desvanecían con la distancia. Por un momento visualizó aquel suelo encharcado; eso le hizo acordarse de que estaba lloviznando esa tarde en Estambul. El agua lodosa se estancaba bajo los adoquines desgajados del camino. Ventura los pisaba con vacilación. Centenares de lápidas de siglos pasados, a diestra y siniestra, enarbolaban epitafios colmados de nostalgia. La mayoría de ellos estaba escrita en ladino con algunas palabras en hebreo. A lo lejos, asomaban minaretes de las mezquitas circundantes. Y el puente del Cuerno de Oro. Después de subir por una pequeña y sinuosa cuesta, estaban las tumbas de los abuelos: los padres de su padre, enterrados uno junto a otro. Esta lejana remembranza pulsó en Ventura, una vez más, el mecanismo que activaba el deseo de volver a sus afectos, a sus paisajes, a sus antepasados. Así, en este cementerio de Tacuba descubrió que le era imposible olvidarse de Turquía, y que si en tantos años no había visitado su país y abrazado a sus hermanos, quizá ya era el momento de hacerlo. «Una vez el mar me trajo a tierras mexicanas que ahora me pertenecen —se dijo Ventura—; ojalá que esas mismas aguas me conduzcan a aquellas otras tierras, las estambulitas, que nunca dejaron de pertenecerme.»

IV

El sobre permanecía cerrado. El contenido se sentía ligero. El remitente: Regina Farsi. Ventura adivinaba lo que había dentro. Con pisadas enérgicas iba y venía dentro de la sala. Pospuso abrir la misiva. Cada vez era lo mismo; la familia en Estambul le pedía que fuera a visitarlos y ella, quizá recordando la dificultad de la época para viajar cuando lo hizo en 1927, lo veía como un esfuerzo titánico. Se frustraba al imaginar semejante travesía. Recibir aquellas cartas alimentaba su añoranza. Para su buena suerte, Moisés encontró el sobre sin abrir sobre la mesa en una ocasión cuando fue a visitar a su madre. Cometió la imprudencia de abrirlo, y al ver que en aquella carta se reiteraba una invitación ya muchas veces hecha, le preguntó a Ventura por qué nunca les había comentado al respecto. Ella le externó su miedo ante el difícil traslado. Argumentaba que era muy lejos, que seguramente tendría que viajar nuevamente por semanas sola en el barco, que los dejaría a ellos por mucho tiempo. Saliendo de ahí, Moisés llamó a sus hermanos y les relató lo sucedido. En cuestión de un par de semanas, Mery, Hasky, Janeta y Moisés se habían puesto de acuerdo para regalarle a Ventura el esperado viaje, y convencerla de que sus temores eran infundados, ya que en ese momento viajaría en avión, sin sufrir las peripecias del pasado.

Al enterarse la familia de que Ventura iría por fin a Estambul después de tantos años de no verla, todo acerca de ella tomó una importancia desmedida. Los días previos a su llegada, sus hermanos Regina, Rebeca, e Isaac comían juntos para definir hasta el último detalle. Regina y su hija Beti compraron lo que suponían que Ventura había extrañado en esos años: *chiros*, *palamida*, *sujuk*, *pasterma*, *simit*, *kaimak* y otros manjares más. Ventura tendría que pasar meses comiendo día y noche para poder disfrutar lo que su familia le tenía preparado. La milagrosa noticia provocó reacciones variadas: la primera fue que Regina limpió su casa meticulosamente. Lavó los ventanales desde donde se veía el Bósforo para que nada le empañara a Ventura aquel destello. Descolgó cortinas y las enjabonó varias veces hasta dejarlas impecables. Frotó cada baldosa, cada hoja de las plantas, cada repisa de los libreros. Por su parte, Rebeca se instaló en la cocina entre cucharones, cazuelas e ingredientes para preparar las recetas favoritas de Ventura. Durante días, reinó el aroma de la espinaca y el queso feta de las *bureks*; del cordero y las lentejas de los estofados; y, por supuesto, de las *berendjenas* en caldo de jitomate. Isaac, a su vez, pidió a su esposa que sacara los manteles y las sábanas bordadas y los almidonara. Los sobrinos más pequeños anticipaban comilonas en las cuales la tía de América les relataría aventuras y acontecimientos insospechados; después de todo, la habían descrito como la tía que conocía más mundo que cualquiera de la familia. Imaginaban diferentes versiones de Ventura, y aunque les habían enseñado fotografías de ella, ignoraban si llegaría delgada o no, por comer tortillas, o más apiñonada por el sol mexicano, o si hablaría español en lugar de ladino. Si usaría los típicos rebozos que habían visto en una revista; si les traería de regalo sombreros de charro, o un maguey, o mangos, o cualquiera de las cosas exóticas que Ventura les había descrito en sus cartas. La sola idea de que la iban a conocer los cautivaba.

La pequeña Sara, la hija de Isaac, dibujó en su cuaderno a la tía de México. Le pintó el cabello color miel y unas manos largas y delicadas. La imaginó así porque su padre hablaba de Ventura como si apenas la hubiera dejado de ver unos días antes, y platicaba que hacía delicias en la cocina con el zapote, el mamey y el nopal, exóticos ingredientes para ellos. Por fin, Sara y Jenny, las hijas de Isaac, Beti, la hija de Regina, y Haskya, el hijo de Rebeca, conocerían a la mujer que era como un personaje mítico, del cual sólo escuchaban historias fantásticas y veían retratos en blanco y negro. Este encuentro sería todo un acontecimiento. En cada casa había una recámara preparada para Ventura; la idea era que se quedara un tiempo con cada uno de sus hermanos y sus respectivas familias.

Comenzaron los preparativos para el viaje. Había sido difícil convencer a Ventura de que un trayecto tan largo en avión era seguro, pero finalmente sus hijos lo lograron. Las fotografías de su familia estaban guardadas desde hacía un tiempo. Había dejado de mirarlas para no entristecerse; le dolía pensar que ya nunca los vería, que nunca estaría frente a ellos para abrazarlos. Pero ahora era distinto, en un par de semanas viajaría a Estambul y deseaba memorizar esos retratos que por fin dejarían de ser sólo de papel. Por las noches, soñaba un *collage* de imágenes de la ciudad, de paisajes añejos y de los rasgos de su gente. Compró regalos: para cada una de sus hermanas, una caja de Olinalá pintada a mano; para Isaac, una botella de tequila. Alistó sus documentos. Revisó una y otra vez la ropa que estaba a punto de empacar; no quería que le hiciera falta nada durante esos tres meses en Turquía, tiempo permitido en su visa de turista, pues años atrás se había nacionalizado mexicana. Qué extraña impresión ser sólo un visitante cuando aquel país la había visto nacer. Cosió un botón a su blusa. Le temblaban las manos, se pinchó varias veces los dedos. Se sentía frágil, un alma indefensa, una travesía utópica a punto de realizarse. Ventura regresaría a Estambul en 1968, más de cuatro décadas después de su último adiós en el barrio de Kassimpaça, donde su padre, a quien jamás volvería a ver, le deseó caminos de leche y miel. En México, el movimiento estudiantil llenaba los titulares de los periódicos, y la Plaza de las Tres Culturas sería el escenario de la matanza del 2 de octubre. Gustavo Díaz Ordaz presidiría los XIX Juegos Olímpicos que se llevarían a cabo por vez primera en un país iberoamericano. En el Oriente Próximo, Cevdet Sunay, excomandante del ejército, ocupaba la presidencia de la República Turca, la cual se recuperaba del tremendo terremoto de Anatolia, del que Ventura había estado muy pendiente. En los días previos al viaje, la saturaban recuerdos, escenas vívidas de su niñez. Venían a su oído viejos cuentos populares sefardíes que su madre le relataba antes de dormir; de cierta forma los creía olvidados, pero ahora que se encontraba tan cerca de retornar, se daba cuenta de que seguían ahí, en sus días de infancia. Se llegó el tan esperado día. Ventura dijo adiós a sus hijos. Su propia voz le pareció ajena, ahogada por retener el llanto. Todos en el aeropuerto le seguían mandando besos mientras ella se alejaba con paso lento.

Con el transcurrir de las horas, el trayecto en el avión parecía alargarse. Ventura estaba intranquila, cada vez más ansiosa. Trató de descansar, pero le era imposible: en unas horas estaría abrazando a sus hermanos. Al fin logró quedarse dormida. Tiempo después, el anuncio que emitió la aeromoza de que iniciarían el descenso y en veinte minutos estarían aterrizando, la despertó. A pesar de que era muy temprano en Estambul, la intensidad de la luz rebotaba en las ventanillas del avión. Ventura se asomó y frente a ella emergieron las costas del Bósforo y los minaretes de las mezquitas que se vislumbraban insignificantes.

—*Türkiyeye hoşgeldiniz* —bienvenidos a Turquía dijo el piloto por el altavoz.

El buen aterrizaje le provocó un suspiro de alivio. Ventura bajó las escalerillas y el aire fresco la reavivó. El cielo, plúmbago.

Se detuvo un momento a observarlo. Ya en la sala de migración, impaciente ante la lentitud de los agentes, Ventura se mordisqueaba el labio inferior. A medida que avanzaban los demás pasajeros, su excitación se acrecentaba buscando entre rostros anónimos los de su familia. Finalmente llegó su turno. Presentó sus papeles. El pasaporte indicaba que era mexicana nacida en Mármara, Turquía. Ante el gesto interrogante del oficial, Ventura le relató brevemente su historia. Este, al escucharla, aceleró el trámite y selló los documentos dándole la bienvenida a casa. En un segundo de dudas, Ventura se preguntó si reconocería a sus hermanos después de tantos años. Tomó una bocanada de aire y caminó hacia la salida de la sala.

Regina, Rebeca e Isaac avanzaban abriéndose paso entre un enjambre de gente en el atosigado aeropuerto Atatürk, llamado así en honor de quien fundara la moderna república. Ventura se acercó a la zona de llegadas internacionales empujando un carrito con maletas y regalos. Una vez que la avistaron a lo lejos, se dieron cuenta de que recordaban cada una de sus facciones, cada ademán. En un primer abrazo, comprobaron que su piel seguía oliendo igual a la de ellos, advirtieron que el tiempo colmó su sonrisa de algo semejante al gesto de Sara, su madre. Ventura lloró al ver a sus hermanos, a quienes había dejado niños; lloró al reconocer que se parecía a ellos. Lloró porque se dio cuenta en ese momento de todo lo que había perdido, de todo lo que había dejado, de su voluntaria renuncia cuando tenía diecinueve años, y le dolió más que nunca, más que estando en México. Tenían tanto de qué hablar, que nadie decía nada, no podían más que besarse entre lágrimas una y otra vez. La ansiedad de Ventura se desbordaba, no podía despegar la mano de su corazón. Había vuelto por todo lo que no se llevó en el baúl negro con asas de piel, por los aromas del queso *kashkaval* y del *sujuk*; por los rezos del imán que surgían de los minaretes de cada mezquita; volvió por los acentuados movimientos de cadera de la danza del vientre, *göbek dans*; por la

Torre de Gálata, por el Palacio de Dolmabahçe, por las columnas romanas de la Cisterna Basílica, por la avenida de İstiklal;
por la costa asiática y por la europea del estrecho del Cuerno de
Oro; por las tumbas de sus antepasados; por sus padres y por
sus hermanos. Había vuelto para recuperar su niñez.

V

Llegaron a casa de Regina; la recámara de Ventura, pequeña pero cómoda, estaba lista. Suspiró al entrar y reconoció de inmediato algunos objetos que su hermana aún conservaba de la casa paterna: retratos de sus padres y dos floreros asentados en carpetas bordadas por su madre. En la pared colgaba un espejo con repujado de plata, trabajo tradicional de Turquía, y una miniatura otomana que representaba la escena de una batalla, sables y kaftanes por doquier. Abrió los velices para sacar los regalos que traía para cada miembro de la familia. Acomodó un poco su ropa, se lavó la cara y las manos para refrescarse y salió de nuevo: no quería perderse ni un minuto de estar con sus hermanos. Había tanto por recuperar. Ya en la sala, Ventura se sentó entre Rebeca e Isaac. Regina les sirvió un *chai* para acompañar las roscas con queso *kashkaval* y mermelada de chabacano hecha en casa. Infinidad de preguntas por hacer: qué había sucedido con la casa de su niñez al morir sus padres; luego vendrían las preguntas más difíciles: cómo había sido la muerte de Sara y Moshón, si había sido una larga agonía, si la llamaban entre delirios. Se enteró de su fallecimiento por telegrama, pero ahora se le revelarían los detalles. Lo más pronto posible tendría que ver físicamente el sitio donde estaban enterrados. Se dio cuenta de que después de tantos años, seguía apegada a ciertas costumbres.

Entre apetitosos aromas provenientes de los platillos, Regina los invitó a pasar a la mesa que parecía alfombra turca entramada con decenas de colores. El negro de las aceitunas Kalamata, el escarlata de los pimientos, lo blanco de los quesos de cabra, el ámbar de la miel en panal, el verde de los ejotes y las espinacas fundiéndose con el rojizo del tomate, finas capas de hojaldre rellenas de berenjenas y queso, ajonjolí por doquier. La curiosidad de las sobrinas Beti y Sara dominó la conversación. Querían saber cómo se vivía en México, qué música se escuchaba, a qué lugares iba Ventura para divertirse; querían saber si en verdad se comían los cactus, si era cierto que había burros en las calles, si los mariachis llevaban serenata todas las noches a las mujeres, y estas se asomaban desde sus balcones coloridos y llenos de flores para agradecer las canciones.

Ventura trataba de responder a todas estas preguntas cuando sonó el timbre. Victoria, la hermana gemela de Lázaro, entró con un enorme ramo de alcatraces blancos en las manos. A Ventura le pareció un poco extraño ese gesto. Se preguntaba por qué su cuñada le traía las flores que usualmente en México se llevan al cementerio para visitar a los muertos. Tal pensamiento la imposibilitó para acercarse y saludarla. Por su parte, Victoria había querido recibir a Ventura con las flores que tradicionalmente pintaba Diego Rivera. Finalmente, Victoria dejó el ramo sobre la cómoda y abrazó con fuerza a Ventura. Regina invitó a Victoria a comer con ellos. A Ventura le parecía estar viendo a Lázaro. Esa mirada franca, los labios delgados, la frente amplia, el cuerpo robusto y los rasgos de un rostro amable. Era como estar delante de una réplica fiel de su difunto marido. En un segundo sintió que se desmoronaba; el cansancio del largo viaje y los recuerdos que se le habían removido al ver a Victoria la vencieron. Regina le insinuó que se retirara a descansar; el cambio de horario y lo prolongado que había sido ese día la tenían agotada, necesitaba irse a dormir. Ventura no quería separarse de ellos en ese primer encuentro, pero en su interior, agradecía la sugerencia. La exaltación y el ajetreo se encargaron de mantenerla despierta un buen rato. Evocó que fue a Victoria a quien Lázaro escribió una carta diciéndole cuánto deseaba tener una esposa turca en México; y fue también ella quien había sugerido que Ventura y Lázaro iniciaran el flujo de correspondencia y fotografías que la llevarían a las costas de Veracruz. Pensó en lo afortunada que era al estar ahora ahí, en Estambul; su amado Lázaro jamás pudo regresar, nunca volvió a ver a su gemela.

Lo primero que hizo Ventura al día siguiente de su llegada fue ir al cementerio. Recordó la ocasión en que acudió con sus padres, pero ahora los visitaba a ellos. El mes de abril había ido colmando de pequeñas flores las varas de algunos ciruelos; otros, todavía eran esqueletos en pie; los tulipanes surgían de sus bulbos llenando de vida la casa de los muertos con sus tonos albaricoque. Caminó por el andador leyendo los epitafios en ladino de las lápidas horizontales tan características de los panteones sefarditas, hasta que llegó a las tumbas de sus padres, ensombrecidas por las ramas de un olivo. La belleza del lugar contrastaba con el dolor que surgía al leer su apellido cincelado: Eskenazi. Ventura limpió con los dedos el polvillo de primavera que se había ido depositando en cada letra de piedra. El aire, viscoso; las ideas, confusas. Reflexionó sobre la vida de sus padres y sobre la suya propia.

Una bandada de pájaros cruzó los jirones de nubes y Ventura supo que ir a aquel sitio fue su mejor decisión. Se sentó junto al sepulcro de su madre; por fin conocía el lugar donde poder llorarla, pedirle perdón por no haberla acompañado en su enfermedad y decirle cuánto la quería. Afloró el viejo dolor enquistado en el pecho y lloró ovillada sobre el epitafio de Sara volcando ahí la culpa que cargó durante años. Después de un rato, se incorporó para acercarse a la tumba de su padre. Se le aglutinaron las palabras en la garganta, a él también le quería pedir perdón y honrar su memoria. Deseaba al fin estar en paz.

Ventura comenzaría un nuevo duelo, tanto tiempo reprimido por la distancia. Se dio cuenta del impacto que produce una tumba. En Estambul tenía las de sus ancestros; en otro continente, la de Lázaro y la de Nissim; las de los inmigrantes que marcarían la primera generación de sepulturas judías en México y donde en un futuro quedarían la suya y las de su descendencia. Estaba consciente de que ella no sería enterrada junto a sus padres en su lugar de origen, sino cerca de Lázaro y de Nissim, al igual que sus hijos. Ventura saldó una deuda consigo misma: poner un guijarro en cada una de las tumbas de sus padres, como símbolo de su visita. En unas semanas, cumpliría sesenta años, ahí, en su querida Turquía, y era un momento muy especial para ella. Se refugió en los brazos de sus hermanas, quienes conmovidas la habían observado desde lejos. Al salir del cementerio llenaron de agua una pequeña vasija plateada y se lavaron las manos como es nuestra costumbre. Rebeca enjuagó cada mano en forma alternada repitiendo el movimiento tres veces y sin dejar restos de esa agua en la vasija. Regina hizo lo mismo, y al final fue el turno de Ventura. Las tres dejaron sus manos húmedas hasta que las secara el viento.

Las semanas transcurrían, en ocasiones con una lentitud que Ventura apreciaba tanto como se disfruta un sorbo de café turco en una tarde nublada; otras veces, las jornadas se iban más de prisa en aquella estancia que abarcaría cuarenta años en cada sobremesa, en cada charla, en cada mirada. Ventura se paseó por varios de sus lugares favoritos, uno cada tarde. La banca a un costado de la mezquita de Ortaköy, aquella en la cual se sentaba a mirar el Bósforo en su juventud, seguía en el mismo lugar, como esperándola. Se quedó horas admirando el paisaje. Pequeños barcos atestados de turistas transitaban esas aguas plateadas del estrecho que separa Asia de Europa, fusión entre el mar de Mármara y el mar Negro. Como internándose en ese valle fluvial, Ventura recordaba con sorprendente claridad su niñez, era como haber vuelto para observar una retrospectiva de su vida hasta antes de alzar velas a América.

Cuando caminó por la calle Menzil, donde se encontraba la vivienda de su infancia, reconoció cada balcón con sus macetas de helechos, ruda, clavo y cayenas, y sintió que la calle también la reconocía. De pronto se miró recorriéndola como lo hacía cada tarde al volver de la casa de Victoria cuando cuidaba a sus dos hijos, que se convertirían en sus sobrinos una vez casada con Lázaro. Como marea, los recuerdos se agolparon apenas vislumbró la puerta de su antiguo hogar. Notó el pórtico más pequeño. Cerró los ojos, evocó la despedida y se le desplegaron imágenes de la última vez que vio a su padre erguido diciéndole adiós. Se vio siendo niña, jugando en esa banqueta de una calle lo más probable idealizada por el espejismo de la lejanía. «Quién habitará ahí ahora», se preguntó, y después se dio cuenta de que no importaba; en realidad, ella la habitaría siempre.

La música era uno de los vestigios más vívidos que le quedaban a Ventura de su adolescencia; era uno de los dos remedios que conocía para la nostalgia; el otro, por supuesto, era la cocina. Los discos en turco sonaban todas las tardes en la casa de verano de Regina. Ahí pasaron dos semanas los hermanos Eskenazi, en la isla Büyükada, en el mar de Mármara. Viajaron más de una hora en transbordador desde Estambul, llevando manjares previamente preparados; al llegar al embarcadero, una emblemática calesa jalada por caballos los llevó hasta el domicilio de Regina, una casona antigua que conservaba todo el sabor que Ventura rememoraba de aquel tiempo en que visitaba la isla con sus padres. Las islas Príncipe darían a Ventura y su familia la oportunidad de huir del barullo de la ciudad y profundizar en temas que todos deseaban abordar. Ventura se bañaba cada tarde en esas aguas que consideraba suyas. No se puede haber vivido en Estambul sin tener una estrecha reciprocidad con el mar, con las mareas y con esa fragancia salada que flota *a la bodre de la mar*.

Los últimos días de su estancia los pasó nuevamente en la ciudad. Esa ciudad tan moderna y conservadora, tan grande y ruidosa, pero llena de una armonía contradictoria, tal vez, incomprensible a los ojos del turista. Pero Ventura no era turista y justo en esas últimas fechas sintió su condición de turca más que antes. Gozó del eterno murmullo de las avenidas; de las oraciones matutinas con voz a veces dulce y otras veces más nasal resonando en cada mezquita; del clamor de los vendedores que ofrecen en cada esquina sus *simit*, roscas cubiertas de ajonjolí; del siseo de las multitudes enmarañadas en los mercados y del vaivén de transeúntes que, a diferencia de ella, ya no volvían la cabeza para admirar las edificaciones bizantinas que brotan espontáneamente de ciertos recovecos. Visitó los innumerables callejones que serpentean a través de los barrios antiguos; también caminó por los más modernos, nuevos todos para ella. Ventura paseó por los distritos de Nişantaşi, Etiler, Şişli y, por supuesto, por Gálata, Balat y Karaköy, los barrios judíos por los que tantas veces transitó con su madre. Retomar esos pasos la hacía percibir la presencia de Sara. Recordó con sorprendente nitidez aquellos paseos y hasta algunas de las conversaciones que parecían haberse impregnado en esos muros. Cómo olvidar que fue en ese mismo sitio donde se sentaron a tomar un café turco y Sara aprovechó para decirle a su pequeña de diecinueve años que nunca dejara de llevar consigo su *oshiko*, ese talismán que siempre la acompañó y que seguía pendiendo de su cuello.

En casi todos los puestos callejeros, Ventura compró algo de comer: *halvah*, *pytagra*, *chiros* y *sucuk*; deseaba llevarles a sus hijos y nietos una degustación de sus antojos favoritos.

En el camino compró también orejones de chabacano, los que más le gustaban a su querido Nissim. Levantó los ojos y advirtió la bandera roja ondeando en plenitud: con su luna creciente y una fiel estrella a su costado. Qué maravilloso hubiera sido caminar del brazo de Nissim por esos laberínticos callejones. Pronto volvería a su vida cotidiana. Tendría que procesar tantas emociones vividas, aquietar su espíritu al lado de sus hijos. México y Estambul. Sus dos amores. Para ella, los dos significaban arraigo y desarraigo; las dos ciudades eran una. Como si ambas se fundieran en una sola imagen.

✤ Chiros

1 Pescado sierra chico
2 Limones
½ Cucharadita de orégano
½ Cucharadita de ajo en polvo
1 Cucharadita de sal
½ Cucharadita de pimienta

El pescado se abre en forma de mariposa y se le quitan las espinas, pero se deja la cabeza. Se unta con el limón y se espolvorea con orégano, polvo de ajo, sal y pimienta. Se deja reposar unas 4 horas, extendido, y luego se cuelga de la cabeza hasta que se seque.

VI

La luz de la luna se filtraba por la habitación. El viento parecía silbar melodías estambulitas que se colaban a través de la ventana entreabierta. Los velices aguardaban sobre la cama. Ventura no perdía de vista esa redondez de ámbar y se preguntaba cómo haría para despedirse también de la luna, cómo desarraigarse nuevamente de sus apegos, de esa identificación que conservó siempre con sus hermanos. Cómo disolver una vez más esa alianza con su familia y con un pasado común, cómo revivir el hecho de distanciarse de su sangre sin que le doliera. Por un lado, deseaba volver a México junto a sus hijos; por otro, tenía que alejarse de Turquía aunque no quisiera. Emociones en pugna. Estambul quedaría por siempre en su memoria. Regresar, tal vez, un día.

Ostentando la hospitalidad turca, la familia Eskenazi se reuniría en una última cena. Se abrió la puerta de la recámara con un crujido que alertó a Regina. Salió Ventura con los ojos irritados; era evidente que había estado llorando, pero nadie hizo preguntas por temor a desbordar la efusión que todos albergaban. Se sentó en la cabecera, honor que se otorgaba al mayor de la familia. Desde ahí, Ventura contempló cada una de las esquinas del comedor; se detuvo en el mueble de puertas de cristal con las pequeñas tazas de café turco floreadas en azul, rosa y verde mar. Observó la preciosa mesa: al centro estaban el queso blanco, las aceitunas y el jitomate; del lado derecho, las tortitas de cordero, todas uniformes y doradas; del izquierdo, las berenjenas color violeta. Con las mejillas abultadas por los suculentos bocados, los presentes preferían sonreír. Los sobrinos no dejaban de observar a Ventura, esa mujer que llegó casi como una desconocida tres meses atrás y con la que de inmediato se integraron. Ella se adentró en la mirada de su hermana Regina. Hubo silencio. Inminente despedida. Prolongaron su abrazo: Ventura y su hermano Isaac se reflejaban en el espejo de la entrada, justo encima de la repisa donde la *menorá*, con sus siete brazos, daba la bienvenida. Hubo temor. Quizá no se volverían a ver jamás. Ella absorbió esa imagen, aquel último mimo. Para su hermana Rebeca, la sola presencia de Ventura había sido una dádiva. Hubo duda. Con mirada inquisitiva, también se preguntaba si alguna vez se reencontrarían.

Debía volver a México, el lugar de su futuro, el de sus hijos y nietos. Retornar a Estambul fue como ceder a una tentación que a partir de entonces prevalecería. Ya en México, los suyos estarían presentes a pesar de la distancia. Pensó que despedirse en casa sería lo mejor; no quería que nadie la acompañara al aeropuerto. El taxi arribó. Se dejó guiar por sus hermanos y sobrinos hasta el automóvil. Sólo suspiraba. Desde la ventanilla trasera, agitó varias veces la mano.

Recuerdo cuando regresó mi abuela de aquel viaje. Mery, mi mamá, deambulaba por la casa mirando el reloj insistentemente; esperaba la hora de ir a recogerla al aeropuerto. Yo era pequeña, pero en cuanto la vi entrar me percaté de que algo había cambiado en ella; en realidad, no sabía qué. A mis ocho años era difícil saberlo. Quizá su mirada, o su sonrisa, pero ahora que lo pienso, seguramente fue la paz de haber visitado las tumbas de sus padres.

Nos relató emocionada los tres meses que pasó en Turquía. Los adultos charlaron toda la tarde, yo me fui a jugar con mis primos. Era sábado. Yo deseaba quedarme a dormir con mi abuela como lo hacía antes. Quería que me contara solamente a mí y poder preguntarle todo acerca de ese lugar que me parecía una especie de país de *Las mil y una noches*. Los relatos serían mi regalo antes de dormir. Ella estaba agotada del largo trayecto, pero después de mucho insistirle a mi madre, por fin accedió. Yo era privilegiada, mis primos, mis tíos y mis papás se despedían de la abuela y yo me quedaba a escuchar sus fantásticas versiones del viaje.

Nos metimos a su cama. El crujir de las sábanas era distinto del de las mías. Comenzó por referirme el mito de Selene, la diosa luna, quien fue algunas noches a visitar a su amado Endimión, el apuesto pastor que descansaba en una gruta del Monte Latmos, que precisamente se encuentra en Turquía. Las noches en las que Selene se reencuentra con Endimión, son noches de luna nueva, me dijo mi abuela, por eso no se ve la luna en el cielo. Una velada plena de historias comenzó con ese mito que me hizo pensar que hechos importantes sucedían en Turquía. Las ocasiones que tuvimos de hablar de su tierra, sin saberlo, fueron gestando la necesidad de ver con mis ojos aquel mundo.

Me relató una vez más sus historias de amor: Lázaro y Nissim, y cuánto le hubiera gustado haber vuelto a Estambul con alguno de ellos. Me platicó de sus hermanos, de las charlas interminables que sostuvieron tras beber jarras enteras de *chai* de manzana y roscas de anís. Así comencé mi viaje imaginario, emprendiendo el mismo camino que recorrió ella. Me decía que la historia de Estambul es muy interesante, que hay que caminar despacio para escuchar sus murmullos, para descubrir los rincones encantados, para admirar las influencias mediterráneas entretejidas en cada balcón, en cada callejuela. Pareciera que se había traído con ella un pedazo de cada sitio.

—Yo nací en Mármara —me dijo—, pero me crié en Estambul.

Nuestra gente tiene una tradición de casi quinientos años en Turquía, desde que España expulsó a los judíos de su suelo. Por eso, la tierra turca nos pertenece tanto como nosotros le pertenecemos. Yo imaginaba que cuando visitara la ciudad otomana por excelencia, caminaría por el Bósforo enamorándome del penetrante olor a mar. Que la silueta de Estambul, plena de cúpulas y minaretes, se teñiría de amatista y ámbar bajo el palpitante atardecer. Esa aspiración quedó envuelta por una especie de velo; sin embargo, en algún momento tendría que concretarla.

Un año después de que Ventura estuvo en Turquía, Beti su sobrina, la hija de su hermana Regina, vino a México a estudiar durante un año. Las descripciones que Ventura hizo a su familia acerca de la comida, la cultura y la gente propiciaron que Beti decidiera experimentar lo mexicano. Durante un año vivió en la casa de mis padres, Mery y Alberto. Por las mañanas estudiaba en la Universidad de las Américas y, gracias a su conocimiento del ladino, pudo comprender el español. Beti tenía exactamente la edad de Ventura cuando llegó a México, diecinueve años. Cuerpo espigado, porte de felino y unas cejas largas que enmarcaban su mirar indagador, verdoso y centelleante. Toda la familia pensaba que se iba a enamorar de un muchacho de la comunidad y que, seguramente, se iba a quedar a vivir en nuestro país. La historia familiar se hubiese repetido. Varios jóvenes la invitaron a salir, nunca le faltaron pretendientes. El periplo de Ventura no se repitió.

Beti hizo amistad con la hija del embajador turco y a través de ella conoció a varias jóvenes estambulitas que por diferentes razones se encontraban residiendo en México. Los fines de semana se dedicaban a explorar la ciudad; recorrieron avenidas, mercados y plazas; museos y galerías de arte; Coyoacán y San Ángel; visitaron Teotihuacán, Cuernavaca y otros lugares cuyos nombres Beti jamás pudo pronunciar. Reconocía el sabor de platillos que nunca había probado, pero que concordaban con lo que Ventura le había hablado sobre la cocina mexicana cuando estuvo en Estambul. Probó nopales, tamarindo, tuna y zapote; degustó las tortillas y hasta el tequila; lo que no perdonaba para desayunar era la piña, *ananás*, de cuyo sabor quedó prendada.

Curiosamente, dos meses después de que regresó a Estambul, habiendo pasado un año en México, conoció a quien sería su esposo, Erol Margunato, con quien tuvo una niña y un varón: Raika y Cem. Ya casada regresó a México un par de veces con su marido. Entonces yo volvía a prometerme visitar Estambul, mi anhelo remoto.

Transcurrió un par de años. En 1970 Janeta se quedó viuda. Salvador murió después de meses de una terrible depresión que no le permitió luchar. Ventura visitaba todas las tardes a Janeta en su departamento de la calle de Galveston esquina con Dakota, en la colonia Nápoles. La acompañaba, atendía a las visitas que iban a verla, y como siempre, se ponían a cocinar para mitigar la pena. Poco tiempo después, Ventura tuvo la primera embolia.

Mis papás, Alberto y Mery, compraron una pequeña casa en Cuernavaca para ir con mis hermanas y conmigo los fines de semana, y para llevar a mi abuela Ventura, ya que el clima de aquella ciudad le caería bien. Ir a dormir a casa de la abuela no se dio más. Ahora era ella quien dormía en nuestra casa. Se veía fuerte aún, pero las trampas de su mente la hacían balbucear, se peleaba con su brazo izquierdo que no obedecía sus órdenes y con su memoria, por su poca retención. No recordaba quiénes éramos, peor aún, por momentos no sabía quién era ella. Instaladas en las sillas del jardín, nos quedábamos viendo al cielo mientras se ponía el sol, así sabía ella que ya era hora de cenar. Los recuerdos como polvo fino se le fugaban con la brisa del atardecer.

Mis padres habían acondicionado la habitación de servicio para Ventura en aquella casa en Morelos, la cual tenía solamente dos recámaras: la principal y la de nosotras, las tres hermanas: Venice, Reyna y yo. La semana santa y el fin de año los pasábamos en Cuernavaca. Gracias a las terapias que mi mamá había aprendido a darle a la abuela, ella se recuperó lo suficiente para volver a vivir en su casa de Michoacán 66, donde nuevamente me quedaba yo a dormir con ella. Me alegraba ver que era otra vez autosuficiente; se reanudaron las tertulias en su comedor y las eternas sobremesas de los adultos con un cigarrillo y un tradicional café turco en mano. Mientras tanto, los niños retomamos la costumbre de hacer travesuras en la azotea a la cual teníamos prohibido subir. La música turca volvió a sonar, las caderas de la abuela otra vez se llenaron de ritmo, y sus dedos pulgar y medio chasqueaban como si fuesen un instrumento más. Todo regresó a la normalidad. Aquella constitución guerrera que siempre la había definido se hizo patente de nuevo.

Cuando paso por la calle de Michoacán, reencuentro a la niña que fui. Me distingo caminando hacia la miscelánea tomada de la mano de mi abuela; leyendo los mensajes ocultos del pergamino de los chicles mágicos; comiendo una rosquita de anís y escondiéndome dentro de su enorme ropero del cual, si cierro los ojos, puedo percibir el aroma a caoba y fino barniz. Hasta el día de hoy no puedo evitar decirles a mis hijos:

—Ahí era la casa de la abuelita Ventura —a lo que ellos responden:

—Sí, ma, ya sabemos, nos lo dices cada vez que pasamos por aquí y señalas la puerta negra.

Como quien memoriza una fábula o un poema de tanto escucharlo, así he tratado que ellos la recuerden, he deseado que
perviva su presencia; aunque nunca la conocieron, no quiero
que la olviden. Mi presente está teñido de memoria y de esa
voz que me habla en *djudezmo*, el español arcaico de expresiones insustituibles a través de las que mi abuela heredó nuestra
cultura a mi madre y a mis hermanas, y ahora yo, a mis hijos
para que ellos transmitan ese legado a los suyos. Pretendo, a mi
modo, hacer que trascienda mi cepa semita, mi religión judía,
mi linaje sefardí, mi lengua judeoespañola.

VII

Mi abuela Ventura me besó la frente y subió la frazada hasta cubrirme la barbilla. Los primeros pasos de aquel invierno auguraban que sería uno de los más fríos de los últimos años. Apagó la luz, cerró la puerta y yo permanecí con los ojos abiertos unos momentos repasando en mi mente los detalles de su historia. Aunque me la narró una vez más, nunca me cansé de escucharla. Reflexioné en todas las coincidencias que debieron darse para que se gestara nuestra familia. Ventura fue el parteaguas o la bisagra entre Turquía y México. Coincidencias como estas: en Estambul, Victoria recibió la carta de su gemelo Lázaro; ella propuso a Ventura como la posible esposa que él anhelaba; la familia de ella aceptó mandarla a América; unos años después, murió Lázaro y, ya viuda, se casó con Nissim, quien también había enviudado; aunque aparentemente Nissim no podía tener hijos, Ventura quedó embarazada y nació Mery, mi mamá. Aquella noche, en la cama de mi abuela, la escuchaba recoger los platos de la cena mientras yo iba quedándome dormida. Esa fue la última vez que me narró su pasado. Fue antes de que sufriera la segunda embolia; después, jamás volvió a relatármelo, no sé siquiera si ella lo recordaba.

Sus ojos estaban cansados, perdieron el fulgor interno que los caracterizaba; era como si una nube se hubiese posado sobre el iris color miel. Pensé que, al igual que en la primera apoplejía, las terapias, los medicamentos y la estancia en Cuernavaca la sanarían, pero en esta ocasión no fue así: el vacío de su mirada me reveló que el *apretamiyento de korazon,* que me devastaba al verla, no era infundado. Los meses transcurrieron y la esperanza de que mi abuela mejorara se fue desvaneciendo, como agua que se fuga por una grieta. La embolia le afectó el habla y, a pesar de la terapia, no logró articular conversaciones completas. Un brazo quedó semiinmóvil y sus pasos sin estabilidad. Mi mamá la maquillaba todos los días; le delineaba las cejas y le pintaba los labios para conservarle su coquetería y hacerle más leve la convalecencia. Por momentos, me parecía leer a través de los entresijos de su mente y sé que agradecía que mi madre la mantuviera perfectamente acicalada.

En el año de 1980, mi abuela tenía setenta y dos años, yo diecinueve. La fecha de mi boda se acercaba. Entre los muchos preparativos, estaba hacer cita con Claudio, el modisto que confeccionaría mi vestido de novia. Mi mamá y yo deseábamos preservar la tradición sefardí que mi abuela Ventura nos había enseñado: arrojar peladillas blancas de almendra cuando el diseñador diera el primer tijeretazo a la tela. Como muchas de nuestras costumbres, esta se realizaba para augurar dulzura y pureza a la vida de casada. Con esta práctica, desde el instante en que me ataviara con el traje de fino guipur traído desde Suiza, se me vaticinaba un matrimonio exitoso. Aquel día, vestimos a la abuela más elegante que de costumbre, la llevamos al salón de belleza para que la peinaran y yo me ofrecí a dibujarle el arco de la ceja con su lápiz ocre. Cuando le enseñé el espejo, creí que me guiñaba un ojo, como aprobando el resultado. Las mujeres de la familia nos reunimos en la casa de costura de Claudio en Polanco. Mi futura suegra y su madre, mis hermanas, la abuela Ventura, mi madre y yo. Aún conservo una fotografía de esa ceremonia tan significativa. La mirada de mi abuela un poco perdida y su sonrisa a medio bosquejar, pero su abrazo fue muy elocuente.

Cuando tenía ocho o diez años, recuerdo que soñaba que mi abuela Ventura moría. Esas terribles pesadillas me despertaban angustiada. Yo corría a la recámara de mis padres y le contaba a mi mamá el sueño, a lo que ella respondía:

—No te preocupes hija, eso quiere decir que la abuelita va a vivir muchos años.

Aquella respuesta, junto con el abrazo protector de mi madre, quien me dejaba meterme en su cama para volverme a dormir, me tranquilizaba. Durante años no volví a tener esa pesadilla, pero unas semanas antes de mi boda desperté al escucharme gritar: la veía junto a mí sin vida, sólo su mano se asomaba bajo la sábana. Mi abuela llevaba tres años luchando con las secuelas de la embolia, ¿acaso esa visión era premonitoria? No le comenté nada a mi madre y traté de disimular mi temor, como quien esconde migajas bajo la alfombra.

Ya era la mañana del 21 de junio. La jornada transcurría entre el ir y venir de mi madre; la casa plena de regalos y arreglos florales. Finalmente, llegó el momento de ponerme el vestido de novia, ese que había sido nicho de dulces y buenos augurios desde el primer corte para su confección. Salí de mi recámara y nunca podré olvidar la expresión de mi padre, de mis hermanas y de mi abuela Ventura cuando me vieron. Ella me observó de pies a cabeza y asintió con la sagacidad que siempre le conocí. Tomó mi mano y la apretó con la poca fuerza que tenía. Ese lenguaje no verbal era revelador.

Una tormenta nos acompañó hasta la sinagoga. Mi madre no dejaba de repetir que era de buena suerte que lloviera el día de la boda. Justo antes de comenzar la ceremonia, el cielo nocturno se despejó. Recorrí el largo pasillo de mi templo Rabí Yehudah Halevi, agradeciendo que mi abuela estuviera ahí para verme, que mis pesadillas no se hubieran cumplido. Mis abuelos paternos, los de mi novio y nuestros padres nos acompañaban en la *jupá*, ese primer techo de tela blanca que cobija a la pareja. Sentada en la primera fila, con un vestido en tonos rosa que se fundían con su pálida piel, mi abuela Ventura sonreía al verme bajo la *jupá*, recibiendo las bendiciones del rabino, tomada de la mano de quien sería mi esposo. Para ella hubiera sido difícil estar de pie durante la ceremonia, pero desde ese lugar me envolvía su calidez. Esa noche, antes de partir a mi luna de miel, su abrazo fue contundente. No sabíamos cuándo nos volveríamos a ver, ya que mi vida de casada iniciaría en la ciudad de Austin, Texas, donde mi marido y yo habíamos sido aceptados para estudiar en la universidad. Debía desarraigarme de mi país por un tiempo, de mis padres, de mis hermanas, pero nada me pesaba más que dejar aquella presencia indispensable para mí: la abuela Ventura, la mujer que supo abrir surcos, que supo sembrar y conservar la esencia turca.

Un año y medio después, regresamos a México para visitar a la familia. Un par de días antes de mi llegada hablé con mi madre. Ella puso a mi abuela al teléfono para que escuchara mi voz. Le dije que iría a México a verla muy pronto. Yo no esperaba respuesta alguna y, después de una pausa, me dijo de golpe, como si se hubiera recuperado repentinamente:

—*Aki te vo star asperando ishika miya.*

Recuerdo haber colgado el teléfono y decirle sorprendida a mi esposo que la salud de mi abuela iba mucho mejor. Llegamos a México un sábado por la tarde. Nos quedaríamos varios días, y lo primero que haría al siguiente sería ir a visitarla. Para entonces, mi abuela había regresado a vivir a su departamento después de que pasó un año en nuestra casa tras la embolia. Ella prefería su propio espacio, estar rodeada de sus recuerdos y de sus pertenencias, del aroma de su casa. Una enfermera le hacía compañía y mi mamá la visitaba diariamente o la recogía para llevarla a comer con mis hermanas.

Nos quedamos en casa de mis padres. Dormí un poco inquieta. A las siete de la mañana mi madre tocó la puerta de la recámara. Me extrañó que nos despertara a esa hora sabiendo que estábamos cansados del viaje. Su voz como una daga me dio la noticia. Una marea de pesar en mi garganta. Nos abrazamos. Conmovida, la escuché llamar a sus hermanos, a Moisés, a Hasky y a Janeta. Nuestra ley judía indica que el cuerpo debe regresar a la tierra lo antes posible. El entierro se llevaría a cabo ese mismo día a las doce.

Cuando llegamos mis padres y yo a la casa de mi abuela, el cadáver estaba en el piso con los pies orientados hacia la puerta y tapado con una sábana blanca, según dicta nuestra costumbre porque sería deshonroso exhibirlo. Mis tíos Hasky y Moisés, quienes fueron los primeros en llegar, se encargaron de cumplir con dicho ritual y de ponerle las dos velas encendidas detrás de la cabeza. Flama y alma: una sola luz. La vi ahí, inerte. En la sábana se distinguían las líneas de su cuerpo, las facciones de su cara, y debajo de aquella tela blanca se vislumbraba su mano, justo como en mi sueño. Tardé unos momentos en acercarme a ella. Quise hacerlo de inmediato, sin embargo, mis piernas estaban ancladas a las duelas de madera. Cuando por fin lo logré, acaricié su mano y la cubrí con la sábana. En el lugar se presentaron mis primos; primero los hijos de Moisés, enseguida los de Hasky. Luego de unos minutos, llegó mi tía Janeta con su esposo, el señor Rogozinsky, con quien se había casado unos años después de que falleciera Salvador Montal.

Mi papá abrazaba a mi madre, quien lloraba como una niña desamparada. Había dolor en sus lamentos:

—Soy huérfana, D-os mío, soy huérfana.

Yo también la abracé y tomé conciencia de que algún día me faltarían mis padres. Comprendí el sufrimiento de mi madre, y aunque había tratado de ser fuerte para apoyarla, me sofocó un sollozo. Para continuar con el rito, Celia, la esposa de mi tío Moisés, sacó sábanas del ropero y cubrió los espejos.

Luto en sábanas blancas. Ni un solo reflejo. Lo dicen los libros, lo dice la voz de los rabinos, lo dicen nuestras creencias. Que quizá la vanidad del hombre no debe reflejarse en momentos de pesar; que tal vez el alma del difunto permanece presente en la casa durante la Shivá y que, a toda costa, debe evitarse que se mire en los espejos para que no se asuste.

Debíamos esperar a que acudieran los miembros de la *Jebrá Kadishá*, la Sociedad Sagrada, quienes voluntariamente preparan a los difuntos para su entierro.

Gente piadosa. Gente plena de humildad. Gente entregada al prójimo. La *Jebrá Kadishá*. Una especie de guías que velan por la dignidad de nuestros muertos siempre con el mayor respeto. Benditos aquellos ancianos de nuestro pueblo quienes nos transmitieron esta sabiduría, el rito de la *Tahará*. Siete veces se lava el cuerpo en la *rejitzá*, lavatorio para los difuntos, vertiendo el agua para dejarlo en el mismo grado de pureza con el que vino al mundo. Siete veces se repite el rezo cuyo texto está enmarcado en la pared. Sin flores, sin aromas. Algodón blanco es la mortaja. Y, finalmente, el perdón que pide la gente de la *Jebrá Kadishá* al difunto por si acaso, sin intención, hubiera habido algún detalle no lo suficientemente respetuoso. Briznas de tierra de Israel sobre los párpados.

Antes de que llegara la *Jebrá*, no podíamos dejar sola a mi abuela Ventura. Así lo dice nuestra tradición. Tomamos turnos para estar en la recámara con ella. Estando yo afuera, podía escuchar a cada uno de mis tíos recitar los salmos en voz baja. Cuando llegó mi momento, cerré la puerta con llave. Necesitaba privacidad para decirle todo lo que pasaba por mi mente. A solas, con ella, no podía creer que ya no me repetiría recovecos de su historia, jamás la escucharía entonar una *kantika*, ni me pediría que repartiera las *dulzurias*, ni me diría cariñosamente

Sofika. Jamás me volvería a llamar la atención por esculcar los pequeños cajones del chifonier, ese que parecía haberse quedado sin vida también, como la recámara toda, que fue envejeciendo con ella. Quise creer que me escuchaba, que a su cuerpo lo invadía aún su *neshamá*, su alma. Intuía su presencia en el aire. Viviría en mí, siempre. Mi estómago, un agujero. Dejé de fingir ser fuerte.

El momento que más me dolió fue ver que la gente de la *Jebrá* sacaba a mi abuela de su casa. Temí que con ella se fueran todos los recuerdos; que se llevara el bagaje de las historias narradas una y otra vez; que la casa se quedara sin voz. Se deshilaba el pasado al traspasar la puerta. Un legado para mí, su vida.

Yo miraba a través de las ventanillas del coche la calle de Camino al Desierto de los Leones. Jamás había estado por esos rumbos de la ciudad. Sabía que, en 1942, la comunidad había adquirido una sección del Panteón Jardín, conocido cementerio de la Ciudad de México. El auto se detuvo ante el portón con barrotes de metal. En la calle, los puestos de flores: gladiolas amarillas, rosas rojas, iris y agapandos lilas, margaritas blancas, claveles y astromelias. Esta era la primera vez que yo visitaba el panteón; esta era la primera persona que moría en mi familia. Aquel día aprendí que las flores, signos de vida y alegría, no se utilizan en nuestros funerales. Esos puestos son para la gente que va a visitar a sus muertos. Nos dirigimos a La Fraternidad, sección judía del cementerio. Con el sol invernal cayendo a plomo, esperamos afuera de la *rejitzá*; en ese caso, eran mujeres las que realizaban la función, por tratarse de una mujer. Un acto de bondad muy elevado, en el que no hay retribución o agradecimiento. Anonimato total. Cuando el cuerpo estuvo listo, se invitó a la familia a verla y darle el último adiós. Yo no lo hice. Quería conservarla en mi mente con su cabello color miel semejando una nube, con las uñas esmaltadas, mirada ambarina y sonrisa *rouge foncé*. Entraron los cuatro hermanos: Moisés, Hasky, Janeta y, al final, Mery, mi madre. Pasaron unos minutos y, cuando ella salió, su rostro estaba transformado. La quijada sin tensión, la mirada en paz. Era como si al enfrentar la muerte de su madre, hubiese aprendido cómo sería vivir sin ella. Me acerqué y le pregunté si se encontraba bien. Me respondió murmurando con voz apacible que la abuela se veía tan serena que parecía un ángel.

Ya con el sencillo ataúd frente a nosotros, nos colocamos a su alrededor. El rabino Palti habló acerca de la aceptación del decreto divino, reflexionó sobre la muerte y expresó que todos somos juzgados por nuestros méritos y nuestras acciones, no por lo que poseemos. A todas luces, mi abuela Ventura sería juzgada favorablemente, porque sus acciones y sus méritos demostraban su valía. Para mí: la aguerrida, la audaz, la amorosa, la prudente, la bella, la que olía a gardenias, la que poseía una memoria sin par, la que me mimaba.

No olvido la solemnidad del momento en que el rabino rasgó la ropa de Moisés, de Hasky y de mi madre; eso me devastó. Esta ceremonia ancestral de cortar las vestiduras a la altura del pecho, es como dejar al descubierto el dolor del corazón. Como hija que soy, me preguntaba cómo haría mi madre para sobrellevar la pérdida. Quizá le daría consuelo la idea de que la abuela ya descansaría. Amigos y familiares cargaron el ataúd hasta el lugar de su sepultura. A pesar de ser diciembre, el sol invernal calentaba el día, pero yo estaba helada. En el trayecto, el rabino Palti iba recitando el proverbio de la mujer virtuosa, el *Eshet Jail*:

אשת חיל מי ימצא ורחק מפנינים מכרה
בטח בה לב בעלה,ושלל לא יחסר
גמלתהו טוב ולא רע ,כל ימי חייה

Eshet Jail mi imtza verakoj nepeninim mijrah
Bataj bah leb balah veshalal lo iejsar
Guemaltehu tob velo ra kol ieme jaiea.

Quién puede hallar a una mujer virtuosa, que es más preciosa que las perlas.

El corazón de su esposo confía en ella, nada le faltará a él.

Ella le prodiga el bien y no el mal todos los días de su vida.

Se comenzó a llenar la fosa. Cada amigo, cada nieto tomó la pala para arrojar un poco de tierra. Las mujeres observábamos. Los hombres pronunciaron el *Kadish*. Todos contestamos Amén. En mí, esa palabra brotó como prendida con alfileres.

Si revivo el momento de lucidez que tuvo mi abuela cuando hablamos por teléfono dos días antes de su muerte, estoy segura de que se estaba despidiendo de mí. Es consolador pensar que me esperó, que se aferró a la vida hasta mi llegada de Austin; que deseaba que yo estuviera en su entierro y le diera el último adiós; que quiso que yo acompañara a mi madre durante los siete días de la *Shivá*.

Yo debía regresar a mis estudios en Estados Unidos, aunque en realidad deseaba quedarme para hacerle compañía a mamá para que juntas compartiéramos la pérdida. Pero tuve que irme y conmigo me llevé el duelo. Me fui después de los siete días de la *Shivá*, pero ya no estuve en los *Shloishim*, los treinta días de la segunda etapa del duelo, ni viví junto a mi familia los doce meses subsiguientes, desde el entierro hasta que se descubrió la lápida en nuestra ceremonia tradicional para rendirle un tributo más al difunto. Sin saberlo, entre tantas cosas que me enseñó mi abuela, está mi confrontación con la muerte. Ventura murió en diciembre de 1981, durante los primeros días de la fiesta de *Janucá*. Su lápida dice:

Esposa y madre ejemplar.

Vives en el corazón de los que te amamos:

tus hijos, hija y nietos.

Cuando alguien de la familia visita el cementerio, siempre se le llevan a mi abuela gladiolas amarillas porque era su flor favorita. Cuando pienso en ella, voy de un recuerdo a otro. Nunca le interesó que festejáramos sus cumpleaños; su edad nos era tan ambigua como la fecha exacta de su nacimiento, ya que decía que había nacido en la fiesta de *Purim*, entre marzo y abril. Por eso, escribo que murió en la fiesta de las velas, *Janucá*, para hacer honra a la arbitrariedad con que a ella le gustaba medir el tiempo. La evoco aquellas tardes enteras sentada frente a su máquina de coser Singer sin dejar de mover cadenciosamente el pie; o bordando en punto de cruz algún motivo sobre la tela presa entre bastidores; o conversando con las amigas a media tarde, café turco y platón de roscas de anís en la mesa. Era una gran conversadora. Sin importar si estaba frente al televisor viendo una película de Dolores del Río, con un tercer ojo imaginario vigilaba nuestras travesuras. Con el tiempo han pervivido los recuerdos de infancia y de adolescencia, pero además se acrecentó la promesa de probar algún día la sal del Mediterráneo; de ver las nubes incendiadas por el sol estambulita, de recorrer los pasos de la inmigrante; de observar las estrellas y el azar junto a la luna creciente; de aquietar mi curiosidad por el pasado; de conocer a quienes llevan mi sangre, comparten mi lengua y mis refranes. Contemplar las aguas de un Bósforo que hasta mis treinta y siete años, sólo podía imaginar.

VIII

Mi regreso a Austin no fue fácil. Los fines de semana pasaban con lentitud. Odiaba el momento de tener que colgar el teléfono después de hablar con mi familia. En México todos se reunían los domingos para comer. Era el día que nos comunicábamos. Invariablemente la voz de mi madre y la mía se entrecortaban. El difícil proceso de revisar los objetos de mi abuela había recaído sobre todo en mi mamá. Fotografías de toda una vida fueron guardados en cajas. La ropa se donó a nuestra comunidad. Algunas pertenencias se repartieron entre Moisés, Hasky y Janeta. Yo lamentaba no estar ahí para ayudar a mi madre, para apoyarla. Por mi parte, quería conservar una cuchara sopera del juego de cubiertos de plata que tantas veces vi sobre el mantel de la mesa del comedor. Deseaba atesorar la taza de café turco preferida de Ventura. Me imaginé la cómoda de la sala ya sin las fotografías colocadas simétricamente.

En una de esas llamadas dominicales, me enteré de que nadie de la familia se había interesado por el estridente radio, ni por la máquina Singer, y mucho menos por el baúl que infinidad de veces me hizo fantasear sobre lo que había dentro. Por suerte, mi mamá no se atrevió a deshacerse de ninguno de esos objetos y los guardó. Años más tarde, decidió que mis hermanas y yo conserváramos un recuerdo de la abuela. A mi hermana Reyna le tocó la máquina de coser; a Venice, el radio; y a mí, el baúl.

Afortunadamente, mi estancia fuera del país duraría los dos años en que mi esposo y yo terminaríamos de estudiar en la Universidad de Texas en Austin. Si bien nos era sumamente importante nuestra preparación académica para regresar a México y lograr una vida profesional competitiva, la costumbre tan arraigada entre nosotros los judíos de estar unidos, nuestro espíritu comunitario y de solidaridad, y la proximidad emocional con la familia, nos hacía añorar aquellas reuniones semanales. Extrañábamos los chistes, las novedades, las conversaciones, los platillos con la sazón de mi madre, la compañía, pero sobre todo, esa sensación de seguridad compartida, esa impresión de pertenecer a un grupo en el cual se es importante para alguien y se ocupa un lugar. Saber que estaban todos juntos allá, y nosotros en una mesa para dos, hacía que me vinieran a la mente mi abuela y su vida entera alejada de los suyos. Por lo menos, yo me encontraba en el mismo continente, a unas cuantas horas en avión, a unos segundos de poder escuchar sus voces por teléfono; sin embargo, había tardes en que un escalofrío me cimbraba. Añoranza pura. Mi abuela debe haber sentido una especie de penumbra al pensar en los suyos, al recordar con detalle el paisaje de cipreses de un Bósforo imponente tantas veces recorrido, al evocar los paseos con su madre por el barrio de Taksim, que le traían placer y luego tristeza, al creer ingenuamente que volvería a respirar el incomparable aroma de las castañas asadas que impregnaba las calles de Estambul al caer el invierno.

Las noches brumosas de febrero en Austin se empalmaban con el pesar que aún me colmaba por la muerte de Ventura. Extrañaba el inigualable efluvio de su recámara, mezcla de colonia de gardenias, polvo facial, madera laqueada y naftalina. Yo salía algunas tardes a caminar a solas, observaba a las personas que volvían a casa apresurando el paso ante el frío devastador. Después de un rato, también regresaba a nuestro pequeño departamento desde donde podía ver la rama desnuda de un nogal que asomaba por mi ventana. Busqué la luna en aquel cielo blanco y negro, era como observar tras un cristal cubierto de vaho; apareció su lánguida luz como en *Luz de luna sobre el puerto de Boulogne* de Manet. Preparé un café, que hubiera preferido fuera turco, y rememoré escenas de mi niñez en casa de la abuela. Me podía ver sentada en el tocador repleto de perfumeros de bombilla, polveras, barniz de uñas rojo, lápiz labial también rojo, un pomo de agua de rosas que Ventura vaciaba en un algodón para refrescarse el cutis antes de dormir, otro más pequeño de aceite de almendras para las pestañas, laca de pelo en una especie de bulbo de color azul, la caja de plata con horquillas adentro y, por supuesto, el espejo repujado con mango de madera.

A diferencia del penetrante sol de verano en Texas, donde el asfalto parece bullir, en invierno la oscuridad nos invadía desde las cinco de la tarde; los faros pálidos de la que fue mi calle durante un par de años titilaban. El ambiente olía al humo de las chimeneas que se encendían cada noche hasta que, en marzo, la temperatura comenzaba a subir. Ese aroma me hacía pensar en la velada que pasamos juntos mis padres, mis hermanas, la abuela y yo frente a la chimenea de la casa en aquel asombroso enero de 1967, cuando por única vez nevó en la Ciudad de México. Todo un acontecimiento ver el jardín cubierto de una capa lechosa y escarchada. Aquella noche, Ventura arraigó en mí la imagen de un Estambul en invierno. Yo tenía siete años, fue la primera historia que escuché, e imaginé una calzada de adoquines que no se veían pero se sentían en cada pisada sobre la nieve. La ciudad me parecía una postal en blanco y negro. Recuerdo la dulzura en su voz cuando decía:

—Cuando yo era niña salía a la calle con mis hermanos a ver la nieve posarse en las cúpulas de las mezquitas. Todo era blanco. Estambul no tenía fin.

La fecha que fijamos para regresar a México después de habernos graduado de la universidad de Austin fue en agosto de 1982. La nacionalización de la banca y el descontrol económico que se vivía en el país retrasó nuestros planes. Finalmente, los primeros días de octubre hicimos el viaje de regreso. Un mes más tarde, recibimos la noticia de que estaba embarazada. Lo primero que vino a mi mente fue que, como dicta la tradición sefardí, cuando estuviera en el séptimo mes de embarazo, llevaríamos a cabo la ceremonia del *Korte de Fashadura*, como la llamamos en *djudezmo*. Instintivamente supe que mi abuela me haría falta en esa ocasión tan nuestra. Ella me había contado que la costumbre venía de los tiempos en que los judíos sefarditas vivían en España hasta su expulsión en el siglo XV. Las mujeres de la judería se reunían para hacer el ajuar del bebé. Madre, suegra, hermanas, tías y vecinas de la joven encinta confeccionaban prendas y bordaban pañales. Mi abuela me relataba que cada una de esas mujeres llevaba su costurero de mimbre lleno de hilazas de diferentes colores, diminutos botones nacarados, carretes de madera, dedales, agujas, tijeras de costura, telas de bombasí, piqué y manta de cielo. Al enterarme de mi embarazo, resonaron en mis oídos sus palabras:

—*Kuando estesh preniada de tu primogenito, en el séptimo mes, Mery, tu madre, la futura bava, va kombibar a las musheres de la famiya i a las amigas al Korte de Fashadura. Esta ceremonyia va trayer buena vida i larga vida para tu bebé, no importa si tendrash una fijá o un fijiko. La tenesh ke azer lunes o jueves, ke son los días ke se saka el Séfer Torá en el kal.*

Cuando cerré los siete meses de embarazo, llevamos a cabo la ceremonia. El honor de cortar la camiseta de medida más larga de lo común se lo di a mi suegra, quien tenía a sus padres vivos aún, lo cual era un requerimiento en nuestro ritual, ya que significa que el bebé tendrá una larga vida en compañía de sus padres. Mi familia política, de origen ashkenazí, nunca había asistido a esta milenaria formalidad y, por lo mismo, mi suegra se sentía muy halagada de contar con tan significativa distinción. Al tiempo que se hacía el corte de la tela blanca para la camiseta, mi mamá, mis tías y mis hermanas arrojaban dulces blancos para que la vida de mi bebé fuera siempre pura y dulce. También me dieron bendiciones para tener un parto fácil, con salud y en el momento propicio. Hubiera deseado que mi abuela Ventura estuviera ahí para darme su bendición, su abrazo y sus consejos. Afortunadamente, tanto mi mamá como mi abuela paterna, Sofía, de quien llevo el nombre, me llenaron de apoyo y sabiduría por ser primeriza. Esas voces femeninas calmaron mis dudas y temores. Esa noche soñé con Ventura. La camiseta que la mamá de mi esposo bordaría, sería lo primero que el recién nacido vestiría al salir del hospital. También lo usaría en su *Brit Milá*, la ceremonia de circuncisión, si fuera varón; o si fuera mujer lo usaría el día del *Fadamyento*, en el cual se le pone el nombre a la niña. Esa era la costumbre. Mucho se ha simplificado la tradición si la comparamos con el siglo XV. Hoy en día, se confecciona lo más significativo de aquella usanza, la camiseta larga para que el bebé tenga una larga y dulce vida. Los buenos deseos en ladino brotaban de boca de las invitadas: «*Puyados i no menguados, en ora buena, skapamiento bueno*».

Esas palabras arcaicas en mis oídos eran casi poéticas. Recordé que mi abuela me explicó que, por ejemplo, la palabra *embaxo*, que significa «abajo», viene del gallego; que *bavajadas*, o sea, «patrañas», proviene del valenciano; y así otros vocablos como *yelar*, «enfriar»; *escapar*, «terminar», *manseviko*, «jovencito» y *kukla*, «muñeca»; todos provenientes de una cultura judía en el Siglo de Oro en España. El exotismo de su timbre, el gusto de poder inferir su significado gracias a haberlas escuchado desde niña y tener gente a mi alrededor que todavía las empleaba, hacía más relevante aquella celebración en honor de mi primogénito. Por un momento el ladino era la clave que me conduciría del presente a mi infancia cerca de la abuela Ventura. Comprendí que la fuerza de ese legado lingüístico recaía en la habilidad que tuviéramos las nuevas generaciones para transmitirlo. De este modo, me comprometía a compartir ese idioma. Cascabeleo en las vocales, ondulantes susurros. No era una condición necesaria que entendiera el significado de cada palabra para disfrutar un diálogo. Los vocablos en judeoespañol tienen para mí un aroma espeso, como páginas de un libro antiguo.

IX

El lluvioso otoño en plenitud, después de los meses del verano candente. El viento del Egeo se mezclaba con el aire que desde hace siglos exhala el Mediterráneo en las tardes de entretiempo. Era un martes 14 de octubre de 1997 cuando llegamos a Estambul. Recuerdo mi poca tolerancia ante la lentitud del oficial de migración. A medida que avanzaba la cola de pasajeros, crecían mis ansias por salir del aeropuerto. Por fin llegó el día esperado desde que tuve uso de razón y que Ventura había ido alimentando durante lustros. Los días previos al viaje fueron de nerviosismo y de gran agitación. Por un lado, debía dejar en casa lo necesario para mis tres hijos: el botiquín, las alacenas llenas, las actividades en general. Los días parecían acortarse, debía empacar y comprar regalos para mis familiares de Turquía. Deseaba llevarles algo representativo de México: botellas de tequila, tequileros de vidrio soplado, tortilleros tejidos en hoja de palma, tamarindos, cocadas, dulce de leche, alegrías, obleas y hasta unos mariachis de barro pintado a mano. Llegado el momento, me despedí de mis hijos Alex, Lisa y Arturo. Me aseguraron con gran seriedad en sus voces infantiles, que no me preocupara.

Ya en el avión, pensaba que la ruta por iniciar era exactamente la contraria a la que mi abuela Ventura había realizado setenta años atrás. Yo cruzaba el Atlántico para llegar a su tierra, ella lo atravesó para llegar a la mía. Cerraba los ojos y la imaginaba junto a mí, orgullosa y plena, sabiendo que estaría yo caminando sus pasos, que en tan sólo unas horas, se alzarían frente a mí las costas de sus mares, las colinas de cipreses y pinos que circundan su bahía; y que yo, su nieta Sofika, sería cómplice, espectadora, intérprete de su historia, los entresijos y los aciertos de su vida, que no se olvidarían fácilmente.

Nos sentamos juntas las tres hermanas y, a un lado, mis papás. Noté que no dejaban de observarnos y adiviné en ellos la emoción de estar con nosotras como cuando éramos niñas; sin esposos, sin hijos, sólo nosotras y ellos en una travesía tan significativa. Inmediatamente después de que la azafata sirvió la comida, todos se quedaron dormidos. Yo no podía cerrar los ojos. La anticipación de la llegada me tenía nerviosa. Llevaba una pequeña libreta en la cual planeaba apuntar todos los detalles de nuestro recorrido. Dividí las hojas. En una parte registraría, a manera de diario, los lugares visitados; en otra, los restaurantes y platillos que degustáramos, así como sus respectivas recetas; la tercera, la convertiría en un diccionario de palabras en turco y, finalmente, dejaría unas páginas para hacer un directorio con los datos de los miembros de mi familia. Luego de un largo rato, me venció el sueño.

En el aeropuerto, nos dirigimos hacia la salida. La tía Beti, aquel rostro que conocimos en sus dos visitas a México, su mirada profunda y tez de alabastro, nos esperaba con una sonrisa de pertenencia. Tal y como nosotros lo habíamos hecho años atrás, ella nos alojaría ahora en su casa, un amplio y cómodo departamento de dos pisos en el barrio de Bebek. El trayecto desde el Aeropuerto Internacional Atatürk tomó cerca de media hora. Mis padres conversaban con Beti mientras yo abría la ventana para respirar aquel aire tibio, ajeno para algunos, familiar para mí aun sin haberlo inhalado antes.

«Estoy aquí —pensé—, finalmente estoy aquí.»

Me sorprendió la modernidad de la autopista, que contrastaba con un acueducto bizantino que brota a mitad de la ciudad con sus seiscientos metros de piedra antigua. A distancia pude observar los manchones verduzcos de un parque lejano, un oasis en el torrente de tráfico de la metrópoli. Los minaretes de las innumerables mezquitas asomaban con más claridad a medida que avanzábamos serpenteando las calles. No estoy segura de lo que esperaba en realidad, pero en cuanto llegamos a Bebek, adiviné que ahí vivía Beti. Terrazas, restaurantes, tiendas por doquier, y la gente caminaba por los escenarios marinos que bordean el Bósforo, todo eso llamaba mi atención. Quería bajarme del automóvil para caminar. Beti me prometió que pasearíamos por ahí en un par de días.

Entramos a la sala de su casa en donde nos esperaba un platón de queso *kashkaval*, aceitunas kalamata y una tetera típica de metal con *chai* de manzana. Quedé prendada del paisaje que se veía desde aquella habitación. En lo alto de una colina, como dominándolo todo, una panorámica del Bósforo. Lo que había escuchado acerca de ese estrecho me había fascinado desde mucho antes de estar frente a él. Aguas plateadas por la mañana y de ámbar por la tarde.

Acomodamos nuestras pertenencias y nos refrescamos un poco. Más tarde llegó a visitarnos Érol, el esposo de Beti, de quien se había divorciado tiempo atrás. Yo lo recordaba vagamente de aquel viaje que habían hecho juntos a México a los pocos años de casados. Un hombre apuesto, de cabello entrecano y gran personalidad. Érol se despidió antes de la cena. La mesa del comedor estaba arreglada con un mantel bordado que me hizo recordar la mantelería que usaba mi abuela en las fiestas mayores, una cristalería fina formada casi milimétricamente y una vajilla pintada a mano con pequeñísimas flores en forma de rosetones en el centro. Como invitados, el resto de la familia que vendría a conocernos: el tío Haskiya, hijo de Rebeca, hermana de mi abuela. Llegó con su esposa Meri, con su hijo

Kemal y su nuera Eti. Poco después tocaron a la puerta Rayka con su esposo Salim, y Cem, mi primo menor con quien establecí una estrecha relación y se convirtió en una suerte de hermano. Rayka y Cem son los hijos de Beti, prima de mi mamá por ser hija de Regina, la hermana de Ventura. Cem siempre demostró tener el mismo interés que yo de cultivar y mantener contacto. Él visitaría posteriormente México en varias ocasiones. Nosotros volveríamos a Turquía para su boda con Suzan, una muchacha sefardí.

Aunque ni mi mamá ni yo conocimos a las hermanas de mi abuela, estaban ahí reunidos los integrantes de la siguiente generación, los hijos de las tres hermanas Eskenazi: Mery, la hija de Ventura; Beti, la hija de Regina; y Haskiya, descendiente de Rebeca. Pero aún más conmovedor era que la tercera generación, es decir, los primos segundos, estábamos presentes: mis hermanas y yo por parte de Ventura; Rayka y Cem por parte de Regina; y Kemal por parte de Rebeca. Sólo faltaba el hermano menor de Ventura, Isaac, quien decidió irse a vivir a Israel con su esposa y sus hijas.

El sueño de Ventura fue siempre ir a Turquía para ver a sus hermanos, ya que sus padres Moshón y Sara murieron sin que ella los volviera a ver. Por ese motivo, había sido imprescindible que visitara a Rebeca, a Regina y a Isaac, y, de ese modo, subsanar sus sentimientos en pugna; por una parte, el arrepentimiento de no haber ido antes a Turquía luego de su viudez, y la culpabilidad o remordimiento por no haberse impuesto realizar el viaje y reencontrarse con ellos; por otra parte, el gran temor de perder a alguno de sus hermanos y que se repitiera la historia de lo que sucedió con sus padres. Ventura regresó a Estambul en 1968; cinco años después moriría Rebeca, su gran compañera de juegos, por lo que constató que su intuición de ir a verlos fue certera. Casi veinte años más tarde, en 1993, moriría Regina también en Estambul, e Isaac en Israel, junto a su familia, en 1999. Mi abuela Ventura murió habiendo cumplido ese adeudo que repiqueteaba en su memoria como el eco de aquellos almuecines que convocaban al rezo desde los alminares. Esa imagen de infancia siempre la acompañó, fue el detonador que la impulsó a volver a su tierra. Y vio la Mezquita Azul, fulgurante, tal como la recordaba.

X

—*Buirum, buirum* —nos daban la bienvenida mientras nos abrazaban y besaban afectuosamente.

Rostros hasta entonces desconocidos. Rasgos que sugerían los de mi abuela, los de mi madre, los que heredé yo y que conservan mis hijos. Cem puso un poco de música. Notas de una melodía en turco que hacía muchos años no escuchaba, pero mi memoria la reconoció. Era *Izmir'in Kavaklari*, una de las canciones que ponía mi abuela en su viejo tocadiscos. Imaginé a los músicos vestidos con sedosas camisas blancas, pantalones negros y chalecos con pasamanería bordada. Sincronía perfecta. El clarinete comenzó a tomar fuerza y el ritmo provocó que el tío Haskiya empezara a cantar. Al principio su voz fue algo tímida, pero en cuanto vio que todos aplaudíamos siguiendo la cadencia, cantó con más seguridad. Ninguno de los mexicanos entendíamos la letra, pero la sentíamos como si la comprendiéramos a través de la alegría del *darbuka*, un tambor en forma de copa. Recordamos la historia que relataban Rebeca y Regina a mis primos, y Ventura a nosotros, de la cena en que los padres de Lázaro pidieron su mano. La misma melodía sonaba aquella noche setenta años atrás, esa que ha persistido a través de los años y de las generaciones.

Pasamos a la mesa. Semejaba un arreglo de flores multicolor, un paisaje otomano pintado al óleo. *Pipirushkas, bureks, yaprakes, pipitada, taramá, garato* y *sujuk*, platillos emblemáticos, los sabores de mi infancia, los aromas de la casa de mi abuela Ventura.

Comí *sujuk* y reconocí el auténtico aroma a pimienta y comino. Degusté el *knefe* y los labios se me impregnaron de miel y agua de azahar. El tío Haskiya nos decía que comiéramos más, que nuestro viaje había sido muy largo. En Turquía, como en México, la comida entre nosotros es una especie de ritual, un elemento al que se recurre como remedio para el cansancio, la tristeza y el regocijo. Sumergí la cuchara en la aterciopelada confitura de *vyshna* y, sin importar que se dieran cuenta, comí cuanta cereza negra pude. Recordé que en muchas ocasiones mi abuela me describió la *vyshna*, dulce, espesa, con un ligerísimo toque ácido, capaz de hacerme salivar cada vez que pienso en su sabor. Ella me repetía que extrañaba comerla, pero que en México no se conseguía. Pero yo por fin estaba ahí, en casa de mi familia, degustando todos sus antojos. Era como rendirle un homenaje a Ventura a través de los platillos que ella añoraba.

—Está todo delicioso —dijimos casi al unísono mis hermanas y yo.

La tía Beti había preparado los ejotes como lo hacía mi abuela Ventura, con mantequilla, jitomate y almendra fileteada. Era la receta de Sara, la mamá de los hermanos Eskenazi. Ella se la heredó a sus hijas, y ellas a su vez a la siguiente generación. Mi mamá los preparaba exactamente igual.

—A Ventura le encantaba la *vyshna* —dijo Haskiya.

Fue importante para mí oír de primera mano ese comentario, como muchas otras cosas que se dijeron de mi abuela. Era descubrir su historia y que los deleites de una mujer como ella habían trascendido en la familia. La conversación iba y venía entre preguntas curiosas de los tíos y primos acerca de México y de cómo vivíamos; si había tanto tráfico como en Estambul; si era verdad que en todos los mercados se podía comprar piña, fruta tan codiciada en Turquía; si era seguro caminar por las calles de la ciudad por la noche, como lo era en prácticamente todos los barrios de la antigua Constantinopla; y otras preguntas que ya no recuerdo.

Después llegó nuestro turno de indagar acerca de la historia de la familia. Conversamos de lo difícil que debió haber sido para Moshón y Sara, mis bisabuelos, dejar ir a su hija a América sin saber gran cosa ni de México, ni de Lázaro, el hombre que sería su yerno y a quien nunca conocerían personalmente, sino sólo en fotografía. Para mí, el tema fundamental era la identidad, mi procedencia y la continuidad de nuestras costumbres. Conversábamos en ladino, ese idioma entrañable que aprendí de mi abuela. Palabras y expresiones exquisitas, llenas todas ellas de una filosofía de vida, de sabiduría:

—*Boka de león te koma i no lojo de persona*—decía el tío Haskiya.

—*Dies amigos es poko, un enemigo es muncho* —contestaba la tía Beti.

Esos proverbios en mis oídos sonaban a brisa tibia, a verano, a solidez de siglos, a mi abuela Ventura. En ladino la escuché maldecir, agradecer, jurar, temer y anhelar. Ahora, todo alrededor la evocaba. Ahí estaba: en el aire con aroma a *kefte*, en los rostros de mis primos, en la música y en nuestra lengua judeoespañola.

Mi primer amanecer en esa tierra, ahora mía. Abrí la ventana, la brisa aromaba a sal mediterránea. Mis hermanas, Venice y Reyna y yo ansiábamos salir a las calles, pero más que nada descubrir los laberintos que nos conducirían a sitios ignotos. Mis padres ya habían estado en Estambul años atrás; pues mi madre, heredera directa de Ventura, siempre amó lo turco y lo sefardí. Beti nos llevó a la ciudad vieja para ver la mezquita de Süleymaniye y la imponente basílica de Santa Sofía. Una frente a la otra, igual de majestuosas, igual de solemnes; una parece reflejarse en la otra como en un espejo. Cúpulas y minaretes.

Abrí la ventanilla del automóvil y la hirviente Estambul reverberaba: cientos de cláxones a la vez; mercaderes de *simit* y de castañas que pregonaban su venta; rezos que surgían de las mezquitas formaban ecos. Todo esto se mezclaba con el anonimato de algunas mujeres musulmanas que mostraban su mirada como un pozo de agua verdeazul. La elegancia europea flotaba en tiendas y galerías. La calidez del pueblo se palpaba en cualquier gesto. Cultura milenaria que en su época de oro se extendió desde el mar Adriático hasta el Golfo Pérsico. Era como estar en un balcón desde el cual contemplaba Bizancio. La ciudad vieja concretaba imágenes de lugares que me describió mi abuela Ventura. Sitios que desde niña eran mi secreto. Aquella arquitectura antigua, un escenario de distintas soberanías. Me seducían sobremanera las balaustradas, los vitrales y las fuentes de mosaico.

Aquella tarde, visitamos el palacio estival de Dolmabahçe, a orillas del Bósforo. Todo ahí me hacía revivir las historias de poderosos sultanes y bellas princesas. Me llamó la atención su estilo europeo, un tanto Louvre, un tanto Buckingham, sin dejar el carácter tradicional otomano. Comprobé lo que mi abuela decía sobre los techos del interior del palacio, que estaban decorados con catorce toneladas de oro. No podía creerlo. Se revelaba el esplendor del Imperio otomano. La luz natural se colaba por los dos mil setecientos ventanales. Impresionante el candil de cristal de Bohemia de setecientas cincuenta luces que la reina Victoria de Inglaterra le regaló al sultán Abdülmecit I. Estar ahí era como estar en uno de los relatos de *Las mil y una noches*. Después de deambular entre fuentes, esculturas y tulipanes negros, llegamos al harén, la residencia de las concubinas del sultán. Mi tía Beti describió la importancia de la jerarquía en el harén. En primer término está la sultana *valide*, la madre del sultán, que quedaba fuera del harén a la muerte de su hijo; después las esposas del sultán, que solían ser cuatro; la primera esposa y madre del heredero al título; luego las madres de las hijas del sultán, y, finalmente, las concubinas y odaliscas, quienes estudiaban canto, música, baile y poesía, y cuyo objetivo era distraer y entretener al soberano.

Fuimos a comer al Ali Baba, un sencillo pero típico restaurante. Comimos *keftes*, que son tortitas de carnero molido con especias, y bebimos *ayran*.

Me gustó haber ido ahí, un sitio para los lugareños, no para los turistas. Al caer la tarde, fuimos a una librería. Me deleité con los títulos en turco. Encontré un ejemplar de la obra de Rumi en español. Abrí al azar aquel libro de tapas de tela y lomo carmín:

Esto es amar: volar hacia un cielo secreto,
causar que cien velos caigan cada momento.
Primero dejar ir la vida.
Finalmente dar un paso sin pies.

Estambul, una ciudad enigmática. Cada calle, un capítulo de la vida de mi abuela. Definitivamente no era ya la misma ciudad en que ella vivió a principios del siglo XX. Mi visión en los noventa era otra, sin embargo, el encanto seguía siendo el mismo. En mis paseos, reconocí sitios jamás vistos, pero reconstruidos en mi mente y en mi imaginario a través de mi amada abuela, de aquella voz antigua, lúcida como su memoria, que me contó sobre ese tiempo fascinante que vivió en su país. Me di cuenta de que la vida en Estambul bulle más en las calles que en las casas, y precisamente eso hace que esta metrópoli me cautive. La gente juega *shesh besh* sobre una pequeña mesa de madera a la puerta de su hogar, o se toma un *chai* sentada en la banqueta viendo pasar a los vecinos.

Recorrí callejuelas y un sinfín de recovecos. Fusión de aromas: dulces, suaves, acafetados, añejos, conocidos, estimulantes, extraños, tentadores. Era el Bazar Egipcio, el Bazar de las Especias. Efluvios delirantes me fueron guiando por aquel laberinto de colores: cúrcuma, clavo, jengibre, cardamomo, orégano y laurel, todo un solo paisaje de matices azafranados. Un mundo aparte, ahí, entre frutos secos, especias, aceites y café. Un hombre de rostro amable pero cansado me ofreció oler en su puesto semillas de mostaza, comino y pimienta. Tan intenso el aroma como el regateo y el bullicio de la gente. Otro vendedor, de piel aceitunada y hoyuelos en las mejillas que aparecían cuando me sonreía, señalaba los montículos perfectamente alineados de tés medicinales: canela, enebro, hinojo y manzanilla. Tizana para la fertilidad, para la colitis y para la ansiedad. Imposible negarse a adquirirlos. Cada pequeña tienda, una invitación a comprar una pócima curativa, un *lokum* relleno de pistaches, un poco de miel en panal, en fin, unos gramos del pasado, de la antigüedad de esos muros que han permanecido de pie más de quinientos años.

Los días parecían comprimirse, y a pesar de estar gozando mi visita, me entristecía la continua merma del tiempo. Mi estancia se iba diluyendo como el café turco de cada tarde. Pero quizá ni cien días me hubieran bastado. Caminábamos *a la bodre de la mar*, como lo hubiera hecho mi abuela. Mis padres, mis hermanas y yo nos tomamos una fotografía con el puente Bósforo al fondo sobre el mar Negro. Recuerdo haber pensado en transmitirles a mis hijos el anhelo de ir a Turquía y vivir ahí su lejana historia. Tres años después, les tomé una fotografía en el mismo lugar. Cumplí mi cometido.

Por la noche, las luminarias de ese paisaje semejan una gargantilla de gemas semipreciosas sobre el cuello de un Bósforo por momentos irreverente y a ratos en calma. Aguas que danzan escribiendo poemas bizantinos en su ir y venir. Estambul bullente, Estambul la grande. A intervalos contenida y otros más, arrebatada. De voz áspera a veces y en ocasiones de dicción apacible. Ejemplo de una civilización con dos pilares: su historia y su modernidad. Ciudad de rasgos propios, sitios que son íconos: plazas, bazares, puentes y cúpulas; minaretes como siluetas con vaivén de ancianos de mirada noble, de jóvenes gallardos, de mujeres robustas, de niños en bandada. En medio

---

de ese escenario, asumo una identidad paralela a la mía; y como quien deja un abrigo en el perchero, dejo reposando mi esencia mexicana y hago mía el alma turca. Gocé como turca con las danzas orientales, lloré como turca al escuchar el remanso de un clarinete, soñé como turca al ser protagonista de un cuento arropado entre mil velos. Dos semanas inmersa en un misticismo que se despliega como alas de paloma; inmersa en la algarabía de los barrios que murmuran como merolicos; inmersa en el terroso asiento del café; inmersa en el ajonjolí del *simit*; inmersa en el azul de los *oshikos*; inmersa en la textura de la seda; inmersa en el ámbar silencioso que merodea por todo el malecón. Dos semanas que atestiguan el relato que ahora escribo; dos semanas que develaron una naturaleza turca que siempre ha prevalecido en mí.

✤ Pipitada

2 Tazas de de pepitas de melón secas
2 Litros de agua
Gotas de agua de rosas

Se sacan las pepitas del melón, se enjuagan y se dejan secar por varios días. Se muelen en la licuadora o en un molino de café. Se ponen en una red delgada o en manta de cielo y se sumergen en agua helada por 24 horas. Cuando el líquido tenga la apariencia de leche se añade el azúcar al gusto y unas gotitas de agua de rosas.

✤ Taramá

½ Pieza de hueva de lisa seca
½ Bolillo remojado y exprimido
3 Cucharadas de aceite
2 limones pequeños

Se pone la hueva y el bolillo en la licuadora. Se agrega el aceite y el jugo de los 2 limones, poco a poco, sin apagar la licuadora, siempre en velocidad baja.Se come con galletas o pan árabe.

✿ Keftes

750 Gramos de carne molida de cordero

2 Rebanadas de pan duro

1 Cebolla grande

1 Ramo de perejil picado

1 Huevo

2 Cucharaditas de sal

½ Cucharadita de pimienta

½ Cucharada de comino

1 Cucharada de especia de albóndigas *kefte bahari*

1 Taza de aceite

Se remojan las rebanadas de pan duro en agua. Se sacan y se exprimen en las manos. Se mezclan con el resto de los ingredientes excepto el aceite. Se revuelve durante 10 minutos. Se toman bolitas de carne y se forman tortitas con las manos. Se calienta el aceite en un sartén y se fríen las tortitas.

XI

En el muelle, bajo un cielo sin nubes esperábamos un pequeño barco para recorrer el Bósforo. Ante mí, vestigios de los castillos otomanos se alzaban en las colinas. Travesía y mar, una misma cadencia. La luz de octubre jugueteaba entre las formas desgastadas de las ruinas milenarias, que parecían aflorar en la vegetación. Nos detuvimos en el muelle de Kanica, y la tía Beti nos sugirió descender. Ahí degustamos un *kanlica yoğurdu pudra şekerli*, un yogurt con azúcar glas.

Húmeda y fresca tarde. Kapaliçarşi, el Gran Bazar. Ombligo de la vieja ciudad. Entramos por una de sus veintidós puertas; un sinfín de pasadizos. Pasillo tras pasillo: joyería, plata repujada, prendas de piel, alfombras y tabacos de sofisticados aromas para la narguile o pipa de agua. Mis papás, mis hermanas y yo no perdíamos de vista a la tía Beti para no extraviarnos en aquel laberinto. Ella era la guía y la encargada del regateo, que es parte de la cultura turca. Cuando vi los puestos de *oshikos* recordé las palabras que Sara, la madre de mi abuela Ventura, le dijo antes de partir a América:

—*Ventura, ishika mía, no kero que te manke el osho en América. Me inyierva penzar que allá no tengash muestras kosas para el buen mazal i algo que te proteja del osho pezgado.*

Cuando hablé del mal de ojo en capítulos anteriores, mencioné que los turcos creían que las personas de ojos azules producían el *nazar boncuk*, es decir, el mal de ojo y que para prevenirlo se cuelgan un ojito color cobalto; supuestamente, de esta manera la mirada se cruza con él y no cobra efecto el mal agüero. No cabe duda de que cuando se crece con una creencia, esta se integra en la cultura familiar; la superstición formaba parte de la vida de Ventura desde hacía generaciones, y por consiguiente, de la mía. Y yo, además, conservo las palabras de la abuela cuando me regaló mi primer *oshiko*:

—*Ande vayas que te kudie sempre este osho.*

Pulseras, pendientes, llaveros, cuentas y dijes, todos con el ojo azul. Los vi en las casas, en las tiendas, en los automóviles y hasta en la entrada de los baños de un restaurante. Toda Turquía le tiene fe a la protección del ojo. En México, los sefardís usamos el ojito; de hecho, por eso muchas veces nos identifican como judeoespañoles, sin embargo, en Turquía lo portan indistintamente tanto el musulmán como el judío. Compré dicho amuleto en todas sus variedades y formas; también, se dice que un ojito se debe regalar y no comprar para uno mismo, así que surtí de protección a la gente que aprecio.

Recorrimos gran parte del bazar atendido por turcos que parecen hablar varios idiomas, pues al vernos, se acercaban saludándonos en español, en italiano y en portugués, como queriendo adivinar nuestra procedencia e invitándonos a conocer sus mercancías. Una verdadera torre de Babel tenía lugar en cada uno de los pasillos. Intercambio de la palabra. Ninguna frontera. El gentío multicolor nos arrastraba como la corriente de un río interminable. Una de mis hermanas me llamó por mi nombre para que me acercara a ver un espejo de plata; en ese momento advertimos que fue un error porque los vendedores me comenzaron a asediar llamándome:

—Sophie, Sophie ven aquí.

Yo iba encantada dejándome llevar mientras papá sacaba su

paraguas agitándolo a mi alrededor para alejar a los mercaderes que me perseguían.

En cada tienda nos ofrecían un *chai* de manzana como bienvenida, independientemente de que fuéramos a comprar o no. Me sorprendió el manejo de aquellas charolas atestadas de pequeños vasos hirvientes llenos hasta el borde, esquivando a la multitud. Por los pasillos, como los de antiguos cuentos, pasan hombres de pobladas cejas oscuras y ojos inmensos color manantial; se observa el ir y venir de turistas, se escucha el regateo, las risas; todo es prisa, y todo envuelto por el humo de la narguile, que se esfuma entre sus domos. Salimos del bazar como quien emerge de las páginas de un relato fantástico. Jirones de nubes rosadas ornaban el cielo. Sentí el pulso de la ciudad en mi pecho. Otoño, octubre, soplaba una fresca brisa marina y aquel aroma salado se mezclaba con el de las castañas tostadas que vendían en la calle.

Nos alejamos de la efervescencia de la ciudad vieja para llegar al sosiego de la casa de la tía Beti. Me instalé frente al ventanal de la sala para ver el Bósforo. Armonía crucial, el estrecho como una vereda transita a través de la ciudad. Nubes peregrinas, ocaso con visos de tafeta. Hasta el día de hoy, recuerdo aquella tarde. Junto a mí, sobre la mesa lateral, una fotografía en blanco y negro de las tres hermanas Eskenazi. Mi abuela miraba hacia un punto fuera de la imagen. Quizá, sin saberlo aún, contemplaba el otro continente, hacia su patria adoptiva. Ella asumió su destino y yo, el deber silencioso al que me comprometí. Aquel retrato databa de los veinte, quiere decir que a la fecha habían transcurrido más de setenta años.

Mi último día en Estambul. Visitamos el barrio de Ortaköy. Caminamos por sus angostas callejuelas hasta desembocar en la plaza central, Iskele Meydani, llena de vida y de una mezcla étnica sorprendente. Griegos, armenios y turcos nos atendieron en los quioscos donde venden reproducciones de joyería bizantina, antigüedades, ropa y comida típica. En cuanto divisé la construcción de piedra blanca que corteja las orillas del Bósforo, supe que era la emblemática mezquita de Ortaköy, que mencionaba mi abuela, quien se sentaba tardes enteras en una banca de la plaza para admirar aquella estructura que se alza majestuosa en la ribera. Yo también me senté en una de esas bancas. Única cúpula y dos minaretes: sobria belleza. Imaginé a los sultanes que vivían en el palacio Beylerbeyi en la orilla opuesta, llegando en elegantes góndolas con su séquito para rezar. Entré un momento a la mezquita. Me retiré los zapatos y cubrí mis hombros con la ligera bufanda que llevaba en el cuello. No había nadie. Seguramente no era hora de rezo, lo cual me permitió observar todo detenidamente. Mosaicos rosados cubren la cúpula como un cielo crepuscular, y los muros de mármol blanquecino albergan ventanales por los que se cuela la luz ambarina de la tarde. Me impresionaron los grandes medallones con la caligrafía dorada del sultán Abdülmecit que penden de las columnas. Esos momentos de introspección los había experimentado antes, no en una mezquita sino en mi sinagoga, Rabí Yehudah Halevi, la de Monterrey, como le decimos todos los sefardís en México. Momento único. Las emociones más recónditas del espíritu afloran. Y no importa si las plegarias son en hebreo o en árabe; si son ecos en turco o en español, lo que importa es que todo se unifica.

Ocho años más tarde, en 2005, regresé a Turquía por cuarta ocasión. Mi primo Cem me había descrito las aguas de las costas del suroeste, pero aquella visita había quedado pendiente. En este viaje, hice antesala en Estambul para visitar a la familia, y unos días más tarde, volamos a la ciudad de Bodrum en donde rentamos una *gulet*. Nos embarcamos en la tradicional goleta turca de vela. Elaborada a mano en madera local y con dos mástiles, su proa afilada y popa plana me recordó un poco un galeón de piratas. El capitán levó anclas y así fueron emergiendo las costas de la antigua Licia, plenas de calas y puertos fértiles. Moderados vientos del noroeste nos guiaban y a su capricho atracábamos en caletas y playas vírgenes. Desde aquellos mares, observé la historia de un imperio, los restos de antiguas civilizaciones sumergidas en las profundidades del Egeo. Ruinas de templos, vasijas, recipientes y tumbas descansan en el fondo de esas aguas cristalinas, ciudades añejas a las que se tragó un terremoto.

Me pareció que las bahías se hilvanaban una tras otra cual encaje que la espuma nívea del mar iba calando. Atracamos en el puerto de Kaş. Por la tarde, el sol fue cediendo. Las montañas se matizaron con tonos de púrpura y carmín. Desde la *gulet*, observé las sombras de la antigua muralla de Antifelos surgiendo de entre las rocas escarpadas. La oscuridad caía sobre el Egeo. A nuestro alrededor, islotes dispersos, lejanas costas serpenteantes. Me recosté en la proa de nuestro navío y contemplé las estrellas fugaces.

Transitamos por Kalkan, Göcek y Dalyan, nombres modernos para puertos que datan del siglo V a.C., como santuarios a lo largo de la costa mediterránea. En cada uno de ellos descendí de la *gulet* para ir de compras a los mercados locales. El chef de la embarcación me acompañó en estos recorridos durante los siete días que duró nuestra visita y ahí mismo decidíamos el menú dependiendo de lo que encontráramos fresco ese día. Me di cuenta de que muchos de los sabores de la cocina de mi abuela eran herencia de las antiguas recetas de comida otomana. El chef preparaba las especialidades culinarias como: *yaprakes*, que son hojas de acelga rellenas de aroz, *bureks*, una especie de empanadas rellenas, y *abudarajo*, hueva de lisa, igual que Ventura, y la pequeña estufa de la goleta desprendía idénticos aromas.

Aguas color turquesa, diminutas penínsulas de formas caprichosas, costas que indican el camino antiguo de los imperios. Me seducían los vestigios de fortalezas y anfiteatros. Tras casi una semana de navegar anclando en diferentes playas, arribamos a la isla de Kekova. Me sorprendió enterarme de que, invadida por las aguas a raíz de un sismo, está rodeada de murallas: mitad a flor de tierra, mitad hundidas en el mar. Descendimos de la *gulet* para nadar hacia la marina. Claridad del agua, visión translúcida. Observé vestigios de baños romanos, escalinatas y tumbas como sarcófagos de piedra que asoman de entre las arenas iridiscentes. Al sumergirme en esa corriente, descubrí un paisaje ancestral. Sólo emergía para tomar aire. El mundo subterráneo me cautivó.

Ya en tierra firme, a lo lejos advertí un arco hecho de piedra multiforme. La belleza del lugar desde lo alto de la isla era imponente. Divisé pequeños pueblos de pescadores separados por colinas; desde ahí, uno creería que se pueden cruzar en tres saltos. Después de escalar un poco, descubrimos mausoleos esculpidos en las montañas rocosas como templos que dan la impresión de rezarle al interior de la tierra. Ya en la cumbre, la isla de Kekova parecía estar en el centro de un inmenso estanque polícromo bordeada por avenidas de arena. Abajo, el mar golpeaba las rocas. Apabullantes juegos de luz. Hoy recuerdo imágenes que, como alfombras mágicas, me hacen volver a esos días en el Egeo.

Mi último día en Estambul. Último día de octubre de aquel 1997. Intenté hacer un recuento de lo que vi, de lo que escuché, de lo que sentí. Difícil tarea. Definí mi fascinación por Turquía. Rostros, paisajes, aromas, relatos, nombres, palabras, ritmos; todo eso era como frotar una lámpara maravillosa, que me remitía a la abuela. Imposible no mencionar aquella cena de despedida con la familia. Mis primos Cem y Kemal trataban de platicar durante los largos silencios; un nudo cada vez que alguien preguntaba a qué hora salía nuestro vuelo. La tía Beti iba a la cocina sin cesar ofreciendo platillos; quería que esa última noche comiéramos todos nuestros antojos. Mis padres y mis hermanas intercambiaban direcciones de correo con el tío Haskiya y con su esposa. A mí me temblaba el mentón y miraba a todos sin hablar. Noche otoñal. Luna llena.

Ventura vivió el rostro de un Estambul que tuvo que dejar atrás, en la estela de un navío. Los recuerdos hicieron que me narrara su historia, y cada vez que lo hacía, inevitablemente se sonrojaba por la emoción de evocar su infancia y adolescencia estambulitas. No importaba cuántas ocasiones lo hubiera narrado, ella volvía a percibir en la garganta la amargura de la pérdida. Yo conocí Turquía, y a la familia que ella dejó atrás, a través de sus relatos. Me los contó cientos de veces para impedir que se borraran. Rememorar el pasado era darle voz. El abrigo que cruzó con ella el Atlántico estaba colgado todavía en su armario. Ventura me hablaba en detalle de su viaje para llegar a México, al grado de que yo podía sentir la brisa en mi rostro, podía tocar la carta que llevaba en la bolsa de aquel abrigo tantas veces remendado por su madre. Gracias a sus descripciones tan realistas, le di valor al esfuerzo que hizo mi abuela al cambiar de nación, de cultura, de país, de continente. Pero su identidad ganaría fuerza con el éxodo y la semilla que sembrara en mí, dio fruto. Recorrí las orillas del Bósforo mucho antes de haberlo conocido; así conocí también a mi abuelo Nissim, a través de un retrato hecho por Ventura, el cual se resistía al paso del tiempo.

Cuatro décadas tuvieron que pasar para que Ventura regresara a una Turquía que sufrió un golpe de Estado y que sobrellevaba una economía en crisis. Todo en la ciudad era igual, pero a la vez distinto. Sus padres ya muertos, la ciudad no podía ser igual. La puerta de su casa de infancia en la calle Menzil le trajo a la mente la última vez que vio a Moshón, su padre, despidiéndose de ella sin imaginar que jamás volvería a verla. Otra vez escuchó la voz de los muecines llamando a la oración desde las mezquitas y se dio cuenta de que había extrañado esa sonoridad durante los cuarenta años que llevaba oyendo en México las campanas de las iglesias católicas. Lo paradójico era que ambas resonancias no pertenecían a su religión, sin embargo, se había apropiado de ellas. Sonidos únicos en sus dos naciones. Finalmente, yo recorrí sus pasos. Mi experiencia estaba nutrida de antemano por sus relatos y albergaba fotografías mentales de lo que había escuchado durante años. Visité la torre de Gálata, que era exactamente como me la describió la abuela: esbelta elegancia pétrea de más de seiscientos años que contrastaba con el azul del cielo. Desde su mirador en las alturas pude observar el Palacio Topkapi en el Cuerno de Oro; al fondo se distingue el mar de Mármara y las islas Príncipe. Infinidad de veces escuché la descripción de ese paisaje. Recorrí los pasillos del Gran Bazar rodeada de una multitud que vociferaba en varias lenguas. Imaginé a mi bisabuela Sara comprándole a su hija Ventura el *oshiko* que portó siempre en una cadena alrededor del cuello. Me senté en una banca pensando en que mi abuela también se había sentado ahí para admirar la mezquita de Ortaköy, que luce señorial sobre el Bósforo. Como quien recoge ramas de vid, yo fui recolectando sitios, aromas, estampas de esa tierra que guardo en mi baúl. En todo momento, tuve la sensación de estar acompañada. Entendí, observando a las gaviotas junto al muelle, que mi abuela fue como una de esas aves, una turco-mexicana revoloteando entre lo que dejó atrás y lo que habría de descubrir.

Cuando nos despedimos de la familia, advertí en mi madre y en la tía Beti un sorprendente parecido que no había notado antes, pero bajo aquella tenue luz vi dos rostros moldeados por nuestra herencia. Abracé a mis primos y tíos, y ya no miré a mis espaldas. Me iba plena, dichosa por haber cumplido con mi objetivo. Lo que acababa de vivir en esos días sobrepasó lo que siempre imaginé. Ventura me relató su historia de viva voz, como una tradición oral tan arraigada entre nosotros los judíos. Ahora pude palparla con mis sentidos. Estambul, constelación fulgurante de noche, gigantesca y caprichosa de día.

Regresé de aquel viaje y fue hasta entonces, viendo las fotografías que tomé, cuando entendí por qué Ventura hizo germinar en mí el amor por Estambul. Su paraíso ya me pertenece. Ella vio en mí el eslabón que uniría a las siguientes generaciones de ambos países; un puente para contemplar la salida del sol en América y contemplar el ocaso en el Oriente Próximo.

Agradecimientos

A mis padres Alberto y Mery Bejarano, no puedo más que agradecerles la fortuna de ser su hija, de haber crecido en un ambiente amoroso de valores y respeto. Gracias por siempre alentar mis incursiones y por no dejarme olvidar de dónde vengo.

A mis hijos Alejandro y Sandra, Lisa y Rafael, Arturo y Melina, ustedes son la motivación que me llevó a rescatar la maravillosa historia familiar. Siempre he querido que sepan de dónde vienen y que dimensionen la valentía de nuestros antepasados para que hoy todos nosotros podamos estar aquí. Les encomiendo la transmisión de tradiciones, anécdotas, cultura, dichos y pasión por la vida que nos ha distinguido, y al mismo tiempo les agradezco haber transitado este lustro tomados de mi mano y viviendo cada capítulo de este testimonio con la misma emoción con la que yo lo iba narrando.

A Mark, mi adorado nieto, gracias por tus enseñanzas en mis primeros pasos como abuela. Eres un gran maestro. Tú representas el despunte de la quinta generación de nuestra familia en México y sé que sabrás hacerle honor con tus actos.

Moisés, Moi, mi esposo, mi amigo; el hombre que cree en mí, el que me dice que sí puedo, el que comparte mis aspiraciones, el que se convierte en detonador de proyectos, el que me mantiene en contexto, el que me acompaña en las búsquedas, el que me permite ser individual, el que me privilegia con su amor. Te amo y te admiro. Gracias por ser mi compañero y mi maestro. Doy gracias también, por amanecer todos los días al cobijo de tus brazos.

A mis hermanas Venice y Reyna, aprecio inmensamente su apoyo durante estos cinco años que me tomó escribir la historia de nuestra familia. Gracias por las palabras de aliento cuando de pronto no veía el fin.

A Janeta Eliakim (q.e.p.d.), Hasky Carrillo y Celia Carrillo, mis queridos tíos, les agradezco haber revivido su propia historia al contármela tan apasionadamente, y sobre todo, revelarme detalles, secretos de familia y hechos sorprendentes de mis abuelos Nissim y Ventura, y así, ayudarme a preservar nuestro pasado.

Gracias a mi familia en Turquía, mi nexo con el pasado, el ancla con mis orígenes, con los aromas de mi abuela, con nuestra lengua milenaria.

A mi adorado México. Gracias por tus volcanes, por tus sabores y tus guitarras, por tu gente y tus serenatas, por tus vestigios, por tus ritmos y tus colores, por tus rebozos y tus proverbios. Gracias por tu tolerancia, por tu generosidad y por tu tierra que puedo llamar mía.

A Silvia Pratt, destacada poeta y traductora mexicana, gracias por enseñarme a escuchar la voz de mi propio texto.

A Nubia Macías, directora general de Editorial Planeta, mi profundo agradecimiento por haberme recibido en tu oficina aquella primera vez, oportunidad invaluable para entregarte unas páginas que aspiraba se convirtieran en este libro.

Carmina Rufrancos, Gabriel Sandoval, Lizbeth Batta, Ángela Olmedo y todo el equipo de Editorial Planeta, les agradezco profundamente su calidez, su amplia experiencia y su entusiasmo al involucrarse conmigo en *Lunas de Estambul*.

Índice de recetas